김종삼의 시간과 공간

부재와 존재의 시학

김 성 조

김종삼의 시간과 공간

부재와 존재의 시학

김 성 조

국학자료원

이 도서의 국립중앙도서관 출판시도서목록(CIP)은 서지정보
유통지원시스템 홈페이지(http://seoji.nl.go.kr)와 국가자료공동
목록시스템(http://www.nl.go.kr/kolisnet)에서 이용하실 수 있습
니다. (CIP제어번호: CIP2013009901)

책머리에

　세상에는 시인도 많다. 뛰어난 시인도 있고 훌륭한 시인도 있고 그저 그렇게 묻혀가는 시인도 있다. 독자의 입장에서 보면 그래도 진짜 시인을 만나는 것이 가장 큰 바람이 될 것이다. 진짜 시인은 진정한 시의 길을 열어가는 이른바 좋은 시를 접할 수 있는 바로 그 지점으로서의 장본인이 되기 때문이다. 시인은 많지만 진짜 시인을 만나는 일은 그리 쉽지 않다. 이런 점에서 김종삼과의 만남은 나로서는 크나큰 행운이 아닐 수 없다.

　김종삼은 그의 말대로 '시'를 '명예'처럼 달고 다니는 시인들과는 엄밀히 구분된다. '시'와 '생활'은 병립할 수 없다는 것이 그의 생각이고, '엄청난 고생되어도/순하고 명랑하고 맘 좋고 인정이/있으므로 슬기롭게 사는 사람들'이 곧 시인이라고 생각하기 때문이다. 그는 모든 시적/현실적 장치들을 벗어놓고 자신만의 외길을 걸어간 시인이다. 도피와 방황, 가난과 병고, 죽음과 고독이 그의 미학을 직조하는 언어가 된다. 언어의 행간마다 응결되어 있는 투명한 고뇌의 발자취는 곧 그의 아름다운 정처定處가 될 것이다. 그의 시의 정처가 손에 잡힐수록 그를 쓰는 일이 어려워진다. 어떻게 그의 심오한 시의 바다를 탐구해갈 것인가.

　김종삼과의 진정한 만남은 즉, 먼 독자가 아니라 보다 가까이에서 그를 탐구하게 된 것은 대학원 공부를 시작하면서부터인 것 같다. 당시 나는 1950년대 시인들의 작품을 중점적으로 탐독하고 있었다. 그중 모더니즘 시인들의 작품을 우선적으로 선택해서 읽게 되었다. 김종삼과의 만남은 나로서는 당연한 귀결이면서 필연적인 수순이 아니었나 싶다. 참 오랫동안 그의 작품을 탐독하고 그에 관한 자료를 수집하고 고민하고 서성였다. 짧지 않은 기간 동안 박사학위 논문을 준비하고 또 소논문을 쓰게 된 것이 바로 이 과정의 결과물인 셈이다.

　김종삼은 일제강점기, 6·25전쟁, 분단 그리고 실향이라는 시대적/개인적 상처를 숙명처럼 지고 간 시인이다. 시대와 개인을 아우르는 이러한 상처는 그의 시의식을 물들이는 강렬한 모티프가 되었고, 시세계의 특징을 규정짓는 근원이 된다. 필자는 김종삼의 이러한 시대적/개인적 체험구도와 지난한 탐구의 여정, 그로 인해 획득할 수 있었던 그의 시의 미학을 미력한 손길로나마 살펴보고자 했다. 제1부에서는 김종삼 시세계의 특성을 시간과 공간인식을 통해 규명하고자 했고, 제2부에서는 그의 음악에 대한 사유와 예술적 승화의 세계를 소리 이미지를 통해 분석해내고자 했다. 그가 걸어온 시간과 공간은 역사와 개인을 아우르는 경험구도를 함유하는 만큼 대단히 중요한 단서가 된다.

　따라서 시간과 공간에 대한 깊이 있는 성찰은 그의 시세계의 핵심을 찾아가는 지름길이 될 것이다. 시간과 공간인식은 김종삼의 인식의 저변 즉, 부재의식, 죽음의식, 허무의식 등 부정적인 그의 사유세계를 담아내는 시적 기제가 된다. 시간의 단절과 지속, 도피공간의 형성과 공간회복 그리고 현실공간으로의 회귀 등이 이러한 여정을 함축한다. 이른바 부정적인 세계인식과 자기극복의 과정을 표상한다. 김종삼 시세계에 대한 연구는 대체로 부정적인 세계인식의 측면에 중심이 놓여 있다. 본 글은 여기에서 한 발 더 나아가 김종삼의 자기극복의 과정까지 규명하고자 했고, 이것이 부족한 가운데 하나의 의미가 되지 않을까싶다. 후기시에서 보여 지는 시·공간의 극복과 현실수용의 단계가 바로 여기에 해당한다. 제2부의 음악적 사유세계 또한 크게 그의 시간과 공간의 극복, 즉 예술지향을 통해 현실을 극복하려는 의도에 닿아 있다.

김종삼 시학의 바다는 깊고 넓다. 이 보고寶庫를 한순간에 다 들여다본다는 것은 실상 어려운 일이고 자만이다. 능력의 한계가 발목을 잡는다. 아무리 둘러봐도 완결감이 들지 않는 것이 솔직한 심정이다. 부끄럽고 미안하다. 앞으로 더 겸손한 자세로 깊이 있는 공부를 하리라 다짐하면서 부족한 글을 마무리한다. 긴 고개를 건너왔다. 오아시스는 어디인가. 지치고 목말랐다. 긴 고개를 무사히 넘어갈 수 있도록 도움주신 스승님 그리고 가족들께 깊이 감사드린다. 책을 만들어 주신 국학자료원 정구형 대표와 박지연 실장, 수고해 주신 편집부 여러분들께도 감사드린다.

2013년 7월
김성조

차례

책머리에

1부 부재와 존재의 시학

2부 시적 상상력과 자기극복의 화두

1부

부재와 존재의 시학

제 I 장
1950년대 김종삼의 시학

I. 시대적 배경과 시학의 경향

　김종삼은 한국 현대시사에서 가장 순도 높은 순수시인으로 평가받으며 지속적인 관심과 논의의 대상이 되고 있는 시인이다.[1] 이러한 평가는 일생 시의 길만 고집하며 예술 지향적 순수시학에 몰두해온 그의 시적 여정에 기인할 것이다. 김종삼은 여타의 사회적·현실적 영역과 문단 시류에 영합하지 않은 채 오직 자신만의 독특한 시세계

---

[1] 황동규, 「잔상의 미학」, 『김종삼 전집』, 장석주 편, 청하, 1988, 254~255쪽. 황동규는 이 글에서 "김종삼이야말로 우리의 현대시가 낳은 가장 완정도가 높은 순수시인이라 말할 수 있다. 그의 시와 나란히 놓일 때 흔히 순수시의 표본으로 보이던 朴木月과 김춘수의 작품들은(가치 판단을 하자는 의도가 아니다) 인간적인 반응이 뚜렷한 시들로 변모되는 것이다"라고 말한 바 있다. 또한 대부분의 논자들도 김종삼의 시를 순수시의 측면에서 평가하고 있다.

를 구축하는 데 집중해 왔다. 이러한 남다른 詩作과정이 곧 그의 괄목할 만한 시적성취와 우리 현대시사의 새로운 지평을 여는 원동력이 되었다.

김종삼은 시력 30여 년 동안 단 3권의 시집을 상재한 보기 드문 과작의 시인이기도 하다.[2] 이러한 사실은 그의 까다로운 詩作 원칙을 보여주는 한 대목이라고 할 수 있다. 김종삼은 1953년 종합잡지『신세계』에 시「園丁」을 발표하면서 공식적인 작품 활동을 시작한다. 그가 문단에 등단한 1950년대는 많은 사회적 혼란과 위기의식이 팽배해 있던 시기이다. 한국전쟁은 온 강산을 폐허로 만들었을 뿐 아니라 우리 민족에게는 분단이라는 씻지 못할 상처를 남겨 놓았다. 전쟁과 분단의 상처는 우리 모두가 극복해야 할 민족적 수난이면서 김종삼 개인에게는 고향 상실이라는 또 하나의 고통을 부가하게 된다. 그의 현실적 삶을 지배했던 가난과 병고, 방황의 여정은 그의 詩作에도 직·간접적으로 영향을 미쳐 시세계의 특성을 형성하는 동인이 된다.

김종삼이 처음 시에 관심을 갖기 시작한 시기가 동란 중 대구 피난 시절이라는 점도 그의 시적 출발의 배경과 1950년대 시인으로서의 숙명적 무게가 암시되는 부분이라고 할 수 있다. 이러한 점이 김종삼이 철저하게 현실 도피적 詩作을 열어왔다 해도 그의 문학에서 시대적 배경을 무시할 수 없는 이유가 된다. 그의 시의식 속에는 의식적이

---

2) 김종삼은 1984년 63세로 타계하기까지『십이음계』(삼애사, 1969),『시인학교』(신현실사, 1977),『누군가 나에게 물었다』(민음사, 1982) 등 3권의 개인시집을 상재했다. 그리고 김광림, 전봉건과의 3인 연대시집『전쟁과 음악과 희망과』(자유세계사, 1957), 34인 공동시집『한국전후문제시집』(신구문화사, 1961),『52인 시집』(신구문화사, 1967), 김광림, 문덕수와의 3인 시집『본적지』(성문각, 1968) 등의 공동시집이 있다. 시선집으로는『북치는 소년』(민음사, 1979),『평화롭게』(고려원, 1984) 등이 출간되었고, 그의 사후『그리운 안니·로·리』(문학과 비평사, 1989),『스와니강이랑 요단강이랑』(미래사, 1992) 등의 시선집이 출간된다.

든 무의식적이든 그가 걸어온 체험의 시·공간이 고스란히 각인되어 있기 때문이다. 다만 그가 이러한 시대를 의도적으로 외면하면서 시 자체에만 몰입하려고 노력해 왔을 뿐이다. 김종삼의 이러한 뼈아픈 노력은 "그가 살아온 일제와 한국전쟁과 사회질서의 혼란이 만들어 낸 실존적 불안"을 "극도의 초연과 체념으로 극복"³⁾하기 위한 방편 이라고 할 수 있다. 이는 망각할 수 없는 경험세계를 망각/극복하기 위한 일종의 역설적 시작행위라고 해야 할 것이다.

김종삼의 새로운 詩作의 지평은 대체로 1950년대 모더니즘과 그러 한 정신을 바탕으로 시도되고 있다. 그가 1950년대 대표 모더니즘 시 인으로 평가받고 있는 만큼 그에 대한 논의들도 대개 여기에 중심을 두고 펼쳐지고 있다. 1950년대 모더니즘 문학은 많은 관심을 불러일 으킨 만큼 그 업적도 상당수에 달한다. 하지만 잘 알려진 바와 같이 그에 대한 비판의 목소리도 높은 편이다.⁴⁾ 이는 1950년대 모더니즘 문학이 작품으로서의 성장을 이끌기보다 흥미와 호기심, 유행적 일 탈에 기울어 있다고 보기 때문이다. 다시 말해, 1930년대 모더니즘을 단순히 답습만 하고 있거나, 기교만이 가미된 모더니즘, 전위적인 형 태를 띠는 기형적 모더니즘 등 이른바 "피상적 모더니즘"⁵⁾에 머물고

3) 김우창, 「오늘의 한국시」, 『시인의 보석』, 민음사, 1993, 242쪽.
4) 오세영, 「'후반기' 동인의 시사적 위치」, 『20세기 한국시 연구』, 1991; ____, 「6·
   25와 한국전쟁시」, 『한국근대문학론과 근대시』, 민음사, 1996; 윤여탁 외, 『한국
   전후 문학의 형성과 전개』, 태학사, 1993; 송기한, 『한국 전후시와 시간의식 연구』,
   태학사, 1996; 이지엽, 『한국 전후시 연구』, 태학사, 1997; 이광수, 「1950년대 모더
   니즘 시연구」, 고려대 박사학위논문, 1995; 최동호, 「1950년대 시적 흐름과 정신사
   적 의의」, 감태준 외, 『한국현대문학사』, 현대문학사, 1989.
5) 전후 문단의 모더니즘 경향에 대해 논자들은 비판적 시각을 드러내기도 한다. 여기
   에는 50년대 모더니즘의 선두주자로 나선 후반기 동인들이 중심 대상이 되고 있
   다. 박인환, 김경린, 조향, 김규동 등을 주축으로 구성된 후반기 동인은 한국 문학
   에 대한 반 전통의식, 도시 문명에서의 소재의 차용, 도시적 서정의 표현, 이국 동

있다고 보고 있기 때문이다. 이러한 비판적 논의들은 1950년대 모더니즘 문학이 안고 있는 문제의식과 한계성, 전망을 포괄적으로 제시하고 있다고 할 수 있다.

　1950년대 모더니즘 문학은 시대적 요청이 반영된, 이른바 어떤 돌파구를 모색해야 하는 시점에서 시도된 문학적 경향이라고 할 수 있다. 전쟁이 몰고 온 혼란과 폐허의 현실은 시인들로 하여금 새로운 문학을 모색해야 한다는 절박함에 빠져들게 한다. 기성문학에 대한 각성과 부정, 그리고 새로운 문학에의 열망이 바로 이러한 절박함을 반영하고 있다. 하지만 이러한 시대적 요청이 가미된 문학은 어떤 희망적·대안적 요소를 제시하기보다 살아남아야 한다는 실존적 문제로 침잠하기도 한다. 이를테면 문학 또한 하나의 실존적 수단으로서의 절실함을 내포하고 있었다는 것이다. 이것이 1950년대 모더니즘 문학이 안고 있는 문제의식이면서 내·외적 한계요소라고 할 수 있다.

　모더니즘 문학에 대한 이러한 비판과 한계성은 당시 진지하게 문학적 탐색을 시도하던 시인들에게도 일정 부분 혼란과 영향을 미쳤으리라 생각된다. 김종삼도 이러한 혼란한 시대와 문학적 현실로부

───────────────

경, 20세기 물질문명에 대한 불안 의식과 염세주의적 세계관 등의 성격을 보이면서 집단적인 문학 운동으로 일어났다. 그러나 오세영은 이들이 주장한 문학적 이념이나 작품들에 나타난 특징들은 새로운 것이 아니었고 30년 대 모더니즘의 전통을 되풀이 한 정도에 그치고 있다고 말한다. 이런 점에서 오세영은 후반기 동인의 문학 운동을 '피상적 모더니즘'이라고 부르고 있다(오세영, 「후반기」 동인의 시사적 위치」, 『20세기 한국시 연구』, 1991, 276~287쪽 참조). 또 송욱은 역사의식이 부재한 기교만의 시를 사이비 모더니즘이라 비판한다(송욱, 『시학 평전』, 일조각, 1963, 188~189쪽, 194쪽). 홍기삼은 후반기 동인이 추구한 시적 실험을 전위적인 것으로 파악하고 그러한 경향이 전후의 인식을 수용한 것이 아니라는 점에서 기형적인 것으로 본다(홍기삼, 「전쟁, 그리고 문화의 수면」, 『상황문학론』, 동아출판공사, 1974, 58쪽). 김춘수는 후반기 동인의 반 이념적 성격이 선언적 수준에 불과함을 지적하고 서구적 경험을 모방한 것에 지나지 않는다고 비판한다(김춘수, 『의미와 무의미』, 문학과 지성사, 1976, 140쪽).

터 완전히 유리될 수는 없었을 것이다. 그럼에도 불구하고 김종삼은 당대 문학적 풍토에 함몰되지 않고 의연히 자신의 길을 찾은 몇 안 되는 모더니즘 시인들 중의 한 사람이다. 그는 많은 논자들의 비판적 요소가 되던 소위 표피적 모더니즘에서 벗어나 내면화된 세계를 절제의 형식으로 묘사해내고 있다. "내면의 파문을 섬세하게 포착"해내는 이른바 "심층적 모더니즘"6)의 세계가 바로 그것이다. 그의 문학이 전후문학을 물들이고 있던 '전선문학'7)에 함몰되지 않고 순수시학에 몸담을 수 있었던 것도 보다 큰 고통을 감내해야 그의 탐구정신에 있을 것이다.

김종삼 시의 시간과 공간인식은 그가 걸어온 비극적인 시대와 상상력의 근간을 고스란히 담고 있다. 시간과 공간인식은 시인의 경험세계와 시적 사유를 함축적으로 드러내는 이른바 내면의식의 파장과 새로운 시의 지형을 암시하고 있기 때문이다. 따라서 시간과 공간인식에 대한 깊이 있는 성찰은 김종삼 시세계를 보다 면밀하게 분석해낼 수 있는 하나의 장치가 되리라 본다. 김종삼의 시간과 공간인식은 그의 현실인식의 구도와 대응방식을 제시한다. 현실인식은 자아와

---

6) 남진우, 「미적 근대성과 순간의 시학 연구-김수영·김종삼 시의 시간의식」, 중앙대학교 박사학위논문, 2000, 4쪽. 남진우는 50년대 모더니즘 시인인 김종삼과 김수영을 비교 분석하면서, 이들의 작품이 "많은 한계에도 불구하고 우리 시문학이 표피적 모더니즘의 단계에서 벗어나 심층적 모더니즘으로 이행하는데 있어 중요한 교량 역할을 했다"고 평가한다.

7) 이남호, 「1950년대와 前後世代 詩人들의 性格」, 『1950년대의 시인들』, 1994, 13쪽. "전쟁의 충격은 우선 모든 문학을 '戰線文學'으로 만들었던 것 같다. -중략- 전선문학에서 우리가 보는 것은 전쟁의 참화에 의해 피폐화된 山野와 창조적 에스프리를 상실한 작가정신의 상투성이 그 대부분이다. 거기에는 직설적 영탄과 당위적 휴머니즘과 억압적 반공의식밖에 없다고 말할 수 있으며, 이것은 어쩔 수 없는 일이었을 것이다. 직접적으로 전선을 다루지 않고 허무와 퇴폐와 절망을 노래하거나 피난민의 삶의 막막함을 노래한 작품들 역시 전쟁의 충격으로 인한 정신적 마비현상을 보여준다는 의미에서 전선문학의 큰 테두리 속에 포함시킬 수 있을 것이다."

세계와의 관계 혹은 반응의 측면에서, 현실대응은 자기 방어적 도피와 극복의 범주에서 찾을 수 있을 것이다. 단절(현실인식)·방황(현실도피)·현실공간으로의 회귀·초월(극복)이 김종삼의 시간과 공간인식이 내장하고 의미구조라고 할 수 있다. 이러한 과정은 김종삼의 시적 상상력이 이끌고 있는 과거, 현재, 미래의 시간과 공간을 두루 포괄한다.

2. 시간과 공간의 문학적 특질

문학작품은 독창적 세계와 보편적 토대를 두루 포괄한다. 독창적 세계는 작가의 경험과 사유 체계가 독자적인 색채와 목소리로 구현되는 것을 말함이고, 보편적 토대는 개인적 독창성이 인간 삶의 보편적 토대에 가 닿아야 한다는 것이다. 이 두 가지가 조화를 이룰 때 우리는 작품으로서의 창조적 세계를 공감한다. '반향과 울림'8)이 있는 세계가 이러한 열림과 가능성을 암시한다. 시인작가는 상상력을 통해 자신의 경험세계를 새롭게 창조하고 이를 구체적 지각의 세계로 인도하게 된다. 구체적 지각의 세계는 작품 속에 드러나는 시간과 공간인식을 통해 전달된다. 독자들은 이러한 시간과 공간인식의 구도를

---

8) Gaston Bachelard, 곽광수 역, 『공간의 시학』, 동문사, 2003, 30~31쪽. 바슐라르는 시에 대한 현상학이 감정적인 반향을 넘어서야 한다는 점에서 현상학적인 두 자매어(姊妹語) 반향과 울림의 차이를 구분하고 있다. 그에 따르면, '반향'은 세계 안에서의 우리들의 삶의 여러 상이한 측면으로 흩어지는 반면, '울림'은 우리들로 하여금 우리들 자신의 존재의 심화에 이르게 한다. 한 시작품의 표면적인 풍요로움(반향)과 내면적인 깊이(울림)는 언제나 자매적인 위치에 놓여 있다. 따라서 한 시작품의 심리적인 작용을 드러내기 위해서는 현상학적인 분석의 두 축 즉, 정신의 표면적인 풍요로움과 영혼의 깊이를 향해 나아가야 한다.

통해 한 시인의 시세계의 특질을 발견하게 되는 것이다.

시간과 공간의 문제는 예로부터 오늘날에 이르기까지 인간에게 가장 실제적이고 본질적인 관심의 대상으로 떠오른다. 그간 다양한 분야에서 이에 대한 연구가 비중 있게 논의되고 있는 것은 바로 이 때문이다. 문학 연구에서도 마찬가지다. 주로 인간 삶의 문제에 천착하게 되는 문학작품은 나와 세계를 해명하고 그 관련성을 모색하는 작업이다. 여기에는 시간적 질서와 공간적 질서가 서로 대결양상을 주도하며 작품의 통일성9)을 유지해 간다. 문학적 표현은 의식 속에 드러난 본질에 대한 인식으로서 외계와의 진정한 교류가 될 수 있다.10) 따라서 문학에 있어서의 시간과 공간은 분리되어 거론할 수 없는 하나의 짝이라 할 수 있다.11)

이처럼 문학 속의 시간과 공간은 시인작가이 걸어온 시대적·개인적 역사성을 함축하는 저장고라고 할 수 있다. 이러한 역사성이 곧 시인의 세계인식의 척도가 되고 문학적 성격을 구축해 가는 근원이 된다. 경험세계 속의 시간과 공간이 어떤 색채로, 또 어떤 형식으로 문

---

9) 조동일, 『문학연구방법』, 지식산업사, 1982, 163~165쪽, "문학 속의 시간적 질서와 공간적 질서는 작품의 통일성을 유지하게 하는 질서이면서 또한 작품 속의 대결의 양상을 주도한다. 만약 작품 속에 통일성이 없다면 작품 자체가 와해되고 만다. 또한 대조, 대립, 갈등에 의한 대결이 없다면 작품 자체가 무의미하게 된다. 따라서 작품 속에는 통일성과 대결양상 등 두 개의 질서가 동시에 작동하게 된다. 이러한 질서는 형식적인 것이면서 또한 세계관을 나타내는 하나의 토대가 된다. 그리고 이는 음성적 질서에서보다 시간적 질서에서 더 잘 드러나고, 시간적 질서에서보다 공간적 질서에서 더 잘 드러난다."

10) 김은자, 『현대시의 공간과 구조』, 문학과비평사, 1988, 18쪽.

11) G. Zukav, *The Dancing Wu Li Master*, 김영덕 역, 『춤추는 物理』, 범양사, 1981, 234쪽, 아인슈타인은 시간과 공간이 독립되어 존재하는 것이 아니라고 보고 있다. 시간과 공간은 연속체이며 실질적으로 분할되지 않았고, 따라서 계속적으로 흐르는 연속체로서의 특징을 지니고 있다고 한다(최동호, 「韓龍雲의 詩와 空間」, 『現代詩의 精神史』, 열음사, 1985, 213쪽. 재인용).

학 속에 구현되는 지에 따라 의미구도가 달라지는 것은 바로 이 때문이다. "시간과 공간은 감성적 직관의 순수형식으로서는 동일한 양상을 보여주지만, 우리의 경험 속에는 서로 다른 양상으로 전개"[12]된다. 이는 작품을 수용하는 독자의 수용태도에 따라서도 많은 차이성을 드러낸다. 동일한 경험적 시간과 공간의 범주도 독자의 시선과 분석의도에 따라 그 의미가 달리 구성되기 때문이다. 따라서 시간과 공간인식에 대한 연구는 다양한 해석을 유도할 수 있는 방법적 틀을 함의하고 있다고 할 수 있다.

시간과 공간에 대한 관심과 논의는 그 동안 철학, 과학, 종교, 문학, 예술 분야 등 여러 측면에서 다양하게 제기되었다. 이는 인간의 生과 死가 시간과 공간이라는 큰 줄기 속에 포섭되어 지배를 받고 있기 때문이다. 그러나 시간과 공간의 문제 특히 시간에 있어서는 그 해석의 범주가 대단히 넓고 난해해서 명쾌하게 그 실체를 파악하기가 쉽지 않다. 따라서 언제나 어느 만큼의 미비한 구석을 남겨놓고 또 다른 해석의 가능성을 찾아 맴돌게 된다.

시간에 대해서 일별해 보면, 우리가 직면하고 있는 시간은 자연적 시간과 경험적 시간으로 분류되고 있는 것이 대부분이다.[13] 자연적 시간은 고정된 시간의 형태 즉, 과학적·논리적 개념이 바탕이 되는 시간이다. 이것은 경험적 시간의 대척점에 놓이는 시간개념으로 자유로운 상상력을 한정하는 기계적인 시간에 해당한다. 반대로 경험적 시간은 인간경험 세계의 여러 국면들이 점철되어 있다. 문학적 시간은 바로 이러한 인간 경험적 시간에 토대를 둔다.

---

12) 이승훈, 『詩論』, 태학사, 2005, 465쪽.
13) H. Meyerhoff, 김준오 역, 『문학과 시간현상학』, 심상사, 1979, 32쪽.

자연적 시간과 일상적 시간은 시계가 그것을 대표하고 있다. '一日如三秋'와 '歲月如矢'의 그 상반되는 탄식에도 불구하고 시계의 시간은 일정한 방향을 일정한 속도로 그야말로 비정하게 흐르고 있다. 그것은 인간 부재의 시간이다. 문학적 시간은 이와는 달리 그 속에 언제나 인간이 깊이 개입되어 있다. 개입된 그 인간이 빠지면 그것은 존재 할 수 없는 시간이다. 이러한 문학적 시간은 시계라는 이름의 객관적인 시간 측정 장치를 초월해 있다. 그런 뜻에서 일상적 시간은 시계 속에 갇힌 시간이요, 문학적 시간은 시계로부터 해방된 시간이라 할 수 있을 것이다. 문학이 인간의 자각적 소산인 이상 시계로부터의 시간의 해방도 물론 자각적 행위의 결과인 것이다.14)

자연적 · 일상적 시간과 경험적 시간의 대비는 인간이 개입되어 있느냐 부재하느냐에 따라 달라진다. 자연적 · 일상적 시간이 인간 부재의 객관적 시간이라면 문학적 시간은 인간이 개입된 개인적 · 주관적 시간의 형태를 보여준다. 이러한 문학적 시간은 객관적 · 일상적 시간과 주관적 · 비일상적 시간이 변증법적인 울림을 띨 때 드러난다.15) 다시 말해 문학적 시간은 논리적 체계 속에서 형성되는 것이 아니라, 비논리적인 체계 속에서 생성되는 이른바 창조적 세계를 의미한다. 이는 상상력과 열망이 만들어낸 가능성의 세계, 즉, 자각과 반성과 전망을 열어주는 허구의 세계이다. 과학적 시간과 경험적 시간의 대비는 곧 과학적 사고와 경험적 사고의 대비로써 우리의 지각세계의 범주를 경계 짓는다. 이 둘의 대비는 두 개념의 거리를 실감함은 물론 각자의 범주를 특히, 문학적 시간을 이해하기 위한 기본 단계가 된다.

공간은 보다 구체적인 존재 대상으로 우리에게 다가온다. 우리의

---

14) 이형기, 「문학적 시간의 의미」, 『시와 언어』, 문학과지성사, 1987, 100쪽.
15) 이승훈, 『文學과 時間』, 이우출판사, 1983, 99쪽.

삶에서 시간이 필연적 조건으로 제시되듯이 공간 또한 인간 존재를 해명하는 하나의 조건이 된다. 따라서 공간은 우리가 의식하든 하지 않든지 '필연적인 선천적 표상'16)으로 존재한다. 대상이 없는 공간은 생각할 수 있으나 공간이 없는 대상은 생각할 수 없음이 이를 뒷받침 한다. 인간 존재는 대상을 감지할 수 있는 공간의 확보로부터 시작된 다. 다시 말해 공간은 존재를 가능하게 하고 그 실체를 확인할 수 있 는 조건으로 전제된다. 따라서 문학 속의 시간과 공간은 대등한 질서 속에서 그 의미생성의 본질로 접어들게 된다.17) "시간과 공간은 무엇 보다 인간의 삶을 조건 짓는 발전적 준거의 틀이며 동시에 존재론의 토대가 되기 때문이다."18)

이러한 문학적 시간과 공간은 반드시 언어를 통해 그 의미적 특성 을 구성한다는 점에서 여느 예술 분야와 다른 독자성을 갖는다. 문학 은 언어를 통해 표현되고 언어를 통해 정서이동을 한다. 언어를 떠나 서는 어떤 내용도 생산할 수 없고 또 전달할 수도 없다. 문학을 가장 단적으로 그리고 범박하게 언어예술 또는 언어로 미를 창조하는 예 술이라고19) 하는 것은 여기에서 기인한다. "문학은 언어를 통해 우리

---

16) I. Kant, 최재희 역, 『순수이성비판』, 박영사, 1972, 76쪽. "공간은 모든 외적 직관 작용의 근저에 있는 필연적인 선천적 표상이다. 공간 안에 대상이 없는 일은 넉넉 히 생각될 수 있으나 우리는 공간이 전혀 없다는 생각을 가질 수 없다. 따라서 공 간을 외적 현상에 의존하는 규정으로 보이지 않고 외적 현상을 가능하게 하는 조 건으로 보아진다. 즉 그것은 외적현상의 근거에 반드시 있어야 하는 선천적 표상 이다."
17) 이형기, 앞의 책, 88쪽. "문학작품에서의 공간적 질서는 시간적 질서의 공간적 측 면이고, 시간적 질서는 공간적 질서의 시간적 측면이라 할 수 있다. 음악에서는 공 간적 질서가 시간적 질서에 종속되어 있다고 한다면, 문학에서는 공간적 질서가 시간적 질서와 대등한 위치를 차지하고 있다."
18) 한광구, 『木月詩의 時間과 空間』, 시와시학사, 1993, 12쪽.
19) 김준오, 『詩論』, 三知院, 2006, 56쪽.

의 삶을 총체적으로 표현한다. 이는 문학이 삶의 어느 특정 분야가 아니라 그 전체를 표현 대상으로 한다는 뜻이다."[20] 이러한 장르적 특성이 보다 다양한 의미를 생성시키고 해석의 범주를 심화시키는 근원이 된다.

김종삼의 시세계를 물들이는 시간과 공간적 배경은 대체로 전쟁과 분단, 실향 등 역사적, 개인적 경험 세계를 바탕으로 형성된다. 그의 불우한 현실적 삶과 병고, 방황으로 이어지는 일련의 과정은 엄밀히 이러한 시·공간에서 찾아야 할 것이다. 그의 세계와의 불화, 소외의식, 부재의식, 죄의식, 죽음의식 또한 이러한 시간과 공간인식에서 비롯된다. 시간과 공간 현상학과 분석심리학은 김종삼 시세계가 함유하고 있는 시간과 공간적 특성을 분석하는데 유용한 방법론이 될 것이다. 현상학은 궁극적으로 인간 존재의 본질을 밝히는 데 그 목적이 있다.[21] 따라서 한 시인의 내면화된 사유와 심리적 반응을 해명하는 데 적절하게 원용할 수 있다. 문학 작품에서 존재의 본질이란 작가의 의식세계를 반영하는 하나의 틀로서 대체로 "경험"[22]을 바탕으로 구성된다. 이는 곧 세계와 자아, 주체와 객체와의 관련성과 갈등양상에

---

20) 이형기, 앞의 책, 88쪽.
21) 박이문, 『현상학과 분석철학』, 일조각, 16쪽. "현상학의 목적은 어떤 存在, 어떤 對象의 本質을 발견하는 것인데, 그 목적은 궁극적으로는 존재의 본질을 보는 데 있다."
22) 박이문, 위의 책, 22쪽. '경험'의 두 가지 측면을 보면, "일반적으로 경험이란 말은 어떤 대상이 의식에 반영(反映) 혹은 반응(反應)되는 관계를 의미한다. 가령 내가 정원에 있는 꽃나무를 볼 때 그 꽃나무라는 대상이 나의 視覺에 어떤 자극을 일으켜 나는 그 자극을 의식하게 된다. 이와 같이 대상에 의해서 수동적으로 얻어진 의식상태의 변화를 우리는 경험이라고 부른다." 다른 한 편으로는 "경험은 때와 장소에 따라 그리고 사람과 사람에 따라 엄격한 의미에서 다르다. 그렇다면 경험으로 얻어진 지식은 결코 확실할 수 없고, 모든 지식은 때와 장소에 따라 그리고 사람에 따라 항상 다르다."

다름 아니다. 시간과 공간은 이러한 측면에서의 한 시인의 세계인식의 척도와 대응양상의 성격을 결정짓는다.

　분석심리학 또한 현상학적 방법의 연장선상에서 세계와 자아와의 관련성과 그에 따른 심리적 반응을 해명하는 중요한 기준이 된다. 앞서도 말한 바와 같이 김종삼의 시는 외부 세계보다 내부 세계의 섬세한 파장을 그려내는 데 중심을 두고 있다. 김종삼의 내면화된 경험세계는 그의 시의식이 지각해 내는 세계인식의 구도이다. 의식은 외부 세계에 관한 일종의 방향 감각이며 지각의 산물이다.23) 따라서 詩作은 시인의 의식행위의 산물로써, 그만의 상징 코드 속에 시세계의 특징을 규정지을 만한 방향을 제시해 놓는다.

　김종삼 시의 시간과 공간은 단절과 지속, 도피와 회귀로 이어지는 그의 시적 상상력의 실천적 통로가 된다. 이는 표면적 세계 뿐 아니라 그 이면에 은폐되어 있는 무의식의 세계까지 아우른다. 현재의 시점에서 과거의 시간과 공간을, 과거 시점에서 현재의 시간과 공간을, 과거와 현재를 바탕으로 미래의 시간과 공간을 제시한다. 여기에는 그의 역설적인 시적 사유와 부정적인 세상 읽기의 시적 행보가 포착되어 있다. 이러한 독특한 詩作과정이 김현의 말대로 단일 해석을 거부24)하는 상징적 구도가 될 것이다.

---

23) 이부영, 『분석심리학 −C. G. Jung의 인간심성론』, 일조각, 2007, 63쪽. 융은 인간의 마음에는 자아(Ego)라는 것이 있는데, 의식은 바로 '나'(자아)의 둘레에 있다고 말한다. 내가 의식하고 있는 모든 것 즉, 나의 생각, 내 마음, 내 느낌, 나의 이념, 나의 과거, 내가 아는 이 세계 등 무엇이든 자아를 통해서 연상되는 정신적 내용을 '의식意識'이라고 한다(58쪽).
24) 김 현, 「김종삼을 찾아서」, 『김종삼 전집』, 청하, 1988, 243쪽.

3. 연구사 검토와 연구 방향 설정

김종삼 시 연구는 그의 사후 전 작품이 수록된 전집이 나오고 나서야 본격적으로 시작되고 있다. 1980년대 후반부터 본격화되기 시작한 그에 대한 연구는 그간 소홀했던 만큼 꾸준히 진행되고 있고 연구업적도 점차 늘어가고 있다. 그의 시 전집은 그의 사후에 간행된 '장석주 편'과, 7년 후 다시 출간된 '권명옥 편'[25] 등 두 권이 있다. 1988년 처음으로 간행된 『김종삼 전집』은 그동안 분산되어 있던 김종삼의 시를 집대성하는 데 크게 기여한다. 김종삼의 전집 출간은 아직 미비한 단계에 머물러 있던 그의 시 연구에 활력을 불어넣는 계기를 마련한다. 2005년에 발간된 권명옥 편은 유고시를 비롯해 누락되었던 시를 새롭게 발굴·보완해 김종삼 시세계의 전모를 살피는데 많은 자료적 역할을 한다.

김종삼 시 연구는 최근 빠르게 그 성과를 쌓아가고 있지만, 아직은 초기 단계에 불과하다고 할 수 있다. 그와 함께 50년대 대표 모더니즘 시인으로 평가받는 김춘수와 김수영에 비해서도 그에 대한 논의는 훨씬 뒤떨어져 있다. 이는 우리 모두에게 각성과 반성을 안겨 주는 사안이면서 앞으로 풀어가야 할 큰 과제가 아닐 수 없다. 김종삼의 시편들은 아직도 깊은 바다 속에 잠들어 있는 보물창고라고 할 수 있다. 따라서 다양한 각도에서 심층적이고 폭넓은 연구가 이루어져야 할

---

25) 장석주 편에는 장석주의 권두 평론을 필두로 총 4부로 구성되어 있다. 제1부에서 제3부까지는 김종삼의 169편의 시와 산문 2편이, 제4부에는 김종삼에 대한 논평 7편이 실려 있다(『김종삼 전집』, 청하, 1988). 권명옥 편에는 기존의 시 169편에 47편이 보완된 216편의 시가 발표 시기별로 실려 있다. 총 5부로 구성된 이 전집에는 제1부에서 제5부까지는 시, 6부에는 산문 5편, 신문 인터뷰 기사 4편 등이 실려 있다(『김종삼 전집』, 나남, 2005).

것이다. 김종삼의 작품이 큰 진폭을 내포하고 있는 만큼 그에 대한 연구는 한국 현대시의 새로운 지평을 여는 중요한 계기가 될 것이다.

지금까지 김종삼 시에 대한 논의들은 대체로 의식적인 측면26)과 형식적인 측면27)에 초점을 두고 그의 시적 특성을 규명하고 있다. 전자의 경우는 주로 시인의 내면의식에 주목하면서 그의 비극적 세계관, 현실과의 불화, 그로 인한 단절과 도피, 방황의 정서 등을 분석하고 있다. 그의 부재의식, 죄의식, 죽음의식, 비애미, 환상의 세계 등도 이와 연장선상에서 조명되는 시적 특질들이다. 후자의 경우는 김종삼 시의 기법적 특징으로 언급되는 공백과 생략, 묘사의 과거체 사용, 상징과 절제 등에 중심을 두고 분석에 임하고 있다. 또한 이미지에 의한 자유연상, 빈번한 외래어 사용과 문맥 파괴로 인한 난해성, 담화체계에 대한 연구도 함께 이루어지고 있다.

한편으로 김종삼 시세계의 특징을 다른 시인의 시세계와 비교함으로써 그의 독특한 개별성을 찾고자 하는 비교문학적 측면28)과, 그의

---

26) 김현, 「김종삼을 찾아서」, 『김종삼 전집』, 청하, 1988; 김춘수, 「김종삼과 시의 비애」, 『의미와 무의미』, 문학과 지성사, 1976; 김주연, 「비세속적 시」, 『김종삼 전집』, 청하, 1988; 황동규, 「잔상의 미학」, 『김종삼 전집』, 청하, 1988; 장석주, 「한 미학주의자의 상상세계」, 『김종삼 전집』, 청하, 1988; 김시태, 「언어의 고독한 축제」, 『한국 현대시 연구』, 민음사, 1989; 오형엽, 「풍경의 배음과 존재의 감춤」, 『1950년대의 시인들』, 나남, 1994.

27) 김준오, 「완전주의 그 절제의 미학」, 『김종삼 시선』, 미래사, 1991; 신규호, 「무의미의 의미」, 『시문학』, 1989.3; 하현식, 「미완성의 수사학」, 『현대 시인론』, 백산출판사, 1990; 한이각, 「김종삼 시 연구」, 서울여자 대학교 박사학위논문, 1995; 류명심, 「김종삼 시 연구-담화체계 및 은유를 중심으로」, 동아대학교 박사학위논문, 1999.

28) 오규원, 「타프니스 시인론」, 『현실과 극기』, 문학과 지성사, 1986; 하현식, 「두 가지 줄기의 시학」, 『현대시학』, 1983.3; 정한용, 「한국 현대시의 초월지향성 연구 -김종삼·박용래·천상병을 중심으로」, 경희대학교 박사학위논문, 1996; 이민호, 「현대시의 담화론적 연구-김수영·김춘수·김종삼 시를 대상으로」, 경희대학교 박사학위논문, 2000; 남진우, 『미적 근대성과 순간의 시학-김수영·김종삼

음악적 성향이나 기독교적 인식, 전기적 생애, 그리고 시에 나타나는 이미지를 중심으로 그의 시의식의 저변을 규명하려는 연구도 눈에 띈다.[29] 먼저, 비교문학의 측면에서는 박용래, 김춘수, 천상병, 김수영, 윤동주, 마종기 등의 시인들과 비교/분석하고 있는 논의들이 있다. 이들 논의들은 언어적 측면에서 생성되는 차이점과 공통점, 지향성을 통해 바라본 특징들, 담화론적 접근, 시간의식, 모더니티 비교, 기독교적 세계관 등의 비교에 중심을 두고 있다.

김종삼 시세계의 근원을 음악적 요소로 보고 음악과 시의 결합 양상을 고찰하는 연구 또한 중요한 위치를 차지한다. 음악은 김종삼의 시세계의 색채를 구성하는 이른바 김종삼만의 개성을 생성시키는 특징적 배경이 되기 때문이다. 김종삼에게 음악은 예술혼을 고취시키는 정신적 지향이면서 현실을 도피하기 위한 일종의 도피공간이기도 하다. 죄의식과 죽음의식 등 기독교적 세계관을 통해 김종삼의 시적 특질을 규명하려는 작업도 중요한 관점이다. 이는 김종삼이 성장과정에서부터 기독교적 정서 속에 물들어 있었고 여기에 따른 작품들

시의 시간의식』, 소명출판, 2001; 박은희, 「김종삼·김춘수 시의 모더니티 연구 : 시간의식을 중심으로」, 성신여자 대학교 박사학위논문, 2003; 최종환, 「현대시에 나타난 기독교 죄의식의 심리학적 연구－윤동주·김종삼·마종기의 시를 중심으로」, 경희대학교 박사학위논문, 2003.

29) 이승훈, 「평화의 시학」, 장석주 편, 『김종삼 전집』, 청하, 1988; 허금주, 「김종삼 시 연구」, 한양대학교 박사학위논문, 2001; 이승원, 「김종삼 시의 환상과 현실」, 『20세기 한국 시인론』, 국학자료원, 1997; 조남익, 「장미와 음악의 시적 변용」, 『현대시학』, 1987.2; 김영태, 「음악의 배경－김종삼론」, 『시문학』, 1972.8; 강석경, 「문명의 배에서 침몰하는 토끼」, 『김종삼 전집』, 청하, 1988; 송경호, 「김종삼 시 연구－죄의식과 죽음의식을 중심으로」, 서울 시립대학교 박사학위논문, 2007; 권명옥, 「적막의 미학」, 『한국문예비평연구』 제15집, 2004.12; ＿＿＿, 「은폐성의 정서와 시학」, 『한국시학연구』 11호, 한국시학회, 2004; ＿＿＿, 「적막과 환영 －끼인 시간대의 노래」, 『김종삼 전집』, 나남출판, 2005; 김옥성, 「김종삼 시의 기독교적 세계관과 미의식」, 『한국언어문화』 제29집, 2006.

도 많이 등장하기 때문이다. 따라서 종교적 관점과 자아 사이의 갈등 관계를 다룬 논의들은 빼놓을 수 없을 것 같다. 하지만 이러한 논의들은 종교적 특성에만 치중함으로써 그의 미학을 찾는 데는 일정 부분 한계를 지니기도 한다. 이미지 연구는 그의 시에 나타난 물, 돌, 나무, 소리 등의 이미지를 통해 그의 시세계의 특징을 분석한다. 이 밖에 김종삼 시의 시사적 위치에서 그의 시를 규정하고자 하는 논의들도 있다.30) 이는 김종삼 시세계의 시사적 위치를 확실하게 제시해 준 것은 아니지만, 일정 부분 도움이 되리라 본다.

살펴본 바와 같이, 김종삼 시에 대한 기존의 연구들은 최근 몇 년간 장족長足의 발전을 보여주고 있다. 하지만 김종삼 시세계가 함유하고 있는 의미의 진폭과 시사적 위치 그리고 시적성과에 비춰보면 아직도 미흡한 단계에 놓여 있음을 부인할 수 없다. 그 동안 김종삼에 대한 논의는 자주 언급되고 있는 작품들, 혹은 선호하는 특정 작품에 대한 논의에 치중해 있는 경우가 많다. 따라서 중요하게 언급되어야할 부분들이 빠져 있거나 소략하게 다루어지는 경우도 흔히 눈에 띤다. 또한 기존의 논의에 의존하여 몇 개의 특징들에만 집중하는 논의들도 문제로 지적될 수 있을 것이다. 김종삼 시세계를 보다 체계적이고 심도 깊게 연구하려면 그의 전 작품 세계를 조망하는 것이 가장 바람직 할 것이다. 초, 중, 후기로 이어지는 그의 시세계의 변화와 시정신의 흐름을 짚어봄으로써 그의 작품이 내장하고 있는 핵심을 어느 정도나마 해명할 수 있으리라 생각한다. 시간과 공간인식은 그의 시세계를 물들이고 있는 지배적 정조를 규명하는 데 중요하게 작용할 것이다. 막연한 접근이 아니라 시간과 공간이라는 확고한 주제를 통

---

30) 이경수, 「부정의 시학」, 『김종삼 전집』, 청하, 1988; 민영, 「안으로 닫힌 시정신」, 『김종삼 전집』, 청하, 1988.

해 그의 시의 미학을 조명하고자 한다는 점에서 새로운 시도로서의 중요한 작업이 될 것이다.

김종삼이 남긴 시적 성과는 1950년대 모더니즘 문학의 정석을 보여줄 뿐만 아니라, 한국 시문학의 전망을 한 눈에 볼 수 있게 한다. 이는 한국 현대시의 위상과 이해의 폭을 넓히는 하나의 길잡이가 될 것이다. 그의 시적성취는 오랜 고뇌와 각고의 탐구과정 끝에 획득하게 된 결과물이다. 연구자들은 더 많은 관심과 투명한 시적 통찰로 그의 시세계의 특질과 우수성을 규명해야 할 것이다. 본 연구는 기존 연구들을 아우르면서, 김종삼 시세계가 내장하고 있는 시간과 공간인식의 심층적 의미구조를 캐내는 것에 주력할 것이다. 특히 대부분의 연구에서 소략하게 다루어지거나 아예 언급되지 않는 현실공간으로의 회귀와 극복세계를 깊이 있게 조명할 것이다. 대개의 논의들은 김종삼의 초, 중기시에 중심을 둠으로써 후기시에서 보여 지는 공간회복과 존재회복의 과정을 놓치고 있다. 김종삼은 그가 도피하려고 했던 현실공간으로 회귀함으로써 즉, 현실공간을 수용함으로써 진정한 의미에서의 자기극복을 성취할 수 있게 된다.

II장에서는 김종삼 시의 시간과 공간 인식의 특성을, III장에서는 통합적 의미를 분석할 것이다. 김종삼의 시간인식은 대체로 단절과 지속의 형태로 그 시간적 특성을 드러낸다. 단절의 시간은 주로 현실인식의 측면에서, 지속의 시간은 과거인식의 측면에서 그의 인식체계와 의미구조를 형성한다. 김종삼 시의 시간인식은 부정적인 형태로 구성되는 것이 특징이다. 그의 단절과 지속의 시간은 바로 이러한 부정적인 시간을 단절/도피하고자 하는 자기 방어 의지와, 이와는 무관하게 연속되는 시간과의 갈등양상이 반영되어 있다.

공간인식은 도시공간에서 발현되는 도피의식과 그로 인한 도피공간의 형성 그리고 자기 승화기제로서의 회귀와 초월공간을 함유한다. 그의 도피공간은 대체로 자기 내면으로의 침잠을 보이는 내부공간과, 내부공간의 한계로 인해 또 다른 이행을 보이는 외부공간이 있다. 이러한 외부공간은 다시 현실회귀를 지향하면서 초월공간으로 나아간다. Ⅲ장은 Ⅱ장에서 분석한 내용을 종합/정리하는 과정이 된다.

　　연구 텍스트로는 시인이 남긴 3권의 시집과 4권의 시선집 그리고 연대시집과 공동시집 등31)이 중심이 되었다. 김종삼의 산문과 시평, 작가연보, 작품연보가 실려 있는 두 권의 시전집(『김종삼시전집』, 장석주 편(청하, 1988), 권명옥 편(나남출판사, 2005)) 또한 기본 텍스트로서의 핵심적 역할을 하였다.

---

31) 주석 2) 참조, 10쪽.

제Ⅱ장
김종삼 시학의 시간과 공간

김종삼 시의 시간과 공간은 과거, 현재, 미래를 두루 포괄하면서 상호 영향을 미치는 관계에 있다. 특징적인 것이 있다면, 그의 시가 대체로 스스로의 체험에 기대고 있는 만큼 과거 회상의 구도 즉, 과거의 시간과 공간에 많이 치우쳐 있다는 것이다. 과거 체험의 비극적인 인식들은 고스란히 현재의 시·공간 속에 녹아 부정적 현실인식을 유도하는 근원이 된다. 따라서 미래의 시·공간 또한 부정적인 구도가 될 수밖에 없는 상황이 된다.

김종삼의 시에 나타난 시간인식과 공간인식은 부정적인 현실과 그러한 현실을 벗어나려는 이른바 현실인식과 현실 대응방식의 구도를 보여준다. 시간인식은 현실인식의 측면에서 공간인식은 현실대응의 측면에서 그 의미적 특성을 드러낸다. 그의 시간인식과 공간인식은 대체로 그의 부정적인 경험세계와 연계성을 가진다. 그리고 이러한 경험세계는 전쟁과 분단과 실향이라는 역사적 배경과 그로 인한 개인적 비극성을 함축한다.

먼저 시간인식을 살펴보면, 김종삼의 시간인식은 단절과 지속의 형태로 구성되는 특징을 보인다. '단절의 시간'은 부정적인 현실을 단절하려는 의도에서 시작되는 것으로 그의 방황의 정서와 맥이 닿아 있다. 도시문명과 자아와의 갈등, 소외와 부재의식, 이로 인한 죄의식과 죽음의식 등이 김종삼의 단절의 시간이 함축하는 내용들이다. 김종삼은 자신에게 부여된 모든 부정적인 요소와 조건들이 자신의 죄때문이라는 인식을 갖게 된다. 이러한 인식은 스스로 이 세계와는 맞지 않다는 자아부정의 세계로까지 확장된다.

김종삼의 경우, 부재를 동반하는 이러한 단절의 세계는 대단히 중요하게 작용한다. 그의 단절의식 자체가 그의 전 시세계를 물들이는 이른바 그의 '내용없는 아름다움'의 세계와 직접적인 연계성을 가지기 때문이다. 이는 현실을 도피하려는 의도와 함께 새로운 詩作에 대한 탐구정신으로 연결되기도 한다. 김종삼의 단절의식이 단지 도피에 머물지 않고 내적 열망의 표현으로 보는 이유가 여기에 있다. 따라서 그의 단절의 시간은 두 범주로 분류해서 생각해 볼 수 있다. 하나는 '내가 다가가려 하지만 세계가 나를 거부한다'는 인식에서 오는 단절의식이고, 다른 하나는 부정적인 현실로부터 스스로 도피하려는 '의도적 단절'이 그것이다. 전자가 현실도피의 측면이라면 후자는 새로운 세계발견을 위한 의도적 단절의 형식을 보여준다. 특징적인 것은 둘 다 부정적인 시대와 현실을 벗어나고자 하는 열망에서 출발하고 있다는 공통점을 지닌다.

'지속의 시간'은 과거체험을 바탕으로 구성되는 시간인식으로 '단절의 시간'과 내적 연계성을 가진다. 단절의 시간이 부정적인 현실인식에서 오는 시간인식의 측면이라면, 지속의 시간은 이러한 부정적인 현실인식을 유도하는 원인 즉, 과거 경험적 시간이 중심이 되기 때문이다. 다시 말해 과거의 비극적 체험들은 망각되지 않은 채 현실 속에 그대로 살아남아 시인의 의식·무의식을 자극하게 된다. 이는 단순히 정신적인 문제에 국한되는 것이 아니라 실제 현실 속에서 체득되는 문제의식들이다. 이를테면 김종삼의 경험구도인 민족적 수난과 상처의 시간들은 단지 과거로 소멸되지 않고 지속적으로 그의 정신적·현실적 삶을 지배하고 있다는 것이다.

이러한 '지속의 시간'은 대체로 '기억'이라는 매개를 통해 그 연속성을 드러낸다. '기억'은 과거의 어떤 시점이 상상들에 기초하여 재현 representation되는 것으로 각각의 '지금' 시점에 기억의 '지금' 시점이 상응"[1]하고 있다. 김종삼의 '기억'은 대체로 전쟁과 분단, 실향 등 비극적인 역사적 사건들과 연계해서 구성된다. 따라서 '기억'은 앞서도 말

---

[1] Edmund Husserl, 『시간의식』, 이종훈 역, 한길사, 2007, 97~103쪽. 훗설은 우리의 기억현상을 1차 기억과 2차 기억으로 나누고 있다. 1차 기억 혹은 과거지향은 '지금' 현재가 아니라 언제나 지나간 것에 토대를 두고 있다. 다시 말해 기억은 그것이 방금 전의 일이라 할지라도 일단 지난 시간에 대한 시간 인식이라는 것이다. "시간직관은 그 지속의 각각의 시점에서 바로 전에 존재했던 것에 관한 의식이며, 단순히 지속하는 것으로서 나타나는 대상적인 것(Gegenstandliches)의 '지금' 시점에 관한 의식은 아니다. 따라서 이러한 의식 속에는 방금 전에 존재하였던 것이 그것에 속한 연속성을 통해 의식되며, 각각의 국면에는 내용(Inhalt)과 파악(Auffassung)이 구별된 채 일정한 나타남의 방식(Erscheinungsweise)을 통해 의식된다. 2차적 기억 (se-kundare Erinnerung) 또는 회상(Widererinnerung)은 1차 기억과 구별되는데, 1차 기억은 상상들에 기초하여 재현(Reprasentation) 즉, 현전화(Vergegenwartigung)로서 구성된다. 2차 기억은 1차 기억에서 생성된 이러한 현전화들이 독자적으로 지각에 연결되어 나타나는 기억을 말한다. 즉, 과거에 지각된 것을 상상 속에서 다시 기억하는 것으로, 생생하게 지각된 현재(지금)와는 직접적 관련이 없고 연상적 동기부여라는 매개를 통해 드러나는 기억이다.

한 바와 같이 부정적인 경험세계를 바탕으로 한 세계와 자아 상실의 시간에 중심을 두고 있다. 이러한 김종삼의 상실의식의 근저에는 '상처'가 깊이 자리하고 있다. 그의 '상처'는 다양하게 변용되어 부재의식, 죄의식, 죽음의식, 소외의식, 허무의식 등 그의 시적 색채를 구성하는 배경이 된다. 이처럼 김종삼 시의 시간은 단절과 지속을 반복하면서 그의 시세계의 구도를 구성해간다.

김종삼 시의 공간적 특성은 부정적 현실에 대한 일종의 대응의 형식으로 나타난다. 그의 시간인식이 부정적으로 연속되는 시간을 단절시킴으로써 현재로부터 도피하거나 결핍된 시간을 무화하려 했다면, 공간인식은 공간이동을 통해 현실로부터 도피하거나 초월하려는 의지를 보여준다. 좀 더 구체적으로 말하면 지향세계로의 도피와 그러한 도피공간에서 다시 현실공간으로 돌아오는 회귀공간을 함축한다. 김종삼의 도피공간은 새로운 세계지향이라는 의도를 담고 있는 것으로 이국공간지향, 순수예술공간에 대한 지향 등으로 나타난다. 회귀공간은 도피했던 현실공간으로 다시 돌아옴을 의미하는 것으로 현실공간에 대한 새로운 이해와 공간회복의 의지, 존재초월의 열망을 담고 있다.

이러한 과정은 '떠남/떠돎'과 '돌아옴'의 구도로 대별해 볼 수 있다. 김종삼의 '떠남/떠돎'의 여정은 그의 방황의 정서와 맥락을 같이 한다. 그의 방황은 현실 공간의 불모성 즉 자신이 몸담고 있는 세계를 황야/광야로 인식하는 것에서 출발한다. 황야/광야 공간이란 인간이 인간답게 살 수 없는 이른바 평화와 순수가 사라진 공간을 의미한다. 그의 도피의식은 바로 이러한 현실공간에 대한 위기의식의 표현이라고 할 수 있다. 따라서 그의 내부공간지향과 외부공간지향은 자기방어기제로서의 도피공간이 되는 셈이다. 도피의식의 발현, 공간이동,

도피공간의 형성이 바로 이러한 과정을 함축한다.

다음으로 김종삼의 도피의 여정에 대한 반성적 결과로서의 회귀와 초월공간을 살펴본다. 이는 '떠남/떠돎'의 여정에서 '돌아옴'의 여정을 반영하는 부분이다. 김종삼이 지향했던 도피공간은 자기 방어기제로서는 일정 부분 기능을 하지만, 그것이 진정한 의미에서 자기정화와 극복세계로 이어지지는 못한다. 김종삼의 도피의 여정이 결국 허무주의로 빠지고 마는 것은 바로 이러한 점에 기인한다. 여기서 그는 또 다른 공간에 대한 탐색을 시도할 수밖에 없다. 이것이 그가 현실공간으로 회귀하게 되는 계기가 된다. 현실로의 회귀, 또는 자기 존재초월의 단계는 김종삼 시세계에서 중요한 위치를 차지한다. 그동안의 연구들은 대개 김종삼 시세계가 표방하던 다양한 특성들과 함께 도피와 방황의 단계에서 연구를 종결짓고 있다. 따라서 후기시에서 보여 지는 김종삼의 현실수용의 심연과 초월적 사유는 간과하고 있다. 현실공간으로의 회귀와 수용의 단계까지가 김종삼의 시간과 공간인식이 내포하고 있는 완결된 의미구조라고 할 수 있다. 본 연구에서 보다 큰 의미를 부여하는 것은 바로 여기에 있다.

김종삼 시에 드러나는 시간과 공간 인식의 흐름은 대체로 위와 같은 특성과 변화과정을 보여준다. 그의 도피공간으로의 떠돎 즉, 방황의 여정에서 현실로의 회귀는 비화해적이던 세계와의 새로운 관계개선을 보여준다. 이는 시인의 시간과 공간에 대한 인식의 변화를 보여주는 것으로 반성과 자기성찰의 세계가 암시되어 있다. 따라서 '자기 방어적 떠돎'에서 '자기 승화적 돌아옴'의 세계는 일종의 정신적시적 완성을 보여주는 단계라고 할 수 있다. 이는 부정적인 경험세계와 현실, 상처의 시공간을 치열한 시정신으로 극복해낸 결과라고 할 수 있다. 그의 시의식을 지배하던 부재의식, 죄의식, 죽음의식 등 모든 부정적인 요소들도 이러한 과정을 통해 극복/승화의 단계를 맞게 된다. 김종삼의 초월세계와 극복공간이 관념적인 지향공간이 아니라, 현실공간에서 이루진다는 점 또한 큰 의미로 받아들여야 할 것이다.

1. 시간인식과 실존의식

1) 부정적 현재와 시간의 단절

(1) 도시문명과 비극적 자아

현대 과학적 시간은 인간적 시간이 배제된 단절과 소외의 시간 즉, 인간상실의 시간으로 상정된다.[2] 문학에서의 시간은 언제나 경험 속에 주어진 이른바 개인적·주관적·심리학적인 측면을 두루 아우른다.[3] 이는 한 개인의 경험적 시간의 성격과 구도가 작품 속에 표상되어 나타남을 의미한다. 김종삼의 문학은 흔히 "삶의 문학 또는 삶의

---

[2] 김형효, 『베르그송의 철학』, 민음사, 1995, 102~109쪽. 베르그송에 의하면, 객관화(공간화)된 시간은 흐른 시간도 흐르는 시간도 아니다. 흐르는 시간은 일종의 순수지속이며, 동시성이 아니라 계기이며, 양이 아니라 질이기 때문이다. 따라서 이와 같은 객관적 시간은 지속과 계기가 없는 고정되고 죽어버린 시간이 되어 버린다. 따라서 시간의 객관적 파악은 인간의 주체적인 실천과는 아무런 관련이 없고 한낱 소박한 인식론적 오류에 불과한 것이기 때문에 문학작품에서는 거의 무용한 것이라 생각한다. 문학에서 시간이란, 그것이 주관적 인식일 때 참다운 가치를 지닌다고 할 수 있다.

[3] Hans Meyerhoff, 이종철 역, 『문학과 시간의 만남』, 자유사상사, 1994, 20~21쪽. "문학 속의 시간은 인간적 시간(le temps humain), 즉 경험의 희미한 배경의 일부를 이루고 있거나 혹은 인간적 삶의 조직 속에 들어 있는 바로서의 시간의식이다. 그것의 의미는 그러므로 이러한 경험 세계의 맥락 속에서나 혹은 이러한 경험의 총체로서의 인간적 삶의 맥락 속에서만 찾아져야 한다. 이렇게 규정된 시간은 사적이고 개인적이고 주관적인 시간, 혹은 종종 말해지듯 심리학적인 시간이다."

기록으로서의 문학"⁴⁾으로 평가된다. 그의 문학을 '삶의 문학'으로 지칭하는 것은 그의 시가 대부분 그의 경험적 시간을 토대로 형상화되고 있기 때문이다. '삶의 기록으로서의 문학'이란 그의 문학 속에 어떤 '기록'의 의미가 함축되어 있음을 시사한다. 이는 그의 시의식을 지배하는 시적 배경이 대체로 1950년대와 연계성을 가지기 때문이다. 한국전쟁과 분단이라는 역사적 사건과 이후 실향과 가난, 병고로 이어지는 개인적 삶의 현장들이 바로 '삶의 문학 또는 삶의 기록으로서의 문학'을 대변해 줄 것이다. 김종삼의 시간인식은 바로 이러한 경험적 시간을 배경으로 그 개성적 구도를 생성해가고 있다.

> 인간의 정신 역시 지구(지리학적 기록)나 인간의 도구 및 수단들(건축학적 기록)과 마찬가지로 "기록하는 도구"이다. 우리가 기억이라고 부르는 것은 기록들의 저장소 혹은 보관소이며, 지층 속에 보존된 기록들과 유사한 지나간 사건들의 흔적(engrams)이다. 미래에 대한 기억은 없다. 바로 이러한 경험적 사실에 의해서만이 기억은 경험된 과거에 대한 주관적 기초로서 역할 할 수 있다.⁵⁾

김종삼 시세계에서 경험적 시간이 중요하게 작용하는 것은 그 경험들이 내포하고 있는 정서들이 그의 시세계의 색채를 구현해가고 있기 때문이다. 그의 새로운 詩作에의 열망이 그의 시의 형식과 언어적 표현을 주도해가고 있다면, 그의 경험적 시간은 그 내용을 충족시

---

4) 권명옥, 「적막의 미학」, 『한국문예비평연구』 제15집, 2004, 12쪽. 대부분의 논자들은 김종삼 문학의 특성을 그의 경험적 토대에서 찾고 있다. 유년시절에서부터 전쟁체험, 그리고 현재까지 그의 경험적 시·공간을 곧 그의 시의식을 지배하는 근원으로 보고 있다. 그의 시세계는 바로 그의 경험적 시·공간을 반영하는 하나의 거울이다.
5) Hans Meyerhoff, 이종철 역, 『문학 속의 시간』, 문예출판사, 2003, 36~37쪽.

키는 역할을 하고 있다. 그의 시 연구가 대개 내면의식과 형식에 중심을 두고 있는 것도 이러한 측면에서 이해해야 할 것이다. '지나간 사건들의 혼적engrams'으로서의 그의 경험적 시간은 '기억'을 통해 그의 시적 시간을 구성한다.

김종삼 시의 시간적 특징이 단절과 지속의 형태를 띠고 있음은 앞서 이미 밝힌 바 있다. '단절과 지속'이라는 시간의 형태는 대체로 세계와 자아와의 관계 즉, 김종삼의 과거와 현실인식의 구도를 반영한다. 시인의 시의식이 어떤 시대와 현실을 함유하고 있느냐에 따라 詩作의 흐름과 성격이 달라지기 때문이다. 이 절에서는 '단절과 지속'이라는 시간적 코드로 김종삼 시가 함유하는 시간인식의 특성을 살펴보고자 한다.

먼저, '단절의 시간'을 형성하는 시적 배경과 의미에 주목해 본다. 아래 인용한 두 개의 글은 김종삼의 몇 편 되지 않는 산문 중에서 발췌한 내용이다. 이 글은 김종삼의 현실인식의 색채를 선명하게 보여준다고 할 수 있다. 현실을 바라보는 시각, 거기에 따른 반응과 대응이 솔직하면서도 냉소적으로 제시되어 있다. 따라서 그의 詩作의 배경과 이후 시적 행보를 암시하는 중요한 단서가 될 것이다.

> 詩란 무엇인가? 나는 이 어려운 문제에 답하기보다 내가 시를 쓰는 모티브를 말하고자 한다. 나는 살아가다가 '불쾌'해지거나, '노여움'을 느낄 때 바로 시를 쓰고 싶어진다.[6]

> 살아가노라면 어디서나 굴욕 따위를 맛볼 때가 있다. 그런 날이면 되건 안 되건 무엇인가 그적거리고 싶었다.[7]

---

6) 김종삼, 「먼 시인의 領域」, 『문학사상』, 1973.3, 317쪽.
7) 김종삼, 「이 공백을」, 『52인 시집』, 신구문화사, 1967.

김종삼은 '불쾌'와 '노여움'과 '굴욕'을 느낄 때 시를 쓰게 된다고 고백한다. 이는 그가 몸담고 있는 세계가 바로 '불쾌'와 '노여움'과 '굴욕'을 안겨주는 시·공간임을 암시하는 단서가 된다. '살아가다가', '살아가노라면'으로 표상되는 현실적 시간은 그의 부정적인 세계인식을 불러들이는 요인이다. 여기서 '살아가다가', '살아가노라면'은 '가끔', '때때로', '어쩌다가'의 시간개념이 아니라, '늘', '항상', '언제나'라는 시간의 연속성을 함축하고 있다. 따라서 김종삼의 현실적 시간은 늘 '불쾌'와 '노여움'과 '굴욕'에 노출되어 있다고 할 수 있다.

이는 그의 詩作행위 자체가 처음부터 세상과의 갈등과 도피의식으로부터 출발하고 있음을 보여준다. 그의 단절의 시간 또한 이러한 문제의식에서 비롯된다고 해야 할 것이다. 이를 통해 보면, 김종삼의 시쓰기는 현실을 벗어나기 위한 일종의 자기방어 수단이면서 한편으로 자기 극복기제로 제시됨을 알 수 있다. 다시 말해 "시쓰기는 자아 방어이면서 자아 승화이고 자아 해방"[8]의 성격을 내포한다. '불쾌·노여움·굴욕=시쓰기'의 구도는 '도피방황=극복시적탐구'이라는 역설적인 그의 삶의 형식을 반영하고 있기 때문이다. 따라서 그의 詩作은 곧 시간의 단절이면서 결핍된 시간을 충족시키는 대응방식이 된다. 이것이 김종삼 시세계의 단절의 시간이 내포하는 갈등양상과 자아실현의 이중구조이다.

위의 인용 글에서 감지하게 되는 이러한 정황이 곧 김종삼 시세계의 기본 구도가 될 것이다. 이는 소위 불쾌와 노여움과 굴욕을 안겨주는 시간의 근원을 살필 수 있는 계기를 마련한다. 이제 구체적인 작품 분석을 통해 시인의 현실인식의 구도와 대응방식, 나아가 그것이 내

---

8) 이승훈, 「현대시와 승화」, 『정신분석시론』, 문예출판사, 2007, 224쪽.

포하는 시적 의미를 찾아갈 것이다.

옛 이야기로서 고리타분하게 엮어지는 어렸을 제 이야기이다. 그맘때만 되며는 까닭이라곤 없이 재미롭지도 못했고 죽고 싶기만 하였다.

그 즈음에는 인간들에게는 염치라곤 없이 보이리만큼 너무 지나치게 아름다움이 풍요하였던 자연을 가까이 하면 할수록 더욱 그러하였다.

고양이란 놈은 고양이대로 쥐새끼란
놈은 쥐새끼대로 웅크러져 있었고
강아지란 놈은 강아지대로 밤 늦게까지
나를 따라 뛰어 놀았다.

어렴풋이 어두워지며 달이 뜨는
수수대로 만든 바주 울타리 너머에는
달이 오르고 낯익은 기침과 침뱉는 소리도 울타리 사이를 그때면 간다.

풍식이란 놈의 하모니카는 귀에 못이 배기도록 매일같이 싫어지도록 들리어 오곤 했다.
자라나서 알고 본즉 <스와니 江의 노래>였다.

선율은 하늘 아래 저 편에 만들어지는 능선 쪽으로 날아갔고.

내 할머니가 앉아 계시던 밭이랑과 나와 다른 사람들과의 먼 거리를 만들어 주기도 하였다.
모기쑥 태우던 내음이 흩어지던 무렵
이면 용당패라고 하였던 해변가에서

들리어 오는 오래 묵었다는 돌미륵이 울면 더욱 그러하였다.
　자라나서 알고 본즉 바닷가에서 가끔 들리어 오곤 하였던 고동
소리를 착각하였던 것이었다.

　- 이때부터 세상을 가는 첫 출발이 되었음을 몰랐다.
　　　　　　　　　　　　　　　　- 「쑥내음 속의 동화」 전문

　위 시는 제목에서도 암시되고 있듯 화자의 어린 시절 이야기가 한
편의 동화처럼 펼쳐지고 있다. 김종삼의 초기시에는 그의 유년의 체
험이 많이 등장한다. 김종삼의 시적 특징으로 흔히 거론되는 '묘사의
과거체 사용'[9]은 그의 경험세계를 형상화하는 중요한 시적 기교가
되고 있다. 위 시처럼 유년의 체험을 형상화하는 작품은 대개 이야기
적 요소를 많이 함유한다. 따라서 자칫 장황하게 늘어지거나 산문적
으로 흐르기 쉽다. 그러나 김종삼의 경우, '절제'를 통해 이러한 단점
을 보완하고 긴장미를 유지한다.
　위 시에서 '옛 이야기'가 펼쳐지는 시간적 배경은 '인간들에게는 염
치라곤 없이 보이리만큼 너무 지나치게 아름다움이 풍요하였던' 시
간이다. '그 즈음'으로 표상되는 이러한 시간은 갈등의 요소도 문명의

---

9) 김현, 앞의 책, 237쪽. 김현은 김종삼의 '묘사의 과거체 사용'에 대해 다음과 같이
설명한다. "한국시에 가장 흔하게 드러나는 정경묘사는 종결 어미를 생략하고 대
상을 병치시키는 류(朴木月, 朴龍來)나 현재형 <-이다>나 <-러라> 등을 사용하
는 류이다. 종결어미를 생략하고 대상을 병치시키는 정경묘사는 전통적인 동양화
수법에 가깝다. 현재형의 사용은 시에 구체성보다는 상징성을 더 부여한다. 그러나
과거체로 정경을 묘사할 때에, 시는 단단한 구체성, 더 산문적인 표현을 쓰자면 설
화성을 띠게 된다. 과거체를 사용한 그의 상당수의 시편들이 그의 혹은 그의 주변
의 체험을 바탕으로 하고 있는 것은 그런 관점에서 분석되지 않으면 안 된다. -중
략-그의 유년시절을 회상하고 있는 그의 초기 시편들이나 그가 성인이 되어 겪게
된 비극적인 체험들을 보여주고 있는 그의 후기 시편들이나, 그것들은 다 같이 절
제라는 미덕을 갖고 있다. 그 절제를 통해 그의 시의 설화성은 그 산문적 성격을 극
복한다."

손길도 닿지 않는 이른바 자연의 풍요로움만이 절대한 가치를 드러내는 시간이다. '수수대로 만든 바주 울타리', '모기쑥 태우던 내음'이 주는 시각적, 후각적 이미지는 원초적 낙원 이미지를 담고 있다. 이 자연적·낙원적 시공간은 자연과 인간의 경계가 없는 이른바 김종삼의 순수평화의 세계와 맥락을 같이 할 것이다. '어렸을 제'라는 유년의 시간은 바로 이러한 시간을 반영한다. 이때는 갈등과 결핍, 소외와 단절이 없는 자연 그대로의 시간 이미지를 담고 있다. '달'은 이러한 순수공간에 신비감과 환상을 심어주는 자연물로 등장한다. '달'의 생성은 고요하고 무변한 정적인 풍경 속에 생동감을 불어 넣는다. '달이 뜨는뜨다', '달이 오르고오르다' 등의 동적인 묘사는 바로 이러한 변화를 암시한다.

> 아득한 과거는 정감 어린 기억 현상들 속에서 처음에는 순수한 정감(情感)affect으로서 모든 표상이 배제된 채 은연히 나타난다. 의식은 이 알 수 없는 정감의 무게를 분명하고 뚜렷한 어떤 표상에 연결시키려고 할 것이다. 그러나 시인이나 작가를 현혹시키는 것은 바로 이러한 과거의 불가사의가 아닐까? 과거는 아무리 개인적인 것이라 할지라도, 낯선 공간에서, 주체 밖에 놓인 지평으로 여겨질 만큼 아득히 먼 내면의 거리에서 떠오르는 것 같다.10)

유년기는 아직 의식과 무의식이 분리되지 않은 원형적 무의식의 상태에 놓여있다.11) 김종삼의 유년의 시간들이 대체로 원초적 색채

---

10) 미셸 콜로, 정선아 역, 『현대시와 지평구조』, 문학과지성사, 2003, 77쪽.
11) 인간의 의식이 발달되기 이전의 원형적 무의식의 세계는 꼬리를 물고 있는 원형의 뱀인 '우로보로스(uroboros)'의 형태로 상징된다. 이는 정신적 상태의 시작과 근원의 상징이며, 인간의 의식과 에고는 이때 작고 미발달된 상태에 있다. 우로보로스는 "큰 원(The Great Round)"으로서 긍정과 부정, 남성과 여성, 의식의 요소들, 의식에 적대적인 요소들과 무의식의 요소들이 혼합되어 있다. 또한 긍정과 부정

를 띠고 있는 것은 바로 이 때문이다. 그가 기억하는 유년의 풍경은 '순수정감'으로서의 무의식적 표상에 닿아 있다. 이러한 순수정감은 유년회상[12]을 유도하는 근원이면서 그의 부재의식을 불러들이는 한 요소가 되기도 한다. 살펴보았듯 정적인 풍경이 동적인 풍경으로 전환하는 데는 '달'의 출현이 한 몫을 한다. 또한 '옛', '어렸을 제', '그맘 때', '그 즈음'으로 대변되는 자연적 시간은 '낯익은 기침과 침 뱉는 소리'를 기점으로 인간적 시간으로 전환된다.

이러한 인간적 시간은 5연의 '풍식이란 놈의 하모니카' 소리를 통해 새로운 시간의 구도로 접어들게 된다. '풍식이란 놈의 하모니카' 소리는 '하늘 아래 저 편에 만들어지는 능선 쪽'으로 날아간다. 여기서 '능선'은 화자가 처음으로 감지하는 미지의 세계, 동경의 세계이다. 해변가에서 들려오던 '오래 묵었다는 돌미륵'의 울음소리 또한 이러한 시적 상상력을 환기시킨다. 돌미륵의 울음은 하모니카 소리와 마찬가지로 화자에게 동경을 심어주는 대상이다. 이러한 '하모니카 소리'와 '돌미륵 울음'은 바로 이 세계(자연적 시간)에서 저 세계(미지의 세계)를 꿈꾸게 하는 매개물이 되고 있다. 이러한 동경의 시선은 '까닭없이 재미롭지도 못하고 죽고싶기만' 하던 시간에서 또 다른 시간으로의 이행을 보여준다.

그러나 '자라나서 알고 본즉'이 개입하면서 또 다른 시간에의 국면

이 양가적으로 존재하며 집단적 특성을 가진다(E. Neumann, *The Great Mother*, Princeton University Press, 1974, p.18).

12) Edmund Husserl, 앞의 책, 104~105쪽. 회상은 과거에 지각된 것을 상상 속에서 다시 기억하는 것으로 생생하게 지각된 현재(지금)와 직접적 관련이 없고 연상적 동기부여라는 매개를 통해 나타나기 때문에 '2차적 기억'이라고 부른다(<역주 24> 인용). 과거지향은(원본적으로 재생산적으로) 결코 어떠한 지속의 대상성을 산출하지 않으며, 오히려 의식 속에서 산출된 것만을 유지하면서 방금 지나가버린 것이라는 특성을 각인한다.

이 전개된다. 환상적 선율로 화자에게 꿈을 심어주던 '하모니카 소리'
는 '자라나서 알고 본즉', '스와니 江의 노래'였고, 그에게 한없는 신비
감을 심어주던 '돌미륵의 울음'은 바닷가에서 들려오던 '고동소리'로
확인된다. 자연적 시간에서 인간적 시간으로, 인간적 시간에서 미지
의 시간으로 날아갔던 화자의 시선은 어느새 현실적 시간으로 돌아
와 있다. '자라나서 알고 본즉'이라는 시간은 곧 화자가 현실을 깨닫
게 되는 순간 즉, '이때부터 세상을 가는 첫 출발'이 되는 시간이다.
'이때부터'라는 화자의 '출발'의 시간은 '알고 본즉'이 개입하면서 곧
부정적인 시간으로 전환된다. 따라서 그의 '세상을 가는 첫 출발'은
부정적인 인식으로부터 시작되고 이는 현실적 시간과 연결된다.

　김종삼의 단절의 시간을 분석하면서 맨 먼저 이 시를 주목하는 것
은 '출발'의 의미에 무게를 두기 때문이다. 김종삼의 '출발'은 곧 '불
쾌'와 '노여움'과 '굴욕'의 시간과의 조우이다. 이것이 시적 출발이든,
삶의 출발이든 현실과의 만남을 전제한다. '자라나서 알고 본즉'이라
는 깨달음의 시간이 바로 김종삼의 시간인식의 근원이 된다. 김종삼
은 살아가면서 수없이 이 '알고 본즉'이라는 시간과 맞닥뜨렸을 것이
다. 그의 부정적인 현실인식은 바로 이러한 시간적 배경을 함유한다.

　　　해온 바를 訂正할 수 없는 시대다
　　　나사로의 무덤 앞으로 桎梏을 깨는 連山을 떠가고 있다

　　　현대는 더 便利하다고 하지만 人命들이 값어치 없이 더 많이 죽
　　어가고 있다.
　　　자그만 돈놀이라도 하지 않으면 延命할 수 없는 敎人들도 있다
　　　　　　　　　　　　　　　　　　　　　－「고장난 기체」 전문

김종삼의 시에서 역사와 자아는 대체로 서로 부합되지 않는 부정적인 관계로 형상화되고 있다. 그의 작품에 역사의식이 부재한 것은 바로 이러한 시대적 상황과 연계지어 생각해 볼 수 있다. 그가 걸어온 이른바 일제강점기와 전쟁, 전후 상황으로 대변되는 역사는 배제하고 단절하고 싶은 부정적인 요건으로 떠오른다. 따라서 의도적으로 시대와 현실을 단절하려고 한다. 그러나 그가 원하든 원하지 않든, 그가 체험해 온 역사적 시간과 그로 인한 현실적 고통은 지속적으로 그의 시의식을 자극하게 된다.

위 시의 '해온 바를 정정할 수 없는 시대'란 바로 그가 지나온 역사적 시간으로 생각해 볼 수 있다. '해온 바를 정정할 수 없는 시대'란 정정해야 할, 혹은 정정하고 싶은 시대가 존재함을 의미한다. 그러나 위 시에서는 이를 시도할 적극적 움직임은 보이지 않는다. 김종삼의 대개의 시가 그렇듯 역사의식을 환기시키기보다 현실부재에 더 깊은 시선이 놓여있다. 김종삼이 집중하는 것은 역사적 사실이 아니라, 그로 인한 현실적 시간에 대한 인식이다. 다시 말해 과거 경험적 시간이 현실에 미치는 영향에 주목하고 있다.

위 시의 시간적 배경은 '현대'로 명명되는 현실적 시간이다. 시인은 이러한 시간대를 「고장난 기체」라는 제목으로 의미 설정한다. 여기에는 '현대'라는 소위 문명시대에 대한 비판적 시각이 내재해 있다. 시인이 생각하는 '현대'는 참혹한 역사를 배태한 문명의 모순과 닿아있다. 따라서 '인명들이 값어치 없이 더 많이 죽어가'는 부조리한 상황을 만들게 된다. 살상은 전쟁 속에서만 존재하는 것이 아니라 이후에도 지속적인 위기의식을 불러들인다는 것이 시인의 생각이다. 소위 살기 편해졌다는 '현대'는 또 다른 생존의 '죽음'을 던져놓았다. '자그만 돈놀이라도 하지 않으면 延命할 수 없는' 경제논리가 폭력적 힘으로 위기를 불러들이고 있기 때문이다.

　김종삼의 문명에 대한 부정적 시각은 이 절에서 다루게 될 대부분의 시에서 발견된다. 김종삼이 현대문명을 '죽음'으로까지 비유하면서 비판하는 것은, 현대문명의 이기적, 모순적 속성이 바로 그에게 '불쾌'와 '노여움'과 '굴욕'을 안겨주는 현실과 맥락을 같이 하기 때문이다. 이러한 현실인식 속에는 김종삼의 현실적 삶이 투사projection[13] 되고 있다. 여기에는 실향민으로서의 삶 즉, 도시문명에 합류할 수 없는 이방인으로서의 삶의 애환이 스며있다. 그의 시에 깊이 내면화되어 있는 주변인적인 삶의 흔적이 바로 이러한 인식을 대변한다.

　　　그날도
　　　하릴없이 어정어정 돌아다니고 있었다
　　　수없는 車波들의 公害 속을

　　　장사치기들의 騷亂 속을
　　　생동감 넘치어 보이는
　　　속물들의 人波 속을
　　　머뭇거리다가 팝송 나부랭이 인기 대중가요가 판치는
　　　곳에서 커피 한 잔 먹었다 메식거려 기분 나쁘게 먹었다
　　　　　　　　　　　　　　　　　　　　　　　　－「그럭저럭」 부분

---

13) ① 투사현상(投射現象)은 무의식의 메커니즘을 구성하고 있는 절대적인 요소이다. 무의식은 모든 심리 가운데 상당 부분을 차지하고 있는 것으로, 일정한 양의 투사(projection)가 없으면, 심리생활은 있을 수 없다. 융은 "투사는 결코 만들어지지 않고, 일어난다"라고 말한다. 욜란디아코비, 이태동 역, 『칼 융의 심리학』, 성문각, 1992, 145~146쪽.
　② 정신분석학에서 투사는 편집증의 대표적인 방어기제로 본다. 프로이트는 <폴리스에게 보낸 편지-원고 H>에서 처음으로 '투사'라는 용어를 썼다. 여기에서 그는 '편집증의 목표는 자아와 양립할 수 없는 표상으로부터 자신을 방어하기 위해 그 내용을 외부 세계로 투사한다'라고 말한다(이승훈, 『정신분석 시론』, 문예출판사, 2007, 128쪽).

위 시의 '그날도'가 암시하는 시간은 어제도 오늘도 내일도 즉, 과거, 현재, 미래의 시간을 함축한다. 제목 「그럭저럭」은 '그날도'라는 시간과 연결되고 있다. '하릴없이 어정어정 돌아다니'는 화자의 일상은 '그날도'와 '그럭저럭'을 잘 그려낸다. '그럭저럭'은 '하릴없이 어정어정 돌아다'니는 화자의 일상적 소요와 행동양식을 상징적으로 보여준다. '어정어정 돌아다'님은 딱히 할 일도 없고, 하고 싶은 일도 없는 일상적 무료와 무기력을 나타낸다. 여기에는 현실에 대한 적극성이나 무료를 벗어나보려는 의지가 결여되어 있다.

특징적인 것은 화자가 '어정어정 돌아다니'는 장소가 '수없는 車波들의 公害 속'이라는 데 있다. 여기서 화자가 왜 현실적 시간에 포섭되지 못하고 방황하는지 알 수 있게 된다. 위 시의 내용으로 보면 이는 도시문명과 도시적 삶의 풍경과 관련지어진다. 화자가 만나는 일상적 대상은 '수없는 車波들의 공해', '장사치기들의 騷亂', '속물들의 人波', '팝송 나부랭이 인기 대중가요'가 전부이다. 이러한 풍경들은 도시문명의 과도한 분출과 그러한 물결에 휩쓸려 살아가는 사람들의 모습을 담고 있다. '커피 한 잔 먹었다 메식거려 기분 나쁘게 먹었다'에서 우리는 화자가 이런 속물스러운 분위기를 몹시 싫어한다는 것을 감지할 수 있다. 따라서 스스로 소외되는 단절감을 맛볼 수밖에 없다.

'그날도'는 '여느 날과 마찬가지로'라는 의미를 담고 있는 것으로, 화자의 부정적인 시간의 연속성을 보여준다. 위 시는 김종삼의 문명에 대한 혐오와 문명 속을 질주하는 인파와 도시적 삶에 대한 회의, 그로 인해 단절의식을 가질 수밖에 없는 현실적 한계를 보여준다. 현대인들은 끊임없이 시간에 종속되면서 또 시간을 상실하고 있다. 모노 스피어즈는 『디오니소스와 도시』에서 근대 자본주의 세계가 안고 있는 위기와 단절적 상태를 '불연속discontinumm'의 원리로 풀어낸다.[14]

물질문명과 자본주의적 논리가 낳은 이기적, 모순적인 사회현상은 우리로 하여금 끊임없이 '단절'로 이끈다. 유기적 연속성을 가져야 할 시간은 파편화된 조각들만 던져줄 뿐이다. 위 시에서 보여 지는 '수없는 車波들의 공해', '장사치기들의 騷亂', '속물들의 人波', '팝송 나부랭이 인기 대중가요' 등은 문명에 대한 김종삼의 비판을 담고 있다.

> 현재까지 未來에의 한번밖엔 없다는 休日이 닥쳐오고는 있었지만 변명같이 얻어지기 어려웠던 것이다.
> 　오고 있던 길목에 주저앉아서 나는 피부에 장애물이 붙어있으므로 가려울수록 긁었다.
> 　이 하루의 질곡 路上에서라는 거세인 金屬의 소리가 들리었다.
> 손가락을 놓을라치면 그치어지곤 했다.
>
> 　어느새 이 休日도 무능한 牧者의 꺼먼 虛空이 떠내려가듯이
> 수없는 車輪들이 지나가, 여러 갈래의 막바지에서
> 비들기들의 나래쭉지와 휴지조각들을 남기는 休日이 도망친다.
> 　　　　　　　　　　　　　　　　　　　　　　－「전주곡」 전문

　'현재까지 未來에의 한번밖엔 없다는 休日'에서 '休日'은 곧 화자가

---

14) 스피어즈는 20세기 모더니즘을 디오니소스로 상징되는 잠재된 욕망의 분출로 보고 있다. 이는 근대가 내포한 불연속의 시간현상을 예술의 한 모델 즉, 모더니즘의 특성을 통해 찾고 있기 때문이다. 디오니소스는 술과 도취의 神인 동시에 파괴와 생성의 속성을 지닌 神으로 부각된다. 이러한 양면성은 곧 근대 자본주의가 가진 양면성과 동일한 속성을 보여준다. 스피어즈는 이러한 토대위에서의 모더니즘의 특성을 형이상학적(metaphysical) 불연속, 미학적(aesthetic) 불연속, 수사학적(rhetorical) 불연속, 시간적(temporal) 불연속으로 구분하고 있다. 이러한 불연속의 원리는 근대 과학적 사고가 빚어낸 현상으로 파편과 단절의 속성 즉, '지속으로서의 시간'에 대한 부정과 상실, 소외의식을 내포한다. 김종삼의 '단절의 시간'은 도시문명이 야기하는 단절의 속성을 재 단절시키려는 의도를 담고 있다. Monroe K. Spears, *Dionysus and the City*, Oxford University Press,1970, pp.3~34.

지향하는 시간이다. 이 시간은 휴식, 휴가 등 안식, 평화, 자유의 의미를 담고 있다. 그러나 이러한 시간은 '변명같이 얻어지기 어려'운 시간으로 제시된다. 이 '얻어지기 어려운 휴일'이야말로 화자가 안고 있는 현실적 한계이고 결핍이다. 화자로 하여금 이러한 '휴일'에의 열망을 갖게 하는 것은 '거세인 金屬의 소리'이다. 화자는 도시공간의 폭력적 공해인 '거세인 金屬의 소리'를 피해 '休日'을 찾아가고자 하지만 마음에 안식을 주는 '休日'은 좀처럼 얻어지기 어렵다.

'금속의 소리'는 문명이 만들어낸 화려한 성취의 표상이면서 인간성을 마비시키는 부정적인 요소가 되기도 한다. 이러한 부조리한 요소는 '휴일'을 주재하는 '牧者'의 존재조차 무능하게 만들고 '꺼먼 虛空'으로 변질시킨다. '거세인 金屬의 소리'와 '수없는 車輪들'은 휴식, 안식, 평화에의 시간을 위협하는 크나큰 장애요소가 된다. '피부에 장애물이 붙어있으므로 가려울수록 긁었다'라는 표현은 화자의 내적 심리를 반영한다. 피부에 붙은 장애물은 바로 '이 하루의 질곡 路上'이 암시하듯 화자가 벗어나고 싶은 '금속'의 현실이고, '가려울수록 긁었다'는 보다 심화되는 심리적 갈등을 보여준다. 결국 '휴일'에의 열망은 성취되지 못하고 '비들기들의 나래쭉지와 휴지조각들을 남기는' 시간으로 마감되고 만다. 김종삼이 부딪치는 세계는 이처럼 늘 문명의 그늘 속에서 그 부정적이고 결핍된 이미지를 드러낸다. 그러나 이러한 현실적 시간에 대한 어떤 적극적인 극복의지나 개선의 몸짓은 잘 드러나지 않는다. 여기서는 다만 현실적 시간에 대한 절망적 시선과 비판적 목소리만 담고 있을 뿐이다.

    천정에 붙어있는
    흰 헝겊이 한꺼풀씩

내리는 無人境의 아침
　　아스팔트의 넓이는 山길이 뒷받침하는 湖水 쪽 푸른 제비의 行
動이었다

　　人工의 靈魂 사이
　　아스팔트 길에는 時速違反의 올페가 타고 빽소니치는 競技用 자
전거의 사이였다

　　휴식은 무한의 푸름이었다
　　　　　　　　　　　　　　　　　　　－「올페의 유니폼」 전문

　　'人工의 靈魂'은 도시문명을 살아가는 현대인들을 상징한다. 앞의
시들에서 상징화되고 있던 '고장난 기체'와 '수없는 車波들의 公害',
'금속의 소리' 등 도시공간의 여러 부조리한 속성들은 이제 인간의 영
혼으로 연결된다. 이는 김종삼의 문명에 대한 비판의 시선이 공해를
일으키는 기기들에서 인간에게로 확장되고 있음을 보여준다. '인공
의 영혼'은 현대 문명 속에서 박제화 되고 있는 인간유형을 나타낸다.
이는 생동하는 '인간'을 상실하고 인공적으로 살아가는 현대인들의
모습을 그리고 있다. 인간다운 '인간'을 상실한 이러한 인간유형들은
기계와 다를 바 없는 구조물에 불과하다. '인공의 영혼'에 대한 인식
은 김종삼의 문명에 대한 극도의 위기의식을 보여준다. 따라서 '휴식
은 무한의 푸름'이라는 인식으로 접어들게 된다. 여기서 '휴식'은 '인
공의 영혼'을 치유할 수 있는 유일한 구원의 손길이다.
　　김종삼의 시에 자주 등장하는 휴식, 휴가, 안식 등의 언어는 정신적·
현실적 공백을 충족시키는 자기치유 장치이다. 이는 문명의 이기에
대한 비판과 상실한 인간성 회복에의 열망을 담고 있다. 김종삼의 문

명에 대한 부정적 인식은 대체로 황야/광야인식에서 출발하고 있다. 문명의 도시는 공해와 금속의 도시이고 따라서 인간이 인간답게 살아갈 수 없는 황야공간으로 인식된다. 이는 내・외적 부조리를 동시에 불러들이는 이른바 상호 영향을 미치는 장애요소로 작용한다. 외적 요소는 다름 아닌 문명이 주는 소외와 단절의 속성에 있다. 이는 문명과 인간의 관계 즉, 문명이 주는 풍요와 그 대척점에서의 결핍과 소외의식 등이 빚어내는 문제의식이다. 이는 물질적 존재방식이 인간을 보다 피폐하게 만들고 또 기계적으로 종속시킨다는 것에 초점이 놓여 있다.

한편, 내적요소는 이러한 현실 속에서의 김종삼 개인적 삶의 존재방식에서 찾을 수 있다. 요컨대 문명의 시간을 살아가는 김종삼의 자기존재에 대한 비판과 대응방식에 대한 성찰이다. 이는 소외와 단절의식 그리고 도피적 삶을 유도하는 이른바 가난과 병고 등 그의 불우한 현실적 삶과 연계되는 문제의식이다. 이러한 문제의식은 개인적 존재양식의 차원에서 언급될 수 있는 문제이지만, 위 시에서 드러나듯 엄밀히 문명의 세계와 연결고리를 가지고 있다. 김종삼은 문명의 부조리가 생성시키는 여러 장애요소에 집중하고 있고 그의 삶의 방식 또한 이러한 한계에서 수렴되는 부분이기 때문이다.

김종삼의 비극적 자아의식은 결국 이러한 부정적인 현실인식에서 비롯된다. 이는 문명과 자아는 서로 합일될 수 없다는 결론을 담고 있다. 따라서 그의 현실적 시간에 대한 부정적인 인식은 세계와 자아와의 끊임없는 갈등양상의 한 표본이 된다. 이러한 김종삼의 시간인식이 보여주는 사유세계는 대체로 내향형의 특징15)을 드러낸다. 여기

15) 이부영, 앞의 책, 131~133쪽. 융은 심리학적 유형을 일반적인 태도상에서 보는 유형(allgemeine Einstellungstypen)과 기능유형(Funktionstypen) 등 두 가지 측면으

에는 타협 불가한 김종삼만의 세계가 작동하고 있다.16) 김종삼의 세계인식이나 자아인식의 색채 또한 이러한 개인적 특성 속에서 형성된다. 이러한 개인적 특성은 그의 독특한 시세계를 열어가는 원동력이 되기도 한다. 김종삼의 시가 끊임없이 긴장과 생동감을 불러일으키는 것은 세계와 자아에 대한 비판과 반성, 자기 절제에 엄격하기 때문이다. 세계와 자아, 자아와 세계와의 관계에서 오는 불협화음 자체가 김종삼 시세계의 생명력을 일깨우는 원천이 된다. 문명에 대한 비판과 자아에 대한 비극적 인식은 바로 현실적 시간에 대한 철저한 분석이고 반성이다. 자신이 처해 있는 현실적 시간에 대한 사유와 자아에 대한 인식은 그만큼 큰 의미를 불러들이는 과정이 된다.

① 나의 理想은 어느 寒村 驛같다

－「나(수록 1)」 부분

② 망가져 가는 저질 플라스틱 臨時人間

로 나누고 있다. 일반적인 태도상에서 보는 유형은 곧 내향적 태도와 외향적 태도를 말한다. 내향적 태도와 외향적 태도의 구별은 그 개체의 주체(Subjekt)와 객체(Objekt)에 대한 태도에 따라 구별된다. 다시 말해 그 사람의 태도가 객체를 주체보다 중요시하면 외향적, 객체보다 주체를 중요시하면 내향적 성격을 반영한다. 외향적 태도는 어떤 음악가를 평가할 때, 그 음악가의 생활사, 객관적 명성, 비평가들의 평가 등을 바탕으로 그 음악가의 음악세계를 평가한다. 반면 내향적 태도는 객관적인 평가보다는 자신의 느낌이나 관심 등 주관적 생각을 중요시한다. 이둘의 태도는 그 사람의 전 생애를 두고 하나의 생활상의 습성이 되었을 때를 두고일컬어진다. 이 두 가지 유형은 어느 시대, 민족, 사회 계층을 막론하고 한결같이발견되고 있으며 서로 간의 갈등 또한 끊이지 않는다. 따라서 이러한 두 유형은 특수한 유형이 아니고 보편적인 것이며, 태어날 때부터 가지고 나온 경향인 것 같다고 융은 말한다. 김종삼의 세계인식은 긍정적이든(음악, 미술 혹은 이국지향 등)부정적이든(황야/광야의식) 바로 이러한 내향적 태도에서 비롯된다고 할 수 있다.
16) 김성민, 『융의 심리학과 종교』, 동명사, 2003, 125쪽. 융에 의하면, 사람들의 정신적인 태도는 타고나는 것으로써, 사람들은 한 살이나 한 살 반 무렵이 되면 벌써외부적인 상황에 어떤 특별한 태도 유형을 가지고 반응하게 된다.

③ 나의 本籍은 늦가을 햇볕 쪼이는 마른 잎이다. 밟으면 깨어지
는 소리가 난다

　　　　　　　　　　　　　　　　　　　-「나의 본적」부분

④ 해질 무렵 나타내이는 石家이다

　　　　　　　　　　　　　　　　　　　-「나의 본」부분

　　김종삼의 현실인식이 대체로 도시문명과 관련해 인간부재를 그리
고 있다면, 자아인식은 이러한 현실적 시간 속에 놓인 자아와의 대면
을 보여준다. 현실과 자아는 떼려야 뗄 수 없는 영향관계에 놓여 있
다. 따라서 현실적 시간이 부정적이면 자아인식의 세계 또한 부정적
인 색채를 띨 수밖에 없다. 김종삼의 경우 이러한 영향관계가 보다 선
명하게 나타난다고 할 수 있다. 세계에 대한 부정이 자기부정으로 이
어지고, 세계부정, 자기부정은 곧 시간의 부정이라는 형식으로 나타
난다.

　　위 시들은 '나'를 주제로 자아인식의 세계를 형상화하고 있다. '나'
는 쓸쓸함과 외로움, 소외, 단절의 정조를 표상한다. '어느 寒村 驛',
'저질 플라스틱 臨時人間', '늦가을 햇볕 쪼이는 마른 잎', '해질 무렵
나타내이는 石家' 등의 이미지들은 화자의 자아인식의 색채를 상징
적으로 그려낸다. 이러한 상징적 구조물들은 자아의 위치를 규명해
가는 일종의 확인과정이라고 할 수 있다. 따라서 스스로의 반성과 비
판 뿐 아니라 자괴감까지 담고 있다. 이러한 자아인식의 과정은 '나'
를 객관적으로 조명하고 있다는 점에서 보다 깊은 자아성찰의 계기
라고 할 수 있다. 화자의 '나'에 대한 성찰은 상당 부분 허무의 심연으

로 기울고 있다. 시간과 존재의 유한성 그리고 존재의 불완전성에 대한 쓸쓸함과 고독의 정서가 내포되어 있기 때문이다.

①에서 '나의 理想 = 寒村 驛'은 자아실현의 한계를 보여준다. 여기에는 理想을 꿈꾸지만 시간현실이 주어지지 않음이 암시되어 있다. '～같다'라는 막연한 결말은 스스로에 대한 확고한 자신감을 드러내지 못하는 이른바 소극적 자아를 보여준다. '어느 寒村 驛'은 화자의 현실적 상황과 소외의식을 상징적으로 드러낸다. 따라서 자아는 지금 '寒村 驛' 같이 외롭고 고독한 시간을 견디고 있음을 말해준다. '망가져 가는 저질 플라스틱 臨時人間'(②) 또한 화자의 이러한 인식의 저변을 보여준다. 여기에는 시간과 존재에 대한 즉, 시간의 유한성과 존재의 불완전성에 대한 인식이 담겨있다. '플라스틱'은 처음부터 생명성이 부재한 구조물이다. 이러한 구조물 속에 인간을 접목시키고 있는 것은 생명부재/인간부재 즉, 자아부재의 심연을 보여주고자 함이다. 플라스틱의 '망가짐'은 바로 이러한 정황을 반영하는 것으로 비극적 자아의식의 근간을 나타낸다. '망가져 가는 저질 플라스틱 臨時人間'은 도시문명을 살아가는 현대인들의 황폐한 정신과 부조리한 삶의 모습을 상징적으로 보여준다. 여기에서 김종삼의 현실에 대한 부정적인 인식과 불완전한 자기존재에 대한 허무와 회의를 읽을 수 있다.

③의 '나의 本籍은 늦가을 햇볕 쪼이는 마른 잎이다'에서 '마른 잎'은 바로 '플라스틱 임시인간'의 존재의 유한성과 불완전성을 동시에 담아낸다. '마른 잎'은 이미 생명을 다해 죽음으로 가고 있는 이른바 '깨어짐'을 전제한다. 따라서 '밟으면 깨어지는 소리'는 존재의 소멸 즉, 시간의 유한성을 암시한다. 이러한 시간에의 유한성과 소멸에 대한 자각은 화자로 하여금 존재에 대한 허무의식을 심어준다. '해질 무

렵 나타내이는 石家'(④)는 이러한 심연을 보다 강화시킨다. '해질 무렵'이 내포하는 하강 이미지는 허무와 소멸죽음에 대한 상징성을 담고 있기 때문이다. '나', '나의 본적', '나의 본'으로 제목이 붙은 위 시들은 시인의 자아인식의 구도와 시간에 대한 성찰적 태도를 담고 있다. 시 전면에 나타나는 쓸쓸함은 자아인식에 대한 비애감을 시간의 유한성과 연계해 나타내고 있기 때문이다.

갈 곳이 없었다

비가 쏟아지고 있었다
버스를 기다리고 있었다

두꺼비 한 마리가 맞은편으로 어기적뻐기적 기어가고 있었다 연신 엉덩이를 들석거리며 기어가고 있었다 차량들은 적당한 시속으로 달리고 있었다
수없는 차량 밑을 무사 돌파해 가고 있으므로 재미있게 보였다

……

大型 연탄차 바퀴에 깔리는 순간의 擴散소리가 아스팔트길을 진동시켰다 비는 더욱 쏟아지고 있었다
무교동에 가서 소주 한 잔과 설농탕이 먹고 싶었다
―「두꺼비의 轢死」 전문

위 시는 김종삼의 자아인식의 세계를 보다 명징하게 제시한다. 이는 난데없이 도심 한가운데 나타난 '두꺼비'의 모습을 통해 형상화된다. '두꺼비'는 도시문명 속을 아무런 의심 없이 기어가다가 '大型 연탄차 바퀴에 깔'려 죽임을 당하게 된다. 이러한 비극적인 사건은 아무

도 눈여겨보지 않는 가운데 또 아무도 관심을 가지지 않는 가운데 일어난다는 데 핵심이 숨어있다. 김종삼은 현실과 자아의 구도를 '대형 연탄차'와 '두꺼비'로 대비시킨다. 여기서 '두꺼비'는 문명의 폭력적 힘에 결국 죽임을 당하고 마는 자아의 모습을 담고 있다.

화자는 비오는 어느 날 딱히 갈 곳이 생각나지 않아 망연히 버스를 기다리고 서 있다. 그때 차량이 질주하는 아스팔트길 위에 '두꺼비' 한 마리가 나타난다. 두꺼비는 수없는 차량 밑을 엉덩이를 들썩이며 '어기적 뻐기적' 기어가고 있다. 언제 위험이 닥칠지 모르는 상황이었지만 두꺼비는 아무런 두려움도 없이 '차량 밑을 무사 돌파해 가고' 있다. 화자는 곡예를 하듯 차량 밑을 기어가고 있는 두꺼비를 재미있게 바라보고 있다. 그러나 한순간 두꺼비는 '大型 연탄차 바퀴'에 깔리는 참사를 당하고 만다. '大型 연탄차 바퀴에 깔리는 순간의 擴散소리가 아스팔트길을 진동시켰다'라는 과장된 표현은 화자의 충격의 강도를 보여준다. 두꺼비는 처음부터 '아스팔트길'을 진동시킬 정도의 무게를 가지고 있지 않다. 그럼에도 그 진동의 충격이 아스팔트길을 흔들 만큼 크게 와 닿는 것은 화자의 시선이 '두꺼비'라는 상징물에 닿아 있기 때문이다.

'두꺼비'와 '대형 연탄차'는 도시 공간을 살아가는 소시민과 무지막지한 문명과의 대비이다. 화자는 '생명'과 '죽음'을 동시에 목격하게 된다. 화자의 충격은 단순히 '두꺼비'의 '죽음'에 있지 않고 두꺼비를 통한 자아의 위기의식에 중심이 놓인다. 여기서 '두꺼비'는 하찮은 미물이 아니라 화자와 동일시되는 상징적 존재로 제시된다. 따라서 충격의 강도는 고스란히 화자에게 전달되면서 자기 존재인식에 대한 깊은 사유로 접어들게 한다.

'두꺼비'의 주검 위에 비는 더욱 쏟아지고, 도시는 아무 일 없다는 듯 제 갈 길을 간다. 화자는 문득 '무교동에 가서 소주 한 잔과 설농탕이 먹고 싶'어진다. '두꺼비'의 존재는 딱히 갈 곳이 생각나지 않던 화자에게 문득 갈 곳을 제시해준다. '소주 한 잔'과 '설농탕'은 두꺼비의 죽음자아인식에 대한 충격의 한 파장이다. 여기서 '두꺼비'의 죽음은 곧 화자 자신의 죽음을 의미한다. 화자는 두꺼비의 모습을 통해 문득 도시문명 속을 '어기적뻐기적 기'어가고 있는 자기존재를 발견하게 된다. '두꺼비'는 처음부터 도시문명 속에는 어울리지 않는 혹은 살아갈 수 없는 존재이다. 화자는 '두꺼비'를 통해 보다 명징하게 자기존재를 인식하게 된다.

이것이 도시문명과 비극적 자아와의 대비적 모습이다. 김종삼의 현실적 시간에 대한 인식은 이처럼 문명과 자아의 관계 속에서 도출된다. 도시와 두꺼비는 처음부터 합치될 수 없는 이질적인 관계임이 분명하다. 두꺼비는 척박하고 인공적인 문명 속에서 살아갈 수 없는 존재이고, 도시는 이러한 두꺼비의 존재를 폭력적인 힘으로 밀어낸다. 도시적 존재양식은 도시적 존재들만을 포섭하며 그 존재의 영역을 허용한다. 따라서 '두꺼비'는 외곽으로 밀려나거나 무지막지한 힘에 의해 죽임을 당할 수밖에 없다. 문명으로 표상되는 '대형 연탄차'와 '두꺼비'는 세계와 자아 즉, 김종삼의 세계인식과 자아인식의 구도를 상징적 보여준다고 할 수 있다.

김종삼 시의 특징 중의 하나는 주관적 · 개인적 감정을 그대로 표출하지 않고 객관적 묘사에 충실함으로써 시의 긴장과 미학성을 획득하는 데 있다. 이는 대상을 객관화시켜 바라봄으로써 보다 구체화된 의미를 표출하고자하는 것이다. 위 시는 문명과 비문명 즉, 대형 연탄차와 두꺼비라는 대립적 대상물을 묘사함으로써 그 시적 효과를 극대화시키고 있다. '어기적뻐기적', '엉덩이를 들석거리며', '재미있게 보였다' 등의 표현들도 그의 객관적 묘사의 특징을 잘 드러내고 있다고 할 수 있다. 이러한 표현방식을 통해 시의 미학은 물론 위 시가 내포하고 있는 비극성을 극대화시키는 효과를 거두고 있는 것이다.

이 절에서는 도시문명 속에서 끊임없이 대립하고 갈등하는 자아를 중심으로 김종삼의 시의식의 근원을 살펴보았다. 현실적 시간으로 표상되는 도시문명과 자아와의 대립적 구도는 그의 세계인식과 자아인식의 토대이다. 문명 속에서의 자아는 중심에 포섭되지 못하고 소외인의 모습으로 등장한다. 이러한 비극적 자아는 '이때부터 세상을 가는 첫 출발'로부터 '불쾌'와 '노여움'과 '굴욕'을 안겨주는 시간을 함축한다. 김종삼의 도시문명에 대한 반감은 비극적 자아를 불러올 뿐 아니라, 그를 둘러싼 모든 '시간'에 대한 부정으로 이어진다. 이러한 '시간'에 대한 부정은 그의 부재의식으로 연결되고, 부재의식은 스스로를 부정하는 이른바 자아부정의 세계로까지 확장된다.

(2) 부재의식과 자아부정

시는 시인의 독자적인 체험과 사고방식이 미적 형상화를 통해 나타난 것으로 한 시인에게서 그의 작품의 구조는 시인의 개인적인 체험이나 의식세계와 밀접한 관계를 맺는다.[17] 김종삼의 전 시세계가 대체로 그의 체험적 요소를 바탕으로 형상화되고 있음은 앞에서 이미 밝힌 바이다. 그의 체험적 시간은 바로 그의 과거, 현재, 미래의 시간을 구성하는 시적 자양분이 된다. 이러한 시간구조는 곧 그의 시의식을 구성하는 단초가 된다. 부정적인 현실인식과 자아인식은 김종삼으로 하여금 그에게 주어진 모든 시간을 부재의 시간으로 유도하

---

17) 김현자, 『시와 상상력의 구조』, 문학과지성사, 1983, 14쪽.

는 계기를 만든다. 이는 문명과 자아와의 관계에서 오는 대립과 갈등처럼 세계의 내, 외적 요인들이 시인의 내면의식을 자극하는 부재요소가 되기 때문이다.

김종삼의 부재는 존재하지만 존재하지 않는 것, 즉, 다른 곳에는 존재하지만 나에게는 없는 것, 본래부터 존재하지 않는 것, 본래 존재했지만 상실한 것 등으로 나타난다. '다른 곳에는 존재하지만 나에게는 없는 것' 혹은 '본래부터 존재하지 않는 것' 등이 내포하는 부재의식은 시인의 원죄의식과 연결고리를 갖는다. 김종삼의 원죄의식은 그의 시세계의 특성이라고 할 부재의식으로부터 생성되고 또 확장되고 있기 때문이다. 여기서 가장 초점이 놓이는 곳은 '본래 존재했지만 상실한 것'에 있다. 김종삼 시에 드러나는 '본래 존재했지만 상실한 것'은 대체로 전쟁과 분단, 실향과 관련해서 주어지는 부재의식이다. 이러한 부재의식은 주로 '상처'의 형태로 나타나는데, 그의 '상처'는 현실에서 곧 가난과 병고 등 그의 삶과 연계되고 있다.

이러한 그의 부재의식은 과거부재(유년부재), 현실부재, 미래부재의 형태로 형상화된다. 이는 곧 과거부재와 과거 지향적 시간, 현실부재와 현실 도피적 시간, 미래부재와 미래 초월적 시간으로 구분된다. 과거부재는 대체로 전쟁과 관련해 세계상실의 형태로, 현실부재는 가난과 병고 등 자아상실의 형태로, 미래부재는 부정적인 과거와 현실부재에서 파생되는 미래상실의 형태로 드러난다.

廣漠한地帶이다기울기
시작했다잠시꺼밋했다
十字型의칼이바로꼽혔
다견고하고자그마했다

흰옷포기가포겨놓였다
돌담이무너졌다다시쌓
았다쌓았다쌓았다돌각
담이쌓이고바람이자고
틈을타凍昏이잦아들었
다포겨놓이던세번째가
비었다

-「돌각담(수록 1)」 전문

　시「돌각담」은 시인의 말18)에 의하면, 6 · 25 직전 서른이 갓 넘었
을 때 쓴 그의 처녀작이다. 이 작품은 1957년 김광림 · 전봉건과의 3
인 연대시집『전쟁과 음악과 희망과』에 다른 작품 9편과 함께 발표
되었다. 이 시에 대해서는 그 동안 다양한 논의들이 이루어지고 있다.
이들 논의들은 대체로 기법적 측면과 의식적 측면을 두루 아우르고
있다. 기법적 특징은 띄어쓰기 없이 씌어 진 시행과, 반복, 생략(공백)
등의 특성에 주목하고 있다. 의식적 측면에서는 작품의 배경과 시에
은폐되어 있는 부재의식에 초점을 두고 해석의 장을 열고 있는 것이
대부분이다.19) 대부분의 논자들이 이 시를 부재의식에 두고 분석을

---

18) 김종삼,『문학사상』, 1973.3.
19) 김영태는 돌각담이 무너지고 다시 쌓이는 리프레임의 과정을 음악의 변주에 두고
　　세 번째 빈(부재) 종결부에 와서 김종삼의 出口를 발견하게 된다고 지적한다(김영
　　태,「音樂의 背景-김종삼론」,『시문학』, 1972.8, 37쪽). 황동규는 이 작품을 자유
　　연상에 의한 이미지의 조합으로 파악하고, 수평선과 사선(斜線), 수평선과 수직의
　　포개짐, 그 행위의 반복 등이 골격을 이루고 있다고 설명한다. 그리고 끝머리의
　　<포겨놓이던세번째가비었다>는 부재의식과 연결되고 있음을 지적한다(황동규,
　　「잔상의 미학」, 장석주 편,『김종삼 전집』, 청하, 1988, 253쪽). 이경수는 극복할
　　대상이 없는 시인의 부재의 세계는 그만큼 허무의 심연이 더 깊을 수밖에 없으며,
　　그의 부재는 발레리가 말하는 <知性의 祝祭>라기 보다도 앙드레 브르통이 말하
　　는 <知性의 붕괴>에 가깝다고 말하고 있다(이경수,「부정의 시학」, 장석주 편,
　　『김종삼 전집』, 청하, 1988, 261쪽)하고, 남진우는 인간은 내부공간의 수호를 위

시도하는 것은, 흔히 김종삼 시의 특징으로 거론되는 '공백'에 시선을
두고 있기 때문이다.

> ① 이 작품의 현장을 전쟁 속에 두면 작자가 제시하고 있는 경험
> 이 무엇인가 자명해지는 것입니다. 그 죽음과 절망과 막막한 어둠
> 의 경험입니다. 그리고 그 어둠과 절망과 죽음 바로 그 속이었기에
> 할 수 있었던 사랑이랄까 연민의 정이랄까 할 것의 발견과 확인의
> 경험입니다(전봉건·이승훈이 김종삼의 시 <돌각담>에 대해 대
> 담한 내용의 일부(『현대시학』, 1973.4)).

> ② 그때 나의 뇌리와 고막 속에선 바흐의 <마태 受難>과 <파
> 사칼리아 遁走曲>이 굉음처럼 스파크 되고 있었다. 걷고 있던 7월
> 초순경, 지칠대로 지친 끝에 나는 어떤 밭이랑에 쓰러지고 말았다.
> 살고 싶지가 않았다. 얼마나 지났던 것일까. 다시 개어났을 때는 주
> 위가 캄캄한 심야(深夜)였다. 그러면서 생각한 것이 <돌각담>이었
> 다.[20]

위 글 ①은 김종삼이 전봉건과 이승훈의 대담 중 일부를 발췌해
<피란길>에 인용하고 있는 내용이다. 전봉건과 이승훈은 시 「돌담
길」의 창작 배경을 일단 '전쟁 속'에 두고 있음이 분명하다. 김종삼 또
한 글 ②에서 이 시가 피난길의 위급한 상황 속에서 배태되었음을 설
명하고 있다. 이승훈은 "김종삼의 시세계를 일관하는 듯한 보헤미안
의식은 6·25가 전제될 때 보다 명료하게 이해된다"[21]라고 말한 바

해 돌담을 쌓지만 이 시에서는 세 번째가 비어있음으로 결국 부재의 텅빔에 도달
한다(남진우, 「미적 근대성과 순간의 시학-김수영·김종삼 시의 시간의식」, 중
앙대 박사학위논문, 148쪽)라고 해석한다.
20) 김종삼, 「피란길」, 『문학사상』, 1975.7.
21) 이승훈, 「삶의 돌각담 쌓기」, 『한국문학』, 1985.2, 80쪽.

있다. 따라서 시「돌각담」은 전쟁 속의 위기와 절망과 죽음을 배경에 두고 분석해야 보다 근접한 의미를 찾을 수 있을 것 같다. '광막한 지대', '凍昏', '십자형칼', '흰옷포기' 등의 이미지는 전쟁을 배경으로 할 때 함축적 의미가 드러난다. 띄어쓰기 없는 시행, 돌담을 쌓는 반복적 행위는 전쟁 속의 급박하고 불안한 시간적 구도를 보여준다. 여기에는 무엇인가 끊임없이 시도하지 않으면 안 되는 혹은 안 될 것 같은 화자의 위기의식이 담겨있다.

위 시의 이러한 시적 배경은 '凍昏'이라는 시간 이미지를 통해 보다 구체적으로 체득할 수 있다. '凍昏'은 얼어붙은 추운 겨울날의 황혼을 가리키는 것으로 여기에는 많은 의미가 내포되어 있다. 시 전체를 휘감고 있는 죽음과 절망, 적막이 내장된 긴박하고 암울한 정조는 바로 이러한 배경을 암시한다. 이를 통해보면 위 시를 '죽음 체험'[22]의 노래라고 한 권명옥의 해석은 설득력을 갖는다. '돌각담 쌓기'의 반복적 행위는 죽음의식의 한 표현으로 일종의 '무덤 쌓기' 과정으로 볼 수 있다. 따라서 '광막한 지대'는 곧 '죽음체험' 공간이라고 할 수 있으며, 이는 소멸을 암시하는 이른바 부재의식을 불러들이는 공간 이미지를 내포한다. '광막한 지대'와 '동혼'이라는 공간과 시간 이미지는 시의 배경과 화자의 심리적 반응을 잘 드러낸다. 시간 이미지는 공간 이미지를, 공간 이미지는 시간 이미지를 상호 포섭하면서 시 전체의 분위기를 이끌고 간다. 이러한 시간과 공간적 특성은 사막 이미지와 겨울, 소멸, 죽음 이미지를 내포함으로써 시대적 암울함과 시인의 내면풍경을 함축한다.

'십자형의 칼', '흰옷포기', '돌각담' 등의 이미지도 이 시의 배경을

---

22) 권명옥,「적막과 환영—끼인 시간대의 노래」,『김종삼 전집』, 나남, 2005, 337쪽.

암시하는 상징 이미지들이다. '십자형의 칼'은 비극적 죽음을 맞이한 사람들의 돌무덤에 꽂았던 십자가로 유추할 수 있다. 이는 김종삼의 기독교적 인식을 보여주는 한 대목이라 할 수 있다.23) 이러한 의식儀式은 산사람이 죽은자에게 베풀 수 있는 마지막 자비의 행위로서의 의미를 지닌다. 이는 또한 그의 시세계에 깊이 뿌리내려 있는 죄의식과 연계된다. 이 시를 전쟁 속에 놓고 볼 때, 죽은자는 분명 비극적인 시대에 희생당한 희생자가 된다. 살아남은 자는 살아남은 자대로 죽은자에 대한 형체도 불분명한 죄의식을 가지고 살아가게 된다. 이것이 시대적 비극을 안고 가는 사람들의 숙명적인 부채이고, 앙금처럼 남아있는 죄의식의 근원이다. 여기서 '흰옷포기'는 민족성을 상징하는 상징 이미지보다는 죄 없이 죽어간 사람들의 순수 영혼을 상징한다고 할 수 있다. '흰옷+포기'는 그러한 죽음이 많다는 것을 암시하는 것이다. 따라서 '돌각담 쌓기'가 반복적으로 이행될 수밖에 없는 상황이 주어진다. 돌각담 쌓기의 반복적 행위는 '죽음'을 불러들인 시대에 대한 일종의 비판/대응의식이며, 스스로의 절망을 견디려는 자기극복 메시지에 다름 아니다. 따라서 '광막한 지대'와 '동혼'이 내포

---

23) 김종삼이 잡지에 발표한 글 중에서 그의 종교적 인식이 드러나는 부분을 발췌한다. "나는 결코 신의 존재를 믿지 못하는 터이지만 그러나 예수에 대한 궁금중과 관심을 억누를 수 없다. 내가 무신론자인 만치 신의 아들로서의 예수가 아니라 선량하고 고민하는 한 인간으로서의 예수를 생각해 보고 싶었던 것이다"(「먼 '시인의 영역」, 『문학사상』, 1973.3). 그는 이 글에서 자신이 무신론자임을 밝히고 있다. 그러나 그의 집안은 할아버지 때부터 기독교를 믿었다. 그도 세례를 받았고 14살 때까지 교회에 나갔다. 그가 자라면서 이와 무관한 삶을 살아왔다 해도 그의 의식 속에는 이미 기독교적인 정서가 깊이 뿌리내려 있을 것이다. 실제로 그의 시에는 교회당, 사원, 지붕이 뾰족한 벽돌집 등이 자주 등장한다. 그러나 그의 말대로 현실 속에서는 그러한 종교적 정서와는 무관한 길을 걸어왔다. 작품 또한 종교적 차원에서가 아니라 순수 예술의 측면에서 그의 개성적 시세계를 구현해 왔다. 본고에서 그의 시를 기독교적 토대에서 해석하지 않는 이유도 여기에 있다.

하는 시간과 공간에 대한 울분과 비애, 그리고 자기구원의 표현이라고 할 수 있다.

그러나 이러한 노력에도 불구하고 결국 이 시는 '포겨놓이던 세번째가' 빔으로써 부재에 이를 수밖에 없는 현실을 환기시킨다. 절망과 고통을 수반한 긴 시간에의 견딤에도 결국 복구되지 않는 부재의 심연 즉, 공백의 세계를 그리고 있다. 따라서 "해체된 형상들을 형태상의 완벽성으로 다시 구축해 보려는 의지"[24]는 무산되고 만다. 과거부재와 현실부재를 동시에 보여주는 이 시는 김종삼 부재의식의 핵심을 보여준다. 과거부재는 현실부재로 연결되고 현실부재는 다시 미래부재를 불러들이는 원인이 되는 것이 바로 그것이다. 김종삼의 시가 단일 해석을 거부하는 특징을 지니고 있지만, 다시 말해 위 시에 대해 다양한 해석이 가능하지만, '포겨놓이던세번째가/비었다'의 공백이 주는 부재의식은 비켜갈 수 없을 것이다. 위 시에 내포되어 있는 상실의식, 죄의식, 죽음의식이 함축하는 의미가 곧 부재에 닿아있기 때문이다.

> 五학년 一반입니다
> 저는 교외에서 살고 있기 때문에 저의 학교도 교외에 있읍니다
> 오늘은 운동회가 열리는 날이므로 오랜만에 즐거운 날입니다
> 북치는 날입니다
> 우리 학콘
> 높은 포플라 나무줄기로 반쯤 가리어져 있읍니다
> 아까부터 남의 밭에서 품팔이하는 제 어머니가 가물가물하게 바
> 라다 보입니다
> 운동 경기가 한창입니다

---

24) 이경수, 앞의 글, 261쪽.

구경온 제 또래의 장님이 하늘을 향해 웃음지었읍니다
점심때가 되었읍니다
어머니가 가져온 보자기 속엔 신문지에 싼 도시락과 삶은 고구
마 몇 개와 사과 몇 개가 들어있었읍니다
먹을 것을 옮겨 놓는 어머니의 손은 남들과 같이 즐거워 약간 떨
리고 있읍니다

어머니가 품팔이 하던
밭 이랑을 지나가고 있었읍니다 고구마 이삭 몇 개를 주워 들었
읍니다
어머니의 모습은 잠시나마 하나님 보다도 숭고하게 이 땅 위에
떠오르고 있었읍니다
이제 구경왔던 제 또래의 장님은 따뜻한 이웃처럼 여겨졌읍니다
―「五학년 一반」전문

위 시는 김종삼의 과거부재 중 유년부재에 초점이 놓여 있다. 김종
삼의 경우, 유년부재는 정신적 결핍을 유도하는 가장 근원적 요소에
해당한다. 김종삼의 많은 시편들에서 발견되듯이 그의 유년부재는
대체로 '가난'으로부터 시작된다. 김종삼에게 '가난' 이미지는 유년
뿐 아니라 그의 전 생애를 물들이는 가장 큰 부재요소로 등장한다. 따
라서 '가난'은 김종삼의 현실인식과 자아인식의 한 척도를 보여주는
것이며, 부정적인 시간인식으로 접어들게 하는 중심 기제가 된다. 김
종삼의 유년부재의 중심에는 '가난'과 함께 언제나 '어머니'가 등장한
다. 가난과 어머니는 뗄 수 없는 관계에 놓여 있다. 그의 가난은 어머
니 이미지를 통해 구성되고 어머니 또한 가난 이미지를 통해 따뜻한
모성애를 드러내기 때문이다.

따라서 김종삼 시세계의 유년부재는 '어머니' 이미지를 떠나서는

진정한 의미에서의 부재의식을 도출하기 어렵다. 그의 유년부재는 유년의 모든 상황들을 아우르는 심층구조를 내포하기 때문이다. 모성애는 인간에게 원초적 그리움을 자극하는 가장 본능적인 요소에 해당한다. 바슐라르는 "모든 내면성의 이미지들의 기원에는 동일한 몽환적 뿌리가 있는데, 그 뿌리는 곧 모성이며, 이들 이미지들은 어머니에게로 회귀를 지향한다"[25]고 하였다. 김종삼에게 어머니는 부재와 연민, 죄의식과 그리움을 불러일으키는 대표적인 인물유형에 속한다. 따라서 가장 깊은 고뇌와 가장 깊은 사랑을 만날 수 있는 지점이 된다. 실향민인 그에게 '어머니'는 곧 '고향의 상징 이미지'[26]로 부각된다. 다시 말해 가난, 어머니, 고향은 하나의 이미지로 그의 유년부재를 구성한다.

'운동회가 열리는 날'인 '오늘은' '오랜만에 즐거운 날'이다. 이 '오랜만의 즐거움'은 '먹을 것을 옮겨 놓는 어머니의 손은 남들과 같이 즐거워 약간 떨리고 있읍니다', 그리고 '구경온 제 또래의 장님이 하늘을 향해 웃음지었읍니다' 등 어머니와 장님의 모습을 통해 구체적으로 묘사된다. 그러나 즐겁게 보이는 유년의 한때는 화자의 외로움과 소외, 슬픔의 정조를 담아내는 유년부재의 한 형식을 보여준다. 이

---

25) 바슐라르, 민희식 역, 『불의 精神分析; 초의 불꽃; 大地와 意志의 夢想』, 삼성출판사, 1982, 99쪽.

26) 가스통 바슐라르, 이가림 역, 『촛불의 미학』, 문예출판사, 2001, 11쪽. "확실히 인간의 몽상은 본질적으로 물질적인 것임을 느낄 수 있다. 가령 강이 흐르는 곳에 태어난 사람은 물에 의해 그의 무의식이 지배되며, 그의 어린 시절의 꿈도 물이라는 원초적 사물에 의해 물질화된다고 볼 수 있는 것이다. 고향이란 하나의 영역이 아니라 차라리 하나의 물질이다. 이러한 물질로서의 고향에 연결되어 있는 인간은 결국 편애하는 하나의 이마주, 하나의 원시적인 감정, 근원적으로 몽상적인 하나의 기질에 지배당한다." 김종삼에게 유년회상은 곧 '어머니' 이미지로부터 출발한다. '어머니'는 '가난'의 정서를 함유하면서 그에게 부재의 정서를 부각시키기도 하고, 고향 이미지로 등장하기도 한다.

러한 정조는 '저는 교외에서 살고 있기 때문에', '아까부터 남의 밭에서 품팔이하는 제 어머니가 가물가물하게 바라다 보입니다', '고구마 이삭 몇 개' 등에서 짐작할 수 있다. 이는 '가난'과 유년부재의 상관성을 상징적으로 보여주고 있다.

그러나 이러한 부재의식 가운데서도 어머니에 대한 추억은 아름다운 유년풍경 중의 하나로 회상된다. '어머니의 모습은 잠시나마 하나님보다도 숭고하게 이 땅 위에 떠오르'고 있기 때문이다. 위 시의 '어머니'는 부재를 안고 있는 대상이지만, '하나님보다도 숭고한' 모습으로 화자의 내면의식 속에 각인되어 있다. 이러한 '어머니'는 부재를 불러들이는 대상이면서 또한 이를 해소시켜주는 인물이기도 하다. '구경 온 제 또래의 장님' 또한 이러한 인물 유형에 속한다. 따라서 '품팔이하는 어머니'와 '장님 소년'은 둘 다 부재의 요소를 지니고 있으면서도 사랑과 연민을 불러일으키는 이른바 유년의 기억을 따뜻한 시간으로 이끄는 대상이 된다. '제 또래의 장님 소년'을 '따뜻한 이웃'으로 여기는 김종삼의 사유는 주변적 인물에 대한 관심과 연민의식으로 발전해 간다.

내용없는 아름다움처럼

가난한 아희에게 온
서양 나라에서 온
아름다운 크리스마스 카드처럼

어린 양들의 등성이에 반짝이는
진눈깨비처럼

─「북치는 소년」 전문

「북치는 소년」은 김종삼의 대표작이라고 할 수 있는 작품이다. 이 시는 그의 첫시집 『十二音階』(삼애사, 1969)에 수록된 작품으로 후에 『북치는 소년』(1979)이라는 시선집의 표제가 되기도 한다. '내용없는 아름다움'의 세계는 김종삼 시세계의 미학적 토대를 구성하는 가장 근원적 요소이다. 위 시는 그의 시세계가 함유하고 있는 부재의 세계를 상징적으로 담아낸다고 할 수 있다. 이경수는 위 시를 두고 "눈에 익은 정서의 소멸, 질서의 뒤바꿈, 단상위주의 표현들을 통해서 시인이 노리는 것은 이 세상에 존재하지 않는 부재의 세계"[27]라고 말한다. 이러한 부재의 세계는 '내용없는 아름다움'이라는 표현에서 이미 감지되듯이 의미적 측면에서의 다양한 구도를 내포한다.

또한 형식적 측면인 '생략'[28]과 반복의 기법이 주도적으로 나타난다. 이는 "언어파의 전형적인 암시와 효과에 의존하고 있으므로 애매모호함"[29]이 강조된다. 이러한 애매모호함은 위 시에서 보듯 의미적/형식적 표현방식에서 생성되는데, 이것이 곧 김종삼 시의 난해함을 불러들이는 요인이 된다. 시에 반복되는 '~처럼' 뒤에는 그 비교 주체인 원관념 '북치는 소년'이 생략되어 있다. 문장의 연결과 의미적

---

27) 이경수, 앞의 글, 260쪽.
28) 황동규는 이 시에서 "구체적인 비교 대상인 <북치는 소년>이 본문에서 생략되어 공백으로 되면서 <내용없는>이라는 표현과 얼마나 절실히 어울리는 틀을 만드는가."라고 이 시의 생략에 대해 언급하고 있다(「잔상의 미학」, 『김종삼 전집』, 청하, 1988, 250쪽). 이경수는 이 시의 문체의 불안스러운 흐름과 구문의 불완전함에 대해 "이 시는 상징과 상징의 대상을 될 수 있으면 멀리 떼어놓기 위해 애초부터 단일한 대상을 단상으로 분해시켜 놓았을 뿐 아니라 거기에 대응하기 위해 구문마저 파격으로 바꿔 놓은 의도적 오류"라고 지적한다. 또한 "이 같은 눈에 익은 정서의 소멸, 질서의 뒤바꿈, 단상 위주의 표현 등을 통해서 시인이 노리는 것은 이 세상에 존재하지 않는 부재의 세계이다"라고 설명한다(이경수, 앞의 글, 260쪽).
29) 조남익, 「장미와 음악의 詩的變容 - 김종삼편」, 『현대시학』, 1987.2, 159쪽.

공백을 불러들이는 이러한 '생략'의 기법이야말로 김종삼 시세계의 특징적 개성이면서 난해시의 한 유형을 보여준다. 쉽게 의미를 추출하기에는 시의 전체적 구성이 불완전한 형태로 짜여져 있기 때문이다. 문장의 불완전성과 의미의 모호성은 마지막 행 '진눈깨비처럼' 뒤에 원관념 '북치는 소년'을 붙여줌으로써 해석을 실마리를 잡을 수 있다. 이러한 불완전한 시적 구조와 의미의 모호성은 김종삼의 현실 도피적 성향과 일정 부분 맥을 같이 한다고 할 수 있다. 공백과 생략은 자기 감추기 즉, 자기존재를 하나의 공백 속에 감추어 두려는 의도를 담고 있기 때문이다.

위 시의 '가난한 아희'는 김종삼의 유년의 모습과 연계성을 가진다. '가난한 아희'는 「쑥내음 속의 동화」, 「五학년 一반」, 「스와니江이랑 요단江이랑」에 등장하는 '나'와 '나이 어린 소년' 이미지와 겹쳐지고 있다. 이러한 작품들은 김종삼의 유년체험을 형상화하고 있고, 여기에 등장하는 아이들은 대체로 부재의 형식으로 그려진다. '가난한 아희'는 이 시의 불완전한 시적구조에서처럼 '가난'이라는 이미지 그 자체로 이미 부재의 요소를 함유한다. 따라서 '아희'로 하여금 '먼 곳' 즉, 이곳이 아닌 저곳을 동경하게 하는 조건을 부여한다. '서양 나라에서 온/아름다운 크리스마스카드'는 '아희'가 동경하는 공간이 이국공간서양나라임을 알려준다.

이러한 동경의 세계 즉, 크리스마스카드 속의 세계는 '어린 양들의 등성이에 반짝이는/진눈깨비처럼' 환상적 아름다움을 던져준다. 카드 속의 세계는 현실이 아닌 환상 속의 혹은 '서양 나라'의 어느 먼 시간을 지시한다. 따라서 '내용없는 아름다움'의 세계는 바로 꿈의 세계, 부재하기 때문에 아름답다는 역설적 의미를 생산하게 된다. 이 시가 전체적으로 환상적 아름다움에 젖어있는 것은 부재가 안고 있는 공백의 세계, 그 비어있음의 투명함 때문이다. 그러나 '카드'에 그려진 서양나라의 풍경은 아름답기는 하지만 '아희'가 가지고 있는 내적 결핍을 충족시켜 주지는 못한다. 그곳은 환상을 통해서나 갈 수 있는 그림 속의 세계라는 한계를 가지기 때문이다. '가난한 아희'에게 온 크리스마스카드는 그 외형적 아름다움에도 불구하고 또 다른 부재의 요소를 내포한다. 현실성이 결여된 아름다움의 세계는 아름다움 그 자체로 빛날 뿐 꿈의 성취로 연결되지 못한다. 이 시가 결국 의미적/형식적 불완전성을 표방하는 '내용없는 아름다움'의 세계에 머물고 마는 것은 김종삼 시의 미학을 구성하는 부재의식이 깊이 관여하고 있기 때문이다.

> 심청일 웃겨 보자고 시작한 것이
> 술래잡기였다
> 꿈 속에서도 언제나 외로웠던 심청인
> 오랜만에 제 또래의 애들과
> 뜀박질을 하였다
>
> 붙잡혔다
> 술래가 되었다
> 얼마 후 심청은
> 눈 가리기 헝겊을 맨 채
> 한동안 서 있었다
> 술래잡기 하던 애들은 안됐다는 듯
> 심청일 위로해 주고 있었다.
>
> — 「술래잡기」 전문

 김종삼의 시에는 장님, 농아 등 장애요소를 지닌 인물들이 자주 등장한다. 이들은 변두리적 삶을 살아가는 소외인의 한 사람으로 김종삼에게는 연민의 대상이 된다. 이러한 인물 유형들은 비록 장애를 지니고 있지만 순수한 인물 유형으로 형상화되고 있다. 위 시의 '심청이'는 신체적으로 장애요소를 지닌 인물은 아니지만 '술래잡기' 놀이에서 '술래'가 되면서 단절된 세계 속의 부재를 경험을 하게 된다. '꿈속에서도 언제나 외로웠던 심청이'에서 그녀의 오랜 부재의 심연을 엿볼 수 있다. '심청이'가 안고 있는 부재는 그녀 스스로 극복할 수 없는 환경적 요인에 그 원인이 있다. 장님인 아버지의 어둠을 지고가야 하는 숙명적 무게가 바로 그것이다. 위 시에서 심청이의 부재는 '술래잡기'에서 '술래'가 된 심청이를 통해 보다 구체적으로 드러난다. '술래'의 '눈 가리기'는 곧 세계와의 단절을 의미한다. 심청이는 술래가 되어 눈 가리기를 함으로써 장님인 아버지가 겪고 있는 단절을 경험한다. 그리고 이것은 하나의 구체적인 사례일 뿐 실제로는 이미 단절로 인한 부재의 세계를 체득하고 있다.

'심청일 웃겨 보자고 시작한' '술래잡기'는 심청이에게 결국 또 다른 부재를 경험하게 한다. '눈 가리기 헝겊을 맨 채/한동안 서 있'음은 소통 불가능한 세계에서 오는 외로움과 단절감 때문이다. '꿈속에서도 언제나 외로웠던 심청이'는 실제로 장님의 형국이 되어 세계 속에 버려진다. 단절된 세계는 외로움과 소외를 몰고 오고 외로움과 소외는 곧 하나의 부재요소로 자리 잡는다. '술래잡기 하던 애들은 안됐다는 듯/심청일 위로해 주고 있었'지만 이는 또 다른 형태의 상처임에 틀림없다. '심청일 웃겨 보자고 시작한' '술래잡기'는 심청이를 더 깊은 외로움 속으로 몰아넣는다.

결국 아이들의 술래잡기 놀이는 심청이를 위로하기는커녕 심청의 환경에 빗대어 조롱을 한 결과가 되어 버린다. 동정과 조롱의 차이,

이것이 아이들과 심청이 사이에 가로놓인 풀리지 않는 현실적 벽이
다. 김종삼이 심청이를 통해 그려내려는 세계는 바로 세계와 자아와
의 소통 불가능, 즉, 부재의 세계이다. 김종삼의 부재는 유년의 부재
에서부터 현실적 부재까지 다양한 형식으로 형상화되고 있다. 부재
의식은 김종삼 시세계에서 가장 중요한 뿌리를 제공한다. 그의 모든
부정적인 사유는 상실의식과 자기존재의 부정을 담보하는 부재의식
에서 비롯된다. 앞서도 말한 바와 같이 그의 부재의식은 다양한 측면
의 심층구조를 가지고 있다. 대표적으로 수렴되는 것이 한국전쟁과
분단, 실향 그리고 가난과 병고의 여정이다. 이러한 배경들은 단순한
의미생성이 아니라, 여러 현실적 요건들과 결합해 또 다른 부재의 시
간을 만들어 간다.

①
결정짓기 어려웠던 구멍가게 하나를 내어 놓았다.

'한푼어치도 팔리지 않았음은 물론이고'

오늘도 지나간 것은 분명 차 한 대 밖에—

그새
키 작고 현격한 간격의 바위들과
도토리나무들이
어두움을 타 드러앉고
꺼먼 시공 뿐.
선회되었던 차례의 아침이 설레이다.

—드빗시 산장 부근

—「드빗시 산장」 전문

②
오십평생 단칸 셋방뿐이다
怪石옆에 앉아 있었다
몇 잔의 고량주와 몇 조각의 호떡을 먹어치웠기 때문일까
따분하다

음악의 對位法처럼 彫代의 彫刻이 서서히 하늘에서 아무 기척이
없는 어느 古家 뜨락에 내리고 있다 푸드득 소리에 놀라 깼다
새가
난다

–「산(수록 1)」 전문

위 시에 드러나는 김종삼의 부재는 유년부재와 마찬가지로 가난의
정서가 중심이 된다. 따라서 가난은 과거로부터 지금까지 지속적인
장애요소로 등장하고 있음을 알 수 있다. 현실적 시간에서 보면 김종
삼의 가난은 도피와 방황을 일삼는 그의 생활양식에서 비롯되는 것
처럼 보인다. 실제로 현실을 등지고 살아가는 그의 생활양식이 중요
한 요인으로 작용하기도 한다. 그러나 김종삼 시세계에서 보여 지는
가난은 부재와 연계해 근원적인 요소로 등장한다. 이른바 가난할 수
밖에 없는 요인이 이미 제시되어 있다는 것이다. 이러한 인식이 바로
자아를 부정하게 만드는 요인이 되고 나아가 죄의식과 죽음의식으로
까지 이어진다.

중, 후기시로 접어들면서 시작된 병고와의 싸움은 그의 현실적 불
우함을 더욱 극단적인 형대로 몰고 간다. 위 시 「드빗시 산장」과 「산
(수록 1)」에는 바로 이러한 그의 현실적 빈곤이 구체적으로 그려지고
있다. 먼저, ①의 '결정짓기 어려웠던 구멍가게 하나를 내어 놓았다'
에서 '구멍가게'는 화자의 '가난'을 상징하는 상징 이미지이다. '구멍

가게'는 중심에서 벗어난 변두리적 정서를 담고 있다. 따라서 여기서의 '구멍가게'는 화자의 '생활'의 궁핍을 반영하는 단서가 된다. '한 푼어치도 팔리지 않았음', '오늘도 지나간 것은 분명 차 한 대 밖에' 등이 암시하는 것은 장사가 잘 되지 않음을 나타내는 것이기도 하지만, 더 크게 이 '구멍가게'가 사람 왕래가 없는 외진 곳에 위치하고 있음을 의미한다. 여기서 이미 화자와 세계 사이에 단절이 개입하게 된다.

'구멍가게'는 화자의 생계수단이면서 세계와의 소통 수단이 되고 있다, 그러나 세계가 문을 열지 않음으로 해서 그 본래의 의미를 상실한다. 따라서 화자는 '꺼먼 시공'의 현실을 견딜 수밖에 없다. '구멍가게'가 세계와의 소통을 의도하고 있다면 '꺼먼 시공'은 그 결과로서의 닫힌 세계를 보여준다. ②의 '오십평생 단칸 셋방뿐'인 화자의 현실적 삶 또한 이러한 맥락에서 생각해 볼 수가 있다. 여기서 '오십평생'이 함유하는 시간은 대체로 '일생'이란 의미로 해석할 수 있다. 따라서 화자는 일생동안 한 번도 '단칸 셋방'[30]을 벗어나지 못했다는 결론에 이른다. 화자의 일상이 '따분한 것'은 당연한 귀결이다. '따분하다'의 '따분함'은 딱히 가고 싶은 곳도, 머물고 싶은 곳도 없는, 할 일도, 하고 싶은 일도 없는 화자의 일상적 무료를 드러낸다. '갈 곳이 없다', '할 일이 없다' 등의 표현은 '무산자無産者'[31]로서의 그의 삶의 일면을

---

30) 김종삼 시에 나타나는 집의 형태는 대체로 변두리적 존재양식을 드러낸다. '비인 오두막'(「라산스카(수록 5)」), '삼간 초옥 한칸 방'(「왕십리」), '무허가 선술집'(「종 달린 자전거」), '잡초가 우거진 무인지경의 초가집'(「허공」), '원두막'(「원두막」) 등 의 공간은 정상적이고 안정적인 주거 형태가 아니라 임시적이고 불안정한 공간 형태를 보여준다. 이는 이리저리 떠돌 수밖에 없는 그의 이방인으로서의 삶을 뒷 받침하는 부재의 한 요소를 보여준다.

31) 강석경, 「문명의 배에서 침몰하는 토끼」, 장석주 편, 『김종삼 전집』, 청하, 1988, 289쪽. 김종삼은 1963년 동아 방송 총무국에 설립요원으로 입사해 13년(1976) 동 안 재직했다. 방송국을 정년퇴직 하자 그나마 이어져 있던 현실적 수입원이 사라 져 버렸다. 재직 중에도 판잣집 셋방을 전전하기는 마찬가지였지만 퇴직 후엔 생

보여준다.

위 두 편의 시에서 우리가 중요하게 감지해야 할 부분은 김종삼의 가난에 대한 대응방식이다. 그는 자신의 가난에 대해서 고민하거나 부끄러워하는 기색이 별로 없다. 오히려 이를 객관적으로 형상화함으로써 가난의 깊이를 확고히 감지하려 한다. 이는 고통스런 현실적 시간을 객관적으로 묘사함으로써 자기극복의 수단으로 삼으려고 하는 것이다. 위 시에서 이러한 역설적 사유는 가난과 음악의 접목을 통해 드러난다. 김종삼의 시에서 음악은 정신적 충족을 안겨주는 예술적 토대이면서, 현실 탈출을 위한 일종의 도피처이기도 하다. 「드빗시 산장」이라는 시 제목과 '음악의 對位法처럼 彫代의 彫刻이 서서히 하늘에서 아무 기척이 없는 어느 古家 뜨락에 내리고' 등의 표현이 이러한 그의 의도를 반영한다.

시간을 의식한다는 것은 자아를 의식한다는 것이며, 자아의식은 자기의 존재를 의식한다는 것이다.[32] 김종삼의 시간인식은 대체로 명징한 자기 존재인식에서 출발한다. 그의 존재인식은 바로 현실인식과 자아인식의 구도를 표상한다. 그의 체험적 시간은 현재에 그대로 포섭되어 그의 현실적 시간을 구성한다. 그의 부재의식 또한 이러한 부정적인 시간인식 속에서 생성된다. 정리하면, 김종삼의 부정적인 현실인식과 이러한 시간에 대한 단절의식은 '문명'의 광포함과 왜소해진 자아인식으로부터 시작된다. 이러한 시간인식은 그에게 주어

활비는커녕 자신의 용돈조차 마련하기 어려웠다. "이런 선생이 답답하게 보였는지 시인 정현종씨가 자신이 재직해 있는 학교에 강사로 나와 주십사, 연락했다. 그는 거절했다. 집에 와선 <할 자신이 없다> 얘기했다. 아내는 자신이고 뭐고 안 어울리니 할 생각도 하지 마라, 내가 두 끼는 먹여 주겠다, 했다. 자신의 말대로 그는 '생활이 없다'. 현실의 무산자(無産者)이면서 시인으로 남았다. 시는 그에게 있어 오직 하나의 실존이건만 그는 이것마저도 부정한다."

32) 이승훈, 『文學과 時間』, 이우출판사, 1983, 7쪽.

진 모든 시간을 부재의 시간으로 물들이는 계기가 된다. 다시 말해 부정적인 현실적 시간은 시인으로 하여금 세계를 결핍의 대상으로 인식하게 한다. 이러한 그의 부재의 시간은 스스로의 존재까지 부정하게 만드는데, 이는 다시 세계의 단절, 자아단절의 시간으로 이어진다. 이러한 과정은 시인으로 하여금 자신에게 부여된 모든 부정적인 시간들이 자신의 '죄' 때문이라는 인식으로 접어들게 한다. 이것이 김종삼의 죄의식과 죽음의식으로 나아가는 단계가 된다.

(3) 죄의식과 죽음의식

김종삼의 죄의식은 대개 '본래부터 죄 많은 인간'이라는 인식에서 오는 원죄적 성격과, 후천적 삶 속에서 주어진 즉, '인간이 할 바를 못한'[33] 데서 오는 자각적, 반성적 죄의식 등으로 나타난다. 원죄의식은 인간이 신성의 세계를 벗어나면서 지게 되는 즉 '운명 지워진 혹은 운명적인 존재'로서의 죄의식이라 할 수 있다. 다시 말해 "<지금－여기에 신이 부재 한다는 인식> 즉, 신과의 단절감에서 오는 심리적 기원"[34]으로서의 죄의식이라 할 수 있다. 이러한 해석의 토대는 대체로 그의 시에 나타나는 종교적 성향에 기대고 있다. 그러나 김종삼의 시 세계가 단일 해석을 거부하는 이른바 심층적 의미구조를 지니고 있는 만큼 다양한 해석의 여지를 간과해서는 안 될 것이다. 다시 말해 그의 죄의식과 죽음의식을 종교적 형식으로만 읽게 되면 그의 시적

---

33) 강석경, 앞의 글, 292쪽. 김종삼은 현실적 삶의 조건들을 철저하게 외면해 왔다. 따라서 생활에 대한 책임이나 사회적 책임 등 모든 질서의식에서 벗어나 있었다. 자기 존재에 대해서도 늘 마땅찮아했다. 후기에 들어 시인은 이런 스스로의 생활 방식에 대해 '죄의식'을 가지게 된다.
34) 송경호, 「김종삼 시 연구－죄의식과 죽음의식을 중심으로」, 서울시립대 박사학위 논문, 2007, 9쪽.

의미를 추출하는 데 있어 한계가 주어진다는 것이다. 큰 범주에서 그의 시세계는 종교적 신성지향에 무게를 두기보다 오히려 시의 미학에 충실하고 있기 때문이다.

보편적 토대에서의 그의 죄의식은 대체로 그의 경험세계를 중심으로 형성되고 있다. 이러한 죄의식은 원죄의식보다 더 내밀한 심리적 반응을 이끌어내고 있다. 그의 죄의식은 부정적인 시대와 현실인식에서 오는 자기존재 인식과 연계되어 있기 때문이다. '인간이 할 바를 못한' 데서 오는 죄의식은 바로 현실적 존재로서의 시인의 자기 반성적 목소리를 담고 있다. 詩作 후기의 병고로 인한 자기 성찰적 세계에서는 '죄'에 대한 보다 깊은 사유를 보여준다. 여기에는 '가족에 대한 죄의식'35)도 함께 포함되어 있다.

김종삼의 죄의식은 그것이 원죄적 측면이든 현실적 죄의식이든 모두 자신의 죄로 받아들인다는 데 그 특징이 있다. 그의 죄의식이 일종의 자기응징의 색채를 띠는 것은 바로 이 때문이다. 죄의식과 그에 대한 자기응징은 대체로 형벌의 차원에서 죽음의 형태로 드러난다. 이러한 김종삼의 죄의식과 죽음의식은 일종의 자기도피로서의 시간의 단절을 담고 있다.

　　　苹果 나무 소독이 있어
　　　모기 새끼가 드물다는 몇 날 후인
　　　어느 날이 되었다.

　　　며칠 만에 한 번만이라도 어진

---

35) 김종삼의 시에는 가족에 대한 연민과 죄의식이 두드러지게 드러난다. 어머니, 형, 동생 등의 가족 구성원들은 김종삼의 죄의식의 근원이다. 특히 어머니에 대한 연민과 죄의식은 깊은 상처로 남아 있다.

말솜씨였던 그인데
오늘은 몇 번째나 나에게 없어서는
안된다는 길을 기어이 가리켜 주고야 마는 것이다.

아직 이쪽에는 열리지 않는 果樹밭
사이인
수무나무 가시 울타리
길줄기를 벗어나
그이가 말한 대로 얼만가를 더 갔다.

구름 덩어리 얕은 언저리
植物이 풍기어 오는
유리 溫室이 있는
언덕쪽을 향하여 갔다.

안쪽과 周圍라면 아무런
기척이 없고 無邊하였다.
안쪽 흙 바닥에는
떡갈나무 잎사귀들의 언저리와 뿌롱드 빛깔의 과실들이 평탄하
게 가득차 있었다.

몇 개째를 집어 보아도 놓였던 자리가
썩어있지 않으면 벌레가 먹고 있었다.
그렇지 않은 것도 집기만 하면 썩어갔다.

거기를 지킨다는 사람이 들어와
내가 하려던 말을 빼앗듯이 말했다.

당신 아닌 사람이 집으면 그럴 리가 없다고ㅡ.

ㅡ「園丁」전문

김종삼의 시「원정」은 그의 등단 작품으로 처음부터 많은 논의의 대상이 되어 왔다. 특히 이 시에는 김종삼의 죄의식에 대한 사유가 깊이 내재해 있다. 대부분의 논자들[36]은 이 시의 전체적 맥락을 원죄의식에서 찾고 있다. 김현은 시「원정」에 드러나는 김종삼의 시적 특징을 '비극적 세계인식'[37]으로 인식하고 있다. 김종삼의 세계와의 불화는 대체로 세계가 자신을 거부한다는 인식에서부터 시작된다. 그런

---

36) 남진우는 이 시의 난해성을 해결할 수 있는 방법은 이 작품을 기독교 창세기에 나오는 실락원 설화의 변형으로 보는 것이라고 말하고 있다. 이 시의 과수밭과 온실은 에덴동산의 흔적으로, "뿌롱드 빛깔"의 과실은 선악과의 의미로 보고 있는 것이다(남진우, 『미적 근대성과 순간의 시학 연구-김수영·김종삼 시의 시간의식』, 중앙대학교 박사학위논문, 2000, 113쪽). 장석주는 이 시의 공간적 배경인 과수원의 세계가 순결·질서·조화·풍요의 밝고 맑은 낙원 이미지에 가까운 세계라면, 시적 자아가 자신의 자리로 예감하는 세계는 타락·혼란·분열·결핍 등 어둡고 혼탁한 실낙원의 세계라고 말한다(장석주, 「한 미학주의자의 상상세계」, 『김종삼 전집』, 청하, 1988, 21쪽). 송경호는 남진우와 장석주의 견해를 인정하면서 과수밭의 의미를 다시 '모성적 공간'으로 풀이하고 있다. 그리고 이 작품의 기본적인 맥락은 낙원으로서의 에덴동산과 같은 과수원에서 죄인으로서의 실존적 자기존재 인식에 있다고 설명한다(송경호, 『김종삼 시연구-죄의식과 죽음의식을 중심으로』, 서울시립대 박학위논문, 2007, 25쪽). 최종환은 「원정」을 채우는 이미지들의 대부분은 죄의식의 언어가 된다고 지적하면서 김종삼의 거개의 작품이 그렇듯 천상으로 나아가다 추락하는 알바트로스적 추방의 구도를 띠고 있다고 지적한다. 또 과수원을 에덴동산으로 보며 시적 분석을 하고 있다(최종환, 『현대시에 나타난 기독교 죄의식의 심리학적 연구-윤동주·김종삼·마종기 시를 중심으로』, 경희대학교 박사학위논문, 2003, 141쪽). 기독교적 바탕 위에서 분석을 시도한「원정」에 대한 논의들은 타당성을 가지고 있으면서도 한편으로 시해석의 범주를 협소화시킨다는 점에서 일정 부분 한계를 지닌다.

37) 김현, 앞의 글, 238~239쪽. 김현은 시「원정」에서 보이는 김종삼 시의 특징을 "비극적 세계인식"으로 설명한다. "비극적 세계인식이란 그와 세계 사이의 간극을 그가 비화해적인 것으로 보고 있다는 뜻이다." 그러나 그의 "비극적 세계인식은 세계에서의 도피를 뜻하는 것이 아니라 오히려 긍정적인 세계를 열망하기 때문에 얻어지는 아픈 소리"라고 부연 설명한다. 김종삼 시세계를 지배하는 모든 부정적 사유들은 대체로 이러한 인식으로부터 시작되고 있다. 그러나 김현의 말대로 김종삼의 비극적 세계인식은 지향세계에 대한 강렬한 열망의 역설적 표현이라고 할 수 있다.

점에서 시 「원정」은 등단 절차38)에서부터 이미 거부의 과정을 거친 셈이다.

위 시에 나타난 '거부'의 몸짓은 '몇 개째를 집어 보아도 놓였던 자리가/썩어있지 않으면 벌레가 먹고 있었다/그렇지 않은 것도 집기만 하면 썩어갔다'에서 선명하게 감지된다. 여기에서 '과일의 썩음'은 세계가 '나'를 거부하는 이른바 세계와의 불화를 의미한다. 이러한 인식의 구도가 곧 김종삼의 원죄의식의 배경이 된다. 이러한 거부의 몸짓은 '내가 하려던 말을 빼앗듯이 말'하는 '거기를 지킨다는 사람' 즉, 원정園丁'을 통해서도 전달된다. '원정園丁'은 과수원을 지키는 일종의 관리인이다. 이 관리인은 시 「아데라이데」, 「내가 죽던 날」에 등장하는 경비원 혹은 관리인과 동일한 인물 유형에 속한다. 이들은 어떤 특정 장소에 드나드는 사람들을 통제하는, 따라서 필수적으로 거쳐야 하는 일종의 관문 같은 존재들이다. 김종삼 시에 나타나는 관리인의 존재는 대체로 긍정적인 의미보다 부정적인 의미를 내포한다. 이는 '고두기(경비원)한테 덜미를 잡혔다/덜미를 잡힌 채 끌려 나갔다'(「아데라이데」), '관리인에게 붙잡혀 얻어 터지고 있었다'(「내가 죽던 날」) 등에서 확인된다. 김종삼에게 이들의 존재는 언제나 제지/거부하고 그에게 상처를 입히는 부정적인 존재들로 그려진다.

이와는 달리 2연과 3연에 나타나는 '그'는 화자에게 어떤 길을, 그것도 '기어이' 가리켜주고야 마는 존재이다. '그'는 '며칠 만에 한 번만

---

38) 시 「園丁」은 김종삼의 등단 작품으로 최초의 공식적인 발표 시이다. 그의 작품은 추천되기까지 일련의 사건을 겪게 된다. 시인의 말에 따르면, 김윤성 씨가 『문예』지에 추천받게 해주겠노라 세 편의 시를 가져갔는데, 심사위원들의 눈에 들지 않아 추천이 거절당했다. 이유는 '꽃과 이슬을 노래하지 않았고' 시가 지나치게 '난해하다'는 것이었다. 후에 김춘수의 추천으로 『신세계』에 발표됨으로써 등단 절차를 거치게 된다.

이라도 어진/말솜씨였던 그인데'로 보아 평소에는 그리 친근한 인물이 아님을 알 수 있다. 그럼에도 '오늘은 몇 번째나 나에게는 없어서는 안 된다는 길'을 가리켜 주고야 만다. 길을 가리켜준다는 의미에서 '그'는 안내자 혹은 어떤 절대자의 상징적 인물로 해석할 수 있다. 그러나 한편으로, '그'는 바로 화자의 '자기 암시적 존재' 즉, 자아의 변형된 모습이라고 할 수 있다. 다시 말해 그 길을 가고자 하는 화자의 내적 욕망이 만들어낸 인물로 볼 수 있다는 것이다.

이 시의 시적 공간은 외부/내부 즉, '과수밭'과 '유리온실'로 구분되어 있다. '과수밭'은 '모기 새끼'가 드나드는 거칠고 황막한 공간인 반면 '유리온실'은 그야말로 無邊하고 안전한 공간이다. 여기에는 '뿌롱드 빛깔의 과실들이 평탄하게 가득차있'다. 이러한 '유리온실'은 과수밭과는 달리 누구나 드나들 수 있는 공간이 아니다. 또한 자연공간이 아닌 가공된 공간으로 누군가의 손길이 필요한 혹은 보호받고 있는 공간 이미지를 함유한다. 따라서 이 공간은 선택된 공간으로써 선택된 사람만이 드나들 수 있다. 그런 점에서 이 공간은 순수 공간 혹은 절대공간 이미지를 담고 있다. 2, 3연의 안내자 혹은 화자의 '자기 암시적 존재'인 '그'는 화자로 하여금 '기어이' 이 공간으로 들어가기를 종용한다. 이곳은 '과실들이 평탄하게 가득차 있'는 풍요한 공간으로 해충이 드나드는 황막한 공간과는 다른 곳이기 때문이다. 이는 '無邊'하고 안락하고 평온한 삶이 예감되는 공간이다.

그러나 화자는 결국 이 공간에 들어가지 못하고 거부당한다는 게 이 시의 요지이다. 이는 '몇 개째를 집어 보아도 놓였던 자리가/썩어 있지 않으면 벌레가 먹고 있'거나, '그렇지 않은 것도 집기만 하면 썩어'가는 것으로 설명된다. 여기에서 가장 결정적인 메시지는 '당신 아닌 사람이 집으면 그럴 리가 없다'는 '원정'의 말이다. '과일의 썩음'과

'원정'의 말은 세계와 화자와의 관계를 보여주는 상징적 잣대가 된다. 결국 화자는 '나에게 없어서는/안된다는 길'을 들어서지 못하고 만다. 이것이 바로 김종삼의 비극적 세계인식과 원죄의식을 유도하는 근원이 된다.

이러한 해석의 토대는 시간의 문제와도 밀접한 연계성을 가진다. 이 시에 드러나는 시간은 '며칠 만에', '어느 날', '오늘은' 등으로 나타난다. '며칠 만에 한 번만이라도 어진/말솜씨였던 그인데'에서의 '며칠 만에'는 기다림의 속성 즉, 시간의 지연을 보여준다. '아직 이쪽에는 열리지 않는 果樹밭'에서의 '아직 열리지 않음' 또한 시간의 지연을 내포한다. '아직 열리지 않음'은 열릴 것임을 암시하고 있지만 언제 열릴지 모르는 막연한 시간을 지시한다. '오늘은'이 함축하는 시간은 지금까지의 막연한 시간개념에서 확실한 시간으로의 전환, 이행을 보여준다. 이 시간이 바로 '그'가 가리켜준 '나에게는 없어서는 안된다는 길'을 가게 되는 시간이다. 그러나 이 강요와 결단이 가미된 '오늘'이라는 시간은 '과일의 썩음'을 통해 세계와의 관계개선 혹은 소통의 길을 여는데 실패하고 만다. 이는 곧 '시간의 지연', '시간의 거부', '시간의 단절' 등을 내포하는 위 시의 시간형식을 표방한다. 이러한 부정적인 시간 형식이 김종삼 시세계가 함유하고 있는 시간인식의 구도이고, 스스로 죄가 많다는 죄의식의 세계로 접어드는 근원이 된다.

        열서너살 때
        '正午砲'가 울린 다음
        점심을 먹고
        두 살인가 세살 되던

동생애를 데리고
평양고등보통학교 운동장에 놀러갔읍니다
널따란 운동장이 텅텅
비어 있었읍니다
그애는 저를 마다하고 혼자 놀고 있었읍니다 중얼거리며 신나게
놀고 있었읍니다
저는 먼 발치
철봉대에 기대어
그애를 지켜보다가
시간 가는 줄 모르고
기초철봉을 익히고 있었읍니다
그애가 보이지 않았습니다
그애는 교문을 나가 뒤도 돌아보지 않고 울다가 그치고 울다가
그치곤 하였읍니다

저는 그 일을 잊지 못하고 있읍니다
그애는 저보다 먼저 죽었기 때문입니다

돌아올 때
그애가 즐겨먹던 것을 사주어도
받아 들기만 하고
먹지 않았읍니다

-「운동장」전문

　　유년기의 체험은 한 인간의 성격에 지대한 영향을 미치며, 그 체험
에 의하여 획득한 심리구조는 일생을 통해 지속되고 때로는 여러 양
상으로 변용되어 작품에 나타나기도 한다.[39) 김종삼의 유년체험은
대체로 부재와 죄의식에 토대를 두고 펼쳐진다. 앞서 살펴보았던, '세

39) J. P. Wever, 김현 역, 「주제 비평의 원리」, 『현대비평의 원리』, 기린원, 1989, 53쪽.

상을 가는 첫 출발'이나 유년의 가난을 통한 '부재의식', 위 시에 나타난 '유년의 죄의식'이 바로 그것이다. 위 시는 외형적으로는 유년에 있었던 평범한 추억 한 토막을 형상화하고 있는 것처럼 보인다. 그러나 내적으로는 오래 잊히지 않는 죄의식의 심층구조가 자리 잡고 있다. 이는 어린 동생과 관련된 일련의 이야기를 통해 드러난다. "죄의식에 있어 결정적인 것은 죄짓기 이전에 계약관계가 있었다는 점이며 그 계약관계의 침해가 곧 죄"[40]의 형태로 드러난다. 위 시에서 찾을 수 있는 보이지 않는 계약관계의 일면은 바로 동생을 돌보는 것이고, 죄의식은 '동생을 잘 돌보지 않음'에서 비롯된다.

시의 내용을 요약하면, 화자는 소년시절 어린 동생을 데리고 학교 운동장으로 놀러가게 된다. 그때 운동장은 텅 비어 있었고, 어린 동생은 형도 마다하고 혼자 놀고 있었다. 이를 지켜보던 소년은 자신도 동생을 까맣게 잊고 기초철봉 익히기에 몰두한다. 나중에 보니 동생이 보이지 않는다. 어린 동생은 노는 데 지쳐 형을 찾았지만 형은 자신을 쳐다보지도 않고 철봉놀이에 빠져있다. 동생은 그만 서러워져서 울면서 혼자 교문을 나선다. 돌아오며 화자는 동생이 즐겨먹던 것을 사주며 달랬지만 동생은 그것을 받아들고도 먹지 않았다.

위 시에서 화자의 죄의식을 자극하는 핵심적 요인은 동생의 '죽음'에 있다. 화자가 어쩌면 사소하다고 할 어린 날의 '그 일'을 훗날까지 잊지 못하는 것은 '그애는 저보다 먼저 죽었기 때문입니다'에 달려있다. 김종삼의 몇 편의 시편들을 살펴보면 그의 동생은 실제로 병으로 일찍 죽은 것으로 드러난다. '아우는 스물두 살 때 결핵으로 죽었다'(「장편(수록 5)」), '아우는 비명에 죽었고/형은 64세 때 죽었다'(「어머

---

40) 김형효, 「고통에 대한 형이상학적 성찰」, 『악이란 무엇인가』, 한국정신문화연구원 철학·종교 연구실, 창, 1992, 194~195쪽.

니」) 등이 그것이다. 그의 시에서 동생의 죽음은 언제나 형과 어머니의 죽음과 연계되면서 그의 가족사적인 비극으로 이어진다. 이는 김종삼의 죄의식과 죽음의식이 전쟁체험 이후 현실적 고통 속에서 체득된 것도 있지만, 그보다 먼저 유년체험부터 시작되고 있음을 알 수 있다.

동생에 대한 기억은 과거 회상의 형태로 시인의 내면의식을 자극하고 있다. 과거 어느 한 때의 사건이 소멸되지 않고 잠재되어 있다가 어느 날 문득 죄의식의 형태로 현실적 시간 속에서 재현되는 것이다.[41] 따라서 위 시의 '열서너살 때'라는 유년의 시간은 거슬러 현재를 지배하는 가장 강력한 시간적 요소로 작용한다. 김주연은 위 시에 나타난 김종삼의 죄의식을 "순수상실"[42]의 차원에서 그 특성을 분석하고 있다. 김종삼의 경우, 순수상실은 곧 존재상실과 영혼상실과 맥락지어진다. 그의 유년회상과 동생의 죽음은 순수상실에 대한 상처를 부각시키는 것이다. 이러한 상처는 김종삼의 전 생애에 걸쳐 지속적인 걸림돌로 작용해 왔다. 죄의식 또한 그가 극복해야할 크나큰 상처에 해당한다.

그 언제부터인가

---

41) Edmund Husserl, 이종훈 역, 앞의 책, 202쪽. "현재는 언제나 과거로부터 태어났으며, 당연히 일정한 과거로부터 일정한 현재가 태어났다고 할 수 있다." 김종삼의 거의 모든 시는 과거의 현재화 혹은 재인식, 재구성의 형식을 취하고 있다.

42) 김주연, 앞의 책, 300쪽. 김주연은 "죽은 동생도 역시 어린아이였기 때문에 순수의 상실이라는 연상으로 시인의 온몸을 지배"했을 것이라고 보고 있다. 또한 "만일 김종삼의 죄의식이 동생의 죽음과 같은 유년체험에 기초하고 있다면, 그리고 그런 의식이 시인의 모티프 전체를 차지하고 있다면 이 시인의 환상은 기본적으로 동화적 성격을 벗어날 수 없다"고 지적한다. 이는 김종삼의 순수지향과 동화적 세계에 대한 하나의 분석 토대를 보여준다. 김종삼의 죄의식이 대체로 부재의식과 상실의식에서 출발하고 있는 것을 감안한다면 이는 위 시에 적절하게 적용된다.

나는 罪人
수億 年間
주검의 連鎖에서
惡靈들과 昆蟲들에게 시달려 왔다
다시 계속된다는 것이다

─「꿈이었던가」 전문

　'그 언제부터인가/나는 罪人'이라는 표현에서 감지할 수 있는 것은
'죄'의 시간적 지속성이다. '오래됨'이 내포하는 죄의 지속성은 대체
로 원죄적 성격으로 나타난다. '그 언제부터인가'라는 시간은 경계를
한정지을 수 없는 무한의 시간에 닿아 있다. "무시간성은 객관적 시
간의 속성으로는 헤아릴 수 없는 그 시간 밖의 경험적 성질을 내포하
기 때문이다."[43] 이는 '수億 年間'이라는 시간적 지표에서 확인된다.
결국 이 시에 내포된 셀 수 없음, 불확실한 시간의 연속은 김종삼의
죄에 대한 깊은 사유를 보여주는 것이다.
　중요한 것은 이러한 시간의 연속이 '죄'와 '주검'에 연결되어 있다
는 것이다. 그리고 이 시간은 평범한 죄와 주검의 시간이 아니라 '惡
靈들과 昆蟲들에게 시달려' 온 악몽 같은 시간이다. '악령과 곤충'은
영과 육을 말살시키는 이른바 가장 혹독한 징벌이다. 따라서 이들에
게 시달려 온 '수億 年間'은 처절한 형벌로서의 시간이면서 화자의 죄
의 무게를 암시하는 단서가 된다. '다시 계속된다는 것이다'에서 '계
속'이라는 시간의 연속성은 '죄의 깊음'과 그로 인한 시간극복의 어려
움을 보여준다. '주검의 連鎖'는 이러한 죄의 무게에 값하는 징벌의
형식이다. 위 시의 화자에게 '주검'은 가장 극심한 징벌의 형식으로

---

43) Hans Meyerhoff, 이종철 역, 『문학 속의 시간』, 문예출판사, 2003, 79쪽.

다가온다. 그리고 죄의 연속은 주검의 연속으로 이어지면서 구원을 받을 수 있는 조건을 상실하게 된다. '주검의 '연쇄連鎖'는 삶과 죽음의 반복 곧 형벌의 지속을 의미한다. 이는 '다시 계속된다는 것이다'에서 알 수 있듯이 김종삼의 죄의식이 지속될 것임을 암시하는 단초가 된다.

　이러한 죄의식의 심연 속에는 무의식의 세계가 작동한다. 이는 시 제목「꿈이었던가」에서 이미 그 암시적 구도가 드러난다. "꿈과 환상은 지속이라는 성질과 역동적인 무질서 및 연상이라는 성질 모두를 전달하기에 특히 적절한 것이다."[44] 따라서 꿈은 어떤 특정한 사실을 선명하게 전달하기보다 큰 테두리 속에서 무의식적 암시를 제시한다. 위 시의 '꿈이었던가'는 살아온 시간 즉, 과거와 그 과거의 모든 시간을 아우른다. 여기에는 화자 자신도 미처 감지하지 못할 의식·무의식적 시간이 개입해 있다. 이것이 바로 위 시에서 말하는 '數億 年間'의 시간적·심리적 거리이다. 이를 통해 보면 김종삼의 죄의식이 얼마나 깊이 그의 내면의식에 천착해 있는지 짐작할 수 있다. 그의 죄에 대한 사유는 곧 시간에 대한 사유와 동일한 맥락으로 인식된다.

바로크 시대 음악 들을 때마다
팔레스트리나 들을 때마다
그 시대의 풍경 다가올 때마다
맑은 물가 다가올 때마다
라산스카
나 지은 죄 많아
죽어서도
영혼이
없으리

-「라산스카(수록 3)」전문

---

44) Hans Meyerhoff, 위의 책, 43쪽.

‘나 지은 죄 많아/죽어서도/영혼이/없으리’는 현실적 시간 속에서 체득되는 죄의식의 일종이다. 다시 말해 앞의 시들이 대체로 원죄적 성격을 표방하고 있다면, 위 시의 ‘지은 죄 많음’은 현실적 시간 속에서 생성된 죄의식이다. 따라서 현재로부터 미래 즉, 죽음 이후까지 연속되는 죄를 말하고 있다. 위 시의 화자를 김종삼 자신으로 본다면 이는 아마도 시인의 스스로의 삶에 대한 자각과 반성적 죄의식에 해당할 것이다. 그는 일생 현실적 삶을 등지고 방황의 여정을 걸어왔다. 따라서 자신의 생에 대한 또는 지나온 시간에 대한 회한과 절망, 슬픔이 깊을 수밖에 없다. 김종삼의 경우 이러한 삶의 편린들이 죄의식의 형태로 표출되고 있다. 이러한 김종삼의 죄의식의 특징은 어떤 형식으로든 죄를 극복할 수 없을 것이라는 부정적인 사유에 닿아 있다. 따라서 죄를 벗어나고자 하는 노력 대신 그 죄를 달게 받겠다는 정서로 이어진다. ‘나 지은 죄 많아/죽어서도/영혼이/없으리’는 죄가 죽음까지 이어질 것이라는 것과 죄를 감수할 수밖에 없다는 심리를 담고 있다.

위 시에 음악이 등장하는 것은 ‘죄의 세계’와 ‘순수세계’와의 대비를 염두에 두기 때문이다. 두 세계를 대비시킴으로써 ‘죄’의 무게를 부각시킴은 물론 죄 없는 순수세계에 대한 염원을 드러낸다. 음악은 김종삼 시에 지속적으로 등장하는 순수 지향물이다. 이는 그의 정신적 지향세계인 동시에 정신적·현실적 극복기제로 나타난다. 가난과 음악, 죄의식과 음악, 술과 음악, 글쓰기와 음악, 방황과 음악 등 다양한 형태의 대비를 보이는 음악적 요소는 그의 삶과 문학을 담아내는 일종의 보고寶庫인 셈이다. 따라서 음악적 사유는 그의 시간과 공간인식을 구성하는 중심 기제가 된다.

위 시의 음악을 ‘들을 때마다’라는 반복적 행위는 시인의 삶에 음악이 그만큼 깊이 침투해 있음을 의미한다. 팔레스트리나는 당대16세기

최고의 종교 음악가이다. 김종삼이 그의 죄의식의 중심에 종교 음악의 색채를 드리우는 것은 그의 반성적 토대에 '종교적 성스러움'을 두고자함이다. '바로크 시대 음악', '팔레스트리나', '맑은 물가'는 바로 성스러움을 표상하는 이미지로 '죄'와 대립적 위치에 놓여 있다. 이는 성스러운 음악을 통해 죄의 무게를 감지하는 동시에, 그 성스러움을 통해 '죄 씻김'의 열망을 가져보는 것이다. 스스로 죄를 감수하고자 하는 김종삼의 죄의식의 저변에는 이처럼 음악을 통한 자기극복 메시지가 담겨 있다. 이는 미래부재죽음에 대한 극복과 자기정화에 대한 염원을 보여주는 대목이라고 할 수 있다.

> 여긴 또 어디메냐
> 목이 마르다
> 길이 있다는
> 물이 있다는 그 곳을 향하여
> 죄가 많다는 이 불구의 영혼을 이끌고 가 보자
> 그치지 않는 전신의 고통이 하늘에 닿았다
>
> ―「刑」 전문

위 시에서도 '죄 씻음'의 간절한 열망이 드러난다. 이는 자신의 죄에 대한 감수 혹은 응징적 차원에 머물러 있던 인식에서 보다 적극적인 자기구원의 몸짓을 보여준다. '길'과 '물'은 죄를 구원해 줄 상징물 즉, 이상세계 혹은 천상적 이미지를 담고 있다. '목이 마르다'에서 이 '목마름의 세계'는 '죄'를 안고 있는 지상적 공간으로 유추할 수 있다. 반면 '길이 있다는/물이 있다는 그 곳'은 바로 '불구의 영혼'과 '그치지 않는 전신의 고통'을 구원해 줄 수 있는 치유의 공간이다. 김종삼의 시에서 이러한 치유의 공간은 동화적 순수 공간, 음악적 공간, 혹은 정신적 극복공간으로서의 詩공간을 두루 포괄한다.

　위 시에서는 '길'과 '물' 이미지를 통해 이러한 공간 이미지를 드러
낸다. 이러한 간절한 치유공간에 대한 염원은 시에 내포된 '죽음'과
연계해서 생각해 볼 수 있다. '불구의 영혼'과 '그치지 않는 전신의 고
통'은 '죽음'의 고통을 내포하고 있다. 그러나 제목 '刑'에서도 드러나
듯 '불구의 영혼'과 고통은 구원받기가 요원하다. 화자의 고통은 '죄'
에서 비롯되고 그 '죄'는 '刑'으로 이어지고 있기 때문이다. '죄가 많다
는 이 불구의 영혼을 이끌고 가 보자'에서 '가보자'는 화자의 간절한
염원을 담고 있다. 김종삼의 죄에 대한 자각과 자기응징 속에는 이처
럼 '죄 갚음'과 자기치유의 열망이 동시에 깃들어 있다.

　　　　머지않아 나는 죽을거야
　　　　산에서건
　　　　고원지대에서건
　　　　어디메에서건
　　　　모차르트의 플루트 가락이 되어
　　　　죽을거야
　　　　나는 이 세상엔 맞지 아니하므로
　　　　병들어 있으므로
　　　　머지 않아 죽을 거야
　　　　끝없는 평야가 되어
　　　　뭉게 구름이 되어
　　　　양떼를 몰고 가는 소년이 되어서
　　　　죽을거야
　　　　　　　　　　　　　　　－「그날이 오며는」 전문

　위 시 '머지않아 나는 죽을거야'는 죽음에 대한 예견적 암시가 드러

나고 있다. 중요한 것은 '나는 이 세상엔 맞지 아니하므로/병들어 있으므로'에 놓여 있다. '이 세상과 맞지 않음'은 초기시에서부터 일관되어온 김종삼의 현실식과 자아인식의 구도이다. 그의 부정적인 시간인식은 이러한 구도에서 생성되는 특성들이다. 그의 비극적 세계인식, 현실과의 불화, 부재의식, 죄의식과 죽음의식은 결국 이러한 시간인식으로부터 출발한다. 따라서 '이 세상엔 맞지 아니하므로'는 그의 시세계의 모든 부정적인 인식들을 함축하는 원천이 된다. '병들어 있음'은 '머지않아 죽을 거야'와 연결되면서 김종삼의 병고의 깊이를 짐작하게 한다. 이는 실제 그의 현실적 병고와 연결되고 있기 때문이다. 따라서 네 번씩이나 반복되는 '죽을 거야'라는 표현은 그의 '죽음'을 예고하는 하나의 메시지가 될 것이다.

"죽음이란 주관적 혹은 객관적 시간의 질서가 지배하는 세계로부터 '자유'를 획득하든지, 아니면 그 시간의 굴레 속에서 소멸해 버리든지 결단을 강요당하는 한 계기이다."[45] 김종삼의 후기시에는 주로 '죽음'에 관한 시편들이 많다. 이러한 작품들은 1982년 출간한 김종삼의 마지막 시집 『누군가 나에게 말했다』(민음사)에 대부분 수록되어 있다. 따라서 후기로 접어들면서 급격하게 죽음에 대한 사유가 많아졌음을 실감하게 한다. 이것이 그의 죄의식에서 오는 죽음의식이든, 실제 병마로 인한 '죽음'이든 그의 시세계에서 죽음에 대한 사유는 큰 의미를 부여한다.

김종삼의 죽음의식은 대체로 현실단절의 의도와 맞물리면서 도피적 성격을 띠고 있다. 하지만 후기시로 접어들면서 '죽음'(매래부재의 시간)을 수용하려는 자세를 보이면서 자기극복의 매개물이 되기도

---

45) 강희안, 『석정시의 시간과 공간』, 국학자료원, 2004, 38~39쪽.

한다. 제2절 <공간인식>에서 상세히 다루겠지만 '죽음' 또한 자기초월로서의 미래 공간 이미지로 받아들이기 때문이다. 위 시에서의 '모차르트의 플루트 가락이 되어', '끝없는 평야가 되어', '뭉게 구름이 되어', '양떼를 몰고 가는 소년이 되어' 등은 바로 음악과 연계한 그의 초월적 죽음의식을 반영한다.

지금까지 김종삼의 '단절의 시간'에 대한 시적 사유를 살펴보았다. 김종삼이 모든 소통을 거부하고 도피하려는 이른바 시간의 단절을 의도하는 것은 현실적 시간이 부정적으로 다가오기 때문이다. 김종삼의 현실적 시간은 대체로 '불쾌', '노여움', '굴욕'을 던져주는 시간으로 표상된다. 이는 도시문명의 부조리한 속성들 속에서 그 구체적 사례가 감지된다. 그는 현대를 '고장난 기체' 혹은 '인공의 영혼'으로 규정한다. 이는 수많은 차량, 금속의 소리, 팝송이나 유행가, 속물, 공해, 장사치들의 소란 등 다양한 문명의 요소들을 통해 구현된다. 이 속에서 자아는 문명과 대립할 수밖에 없는 입장에 놓이게 되고 이를 단절하고자 노력하게 된다. 이러한 대비구조는 도시와 두꺼비의 관계(「두꺼비의 역사」)를 통해 보다 명징하게 나타난다. 시인은 스스로 이러한 부조리한 문명의 모순 속에서는 살아갈 수 없음을 '대형 연탄차'와 '두꺼비'와의 대비를 통해 보여주고 있다. 이러한 인식이 곧 시간의 단절을 의도할 수밖에 없는 한계로서의 원인이 된다.

도시문명에 대한 부정적인 인식과 그 속에서 구성되는 비극적인 자아의 형상은 곧 그에게 주어진 모든 시간을 부재로 이끄는 계기를 만든다. 김종삼 시의 부재의식은 그의 모든 경험적 시간의 부정적인 요소 즉, 상실과 상처, 소외, 결핍 등을 집약적으로 담아낸다. 이러한 그의 부재의식은 유년부재에서부터 현실부재, 미래부재까지 포괄하는데, 이는 대체로 '가난'의 형식으로 드러난다. 가난과 병고는 그의 시적/현실적 여정에서 빼놓을 수 없는 기제가 된다. 이러한 김종삼의 부재의식은 이후 죄의식과 죽음의식으로 확장된다. 요컨대 김종삼은 자신에게 부여된 모든 부정적인 시간들이 자신의 '죄' 때문이라는 인식을 가진다. 따라서 그에 따른 형벌도 스스로 책임질 수밖에 없다는 자기응징의 형식으로 나타난다. 도시문명을 통한 부정적인 현실인식과 비극적 자아, 그로 인한 부재의식의 발현과 자아부정의 세계, 자기반성의 차원에서 구성되는 죄의식과 죽음의식이 그의 단절의 시간을 구성하는 시간적 구도가 된다.

2) 과거인식과 시간의 지속

(1) 세계상실과 기억의 지속성

김종삼의 시를 한국의 역사·사회적 상황의 특수성 안에서 찾는다면, 한국전쟁과 분단의식[46]을 비켜갈 수 없다. 따라서 김종삼의 지속의 시간은 한국전쟁과 분단, 실향이라는 역사적·개인적 맥락 속에서 그 의미적 특징을 찾아야 할 것이다. 전쟁과 관련한 그의 시간인식은 비극적 체험을 바탕으로 한 세계상실과 자기상실의 구도를 담고 있다. 그의 이러한 상실의식의 중심에는 상처trauma가 매개되어 있다. 김종삼의 시에서 '상처'는 다양한 형태로 변용되어 그의 시세계의 색채를 구성한다. 이러한 '상처'는 '기억'이라는 매개를 통해 현실 속에 그대로 녹아 현실적 시간을 지배하는 중심 기제가 된다. 다시 말해 그의 과거체험의 시간은 소멸되지 않고 지속되면서 김종삼의 시적/현실적 여정에 크나큰 영향을 미치게 된다는 것이다. 따라서 그의 시간

---

46) 이승훈, 「분단의식의 한 양상」, 『월간문학』, 1979.6, 44~48쪽.

인식 속에는 비극적 역사와 그로 인한 개인적 상처의 흔적이 깊이 각인되어 있고 이는 그의 지속의 시간을 구성하는 근원이 된다.

이 절에서 다루게 될 김종삼의 '지속의 시간'은 앞 절에서 언급한 '단절의 시간'의 근원이 되는 이른바 부정적인 현실인식과 자아인식을 유도하는 시간인식이다. 김종삼의 부정적인 시간인식을 유도하는 과거체험의 시간은 경험된 시간으로서의 지속의 속성[47]을 함유한다. 그의 문명에 대한 반감이나 부재의식, 죄의식의 구도도 엄밀히 과거의 체험의 시간으로부터 시작된다고 할 수 있다. 이러한 김종삼의 지속의 시간은 두 개의 범주로 나누어 볼 수 있다. 하나는 현재시점에서 바라보는 과거 경험적 시간에 대한 인식이고, 다른 하나는 과거시점에서 추출되는 현실적 시간에 대한 인식이다. 다시 말해 부정적인 현실적 시간이 과거 경험적 시간까지 부정적으로 물들이는 경우와. 과거 경험적 시간이 부정적이므로 현실적 시간까지 부정적일 수밖에 없다는 인식을 뒷받침한다. 김종삼의 시간인식은 이 두 범주의 시간적 속성이 상호작용하면서 그의 시세계의 시간적 구도를 구성해 간다. 따라서 과거와 현재, 미래의 시간은 상호 영향을 미치면서 큰 범주에서 하나의 고리로 연결된다.

베르그송에 따르면, 기억은 그 자체뿐만 아니라, 시간의 연속성 즉,

---

47) 황수영, 『베르그손-지속과 생명의 형이상학』, 이룸, 2003, 31~32쪽. "우리의 내적 삶의 전체는 언제나 완전히 결정되지 않고, 각 구성 요소들이 분리되지 않은 채로 하나의 유기적 전체성을 형성하면서 진행하고 있다. 이 전체성 속에 지나간 과거의 의식적 삶은 아무 것도 잃어버림이 없이 현재 상태 속에 녹아들어 함께 현재를 구성한다. 우리의 성격을 예로 들어 보면, 성격이란 어느 날 갑자기 형성되는 것이 아니라 과거의 모든 경험들과 사고들이 축적되어 서서히 형성된 현재이다. 의식적 삶의 고유한 특성은 과거와 현재의 모든 요소들이 보존된 채로 매 순간 고유한 뉘앙스를 가진 하나의 질적인 전체를 이룬다는 것이다. 이러한 의식의 전체성이 바로 인격을 구성하는 것이다. 지속이란 우선적으로 의식 상태들의 존재방식을 일컫는다. 그것은 또한 의식이 느끼는 시간의 모습이기도 하다."

의식의 흐름이 만들어 내는 하나의 결과물이다. 다시 말해 기억은 상상력에 의해 창조되는 것이 아니라, 무의식속에 저장된 순수기억[48]에 의존하고 있다. 베르그송이 생각하는 "세계의 근본 양태는 연속적으로 운동함"[49]에 놓이고 이는 "구체적 경험으로서의 의식의 흐름이다."[50] 따라서 과거는 연속적인 활동을 통해 현재와 미래에 끊임없이 영향을 미치며 창조적 세계를 열어간다.

> 의식에 붙박힌 "의식의 흐름"이라는 비유는 문학적인 기법에서는 하나의 상징이 되었다. "의식의 흐름(stream of consciousness)"은 시간과 강물의 상징성이 늘상 전달하려고 하는 것, 즉 경험된 시간은 "흘러간다"는 성질을 지니고 있다는 것과 이러한 성질은 끊임없이 변화하고 또 연속적인 시간의 계기들 내에서 지속하고 있는 하나의 요소라는 것을 나타낸다. 지속이라는 성질은 사실은 끊임없는 변화 위에 덧붙여져 있다.[51]

우리의 의식 상태들은 부분적으로는 서로 분리되어 있는 것 같지만, 전체적으로는 분리될 수 없는 유기적 관계에 놓여 있다. 이는 "유기적 전체는 각 부분들이 서로 이질적이면서도 하나로 긴밀하게 통

---

48) 기억에 관계되는 심리 현상을 베르그송은 세 국면─순수기억, 이미지로서의 기억, 지각으로 나누고, 그 각각의 국면은 원칙적으로 독립될 수 있다고 생각한다. 순수기억은 기억이 무의식 가운데 잠재적인 상태에 머물러 있는 것이고, 이미지로서의 기억은 상상력을 통해 의식으로 떠오른 기억이다. 그런데 지속으로서의 우리들의 삶이 체험한 것은 남김없이 순수기억으로서 무의식에 저장된다. 이런 점에서 베르그송은 프로이트와 비슷하나, 프로이트의 무의식의 내용이 성충동적인 것에 놓인 반면, 베르그송의 순수기억은 현재의 관심사 또는 감각과의 상관관계가 계기가 되어 있다(Gaston Bachelard, 곽광수 역, 앞의 책, 184쪽(역주─29)).
49) 이정우, 『담론의 공간』, 산해, 2002, 234쪽.
50) 황수영, 앞의 책, 31쪽.
51) Hans Meyerhoff, 『문학 속의 시간』, 이종철 역, 문예출판사, 31~32쪽.

합된 자기동일성을 유지하고 있고, 또 의식 상태들은 음악의 선율 속에서처럼 과거, 현재, 미래가 적극적으로 통일되어 있"[52]기 때문이다. 의식의 흐름을 구성하는 경험적 요소들은 작가의 의도에 따라 새로운 시간형식을 구축하게 된다. 이는 곧 경험된 시간의 끊임없는 흐름과 변화, 그리고 인간 삶의 존재방식을 반영한다. "인간이란 무엇인가라는 물음은 그러므로 불가분적으로 시간이란 무엇인가라는 물음과 관련된다."[53] 이는 인간의 "그 출생으로부터 죽음에 이르는 전 과정은 주관적인 관점에서 인간의 시간에 관한 도전이며, 객관적인 관점에서 시간에의 적응"[54]이라는 문제와 연결된다.

김종삼의 단절의 시간이 지속의 시간과 지속적인 연계성을 가지는 것은 바로 여기에 그 이유가 있다. 앞서 말한 바와 같이 과거 경험적 시간은 소멸되지 않고 고스란히 현실적 시간에 영향을 미치게 된다. 그의 과거 경험적 시간들은 부정적인 현실인식과 부정적인 시간인식을 불러들이는 원인이 된다는 것이다. 이러한 부정적인 시간은 미래까지 이어지며 부정적인 미래인식의 자료가 된다.

> 1947년 봄
> 深夜
> 黃海道 海州의 바다
> 以南과 以北의 境界線 용당포
>
> 사공은 조심 조심 노를 저어가고 있었다
> 울음을 터뜨린 한 嬰兒를 삼킨 곳

---

52) 황수영, 앞의 책, 44쪽.
53) Hans Meyerhoff, 위의 책, 14쪽.
54) 오세영, 「문학과 시간」, 『문학연구방법론』, 반도출판사, 1988, 56쪽.

스무 몇 해나 지나서도 누구나 그 水深을 모른다
                                                    —「民間人」전문

　　김종삼의 대표작 중의 하나로 흔히 거론되는 시 「民間人」은 전쟁
과 분단의 폐해를 한 영아嬰兒의 죽음을 통해 재현하고 있다. 이 시는
1971년 『현대시학사』 제2회 작품상[55])을 수상한 작품이다. 이 시는
객관적 묘사를 통해 전쟁의 비극성을 보다 적극적으로 환기시킨다는
점에서 시사하는 바가 크다.

　　위 시의 시간적 배경은 광복 직후 '1947년 봄/深夜'로 드러난다. '深
夜'라는 시간적 지표는 깊은 밤, 모든 사물들이 잠시 그 움직임을 멈
추고 잠든 시간을 나타낸다. 따라서 위 시의 '深夜'라는 시간적 배경
이 함의하고 있는 것은 어떤 일의 절박함, 긴박감을 암시하는 동시에
남의 눈을 피해야 하는 은밀함을 담고 있다. '黃海道 海州의 바다'는
이러한 사건이 일어나는 공간이다. 그리고 '以南과 以北의 境界線 용
당浦'는 이러한 시간과 공간이 함유하고 있는 의미와 상황을 해명할
수 있는 단초가 되는 공간이다. 이러한 의미와 상황은 심야에 배를 타
고 남하하는 피난민들의 모습을 통해서 구체화된다. '深夜'라는 시간
대와 '以南과 以北의 境界線 용당浦'라는 구체적 지명에 대한 언급은
긴박한 순간과 절박한 상황을 극대화시키는 장치가 된다. 다시 말해
시간과 공간에 사실성을 부여함으로써 전쟁의 비극성을 보다 명징하

---

55) 김종삼의 수상소감의 일부이다. "나 같은 무질서한 사고思考의 사나이에게 상을
　　준다니 분에 넘칩니다. 난 소학교 때부터 낙제하기 일쑤였죠. 중학에 가서도 마찬
　　가지, 내 평생의 절반이 그랬습니다. 세자르 프랑크와 에즈라 파운드를 경외(敬畏)
　　하면서 아름드리 큰 나무를 찍고 싶었는데…". 다음은 박남수, 조병화, 박태진의
　　심사평이다. "작품「본적지」이후로 그의 작품의 결함이기도 했던 단편성(斷片性)이
　　어느 정도 가셨고, 표현은 더 순화되었다. 이번 작품「민간인」, 「67년 1월」, 「연인
　　의 마을」등은 그 길이에 비해 벅찬 체험을 지적으로 감칠맛 있게 잘 처리했다."

게 환기시킨다는 것이다.

　이러한 사실적/객관적 묘사의 기법 속에는 모두에게 반성과 자각, 비판의식을 심어주려는 시인의 시적의도가 내면화되어 있다. 2연의 '한 嬰兒'의 죽음은 바로 이러한 반성과 자각, 비판의식을 일깨워주는 단서로서의 사건이 된다. '深夜'에 행해지는 이 긴박하고 은밀한 피난길에서 '울음을 터뜨린 한 영아'는 모두의 생명을 위협하는 폭탄임에 틀림없다. 따라서 어떤 식으로든 영아의 울음을 막을 수밖에 없다. 침묵 속에서 공포의 눈빛들이 한 데 모인다. 그리고 모두의 묵인 하에 영아는 바다에 던져지고 만다. '한 영아嬰兒'의 죽음은 전쟁의 비극성과 충격의 강도를 더욱 심화시킨다. 살기 위해 또 다른 생명을 죽여야 하는 전쟁의 비정한 속성이 확인되는 순간이다. 여기에는 무고한 '嬰兒'가 그 희생자가 된다는 점에서 더 큰 비극과 죄의식이 주어진다. 김종삼의 시에서 전쟁 피해자로 어린아이들이 자주 등장하는 것은 이들이 '아무 죄없이' 피해를 입고 죽어간다는 데 있다.

　김종삼의 전쟁의 상처는 단순히 역사적 경험에 머무르지 않고 살아남은 자의 죄의식을 자극하는 원초적 사건으로 남아있다.56) '스무 몇 해나 지나서도 누구나 그 水深을 모른다'에서 강조되는 것은 바로 살아 남은자의 죄의식이다. 그때 살아남은 자들은 '스무 몇 해나 지나서도' 그 일을 잊을 수가 없다. 그 사건은 이들 모두에게 짐 지워진 씻을 수 없는 죄의식의 '水深'으로 남아있기 때문이다. '스무 몇 해'라는 시간이 흘러갔어도 상처의 기억은 사라질 줄 모른다. 과거의 비극적 체험은 그들의 삶, 현재 속에 살아 지속적인 흐름을 유도한다. 김종삼의 몇 편 되지 않는 전쟁 체험시들은 이처럼 대체로 죄의식을 환기시

---

56) 남진우, 앞의 논문, 126쪽.

키면서 그 흐름을 지속한다.

해방 이듬 이듬 해 봄
十時―十一時
솔밭 속을 기어가고 있음
멀리 똥개가 짖고 있음
달뜨기 전 넘어야 한다 함
경계선이 가까워진다고 함

엉덩이가 들린다고 쥐어박히고 있음
개미가 짖고 있음
기어가고 있음
달뜨기 전 넘었음

빈 마을 빈집들 있음
그런 데를 피해가고 있음
시간이 지났음

경계선이 다시 나타남
총기 다루는 소리 마구 보임
시야에
노란
붉은
검은 빗발침

개새끼들 길을 잘못 들었음
―「달 뜰 때까지」 부분

위 시는 제목 「달 뜰 때까지」에서도 암시하고 있듯, '달뜨기 전' 어둠을 틈타 모종의 일을 해내야 하는 급박한 상황을 그리고 있다. 이 '모종의 일'이란 바로 '경계선'을 넘어야 하는 일이다. 여기서 '경계선'이란 다름 아닌 남과 북을 가르는 분단의 벽을 의미한다. '해방 이듬 이듬 해 봄'은 시 「민간인」에서 언급되었던 '1947년 봄'과 동일한 시간대이다. 따라서 어둠속에서 행해지는 이 일련의 행위들은 「민간인」에서와 마찬가지로 피난 행렬의 숨 가쁜 행보로 유추할 수 있다. '十時一十一時', '달뜨기 전'이라는 시간은 '심야'와 마찬가지로 어둠의 시간 즉, 비밀이 보장되어야 하는 은밀한 시간이다.

　이러한 시간은 피난길의 급박함과 위험과 위기를 암시한다. '엉덩이가 들린다고 쥐어 박히고 있음/개가 짖고 있음/기어가고 있음' 등은 바로 이러한 급박한 상황을 묘사하고 있다. 따라서 「달 뜰 때까지」라는 한정된 시간은 피난 행렬의 생사가 달려 있는 시간이다. '총기 다루는 소리', '노란/붉은/검은 빗발침'은 이러한 시간과 상황을 뒷받침한다. 이는 위험에 노출되어 있는 시간 곧 '죽음' 예고의 메시지이다. 김종삼은 이러한 피난길의 절박한 '죽음 이미지'를 <피란길>이라는 글을 통해 밝히고 있다.

　　　내 형은 현역 육군 중령이었으며 육이오가 발발하던 다음날 헤어진 뒤로는 소식이 끊어졌다. 반동 가족들은 모조리 참살한다는 소문을 들으면서 수원에서 조치원, 그곳에서 다시 남쪽을 향하여 노숙을 하며 걸었다.
　　　나의 양친이 피란을 못 떠나고 서울에 남아 있었던 것이다. "환난의 날에 나를 부르라, 내가 너를 건지리니"라는 그리스도의 말도 무색하였다. 나는 그 뒤부터 못 먹던 술을 먹게 되었다. 무료할 때면 詩作이랍시고 끄적거리는 버릇을 가지게 되었다.[57]

윗글의 내용은 6·25 발발 후 김종삼이 직접 겪었던 피난길의 상황이다. 이러한 시간은 위 시의 '경계선'을 넘어야 하는 상황 즉 북에서 남하할 때의 피난길과 같은 맥락을 지닌다. 숨막히는 불안, 초조, 공포의 시간이 '달뜨기 전'의 시간 속에 은폐되어 있다. '달뜨기 전'의 어둠은 '경계선'이 내포하고 있는 시대적 상황과 밀접한 연계성을 지닌다. '경계선'은 곧 생사가 달린 급박한 갈림길을 의미하는 것이면서 현실적으로는 분단비극을 함축한다.

이 '경계선'이야말로 김종삼 시세계의 특징을 드러내는 하나의 표상이라고 할 수 있다. 이는 세계와 나, 남과 북, 현실과 예술, 삶과 죽음, 도피와 극복의 경계 등 그의 시의식의 저변을 두루 포괄하는 기제가 되기 때문이다. 따라서 이 '경계선'이야 말로 그의 정신적·현실적 삶을 경직시키는 이른바 그가 극복해야 할 가장 큰 갈등요소가 된다. 위 산문에서도 보여 지듯 이러한 한계상황이 주는 모순이 시인으로 하여금 '못 먹던 술을 먹게'하고, 자기극복 차원에서의 시를 쓰게 하는 요인이 된다.

> 몇 나절이나 달구지 길이 덜커덕 거렸다. 더위를 먹지 않고 지났다.
> 北으로 서너 마일 그런 표딱지와 같이 사람들은 길 가운데 그리스
> 도像을 세웠다.
> 달구지같은 休戰線以北에서 죽었거나 시베리아 方面 다른 方面
> 으로 유배당해 重勞動에서 埋沒된 벗들의 소리다.
> 귓전을 울리는 무겁고 육중해 가는 목숨들이다.
> 북으로 서너 마을을 움직이고 있었다.
> 벌거숭이 흙더미로 변질되어 가고 있었다.
> 지금도 흔들리는 달구지 길.
> — 「달구지 길」 전문

---

57) 김종삼, 「피란길」, 『문학사상』, 1975.7.

위 시에서 화자는 피난길의 '달구지 길'을 아직도 생생히 기억하고 있다. 덜커덕' 거리던 공포의 순간을, 목숨의 육중한 무게를, 절망의 숨소리를 기억한다. 그 소리는 '지금도' '덜커덕'거리며 화자의 삶의 중심을 '흔들'고 있다. 덜커덕거리던 달구지 소리는 생사의 기로에 서 있던 피난민들의 절망어린 '목숨'을 반영한다. '몇 나절이나' 지속되는 이 '덜커덕거림'의 시간은 '길 가운데 그리스도像을 세'워야 할 만큼, 또 간절하고 절박한 기도를 올려야 할 만큼 위기의식을 안겨준다. 이는 바로 '休戰線以北에서 죽었거나 시베리아 方面 다른 方面으로 유배 당해 重勞動에서 埋沒된 벗들의 소리'에 다름 아니기 때문이다. 이러한 달구지 길의 '덜커덕거림'은 피난민들의 '아직 살아있음'을 증명하는 소리이기도 하고, 언제 사라질지 모르는 목숨의 소리이기도 하다.

따라서 위 시의 '지금도'라는 시간은 많은 의미요소를 함축한다. 이는 피난길의 위급했던 시간을 지나와 현재 시점에서 과거 회상구도를 그리고 있다. 화자는 오랜 시간을 지나 '지금도'라는 현실적 시간 속에 살고 있다. 그러나 그의 기억 속에는 아직도 그때의 '달구지 길'이 덜커덕거리며 그의 정신을 마비시키고 있다. 이는 피난길의 절망적 위기 상황과 고통, 죽음과 죄의식의 심연이 아직도 화자의 뇌리에서 사라지지 않고 지속되고 있음을 의미한다. "시간은 현재 시점에서 새로운 시간 형식으로 재생산되고 있"58)다. 따라서 '달구지 길'이라는 기억의 끈은 지속적으로 화자의 정신과 현실을 자극하는 상처로 남게 된다. '지금도'가 지시하는 시간의 연속성은 현재를 기점으로 과

---

58) 이승훈, 『문학과 시간』, 이우출판사, 1983, 41쪽. "시간의 본질은 현재 속에서의 정신적 노력을 통하여 과거, 미래의 사건들이 서술됨으로써 정의된다. 한 마디로 멀리 갔다가 되돌아오는 판단retrodict 형식에 의해 정의된다고 할 수 있다. 이러한 판단 형식은 법칙적인 진리와 독립되는 발견, 곧 추측을 불변의 법칙에 적용시킴으로써 가능하다."

거회상과 미래예감의 한 모형이 되고 있다.

> 마지막 담너머서 총맞은 족제비가 빠르다
> '집과 마당이 띄엄띄엄 다듬이 소리가 나던 洞口'
> 하늘은 바른 마음을 가진 사람들이 있다고 대낮을 펴고 있었다
>
> 군데군데 잿더미는 아무렇지도 않았다
> 못 볼 것을 본 어린 것의 손목을 잡고
> 섰던 할머니의 황혼마저 학살되었던
> 僻地이다
> 그곳은 아직까지 빈사의 독수리가 그칠 사이 없이 선회하고 있
> 었다
> 원한이 뼈무더기로 쌓인 고혼의 이름들과 神의 이름을 빌려
> 호곡하는 것은 '洞天江'邊의 갈대뿐인가
>   ─「어둠 속에서 온 소리」 전문

　전쟁은 제한없는 폭력[59]이며 죽음의 시·공간을 넘나든다. 김종
삼이 인식하는 전쟁은 '학살'과 '파괴' 그리고 '인간 부재'에 그 중심이
놓여 있다. 그리고 이는 "구체적 경험으로서의 의식의 흐름"[60]을 반
영한다. 위 시의 '학살'과 '원한'과 '호곡'이 내포하는 의미가 바로 여기
에 속한다. '못 볼 것을 본 어린 것의 손목을 잡고/섰던 할머니의 황혼
마저 학살되었던'에서의 '학살'은 전쟁의 무자비함과 비극성을 상징
적으로 보여준다. '원한'과 '호곡' 또한 이러한 차원에서 형성되는 상
처의 편린들이다. '어린 손자'와 '할머니'의 등장은 이 시의 배경을 더
욱 비극적으로 몰고 간다. '못 볼 것을 본 어린 것의 손목을 잡고/섰던

---

59) 조르주 바따이유, 조한경 역, 『에로티시즘』, 민음사, 1996, 84쪽.
60) 황수영, 앞의 책, 31쪽.

할머니의 황혼'은 전쟁 참사의 극단을 보여준다고 할 수 있다. 어린 손자가 봐서는 안 될 '못볼 것'이란 바로 학살의 현장이다. '僻地'는 학살이 자행되던 현장으로 유추된다. 이 부끄러운 역사의 현장엔 '아직까지 빈사의 독수리가 그칠 사이없이 선회하고 있'다. '원한이 뼈무더기로 쌓인 고혼의 이름들'은 억울하게 죽어간 수많은 영혼들의 이름에 다름 아니다. 이렇게 죽어간 영혼들은 아직도 편히 잠들지 못하고 '洞天江邊의 갈대'의 몸짓으로 깊이 '호곡'하고 있다. 자신들의 억울한 죽음을 누군가에게 하소연하듯 통곡하고 있는 것이다.

위 시의 '그곳(=僻地)'이라는 공간과 '아직까지'가 내포하는 시간은 포괄적인 의미를 지닌다. '그곳'은 전쟁이 지나간 역사적 현장으로 과거를 의미하고 있고, '아직까지'는 전쟁이 지나간 시간 곧 '현재'를 의미하고 있기 때문이다. 과거와 현재로 상징되는 '그곳'과 '아직까지'의 공간과 시간적 거리는 오랜 시간이 지났음에도 좁혀질 줄을 모른다. 이것이 김종삼이 인식하는 '경계선'의 한계이고 분단비극의 현실이다. 따라서 '아직까지'라는 상처의 시간은 엄연한 현실적 장벽이 되어 지속적인 시간의 흐름을 주도하게 된다.

> 미풍이 일고 있었다
> 덜커덕거리며 선회하고 있었다
> 噴水의 石材 둘레를 間隔들의 두 발 묶인 검은 標本들이
>
> 옷을 벗은 여자들이 벤치에 앉아 있었다
> 한 여자의 눈은 擴大되어 가고 있었다
>
> 입과 팔이 없는 검은 標本들이 기인 둘레를 덜커덕거리며 선회
> 하고 있었다

半世紀가 지난 아우슈비치 收容所의 한 部分을 차지한
－「地帶」 전문

　김종삼의 전쟁 체험시들은 대체로 전쟁의 부조리성absurdity과 무자비함을 반성/비판하는 데 초점이 놓여 있다. 그에게 전쟁의 상처는 단순히 물질적 상실을 넘어 인간존재의 상실과 파괴에 초점이 놓여 있다. 그가 전쟁을 개인적 차원을 넘어 인간 보편적 비극으로 받아들이는 것은 바로 이 때문이다. '아우슈비츠 수용소'를 배경으로 쓴 시편들이 바로 이러한 그의 인식을 반영한다. 아우슈비츠 수용소는 2차대전 중 독일군에 의해 수많은 유태인들이 학살당한 곳이다. 이곳은 사람들의 기억 속에 아직도 20세기 최악의 살상현장으로 각인되어 있다. 따라서 '반세기가 지난' 지금까지도 우리에게 공포와 죽음의 공간으로 기억된다.

　위 시의 '두 발 묶인 검은 標本들', '입과 팔이 없는 검은 標本들'에서 '검은 표본'은 바로 죽음의 표상이다. '두 발이 묶인', '입과 팔이 없는', '옷을 벗은 여자들'은 억압적 힘에 의해 자아의지를 박탈당한 인간의 모습을 보여준다. 이는 전쟁으로 인해 죽임을 당한 수많은 영혼들의 한 표본이라 할 수 있다. 확대된 '한 여자의 눈' 속에는 이러한 광적인 살육의 현장이 순간의 영상으로 찍혀있다. 억울하게 죽어간 수많은 영혼들은 죽은 후에도 공포의 아우슈비츠 수용소 부근을 '덜커덕'거리며 배회하고 있다. 이 '덜커덕거림'은 시 「달구지 길」에서 달구지의 '덜커덕거림'과 마찬가지로 '죽음의 소리'를 담고 있다. 이 '소리'는 비극적 기억을 불러일으키는 공포의 소리이면서 우리에게 반성과 각성을 촉구하는 소리가 되기도 한다.

밤하늘 湖水가엔 한 家族이
앉아 있었다
평화스럽게 보이었다

家族 하나하나가 뒤로 자빠지고 있었다
크고 작은 인형같은 屍體들이었다

횟가루가 묻어 있었다

언니가 동생 이름을 부르고 있다
모기 소리만하게

아우슈뷔츠 라게르

－「아우슈뷔츠 라게르」 전문

　위 시의 공간적 배경은 앞의 시와 마찬가지로 아우슈비츠 수용소
가 무대가 된다. 여기에는 평화스러워 보이는 한 가족을 중심으로 아
우슈비츠 수용소의 비극을 제시한다. '밤하늘 湖水가엔 한 家族이/앉
아 있었다/평화스럽게 보이었다'에서 보여 지듯 평범한 한 가족의 모
습이 그려진다. 그러나 갑자기 장면이 바뀌면서 이러한 평화로움이
깨지고 만다. '家族 하나하나가 뒤로 자빠지'는 '죽음'과 '횟가루가 묻
어 있'는 '크고 작은 인형같은 屍體들'이 등장한다. '인형같은 屍體들'
은 영혼조차 말살당한 생명상실의 극단을 보여준다. '횟가루'는 인위
적인 살상을 불러들이는 문명의 구조물이면서 죽음의 상징 이미지이다.
　평화로운 일상적 풍경과 죽음과의 대비는 전쟁비극을 보다 극대화
시키는 장치이면서 김종삼의 전쟁 비판의 강도를 나타낸다. '한 家族'
과 '전쟁', '평화'와 '屍體들죽음'의 대비는 아우슈비츠의 비극을 일깨

우는 가장 적극적 단서가 된다. 김종삼의 전쟁에 대한 인식은 언제나 평화의 반대 개념으로서의 부정의식을 내포하고 있다. 이러한 詩作 방식은 전쟁의 폭력성과, 지향세계에 대한 구도를 보다 선명하게 구분/각인시키는 장치가 된다. 김종삼의 전쟁시들은 이처럼 역사의식을 환기시키기보다 학살과 파괴를 바탕으로 한 세계상실과 인간상실에 보다 큰 무게를 두고 있다. 그가 개인적 감정을 배제하고 객관적 묘사를 통해 전쟁의 현장을 보다 내밀하게 형상화하고자 하는 것은 인간상실의 문제에 강도를 두기 때문이다.

김종삼은 지나치게 과장된 목소리로 슬픔을 과장하거나 역사를 들먹거리는 것을 싫어한다.[61] 따라서 그의 전쟁시 또한 '직설적 영탄과 당위적 휴머니즘과 억압적 반공의식'[62]에서 벗어나, 인간 보편적 공감대를 이끌어내려고 한다. 김시태는 1950년대 시인들을 두 개의 타입 즉, 역사적 현장으로서의 현실탐구에 관심을 가지는 시인들과, 문학의 순수성에 무게를 두는 시인들로 구분하고 있다.[63] 김종삼의 경우 후자에 무게를 두고 그의 문학적 개성을 구현해 왔다. 그러나 현실

---

61) 김종삼은 시에 지나치게 개인감정을 넣어 과장하는 것을 비판한다. 이는 시의 본질보다 자기변명에 급급한 처사라고 생각하기 때문이다. "공연히 시인을 자처하는 자들이 영탄조의 노래를 읊조리거나, 자기 과장의 목소리로 수다를 떠는 것을 보면 메슥메슥해서 견디기 어렵다. 시가 영탄이나 허영의 소리여서는, 또 자기 합리화의 수단이어서는 안 된다고 믿는다"(「먼 '시인의 영역'」, 『문학사상』, 1973.3). 그는 또 죽은 전봉래 시인을 추모하는 글에서 "그의 죽음은 오늘날 우리 시단에 아직 깊이 뿌리박고 있는 非詩的인 시인들의 비인간적인 생리 일반과는 절대 무관한 곳에 위치하는 준벽(峻壁)의 붕괴였으며, 육이오 동란이 지닌바 비극적인 성격의 소산이 아닐 수 없다. …… 폭탄에 마구 불타버리는 현실과 생명을 보고서도 눈을 감고 오히려 다른 에고이즘의 위장을 꾸미기에 바빴던 타기할 만한 시인들을 나는 아직도 역력하게 기억하고 있다"(「피란 때 넌도 전봉래」, 『현대문학』, 1963.2)라고 쓰고 있다.
62) 이남호, 「1950년대와 전후세대 시인들의 성격」, 『1950년대의 시인들』, 나남, 1994, 13쪽.
63) 김시태, 『현대시와 전통』, 성문각, 1981, 78~81쪽.

에 대해 적극적 태도를 보이건, 소극적 태도를 보이건 이들 모두 시대적 압력에서 벗어나지 못하는 한계를 지닌다. 따라서 어떤 면에서는 모두 하나의 카테고리 속에 놓여있다고 할 수 있다. 김종삼은 끊임없이 새로운 詩作을 모색함으로써 이러한 한계를 뛰어 넘고자 한다. 그의 전쟁시가 단지 전쟁시에 머물지 않고 시적으로도 성취를 이루어내고 있는 것은 바로 이 때문이다.

김종삼의 전쟁 비판은 진정한 의미에서의 인간성 회복에 중심을 두고 있다. '한 嬰兒'의 죽음이나 피난길의 급박한 상황, 죽은자들에 대한 죄의식, 아우슈비츠 수용소 등에 나타난 그의 비판의식이 이를 반영한다. 그러나 그의 시는 전쟁의 비극성을 겉으로 과장되게 드러내기보다 내면화하여 형상화하는 특징을 보인다. 그의 전쟁 체험시들이 대개 많은 시간이 경과한 후에 쓰여 지고 있다는 것이 이를 증명하는 하나의 단서가 될 것이다. 객관적 묘사의 기법은 그 거리만큼의 깊고 정제된 비극성을 끌어낸다. 이는 실체가 잡히지 않는 암울하고 막연한 시대적 "추상성abstract"[64]을 벗어나 그 실체에 접근하려는 시인의 치열한 노력에 다름 아니다. 그는 도피하고 싶은 상실의 세계를 객관적/구체적으로 형상화함으로써 비판의식의 고취는 물론 자기극복의 발판을 삼고자 한다. 그는 전쟁이 어느 한 민족의 비극을 넘어 인류 보편적 비극이라는 인식을 가지고 있다. 한국전쟁과 아우슈비츠 수용소의 비극을 같은 맥락으로 포섭하고 있는 것은 바로 이러한

---

64) R. N. 마이어, 장남준 역, 『세계상실의 문학』, 홍성사, 1981, 274쪽. "추상이란 해방된, 밑바닥이 없는, 실체가 없는 세계, 존재하는 것의 세계가 없는 세계, 즉 세계상실은 바로 그 자체를 의미한다." 김종삼의 세계상실에 대한 인식은 전쟁과 관련해 파괴와 학살, 인간상실에 대한 절망의 표현이다. 극복되지 않는 추상적 세계에 대한 절망과 고통은 이후 그의 시세계에 많은 영향을 미친다. 권명옥도 전쟁과 실향의식과 관련해 그의 시적 '추상성'을 지적하고 있다(권명옥, 「추상성 시학」, 『한양어문』, vol1, 17, 1999, 125~128쪽 참조).

그의 인식을 뒷받침한다.

(2) 실향의식과 현실의 재인식

앞 절에서는 전쟁의 폭력성과 비극성을 한국전쟁과 아우슈비츠의 비극을 바탕으로 살펴보았다. 우리가 한국전쟁을 전제할 때 가장 먼저 직면하게 되는 것이 분단의 비극과 실향의 문제일 것이다. 김종삼의 경우에도 이러한 문제의식은 피해갈 수 없는 이른바 일생을 두고 극복되지 않는 하나의 콤플렉스가 된다. 김종삼이 끊임없이 현실도피를 시도하면서도 시대적 체험의 상황에서 완전히 자유로울 수 없는 것은 바로 이 때문이다. 그에게 전쟁은 역사의 한 페이지에 기록되었다가 폐기해 버릴 수 있는 그런 종류의 것이 아니다. 분단과 실향이라는 엄연한 현실이 끝까지 그의 발목을 잡고 있기 때문이다. 김종삼에게 전쟁은 뿌리 상실이라는 보다 본질적인 문제의식과 연결된다. 이는 '시간의 상실'과 밀접한 연계성을 가진다. 그에게 실향의식은 과거, 현재, 미래를 부재의 시간으로 유도하는 이른바 '시간 상실'의 차원으로 수렴되기 때문이다. 그에게 '시간 상실'은 곧 '존재상실'을 의미하는 것으로 그의 오랜 방황의 여정과 맥락을 같이 한다. 그의 상실의식은 바로 이러한 상처에서 파생되는 인식체계이다.

김종삼은 실향민의 한 사람으로 일생 이방인으로 살다갔지만, 그의 전 시세계를 돌아보면 전쟁체험과 실향의식을 드러내는 작품은 불과 몇 편에 불과하다. 이는 앞서도 말한 바와 같이 역사에 대해서는 물론 자신의 개인 생활을 드러내는 것을 극도로 싫어하기 때문이다. 또한 그러한 경험을 과장해서 목소리를 높이는 것을 자제하고 있다. 이는 자칫 방심하면 과도한 감정의 분출로 시적 긴장을 떨어뜨리는 결과를 낳기 때문이다. 따라서 감정을 절제하고 객관적·보편적 차원에서 비극을 형상화함으로써 작품적 승화를 이루어내고자 한다. 이러한 詩作행위는 역설적으로 김종삼의 체험적 시간이 내포하고 있는 상처의 골이 보다 깊다는 것을 보여주는 하나의 단서가 되기도 할 것이다.

> 한 離散가족의 경우를 보았다
>
> 다 늙고 가난과 질병과 상혼에 찌들린
> 서로의 참담한 모습이 畵面에 박히자
> 울부짖다가
> 부축을 받는
> 흔들림을
> 보았다
> 그렇다
> 죽음만이 참사가 아니다
>
> —「이산가족」 전문

　실향민들의 상처는 단순히 고향상실에서 그치는 것이 아니라, '이산가족'이라는 크나큰 현실과 마주해 있다. 위 시는 바로 이러한 문제의식을 부각시키는 시편이라고 할 수 있다. 화자는 TV를 통해 '한 이산가족'의 참담한 상봉 장면을 목격하게 된다. '울부짖음'으로 시작된 이들의 만남은 기쁨보다 '죽음'과 다를 바 없는 고통을 수반한다. 시간은 비극적인 역사를 등지고 기억의 저편으로 희미해져 가고 남은 것은 늙고 병든 육신뿐이다. '다 늙고 가난과 질병과 상혼에 찌들린/ 서로의 참담한 모습'은 상실한 시간만큼의 거리와 오열을 안겨준다. 화자는 '죽음만이 참사가 아니다'라는 것을 이산가족의 상봉 장면을 보면서 새삼 깨닫는다. 이들이 상실한 시·공간은 무엇으로도 위로받을 수 없고 보상받을 수 없다. '늙음', '가난', '질병', '상흔'은 실향민들이 안고 살아온, 살아가야 할 극복되지 않는 현실적 고통에 다름 아니다. 이처럼 고향을 상실하고 또 이산가족이 되어 살아가는 것은 정신적·현실적 존재양식에 커다란 상처를 묻어두는 것이다.

　김종삼이 일생 짊어지고 갔던 가난과 병고, 현실도피와 방황의 여정 또한 전쟁과 분단, 실향의 맥락 속에서 찾아야 할 것이다. 위 시의 '가난', '질병', '상흔'은 실향민들이 일생 짊어지고 가야할 실존적 상황이면서 김종삼의 삶을 반영하는 토대가 된다. '다 늙고'에서의 '늙음'은 곧 되돌릴 수 없는 상실의 시간을 의미한다. 이러한 시간의 흐름은 분단비극이 오래 지속되고 있음을, 고착화되고 있는 현실을 상기시킨다. 시간의 흐름은 이산가족들을 '늙음'으로 이끌고 있지만 분단의 경계는 오늘도 허물지 못하고 있다. 따라서 실향의 상처는 지속적으로 연속될 수밖에 없는 상황에 놓여 있다. 김종삼의 과거 체험의 시간이 현실을 지배하면서 지속적으로 시간의 단절을 유도하고 있는 것은, 정신적 상처의 흔적도 흔적이지만 이러한 현실적 상황이 가장 큰 문제의식으로 다가온다.

　　　아무리 아름다운 자연의
　　　풍경이라 할지라도 나에겐
　　　참담하게 보이곤 했다
　　　어느덧
　　　서른여덟 해
　　　그녀가 살아있다면
　　　나처럼 무척 늙었겠지
　　　죽었다면 어떤 곳에 묻히었을까

순진하였던 그녀가
가난하여도 효성이 지극하였던 그녀가

-「北녘」 전문

　　김종삼의 몇 편 되지 않는 고향상실에 대한 시편들 즉,「이산가족」,
「북녘」,「또 어디였던가」 등이 詩作의 중기, 후기에 씌어졌다는 것은
상기할 만한 일이다. 이는 후기로 접어들면서 변화하게 되는 김종삼
의 인식을 엿볼 수 있는 부분이다. 그 동안 상처를 애써 도피하려고
하던 것에서 이제 보다 정제된 시선으로 그 상처를 바라보고 이를 형
상화하려는 몸짓을 보여준다. 또한 시인이 만년에 느끼는 고향에 대
한 향수[65]와 오랜 분단 장벽에 대한 보다 실질적인 비판의 메시지를
담고 있기도 하다. 어떤 것이든 시인의 고향 그리움에 대한 심회와 실
향의식의 반성적 성찰이 내면화되어 있다. 이산가족을 통한 분단비
극의 현실과 고향상실의 아픔이 강하면 강할수록 비판적 강도가 깊
고 난해해진다. 실향민들에게 '北녘'은 자기존재를 확인시켜 주는 공
간이면서 상실한 존재회복의 공간으로 인식된다. 따라서 사소한 추
억 하나도 소중하게 다가오고 잊혀지지 않는 하나의 영상으로 남아
있다.[66]

---

65) Milan Kundera. 김병욱 역,『불멸』, 청년사, 1992, 40쪽. "시의 천분은 어떤 놀라운
　　관념으로 우리를 현혹시키는 데 있는 것이 아니라, 존재의 한 순간을 잊을 수 없는
　　것이 되게 하고, 견딜 수 없는 향수에 젖게 하는 데 있다." 대부분의 실향민들이 그
　　렇듯, 김종삼에게 '북녘'의 고향은 자기 정체성을 확인할 수 있는 공간이고, 존재
　　회복의 공간으로 인식된다. 따라서 고향에 관한 한 사소한 영상 하나도 잊혀지지
　　않는 순간의 영상으로 찍혀 불멸의 시간을 구현한다.
66) 조르쥬 폴레, 김기봉 외 역,『인간의 시간』, 서강대 출판부, 1998, 26쪽. "추억을
　　통해서 인간은 덧없는 순간으로부터 벗어나며, 추억을 통해서 인간은 실재의 모든
　　순간들 사이에 있는 무(無)에서 벗어난다. 실재하는 것, 그것은 그러므로 자신의
　　현재로 있는 것이지만, 자신의 과거와 추억들로 있는 것이기도 하다." 김종삼의
　　과거와 현재는 분리되어 있는 것이 아니라, 면밀하게 상호 연결되고 있다. 회상/

위 시의 '서른여덟 해'란 화자 자신은 물론 '그녀'의 '늙음'을 감지할 수 있는 척도가 된다. 화자의 시선은 '서른여덟 해' 이전의 시간과 이후의 시간을 동시에 넘나들고 있다. '서른여덟 해' 이전의 시간은 화자와 '그녀'가 공유했던 이른바 소년기를 의미한다. 이 시간은 어린 날의 순수하고 아름다운 감성과 고향의 따뜻한 인심이 느껴지는 시간이다. 그러나 '서른여덟 해' 이후의 시간은 '그녀가 살아있다면/나처럼 무척 늙었겠지'라는 '늙음'의 시간으로 설명된다.

여기에는 시간의 흐름, 오랜 이별, 죽음 등의 의미가 포괄되어 있다. 이는 '그녀'와의 만남이 요원해졌음을 암시적으로 보여준다. '나처럼 무척 늙었겠지'라는 물음이 '죽었다면 어떤 곳에 묻히었을까'로 연결되기 때문이다. 시간의 흐름이 '그녀'를 '늙음'으로 유도하고 이는 다시 '죽음'으로 이어진다. 따라서 '아무리 아름다운 자연의/풍경이라 할지라도' '참담하게 보'일 수밖에 없다. 이러한 '참담함'은 평범한 시간적 잣대로는 설명할 수 없는 화자와 '그녀'와의 시간적 거리 즉, 고착화된 분단현실을 실감하게 한다.

'순진하였던 그녀', '가난하여도 효성이 지극하던 그녀'는 김종삼에게 순수 고향 이미지로 다가온다. 그의 기억 속에 각인된 '그녀'는 부재의 고향이 아니라 충만하고 아름답던 추억의 공간 즉, 과거지향을 유도하는 시간적 대상이 된다. '그녀'는 시인의 고향 그리움의 원천이면서 분단비극을 환기시키는 매개물이다. 이는 김종삼의 유년체험 시편에 자주 등장하는 '어머니'와 동일한 범주에 속한다. '어머니'는 '그녀'와 마찬가지로 고향의 상징 이미지로 떠오른다. 그러나 시인의 감성을 자극하는 순수 고향 이미지로서의 '그녀'는 '어머니' 이미지와

추억을 유도하는 과거는 현재의 시간 속에 고스란히 녹아 그의 삶을 지배하고, 현재는 다시 미래를 구성하는 시간적 토대가 된다.

마찬가지로 부재의 대상이 되고 만다. '그녀'는 결국 만나고 싶어도 만날 수 없는, 가고 싶어도 갈 수 없는 단절된 공간으로서의 '北녘'을 함축하고 있기 때문이다.

> 예수는 어떻게 살아갔으며
> 어떻게 죽었을까
> 죽을 때엔 뭐라고 하였을까
>
> 흘러가는 요단의 물결과
> 하늘나라가 그의 고향이었을까 철따라
> 옮아다니는 고운 소릴 내릴 줄 아는
> 새들이었을까
> 저물어가는 잔잔한 물결이었을까
>
> — 「고향」 전문

위 시의 화자가 문득 '예수'의 삶과 죽음에 대해 사유하게 되는 것은 존재에 대한 새로운 각성과 비판적 성찰에 들어서고 있음을 의미한다. '예수'라는 종교적 대상의 삶과 죽음에 대한 물음은 곧 화자 자신의 삶과 죽음에 대한 물음이다. 여기에는 '고향'이 하나의 매개물로 등장한다. 화자는 지금 갈 수 없는 '고향'에 대한 그리움과 회한에 젖어 있다. 삶과 죽음에 대한 성찰 또한 고향상실과 연계되어 있다. '~ 을까'로 이어지는 화자의 독백적 물음은 결국 제목에서도 이미 암시되고 있듯이 고향 그리움의 간절한 심연으로 수렴된다.

위 시에서 화자는 예수의 고향을 '흘러가는 요단의 물결', '하늘나라', '철따라 옮아 다니는 고운 소릴 내릴 줄 아는 새', '저물어 가는 잔잔한 물결'이 아니었을까 하고 의문을 던져본다. 이는 '고향'의 공간적 거리감과 그 거리만큼의 시간적 공백에 대한 사유를 담고 있다. 여기서 김종삼의 '고향'은 현실적으로는 시간과 공간 밖의 상상적·환상적 이미지에 다름 아니다. 따라서 '요단의 물결', '하늘나라', '고운 소릴 내릴 줄 아는 새', '잔잔한 물결'로 대변되는 '고향'은 아름답지만 닿을 수 없는 요원한 공간이 된다. 김종삼의 고향 그리움은 이처럼 회한과 허무감과 죽음을 동반한다. 그에게 '고향'은 이제 '돌아갈 곳'(죽음)의 의미를 되새겨야 할 시간적 흐름을 담보한다. "귀향의 의미 속에는 현실의 주체가 갖는 자신의 존재 상황에 대한 시적 인식이 수렴되어 있다."67) 그러나 현실적으로 김종삼의 귀향의지는 위 시에서 볼 수 있듯이 막연한 물음과 회한에 그칠 수밖에 없다.

　　　소년기에 노닐던
　　　그 동뚝 아래
　　　호숫가에서
　　　고요의
　　　피아노 소리가
　　　지금도 들리다가 그친다

　　　사이를 두었다가
　　　먼 사이를 두었다가
　　　뜸북이던
　　　뜸부기 소리도
　　　지금도 들리다가 그친다

　　　나는 나에게 말한다
　　　죽으면 먼저 그곳으로 가라고.
　　　　　　　　　　　　　　　　　　　－「글짓기」 전문

---

67) 곽봉재, 『기억의 시학』, 한국학술정보, 2005, 14쪽.

김종삼의 '고향'에 대한 시편들에는 '갈 수 없음'이 이미 전제되어 있다. 위 시에서는 '그곳'이 이러한 전제를 뒷받침하는 단절의 공간으로 제시된다. 그러나 역설적이게도 김종삼의 단절의 공간은 지속적으로 시인의 시의식을 자극하는 원천이 된다. 이는 그의 체험공간이 과거이면서 현재로 이어지는 이른바 지속의 시간으로 연결되고 있기 때문이다. 그의 시의식을 지배하는 지속의 시간은 앞에서 이미 언급했다시피, '기억'이나 '회상', '추억'의 형태로 나타난다. 위 시 또한 '소년기'라는 시간적 배경을 통해 화자의 회상의 장면이 표출되고 있다.

　'그곳'으로 상정된 공간은 '소년기'의 추억이 살아있는 공간이다. 화자는 어느 날 '소년기'에 즐겁게 뛰놀던 고향마을을 문득 회상하게 된다. 회상의 통로는 소리 이미지 즉, '피아노 소리'와 '뜸부기 소리'이다. 이러한 소리 이미지는 김종삼의 고향 그리움의 열망을 담아내는 기제가 된다. '피아노 소리'와 '뜸부기 소리'는 '소리'라는 상승지향의 속성을 통해 '그곳'으로 가고자 하는 시인의 열망을 담아낸다. 그러나 이러한 열망은 '지금도 들리다가 그친다'에서 알 수 있듯이 단절의 형식으로 나타난다. '지금도 들리다가 그친다'라는 반복적 메시지는 '소년기'의 평화롭고 고요한 시간으로 돌아갈 수 없음을 즉, '그곳'으로 가는 길이 단절되어 있음을 암시한다.

　이러한 단절의 시간은 '지금도'에서 알 수 있듯 단절의 형식 그대로 현재까지 이어지고 있다. '소년기'는 과거를, '지금도'는 현재를 지시함으로써 시간의 지속성을 암시한다. 이러한 시간은 과거와 현재를 아우르면서 미래까지 이어진다. 따라서 화자의 고향회귀는 결국 '죽음'을 통해 완결될 수밖에 없다. '그곳'이 함축하고 있는 시간은 '소년기'의 생동감과 노년기의 '죽음'을 동시에 만날 수 있는 시간이다. 그러나 '죽으면 그곳으로 가라고'에 나타나는 시인의 이러한 염원은 '나는 나에게 말한다'에서 보여 지듯 결국 혼자만의 다짐으로 끝나고 만다. 이 작품 또한 김종삼의 실향의 상처가 '소년기'의 추억을 매개로 형상화되고 있다.

> 걷고 있다 어느 고궁 담장 옆을
>
> 옛 고향땅
> 녹음이 짙어가던 崇實中學과
> 崇實專門 교정과
> 崇實女高 뜨락
> 장미 꽃포기들의 사이 길을
>
> 흰 구름 떠 있던
> 光成高普
> 正義女高 담장 옆을
> 酒岩山 그림자가 드리워진
> 대동강 상류쪽을
>
> 또 어디였던가
>
>   ―「또 어디였던가」 전문

위 시 1연의 '걷고 있다'는 마지막 연의 '또 어디였던가'와 의미적으로 연결되고 있다. 위 시에서 '걷고 있다'가 함축하는 의미의 진폭은 대단히 크다. 이는 김종삼의 방황의 정서와 연결되고 있기 때문이다. 그의 '방황'에 대해서는 Ⅱ장 2절 「공간인식」에서 자세히 다룰 것이고 여기서는 실향과 맥락지어 그의 '걷고 있다'의 의미를 살펴본다.

위 시의 '걷고 있다'가 지시하는 공간은 '고궁 담장 옆'과 '옛 고향 땅'으로 드러난다. '고궁 담장 옆'은 현실적 시·공간을 지시하고, '옛 고향땅'은 과거를 지시한다. 이 두 범주의 시·공간은 화자로 하여금 지속적으로 걸을 수밖에 없는 이른바 방황의 사유를 부여한다. 화자는 '고궁 담장 옆'을 지나 어느새 '옛 고향땅'으로 상념의 발길을 돌리고 있다. '崇實中學', '崇實專門 교정', '崇實女高 뜨락', '光成高普', '正義女高 담장 옆', '대동강 상류쪽' 등의 공간들은 옛 고향의 정겨웠던 공간들이면서 잃어버린 시간을 각인시킨다. 화자는 옛 고향땅의 그리웠던 공간들을 하나하나 짚어가면서 '또 어디였던가, 또 어디였던가' 회상의 시간을 열어간다. 이러한 여정은 그의 상실한 시간에 대한 회한이고 상처이고 그리움의 표현이다. '또 어디였던가'는 기억마저 희미해져 가는 시간의 흐름을 반영하고 있다.

"문학 작품은 인간 경험의 기록으로서, 자기의 존재 동일성을 찾아가는 과정의 지표로서 시간의 의미를 포함한다".[68] 시인이 마음으로나마 옛 기억 속의 공간들을 하나하나 찾아 나서는 것은 시간에 대한 일종의 자기 확인 작업이라고 할 수 있다. 잃어버린 시간은 곧 잃어버린 존재에 대한 각성이기 때문이다. 위 시에 제시된 공간들은 역사라고 이름 붙여야 할 먼 시간 밖의 공간들이다. 화자에게 '옛 고향땅'은 이러한 역사를 상기시키는 상실의 시간을 함축하고 있다.

> 쉬르레알리즘의 시를 쓰던
> 나의 형
> 宗文은 내가 여러 번 입원하였던 병원에서
> 심장경색증으로 몇 해 전에 죽었다
> (..........)
> 아우는 스물두 살 때 결핵으로 죽었다
> 나는 그 때부터 술꾼이 되었다
>
> ─「掌篇(수록 5)」 전문

---

68) 강희안, 앞의 책, 23쪽.

김종삼의 불우한 삶의 중심에는 가족사적인 비극이 뿌리 내려 있다. 그의 가족사적인 비극은 대체로 '가족 해체'의 형태로 형상화된다. 여기서 '가족의 해체'란 이산가족의 의미가 아니라 정신적·현실적 이산으로서의 가족해체를 의미한다. 이러한 가족해체는 비단 실향민들에 국한되는 것은 아닐 것이다. 이는 가족 구성원들이 하나의 생활 규범 속에 포섭되지 못할 때 생겨나는 가족 형태이기 때문이다. 실향민의 경우, 이러한 가족 해체의 형태가 보다 심각한 국면으로 접어들 수가 있다. 이들은 이미 가족적 결속력을 유도할 터전을 상실하고 있는 데다, 그로 인한 실존적 위기에 봉착하고 있기 때문이다. 따라서 여기 저기 떠돌며 삶을 영위할 수밖에 없는 위치에 놓이게 된다. 이것이 가족해체 혹은 주변적 존재자로 접어들 수밖에 없는 현실적 한계가 된다.

　김종삼의 시편들에서 찾을 수 있는 가족사적인 비극이나 가족해체는 대체로 '죽음'의 형태로 드러난다. '죽음'은 예고된 통과의례처럼 그의 내면의식의 저변에 깔려있다. 차례로 이어지는 가족들의 죽음과 자신의 죽음에 대한 예고가 이를 뒷받침한다. 위 시에서 시인은 형과 동생의 죽음을 제시하면서 은연중 자신의 죽음도 암시하고 있다. 형은 '심장경색'으로, 동생은 '결핵'으로 후에 시인 자신도 '간경화'로 죽음을 맞게 되기 때문이다. 자연적 죽음이 아니라, '병'을 통해 죽음을 맞는 가족들의 모습은 실향민으로서의 비극을 충분히 실감하게 한다. 이는 일생 '술꾼'으로 살았던 김종삼이 스스로 '술꾼'이 될 수밖에 없었던 배경을 설명하고 있다. 따라서 '나는 그때부터 술꾼이 되었다'라는 고백은 김종삼의 삶의 여정을 예고하는 중요한 단서가 된다.

　김종삼의 형 김종문은 군인이면서 초현실주의 시를 쓰던 시인이었다. 강석경이 쓴 글[69)]에 의하면, 김종삼은 형의 시를 두고 '초현실이 그냥 나오나? 초현실 속의 생활을 알아야지'라고 했다고 한다. 동생에 대해서는 「운동장」, 「아침」, 「虛空」, 「사별」 등의 시편들에서 묘사되고 있다. 김종삼의 가족에 대한 비극적 인식이나 연민은 그의 이력만큼이나 원초적 구도를 그리고 있다.[70] 가족에 대한 연민은 곧 시인 자신에 대한 연민이고, 그들의 초현실적 삶은 시인 자신의 삶을 의미한다.

> 불쌍한 어머니
> 나의 어머니는 아들 넷을 낳았다
> 그것들 때문에 모진 고생만 하다가
> 죽었다 아우는 비명에 죽었고

---

69) 강석경, 앞의 글, 290쪽.

70) 김종삼은 1921년 3월 19일 황해도 은율에서 아버지 김서영(金瑞永)과 어머니 김신애(金信愛)의 4남 중 차남으로 태어났다. 부친은 평양에서 동아일보 지국을 운영하였고 어머니는 기독교 집안의 외동딸로 한경직(韓景職) 목사와 친분을 가지고 있었다. 김종삼의 시에 기독교적인 정조와 이국정서가 깔려있는 것은 어린 시절의 영향 때문인 것으로 보인다. 이는 "미션계 분위기가 좋았다"라는 그의 말을 통해서도 알 수 있다. 그러나 김종삼은 후에 자신은 "신의 존재를 믿지 않는 무신론자"임을 밝히기도 한다(주석 23 참조). 김종삼은 1934년 3월 평양 광성 보통학교를 졸업(13세)하고 그해 4월에 평양 숭실중학교에 입학한다. 그러나 1937년 7월 숭실학교를 중퇴하고 만다. 1938년 17세가 되던 해 형 종문의 부름을 받고 일본으로 건너가 동경 도요시마(豊島)상업학교에 편입학하게 된다. 1940년 19세가 되던 해에 도요시마 상업학교를 졸업하고 1942년 4월 21세 때 동경문화학원 문학과 야간학부에 입학한다. 낮에는 막노동을 하고 밤에는 공부를 하는 주경야독의 시절을 보낸다. 김종삼의 생애 중 이 때가 가장 치열한 삶의 한 순간이었던 것 같다. 1944년 6월 그는 다시 동경문화학원을 중퇴하고 영화인과 접촉하며 조감독 일을 하다가 동경출판배급주식회사에 입사한다. 그해 12월 퇴사, 1945년 8월 해방 직후 귀국한다. 그러나 귀국 후 그는 식민정책으로 피폐해진 한국 현실과 이념적 혼란에 적응하지 못하고 이후 현실 도피적 생활로 일관하게 된다. 연보에 따르면 김종삼의 원적은 황해도이고 본적은 서울로 되어 있다. 그러나 그의 가족이 언제 평양에서 서울로 월남했는지, 이후 가족들의 생활은 어떠했는지에 대해서는 자세한 언급이 없다. 이는 私的 생활을 드러내기 싫어하는 김종삼의 개인 성향이 큰 이유가 될 것이다.

형은 64세때 죽었다
나는 불치의 지병으로 여러 번 중태에 빠지곤 했다
나는 속으로 치열하게 외친다
부인터 공동묘지를 향하여
어머니 나는 아직 살아 있다고
세상에 남길 만한
몇 줄의 글이라도 쓰고 죽는다고
그러나
아직도 못 썼다고

불쌍한 어머니
나의 어머니

　　　　　　　　　　　　　　　　　－「어머니」 전문

　위 시에는 김종삼의 가족사적인 비극이 좀 더 구체적으로 드러난
다. 앞의 시 「掌篇(수록 5)」에서는 형과 아우의 죽음과 자신이 '술꾼'
이 될 수밖에 없었던 이유가 묘사되고 있었다면, 위 시 「어머니」에는
어머니, 형, 동생의 죽음에 이어 자신의 '불치의 지병'을 직접적으로
제시하고 있다. 이는 어머니를 중심으로 '아들 넷'의 비극적 죽음이
가족적 비극의 형식으로 그려지고 있다. 이러한 그의 가족사적인 비
극은 여느 실향민들과 마찬가지로 전쟁과 분단 그리고 실향이라는
맥락 속에서 찾을 수 있다. '불쌍한 어머니', '비명에 죽은 아우', '64때
죽은 형', '불치의 지병'을 앓고 있는 시인은 바로 이러한 배경과 연계
해야 그 원천을 짐작할 수 있기 때문이다.
　김종삼이 죽은 가족들에 대해 일종의 죄의식과 연민을 갖는 것은
그들이 불행하게 살다가 갔기 때문이다. 앞서도 살펴보았듯이 형과
동생, 어머니로 이어지는 그의 가족들은 하나 같이 불행하게 살다가

비극적인 죽음을 맞는다. 특히 '모진 고생만 하다가' 세상을 떠난 '어머니'71)는 가장 큰 연민을 불러일으키는 대상이 된다. 그의 시에 형상화되는 어머니는 대체로 가난과 눈물, 소외와 연계해서 나타난다. 이는 '모진 생애를 겪은/어머니 무덤/큰 거미의 껍질'(「地」)이나, '어머니의 눈물가에 놓이는/날짜를 먼저 가져다/주시는'(「오동나무가 많은 부락입니다」)에서 보이는 어머니의 '눈물'에서도 확인된다.

위 시에서 특징적인 것은 이러한 그의 죄의식이 그의 시쓰기와 결부되어 나타난다는 것이다. '세상에 남길 만한/몇 줄의 글이라도 쓰고 죽는다고/그러나/아직도 못 썼다고'라는 반성적 사유에서 짐작할 수 있다. 이는 '나는 죽어서도/나의 직업은 시인이 못된다'(「올페」)라는 자기반성의 목소리와 동일한 맥락을 지닌다고 할 수 있다. '세상에 남길 만한 몇 줄의 글'은 김종삼이 일생 고뇌해온 詩作에의 열망이다. '불치의 지병'을 앓고 있으면서도 그는 시에 대한 끊임없는 반성과 탐구의 열망을 놓지 않는다. 따라서 어머니를 향해 치열하게 외치는 목소리가 보다 비장할 수밖에 없다.

> 집이라곤 비인 오두막 하나밖에 없는
> 草木의 나라

---

71) 김종삼의 시에는 어머니, 형, 동생이 자주 등장한다. 하지만 아버지에 대한 언급은 눈에 띄지 않는다. 그는 아버지와는 별로 정이 없었다. 김종삼의 아버지는 『평양공론』의 발행인, 신문기자 등 언론인으로 활동한 지식인이었고 상당히 멋쟁이이기도 했다. 그러나 그는 아버지에 대해서는 존경심이 없었던 것 같다. 그가 자라면서 가지게 된 아버지에 대한 느낌은 '시시합디다'이다(강석경, 앞의 글, 281쪽). 반면 어머니에 대한 연민과 사랑은 각별했다. 그는 "가당찮은 요구만하는 아버지 밑에서 노예처럼 일하는 어머니의 불쌍함"과 그 울분을 삭여내느라 글을 쓰게 되었다고 말한바 있다(『일간스포츠』, 1979.9.27). 어머니와 형 종문, 동생 종수에 대한 그리움과 연민, 죄의식은 그의 많은 작품 속에서 발견된다.

새로 낳은
한 줄기의 거미줄처럼
水邊의
라산스카

라산스카
인간되었던 모진 시련 모든 추함 다 겪고서
작대기를 짚고서

— 「라산스카(수록 5)」 전문

　김종삼이 후기에 들어서면서 발견하게 되는 자기존재는 '집이라곤
비인 오두막 하나밖에 없는' 존재이다. '오십 평생 단칸 셋방 뿐'(「산
(수록 1)」)에서도 드러나듯 김종삼의 자기 존재인식의 척도는 '가난'
이 중심이 된다. 위 시의 '비인 오두막'은 바로 이러한 그의 인식의 척
도를 반영한다. '오두막'과 '초목의 나라'는 도시적 삶과는 구별되는
자연적/변두리적 성격을 담고 있다. 이러한 가난 이미지는 그의 현실
적 빈곤을 드러내는 척도이면서 주변인으로서의 소외를 담고 있다.
'한 줄기의 거미줄'은 그의 이러한 소외와 위기의식을 상징적으로 보
여준다.
　위 시 제목 「라산스카」의 '라산스카'는 사전적 언어가 아닌 시인 스
스로 지어낸 일종의 암호같은 언어이다. 이에 대해 많은 사람들이 궁
금해 했지만 시인은 그때마다 노코멘트로 일관한다. 강석경의 글에
의하면, 시인은 "라산스카가 뭐냐고? 밑천을 왜 드러내. 그걸로 또 장
사할 건데. 묻는 사람이 여럿 있어요. 안 가르쳐 줘요."[72]라고 했다고
한다. 이는 그의 언어에 대한 각별한 관심과 실험적인 사유가 반영된

---

72) 강석경, 앞의 글, 293쪽.

것이라고 할 수 있다.

김종삼의 삶의 여정은 '인간되었던 모진 시련 모든 추함 다 겪고서/작대기를 짚고서'에 결집된다. '모진 시련 모든 추함'은 김종삼의 단순하지 않은 삶의 여정을 여실히 보여준다. 이는 '불쾌'와 '노여움'과 '굴욕'을 안겨주던 모든 시간과 공간의 의미를 함축한다. '작대기를 짚고서'로 설명되는 그의 늙음과 병고의 시간은 '집이라곤 비인 오두막 하나밖에 없는' 현실과 맥락지어진다. 이러한 그의 생애는 단순한 구도로 보면 한 개인의 삶의 여정으로 볼 수 있지만, 좀 더 큰 의미로 보면 실향민 전체의 삶의 모습으로 수렴된다. 실향의식은 일생 김종삼의 콤플렉스로 작용하는데, 이는 끊임없이 자기존재에 대해 고뇌하게 하는 기제가 된다.

이산가족의 상봉 장면, 서른여덟 해 전의 고향 소녀에 대한 회상, 어머니에 대한 죄의식, '술꾼'이 될 수밖에 없었던 배경과 가족사적인 비극, 늙음과 병고 등은 분단민족의 현실과 실향민의 애환을 잘 보여준다. '집이라곤 비인 오두막 하나밖에 없는' 현실과 '인간되었던 모진 시련 모든 추함 다 겪고서/작대기를 짚고서'의 세월이 김종삼이 내포하고 있는 시간인식의 근간이다. 김종삼의 경우 이러한 현실과 이방인의 슬픔은 일생을 두고 지속되어온 형벌의 시간이 된다.

(3) 소외계층에 대한 관심과 연민의식

앞서 살펴보았던 실향의식과 이로 인한 자기 존재인식은 다시 소외계층에 대한 관심과 연민으로 전환된다. 실향의식이 전쟁과 관련해서 자기존재에 대한 비극을 상기시키듯이 소외계층에 대한 인식 또한 이러한 현실적 배경 속에서 생성된다. 김종삼에게 연민의식을 불러일으키는 인물 유형은 대부분 실향민, 전쟁고아들, 남편을 잃고 홀로 아이들을 부양해야 하는 어머니, 가난한 이웃 등으로 형상화된다. 김종삼의 주변인들에 대한 관심과 연민의식은 그의 부정적인 현실인식과 시간인식의 한 범주를 보여준다.

"시간의 조건은 인간들 사이의 관계 속에 그리고 역사 속에 있다"73) 인간은 타인(대상)과의 관계 속에서 그 시간의 구체적 의미를 감지할 수 있다. 인간과 시간, 시간과 인간은 역사와 개인을 구성하는 관계요소이다. 어떤 역사적·개인적 시간도 타인의 흔적을 배제하고는 이러한 시간의 속성을 충족시킬 수 없다. 문학적 시간이 개인적 독창성 뿐 아니라 인간 삶의 보편성을 구현하는 것은 바로 이 때문이다. 김종삼의 주변인에 대한 관심과 연민은 대체로 인간에 대한 이해와 사람과 사람 사이의 관계에 있다.

김종삼의 이른바 소외계층에 대한 관심과 연민은 후기로 접어들면서 점차 휴머니즘 쪽으로 전환되어 간다. 그의 휴머니즘에 대한 인식은 Ⅱ장 2절 「공간인식─휴머니즘 인식과 생명공간」에서 살펴보기로 하고, 여기서는 시간인식의 측면에서 주변인들에 대한 시인의 인식의 척도를 살펴본다. 김종삼의 연민의식은 가난한 이웃과 소외계층에 대한 관심으로부터 시작되지만, 이는 엄밀히 자기 자신에 대한 연민의식과도 연결되어 있다고 할 수 있다. 그가 관심을 가지는 주변인들은 대체로 시인 자신의 모습과 별반 차이가 없는 대상들이다. 따

---

73) 엠마누엘 레비나스, 강영안 옮김, 『시간과 타자』, 문예출판사, 2001, 92~93쪽. 레비나스는 시간의 기본 조건은 언제나 시간과 타인과의 관계 속에서 형성된다고 언급한다. 이는 미래 즉, 죽음을 통해 주어지는 미래조차도 현재라는 시간과 관계를 맺지 않고는 실현될 수 없다. 다시 말해 인간이 타인과 얼굴을 마주하고 관계를 맺어갈 때만이 진정한 시간의 의미가 실현되어 간다. 시간은 상호 주관적 관계를 통해 형성되는 특성을 지니기 때문이다.

라서 소외계층들을 바라보면서 소외인으로서의 자신을 발견하게 되고, 또 스스로를 통해 주변적 삶을 살아가는 사람들의 존재양식을 확인하게 된다.

> 나는
> 밋숀 병원의 圓柱처럼
> 주님이 꽃 피우신 울타리
>
> 지금 너희들 가난하게
> 생긴 아기들의 많은
> 어머니들에게도 그랬거니와
> 柔弱하고도 아름다웁기 그지없음은 짓밟혀 갔다고 하지만
>
> 지혜처럼 사랑의
> 먼지로서 말끔하게 가꾸어진
> 자그만하고도 거룩한
> 생애를 가진 이도 있다고 하잔다
>
> 오늘에도 가엾은
> 많은 赤十字의 아들이며 딸들에게 그지없는 은총이 내리면
> 서운하고도 따시로움의 사랑이 나는 무엇인가를 미처 모른다고
> 하여 두잔다
>
> 제각기 색채를 기다리고 있는 새싹이 트이는 봄이 되면 너희들의
> 부스럼도 아물게
> 되면
> 나는
> 밋숀 병원의 늙은 간호부라고 하여 두잔다
>   ―「마음의 울타리」 전문

'울타리'는 '담 대신 풀이나 나무 따위를 얽어서 집을 둘러막거나 경계를 구분하는 것'이다. 이는 곧 내 집과 남의 집 혹은 안과 밖을 경계짓는 하나의 구조물이다. 이러한 '경계'의 속성은 경계 지음으로써 단절을 유도하거나, 한편으로 보호하려는 일종의 보호막의 의미를 지니게 된다. 위 시의 제목 「마음의 울타리」는 곧 '주님이 꽃 피우신 울타리'로서 마음의 보호막을 의미한다. 이는 다름 아닌 전쟁고아들로 보이는 '가난하게 생긴 아기들', '오늘에도 가엾은/많은 赤十字의 아들이며 딸들'을 보호하는 사랑의 울타리에 다름 아니다. 이 아이들은 '柔弱하고도 아름다움'지만 어떤 폭력적 힘에 의해 짓밟히고 버려진 아이들이다. 따라서 이 아이들은 '마음의 울타리' 즉, 보호가 필요한 아이들이다. '柔弱하고도 아름다웁기 그지없음'은 아이들의 순수영혼을 표상하는 것이고, '짓밟힘'은 이러한 순수영혼의 파괴와 상실을 상징한다.

'거룩한 생애를 가진 이'는 바로 이러한 상처를 치유해 줄 수 있는 대상을 의미한다. '새싹이 트이는 봄'은 곧 아이들의 부스럼상처을 낫게 해주는 이른바 '은총'이 주어진 시간이다. 이는 극복과 재생을 암시하는 것으로, 시간이 흐르면 상처입은 영혼도 상실한 세계도 재생의 봄을 맞을 것이라는 희망적 메시지가 깔려있다. 이는 단지 시간의 흐름만이 아니라, '지혜'와 '따시로움의 사랑'으로 은총을 주는 '거룩한 생애를 가진 이'가 있기 때문에 가능하다. 여기서 거룩한 생애를 가진 이로 상징되는 '밋숀 병원의 늙은 간호부'는 모성성을 대변하는 인물이다. 그녀는 죽은 고아들의 어머니를 대신해 아이들을 보살펴주는 따뜻한 사랑의 손길이면서, '울타리'의 상징적 인물이다.

할아버지 하나가 나어린 손자 하나를

데리고 살고 있었다.
할아버진 아침마다 손때 묻은 작은 남비,
나어린 손자를 데리고
아침을 재미있게 끓이곤 했다.
날마다 신명께 감사를 드릴 줄 아는
이들은 그들만인 것처럼
애정과 희망을 가지고 사는 이들은
그들만인 것처럼
때로는 하늘 끝머리에서
벌판에서 흘러오고 흘러가는 이들처럼

이들은 기동차가 다니던 철뚝길
옆에서 살고 있었다.
　　　　　　　　　　　 －「기동차가 다니던 철뚝길」 전문

　　전쟁의 폐해는 현실적 삶으로 눈을 돌릴 때 보다 본질적인 심각성
이 드러난다. 전쟁이 끝난 폐허 위에서 사람들이 가장 먼저 부딪치는
일은 현실적인 문제 즉 의식주의 문제이다. 이러한 문제에 가장 민감
하게 노출되어 있는 층은 아마도 아이들과 여자들일 것이다. 전쟁 통
에 가장을 잃은 여자들과 부모를 잃은 아이들은 갑작스레 불어 닥친
불행에 미처 마음을 추스르지도 못한 채 삶의 현장으로 뛰어들어야
한다. 김종삼이 가장 먼저 이러한 주변적 인물들에게 관심과 연민의
식을 드러내는 것은 바로 이 때문이다.
　　위 시의 '할아버지'와 '나어린 손자'는 전쟁 통에 가족을 잃었거나,
북에 고향을 둔 실향민으로 유추해 볼 수 있다. 혹은 단순한 결손가정
의 모습일 수도 있다. '할아버지'는 어린 손자를 데리고 기동차가 다
니는 철뚝길 옆에서 살고 있다. 철뚝길은 '떠남'과 '돌아옴'의 시・공

간적 특성을 지닌다. 이러한 시·공간적 특성은 그들의 주거 형태가 일시적·임시적 형식을 취하고 있음을 의미한다. 일시적·임시적 존재방식은 가난한 소시민적 삶이나 혹은 뿌리 내릴 수 없는 이방인 실향민의 생활을 담고 있다. '벌판에서 흘러오고 흘러가는 이들처럼' 잠시 머무르다 떠나는 삶이 바로 그것이다. '손때 묻은 작은 남비'는 이들의 가난한 삶을 보여주는 상징물이다.

그럼에도 이 시가 전체적으로 따뜻한 정서를 내포하고 있는 것은 시인의 시선이 연민을 담고 있기 때문이다. 이들은 소위 '가난하지만 착하게 사는 사람들(<음악(수록 2)>)'로써 '아침마다 신명께 감사드릴 줄' 알고, '애정과 희망을 가지고' 살아가는 사람들이다. 그래서 '할아버지'와 '나어린 손자'는 임시적 삶의 터전에서도 '아침을 재미있게 끓'이고, 감사할 줄 아는 마음과 희망을 잃지 않는 마음을 가지고 있다. 그러나 이들의 희망이 어떤 것인지는 구체적으로 제시할 수가 없다. 희망을 제시하기에는 이들의 존재양식이 지나치게 열악하고 막연하다. 따라서 '벌판에서 흘러오고 흘러가는 이들처럼' 뿌리 없는 이방인으로 살아갈 수밖에 없다. 이들이 아무리 긍정적인 사고로 따뜻하게 살아간다 해도 시 전면에 흐르는 비애감은 숨길 수 없다.

위 시의 전체적인 정조가 쓸쓸함, 정적, 잔잔한 슬픔 등으로 채색되는 것은 이들의 삶이 뿌리 내릴 수 없는 불투명한 조건을 갖추고 있기 때문이다. 김종삼의 주변인들에 대한 연민의 정서는 이들이 가난 속에서도 언제나 착하고 따뜻하게 살아가고자 하는 데 있다. 또 좋은 세상에 대한 희망과 염원을 놓지 않는 마음에 있다. 이들은 자신의 삶을 비관하거나 좌절을 보이는 대신 소박하고 정직하게 살아가는 인물로 그려진다. 이는 김종삼의 인간에 대한 시선이 가난하지만 착하게 사는 것에 놓여 있기 때문이다.

아침엔 라면을 맛있게 먹었지
엄만 장사를 잘 할 줄 모르는 行商이란다

너희들 오늘도 나와 있구나 저물어 가는 山허리에

내일은 꼭 하나님의 은혜로
엄마의 지혜로 먹을거랑 입을거랑 가지고 오마

엄만 죽지 않는 계단

— 「엄마」 전문

　위 시는 앞의 시 「기동차가 다니던 철뚝길」에서처럼 가장을 잃은
한 결손 가정의 가난한 삶의 풍경이 형상화되고 있다. '엄마'는 생활
을 책임져야 할 가장이지만 '엄만 장사를 잘 할 줄 모르는 行商'이다.
이러한 내용은 '엄마'가 갑자기 생활현장으로 뛰어들었다는 것을 짐
작할 수 있게 한다. 배고픈 아이들은 온종일 어머니를 기다리다 저물
어가는 산마루까지 마중을 나가지만, '엄마'는 '장사를 잘 할 줄' 모르
므로 오늘도 빈손으로 돌아온다. '내일은 꼭 하나님의 은혜로/엄마의
지혜로 먹을거랑 입을거랑 가지고 오마'라는 구절이 이를 뒷받침한
다. '먹을거랑 입을거랑'에서 알 수 있듯이 이들은 기본적인 생활마저
이어가기 어려운 처지에 놓여있다.

　그럼에도 어머니와 아이들 사이에는 따뜻한 사랑의 기류가 흐르고
있다. 서로를 위로하고 의지하는 마음이 하나의 희망처럼 결속되어
있다. '엄만 죽지 않는 계단'에서 이러한 희망적 요소가 강인한 모성
을 통해 드러난다. 김종삼의 시편에 등장하는 주변인들은 극단의 삶
을 살아가면서도 절망하거나 비참한 모습을 보이지 않는다. 이는 가

족 간이든 이웃 간이든 인간과 인간 사이의 따뜻한 유대가 놓여 있기 때문이다. 이러한 유대야말로 이들이 살아가는 원천이고 절망을 견디는 원동력이 될 것이다.

위 시의 '오늘도'라는 시간 지표는 김종삼 시에 자주 등장하는 '지금도', '아직도' 등의 시간과 동일한 의미구조를 지닌다. 이러한 시간은 한정된 시간을 지칭하기보다 과거, 현재, 미래를 포괄하는 지속의 시간을 내포한다. 이는 과거로부터 지금까지, 지금부터 미래까지를 예견하는 시간 개념으로 봐야 할 것이다. 따라서 위 시의 엄마와 아이들의 가난한 생활은 가까운 과거 어느 한 때로부터 현재까지 지속되고 있음을 알 수 있다. 그리고 이러한 생활구조는 앞으로도 지속될 수밖에 없음이 은연중 내포되어 있다.

> 오빠 슈샤인
> 난 껌장수
> 난 방송국 어린이 시간에 나갑니다
> 시간 맞추어 나갑니다
> 꿰맨 옷도 자주 빨아 입고 나갑니다
> 크리스마스
> 선물 주는 이가 없어도
> 서운해선 안돼요
> 언제나 안돼요
> 슬퍼해선 안돼요
> ……모두 안되는 것 뿐입니다
> 난 껌장수
> 오빠 슈샤인
>
> ―「동시」 전문

위 시 또한 전쟁과 관련해 그 의미를 유추해 볼 수 있다. 김종삼 시에서 아이들은 순수영혼의 존재들로 그가 그리고 있는 이상세계의 한 척도가 된다. 그러나 김종삼 시에 드러나는 아이들은 대체로 병든 아이, 죽음을 앞둔 아이, 장애를 가진 아이, 전쟁고아들, 가난한 아이 등 다양한 형태의 부재의 요소를 지니고 있다. 이는 김종삼의 부정적 세계인식의 한 측면을 보여주고 있는 것으로, 부조리한 세계의 일면, 순수평화 상실의 의미를 담고 있다.

이 아이들은 대부분 어른들의 욕망으로부터 죄 없이 희생당한 아이들이다. 그 중 가장 큰 상처를 안고 있는 대상들이 전쟁 피해자로서의 아이들이다. 「民間人」에서의 '한 嬰兒'의 죽음이나 여기서 다루어지는 전쟁고아들과 결손 가정의 아이들이 대체로 여기에 속한다. 아이들은 전쟁 통에 희생을 당하거나, 전쟁 후 부모를 잃고 고아로 떠돌거나 결손 가정에서 어렵게 삶을 이어가게 된다. 따라서 이 아이들의 삶은 어쩔 수 없이 가난과 소외, 외로움 등 주변적 요소를 함유할 수밖에 없다.

위 시에 등장하는 남매도 시대적 맥락에서 보면 전쟁 중에 부모를 잃은 전쟁고아로 보인다. 이들은 한창 밝고 건강하게 꿈을 열어가야 할 시기에 하루하루를 스스로 책임지지 않으면 안 되는 현실 속에 놓여 있다. 이들을 보호해주고 생활을 책임져 줄 사람은 아무도 없다. 따라서 '오빠'는 구두를 닦고 '나'는 껌을 팔면서 살아간다. 이들에겐 크리스마스 선물을 주는 이도, 사랑을 주는 이도 없다. 이들이 어렵게 삶을 꾸려가면서 가장 먼저 깨달은 것은 이 냉엄한 현실을 서운해 해서도, 슬퍼해서도 안 된다는 것이다. 이들에게는 이미 이런 요구를 하고, 받을 수 있는 세계가족을 상실하고 있다. 그래서 '모두 안 되는 것뿐'인 현실을 아무렇지 않은 듯 '씩씩하게' 살아가고자 한다. '안 되는 것'은 이들에게 주어진 현실적 한계이면서 견디고 헤쳐 나가야 극복 기제이다.

'~안돼요'라는 반복적 다짐 속에는 이들이 가질 수 없는 세계에 대한 자기 체념이 내포되어 있다. 이들이 '체념한 세계'는 '받기 어려운 선물'(「받기 어려운 선물처럼」)처럼 이들에겐 닿을 수 없는 세계로 설정되어 있다. 시 전체의 정조는 어둡지 않게 흘러가고 있지만, 고아 남매의 '~안돼요'라는 체념 속에는 억제된 욕망만큼이나 강한 슬픔이 내재해 있다. 이들의 슬픔은 절제된 시적 행간 속에 그 내적 울림을 충분히 감춰놓고 있다. 이러한 슬픔의 울림은 김종삼의 주변인에 대한 연민과 비판의 강도를 감지할 수 있는 척도가 될 것이다.

> 조선총독부가 있을 때
> 청계川邊 一ㅇ錢 均一床 밥집 문턱엔
> 거지소녀가 거지장님 어버이를
> 이끌고 와 서 있었다
> 주인 영감이 소리를 질렀으나
> 태연하였다
>
> 어린 소녀는 어버이의 생일이라고
> 一ㅇ錢짜리 두 개를 보였다
>
> ―「掌篇·2」 전문

김종삼의 시에는 사람의 흔적이 잘 드러나지 않는다. 이는 시에 현실을 끌어들이지 않으려는 김종삼의 의도가 숨어있으리라 생각한다. 이른바 순수 詩作에 충실하려는 그의 의도와 일정 부분 합치하리라 본다. 그러나 더 크게 김종삼이 스스로의 현실을, 또 그 현실을 살아가는 인간 삶의 방식을 부정적으로 보고 있기 때문이다. 그가 끊임없이 현실을 도피하려고 하는 것은 바로 이러한 관계 속에서 벗어나려고 하는 것이다. 그의 시에 인간관계가 잘 드러나지 않고 또 부정적으로 그려지는 것은 바로 이 때문이다.

김종삼이 유독 인간적인 관심을 보이는 대상은 아이들과 소위 소외계층으로 분류되는 가난한 이웃들이다. 이들은 결핍을 지닌 부재의 인물들로 나타나지만, 항상 따뜻한 사랑을 전달해 주는 긍정적인 인물로 그려진다. 이러한 내용은 김종삼이 지향하는 세계와 인간유형을 상징적으로 보여준다고 할 수 있다. 그의 인간에 대한 기본적인 사유와 연민의 정서가 여기에 함축되어 있기 때문이다. 김종삼의 시선은 언제나 소외된 곳, 낮은 곳, 가난과 결핍이 있는 곳에 머문다. 이들은 누군가에게 상처를 주는 사람이 아니라, 상처를 받는 입장에 있다는 공통점을 갖는다. 그럼에도 이들은 삶을 비관하거나 원망하는 모습을 보이지 않는다. 이러한 인간다움과 순수한 모습이 김종삼으로 하여금 연민을 가지게 하고 또 고귀한 존재라는 의미를 부여하게 한다.

위 시의 '거지소녀'는 많은 현실적 장애요소를 지니고 있지만 마음속에는 아름다운 '인간'을 품고 있다. '거지장님 어버이'와 '거지소녀'는 대표적인 소외 계층에 속한다. 하지만 이들에게도 서로에 대한 사랑과 연민 그리고 생활의 질서가 주어져 있다. '거지 소녀'는 '거지장님 어버이'를 부양하고 있으면서도 싫어하는 내색이나 부끄러움이 없다. '어버이의 생일'이라고 '一〇 錢짜리 두 개'를 내미는 소녀의 손길이야 말로 가장 아름다운 사랑의 실천이라고 할 수 있다. 거지소녀는 장님 어버이를 부양하는 실제적인 가장 역할을 하고 있다. 소녀는 구걸한 돈으로 당당하게 어버이의 생일상을 마련한다.

소녀가 행하는 '효'는 일반적인 잣대로 보면 사소하기 이를 데 없는 것일 수 있다. 또한 지나는 행인이나 음식점 '주인 영감'의 눈에는 잠깐 스쳐가는 재밋거리 혹은 귀찮은 일상에 불과할 것이다. 그러나 여기에는 우리가 잃어버리고 혹은 잊고 살아가는 순연한 사랑에 대한 깨달음이 숨겨져 있다. 여기에 김종삼의 남다른 인간에 대한 사유와 연민의식의 실체가 숨어 있다. 그의 연민의식이 가장 낮은 곳에 머물면서도 투명한 기류를 동반하는 것은 그의 시선이 '인간'에 놓여 있기 때문이다. 그러나 이러한 투명한 기류는 곧 투명한 슬픔을 내장한다는 것도 우리는 잘 알고 있다. 이는 마치 비극을 희극으로 그려낼 때의 숨길 수 없는 슬픔 같은 것이다.

> 두 소녀가 가즈런히
> 쇼 윈도우 안에 든 여자용
> 손목시계들을 들여다보고 있었다.
> 하나같이 얼굴이 동그랗고
> 하나같이 키가 작다.
> 먼 발치에서 돌아다보았을 때에도
> 조금도 움직이지 않고 들여다보고 있었다.
> 쇼 윈도우 안을 정답게 들여다보던
> 두 소녀의 가난한 모습이
> 며칠째 심심할 때면
> 떠 오른다.
> 하나같이 동그랗고
> 하나같이 작은.
>
> ―「소공동 지하상가」 전문

어떤 전쟁문학도 발전사상을 기본 바탕으로 하는 것인 만큼 6·25의 문학적 과제란 휴머니즘의 범주에서 벗어나지 않는다.[74] 김종삼의 주변적 인물에 대한 관심은 바로 휴머니즘의 범주에서 생성된 연민의식이라 할 수 있다. 위 시의 가난한 '두 소녀'는 「동시」에서의 '고아남매'나 「장편·2」의 '거지소녀'와 동일한 현실적 배경을 안고 있다. 이들은 하나같이 부모로부터 그리고 사회로부터 보호를 받지 못하는 이른바 '가난'의 형태로 자기존재를 드러내고 있다.

'쇼 윈도우 안에 든 여자용/손목시계들을 들여다보는' '하나같이 얼굴이 동그랗고 키가 작'은 두 소녀의 모습은 장난스럽기도 하면서 때 묻지 않은 순수함을 보여준다. 이들의 가난한 호기심과 가난한 욕망은 그 어느 꿈의 세계보다 정감 있고 절실하다. 이들이 들여다보고 있는 '쇼 윈도우' 안과 밖은 이들의 현실의 장벽만큼이나 그 경계가 엄중하다. 따라서 이들에게 '쇼 윈도우' 안의 세계는 바라볼 수는 있지만 가까이 갈 수는 없는 세계이다. 이러한 현실적 거리는 이들의 꿈만큼이나 멀고 아득하다. 화자는 '며칠째 심심할 때면' 두 소녀의 모습이 떠오른다. '하나같이 동그랗고/하나같이 작은' 두 소녀의 모습은 화자의 내부에 잠들어 있는 무의식적 근원을 일깨운다. '쇼 윈도우 안'을 들여다 보는 '두 소녀'는 가난과 꿈 이른바 우리 현실의 빛과 그림자 같은 모습이다. 시인은 경계 밖과 경계 안의 대비를 통해 '세계와 나'의 경계와 존재방식의 불균형을 확인한다.

실향의식은 김종삼 시의식을 구성하는 가장 근원적인 요소에 해당한다. 그의 부정적인 시간인식은 바로 그가 체험해온 비극적인 시대와 그로 인한 상실의식에서 비롯된다. 그가 원하든 원하지 않든 그의 시의식 속에는 이미 그의 부정적인 경험적 시간이 잠재되어 있기 때문이다. 앞서 살펴본 몇 편의 전쟁 체험시와 실향의식을 담은 시편들

---

74) 김윤식, 「6·25 전쟁문학 −세대론의 시각」, 『1950년대 문학 연구』, 문학사와 비평연구회, 예하, 1991, 16쪽.

이 그의 이러한 부정적인 경험구도를 대변한다. 그의 부정적인 경험적 시간들은 소멸되지 않은 채 지속되면서 부정적인 현실인식과 자아인식의 근원이 된다. 김종삼이 현실적 시간을 단절하려고 노력하는 것은 이처럼 과거의 경험적 시간들이 현실을 지배하고 있기 때문이다. 이는 김종삼 시세계의 시간이 단지 어느 한 시기를 표방하기보다 상호 연결되고 있음을 보여준다. 김종삼의 도피의식과 도피공간으로의 이행은 현실공간에 대한 보다 적극적인 단절을 보여준다. 이는 보다 확고한 자기방어이면서 현실대응 의지를 담고 있다.

2. 공간인식과 현실 대응의식

1) 자기 방어기제로서의 도피공간

(1) 현실적 한계와 도피의식

문학작품 속에서 공간이란 단순히 기하학적 의미나 지리적 조건으로서의 개념만을 드러내는 것이 아니라 사회적·정신적 배경을 함의하고 있다.75) 따라서 한 시인의 시적 공간은 세계인식·자아인식을 함유하는 의식·무의식적 기제라고 할 수 있다.76) 김종삼 시에 나타

---

75) 이상호, 『한국현대시에 나타난 자아의식에 관한 연구』, 한국학술정보(주), 2006, 175쪽.

76) 고트홀트 에프라임 레싱, 윤도중 역, 『라오콘-미술과 문학의 경계에 관하여』, 나남, 2008, 34쪽. 레싱은 <라오콘>에서 예술을 크게 공간 예술과 시간 예술로 나누고 있다. 그는 회화, 조각, 건축 등 대부분의 시각 예술을 공간예술로, 언어 예술인 문학과 청각 예술인 음악 등의 분야를 시간 예술로 나누고 있다. 그는 미술과 문학의 본질을 규명하고 차이를 밝힘으로써 문학을 미술의 지배적 위치에서 해방시키고자 한다. 또한 문학이 감정과 상상력을 토대로 구성되고 시간과 공간의 제

난 공간은 대체로 세계와 자아, 자아와 상상세계지향 공간의 관계구도로 그려진다. 그의 시간인식이 과거 기억의 연속과 그로 인한 현실인식에서 출발하고 있다면, 공간인식은 곧 이를 바탕으로 이루어지는 일종의 대응의식이라고 할 수 있다.

시간인식이 주로 연속되는 시간을 단절시킴으로써 시간에의 도피 혹은 결핍을 극복하려 했다면, 공간인식은 공간이동을 통해 공간에의 도피와 극복을 의도하고 있다. 세계와 자아와 상상세계지향 공간이라는 공간구도는 바로 이러한 시작과정을 대변한다. '세계'는 곧 시인에게 도피의지를 불러일으키는 부정적인 현실공간을 의미한다. 이러한 현실공간이 곧 자아로 하여금 자기방어 공간을 모색하게 하는 원인이 된다. 지향공간은 이러한 현실공간을 벗어나 새로운 공간의 구축 즉, 이상세계로서의 도피공간이다.

김종삼 시세계의 현실공간은 대체로 황야/광야 이미지로 형상화되면서 공간의 불모성을 드러낸다. 현실공간에 대한 이러한 인식은 시간인식에서와 마찬가지로 '불쾌'와 '노여움'과 '굴욕'을 안겨주는 공간인식으로부터 시작된다. 이는 평화부재, 자유부재, 인간부재의 형식을 담고 있다. 이러한 부재의 공간은 곧 공간적 질서상실과 생명부재라는 크나큰 결핍의 형태로 수렴된다. '나는 이 세상과 맞지 아니하므로'(「그날이 오며는」)라는 김종삼의 사유는 바로 이러한 공간인식에서 비롯되고, 이는 도피와 '떠돎방황'을 유도하는 근원이 된다.

김종삼의 도피공간은 두 축 즉, 내부공간과 외부공간지향의 형태

한이 없다는 점에서 미술보다 상위의 예술임을 설명한다. "시인은 원한다면 모든 사건을 발단에서 시작하여 모든 가능한 변화를 거쳐 종결로 이끌어 간다. 이 변화들 하나하나가 미술가에게는 완전한 별도의 작품이 되겠지만, 시인에게는 단 하나의 서술로 충분하다."

로 나타난다. 내부공간지향은 세계로 향해 있던 시선을 내면으로 집중시키려는 이른바 침잠의 형식을 보여준다. 외부공간지향은 내부공간에서 충족되지 못한 공간에의 열망을 외부로 확장시키려는 의도를 담고 있다. 이는 시간인식에서 시간을 단절시킴으로써 새로운 시간을 확보하려고 하듯, 공간의 단절을 통해 지향공간을 확보하려는 의지의 표현이다. 이 둘은 내부와 외부라는 대비적 공간 형식을 취하고 있지만, 둘 다 현실공간을 도피하려는 도피의식에서 출발하고 있다는 공통점을 지닌다. 먼저, 도피의식을 불러일으키는 현실공간에 대한 사유를 검토한다.

방대한

공해 속을 걷자

술 없는

황야를 다시 걷자

―「걷자」 전문

위 시에서 읽을 수 있는 현실공간은 '방대한 공해 속', '술 없는 황야' 등 황야 이미지를 담고 있다. '방대한 공해 속'은 '단절의 시간'에서 이미 살펴본 바와 같이 도시문명이 생산해 내는 황폐한 공간 이미지에서 생성된다. 이러한 공간의 황폐함은 김종삼의 부정적인 세계인식과 문명에 대한 비판의식을 불러들이는 단초가 된다. 김종삼은 도시문명의 여러 부조리한 속성이 세계와 인간을 단절시키고 공간의 황폐함을 유도한다고 생각한다. 위 시의 '방대한 공해'가 난무하는 현실공간은 바로 이러한 인식에서 출발한다. 따라서 도피할 수밖에 없는 공간으로서의 한계를 지닌다.

여기서 중요하게 체득되는 부분은 '술 없는 황야'에 있다. 이는 '술'과 '황야'와의 상관관계 즉, 현실공간의 황야성이 시인으로 하여금 도피를 하게 하고 '술'의 세계로 빠져들게 하는 요인으로 작용하기 때문이다. 김종삼이 술을 가까이 하고 또 '술꾼'이 될 수밖에 없었던 정황은 앞서 시「장편(수록 5)」을 통해 언급한 바이다. 술은 그에게 꿈이나 환상의 세계처럼 현실을 견디기 위한 한 방법으로 채택된다. 따라서 술이 없는 세계는 '방대한 공해'가 방출되는 도시공간과 별반 다르지 않다. '방대한 공해 속'과 '술 없는 황야'는 현실공간의 한계를 드러내는 이른바 삭막한 공간 이미지에 다름 아니기 때문이다.

또 한편으로 눈여겨 봐야할 부분은 '걷자', '다시 걷자'에 있다. 이는 '술'과 '황야'에서 도피의식이 유발되고 난 뒤 그 결과로서의 행동양식에 해당한다. 따라서 어떤 결단을 종용하는 이를테면, 화자가 스스로에게 던지는 자기 독백적/자각적 메시지를 담고 있다. 여기서 화자와 청자의 역할은 동시에 수행된다. 청자는 바로 화자 자신으로 드러나기 때문이다. 이러한 관계설정은 단절된 공간에서의 화자의 자기 소통의 한 방식이라 할 수 있다. 이는 자아로 하여금 현실적 한계를 환기시키고 나아가 도피의지를 부각시키는 장치가 된다. 그러나 화자는 선뜻 이러한 공간을 탈피하지 못하고 '방대한 공해 속'으로 대변되는 '황야'를 '다시 걷자'고 스스로에게 다짐한다. 여기에는 현실공간에 대한 체념과 다시 한 번 살아봐야겠다는 결심이 공존한다. '다시 걷자'는 현실공간에서의 김종삼의 고뇌와 갈등, 방황의 심연을 함축적으로 드러내고 있다고 할 수 있다.

나에겐 너무 어렵다 난해하다
이 세기에 찬란하다는
인기가요라는 것들, 팝송이라는 것들,

그런 것들이
대자연의 영광을 누리는 산에서도
볼륨 높이 들릴 때가 있다

그런 때엔
메식거리다가
미친 놈처럼 뇌파가 출렁인다

　　　　　　　　　　　　－「난해한 음악들」 전문

　위 시는 '인기가요'와 '팝송'이 난무하는 일상 속의 풍경이 그려지
고 있다. '이 세기에 찬란하다'는 소위 '인기가요'와 '팝송'은 화자에게
위안과 동질감을 불러일으키기보다 이질감을 심화시키는 요인이 된
다. 다시 말해 정신적 위안과 친화를 유도하는 음악이 아니라, 정신을
어지럽히고 혼동을 안겨주는 즉, 인간 정신을 황폐시키는 요소로 다
가온다. '이 세기에 찬란하다는/인기가요라는 것들, 팝송이라는 것들'
에서 '찬란함'과 '인기 가요/팝송'은 동일선상에 놓여 있으면서도 의
미적으로는 대립 개념을 보인다. 이러한 대립 개념의 부각은 문명에
대한 혐오와 비판의식을 드러내기 위함이다. 따라서 '나에겐 너무 어
렵다 난해하다'라는 표현에는 현실공간에 대한 화자의 심리적 반응
이 담겨 있다. 해독하기 어려운 '난해한 음악'이야말로 현실공간의 난
해함을 불러들이는 가장 큰 상징물이 된다. '메식거림'과 '뇌파가 출
렁거림'은 이러한 세계에 대한 강도 높은 비판이라고 할 수 있다.
　요컨대 이러한 문명의 이기적 속성들이 '대자연의 영광을' 해치고

마음의 '평정'을 저해하고 있다는 게 김종삼의 생각이다. '난해한 음악'과 '대자연의 영광'은 김종삼의 현실공간과 지향공간에 대한 선명한 대비를 보여준다. 부정적인 문명의 산물로서의 '가요나 팝송'에 대한 부정적인 인식은 김종삼의 여러 시편에 등장한다. 이는 음악에 대한 각별한 관심을 가지고 있는 시인의 변별적 사유일 것이다. 음악적 사유를 통해 현실공간이 내포하고 있는 부정적인 일면을 읽어내는 것도 그만의 방식이라고 할 수 있다. 다른 사람에게는 평범하고 일상적인 일들이 그에게는 불안을 조성하고 위기를 불러들이는 요인이 된다. 이러한 정황들이 곧 김종삼으로 하여금 도피의식을 불러들이는 단초가 된다.

①
다음부터
廣漠한 地帶이다

－「돌각담(수록 2)」부분

②
소리없이 출렁이는 물결을 보면서
돌부리가 많은 廣野를 지나

－「생일」부분

③
다시 끝없는 荒野가 되었을 때

－「투병기」부분

황야/광야 이미지는 김종삼의 도피의식을 유도하는 중심 배경인 만큼 그의 많은 시편에서 발견된다. '廣漠한 地帶', '돌부리가 많은 廣

野', '끝없는 荒野' 등은 현실공간에 대한 시인의 인식을 그대로 반영한다. 이러한 황막한 공간 이미지는 인간의 삶을 충족시키기에는 부절적한 내용을 담고 있다. ①의 '다음부터/廣漠한 地帶이다'에서 '다음부터'가 지시하는 시간은 현실은 물론 미래 공간에 대한 부정적 메시지를 함유한다. 이는 이제부터 화자가 살아가야 할 공간에 대한 각오와 예견이 담겨 있기 때문이다. '광막한 지대'는 넓은 공간 이미지를 내포한다. 따라서 화자가 바라보는 세계는 사방이 모두 광막한 사막처럼 메마르고 음울하다. 따라서 '광막한 지대'는 김종삼의 공간에 대한 위기의식과 절망을 표상하고 있다고 할 수 있다.

이러한 정서는 곧 ②의 '돌부리가 많은 廣野'로 연결된다. '돌부리가 많은 광야'는 '광막한 지대'가 내포하고 있는 공간 이미지를 보다 구체화시킨다. '돌부리'는 화자의 현실적 고뇌, 고통, 시련 등 장애요소를 의미한다. 따라서 '돌부리'는 화자가 처해 있는 현실적 상황이나 내면의식의 색채를 보여주는 장치가 된다. 문제는 '돌부리가 많은 廣野를 지나' 맞닥뜨리게 되는 공간이 '다시 끝없는 荒野'(③)라는 것이다. '다시'가 내포하는 시간적 속성은 '다음부터'와 마찬가지로 반복과 지속에 있다. 이는 '광막한 지대'에서 '돌부리가 많은 광야', '다시 끝없는 황야'로 확장되어 간다. 이러한 공간 이미지는 구원의 여지가 없는 극단의 한계를 보여준다. 김종삼의 황야의식은 그의 도피와 방황의 여정을 함축하고 있다는 점에서 중요한 기제가 된다.

> 亞熱帶에서 죽을 힘을 다하여 살아온 나에게
> 햇볕 깊은 높은 산이 보였다
> 그 옆으론
> 大鐵橋의 架設

어디로 이어진지 모를
大鐵橋 마디마디는
요한의 칸타타이다
어지러운 文明 속에서 날이 어두워졌다

-「가을」 전문

위 시의 '亞熱帶'는 현실공간을 묘사하는 상징 이미지이다. '아열대'는 곧 현대문명이 가져오는 공간의 불모성과 동일시된다. 이러한 불모적 공간에서 화자는 '죽을힘을 다'해 살아왔지만 그가 쉴 수 있는 공간은 어디에도 없다. 이는 길을 찾기 전에 먼저 '文明'의 그늘이 날을 어둡게 만들어 버리기 때문이다. '날이 어두워짐'은 절망, 소멸, 죽음 등 하향 이미지를 내포한다. '햇볕 깊은 높은 산이 보였다'에서 잠깐 어떤 희망적 요소가 나타나기도 하지만, 이는 곧 '어디로 이어진지 모를/대철교 마디마디'에서 잠식되고 만다. '어디로 이어진지 모를/대철교의 마다마디'는 문명의 끝없는 발전적 속성을 담고 있으면서 한편으로는 현실의 막막함과 암울함을 드러낸다.

여기서 '햇볕 깊은 높은 산'만이 하나의 희망적 대안으로 떠오른다. '햇볕 깊은 높은 산'은 화자의 정신적 추구 즉, 지향세계로의 이행과 열망을 보여준다. '높은 산'은 천상 이미지를 함유하면서 지상공간과의 대비를 보여준다. 이는 '亞熱帶에서 죽을 힘을 다하여 살아온 나에게' 소망처럼 다가오는 세계이다. 그러나 '그 옆으론/大鐵橋의 架設'이라는 문명이 등장하면서 화자의 꿈은 단절된다. 이 또한 날이 저물기 전 잠시 꿈 꿀 수 있었던 순간적 기쁨에 불과하다. '햇볕 깊은 높은 산/날이 어두워짐'의 대비는 그의 삶과 이상의 끊임없는 대립을 보여준다. 이러한 대립은 김종삼의 삶의 여정만큼이나 가파른 굴곡을 그리고 있다. 김종삼이 언제나 결핍의 현실 속에 대립적 위치에서의 희망을 심어놓는 것은 그의 현실탈출에의 간절한 열망을 보여주는 것이다.

> 남루를 입고 가도 차별이 없었던 시절
> 슈벨트의 歌曲이 어울리던 다방이 그립다
>
> 눈내리면 추위가
> 계속되었고
> 아름다운 햇볕이
> 놀고 있었다
>
> ─「따뜻한 곳」 전문

위 시에 나타난 공간은 '남루를 입고 가도 차별이 없었던 시절'의 '다방'으로 드러난다. 이 '다방'은 '슈벨트의 歌曲이 어울리던' 곳으로 가난을 멸시하지도, 부끄러워할 필요도 없는 공간이다. 또한 '인기가요'와 '팝송'이 흘러나오는 번잡한 도시공간이 아니라 '슈벨트의 가곡'이 흘러나오는 격조있고 인간미가 살아있는 공간이다. 따라서 제목에서도 드러나고 있듯 화자의 그리움이 고조되는 회상 공간으로서의 '따뜻함'을 표방한다.

'따뜻한 곳'은 위 시에서 '아름다운 햇볕이/놀고 있'는 공간으로 의미화된다. '추위'와 '아름다운 햇볕'은 그의 고통스러운 현실공간과 대립개념으로서의 지향공간을 암시한다. 눈내리는 '추위' 속에 문득 비치는 '햇볕'은 그래서 더욱 그립고 귀하게 느껴진다. '슈벨트의 歌曲이 어울리던 다방'은 '아름다운 햇볕이/놀고 있'는 공간과 연결되고 있다. 이는 '차별 없음', '슈벨트의 歌曲이 어울림' 등을 포섭하는 공간 이미지를 내포한다. 제목 '따뜻한 곳'은 바로 화자가 지향하는 이른바 다시 돌아가고 싶은 공간 이미지를 담고 있다. 그러나 위 시의 '다방'

은 이미 지나가 버린 회상공간으로서의 회한과 그리움, 서글픔만 남아있다. 김종삼이 그리워하는 공간은 이처럼 따뜻하고 소박하고 인간미가 넘치는 풍경을 담고 있다. 이러한 공간에 대한 상실은 현실에 대한 환멸로 이어지면서 그의 도피의식을 부추기는 계기가 된다. 또한 아래 시처럼 부정적인 자아인식을 유도하는 원천이 되기도 한다.

한 걸음이라도 흠잡히지 않으려고 생존하여 갔다

몇 걸음이라도 어느 성현이 이끌어 주는 고되인 삶의 쇠사슬처럼
생존하여 갔다

아름다이 여인의 눈이 세상 욕심이라곤 없는 불치의 환자처럼
생존하여 갔다

환멸의 습지에서 가끔 헤어나게 되며는 남다른 햇볕과 푸름이
자라고 있으므로 서글펐다
서글퍼서 자리 잡으려는 샘터 손을 담그면 어질게 반영되는 것
들 그 주변으론 색다른 영원이 벌어지고 있었다
　　　　　　　　　　　　　　　　　－「이 짧은 이야기」 전문

위 시의 화자는 자신이 몸담고 있는 세계를 '환멸의 습지'로 명명한다. '환멸의 습지'는 황야/광야 이미지와 마찬가지로 부정적인 공간 이미지를 드러낸다. 이러한 공간은 화자의 현실인식의 척도를 보여주는 것으로, 세계와의 비화해적 태도를 보여준다. '흠잡히지 않으려고', '고되인 삶의 쇠사슬처럼', '불치의 환자처럼'은 화자의 고통스러운 '생존'방식을 상징하고 있다. 이 세 개의 '~처럼 생존하여 갔다'라는 반복적 메시지가 바로 이러한 화자의 외로움과 고통을 말해준다.

여기에는 '이 짧은 이야기' 속에 다 표출할 수 없는 이야기가 응축되어 있다. 이러한 이야기가 결국 화자로 하여금 이 세상을 '환멸의 습지'로 표현할 수밖에 없는 근원이 될 것이다.

그러나 이러한 현실 속에서도 잠깐씩 '햇볕'과 '푸름'에 대한 염원이 '서글프게' 자라난다. '햇볕'과 '푸름'은 화자의 현실적 생존방식과는 다른 세계를 표방한다. 따라서 그 세계에 대한 꿈을 가지게 되고, 이러한 염원은 현실적 고통을 벗어나는 유일한 방법이 된다. 그럼에도 '햇볕'과 '푸름'의 세계에 닿기는 쉽지 않다. '서글펐다'에서 화자의 '서글픔'은 바로 이러한 상황을 담고 있다. 하지만 화자는 '서글픔'의 자리에 '색다른 영원'을 받아들이고 있다. '색다른 영원'은 '환멸의 습지'로 표상되는 현실로부터 또 다른 세계로의 이행을 의미한다. '샘터', '영원'은 '햇볕', '푸름'과 같은 맥락의 공간 이미지를 보여준다.

김종삼의 부정적·긍정적 측면에서 구현되는 공간 이미지는 대단히 명징하게 드러난다. 이는 김종삼이 단절하고 수용하려는 공간이 극명한 대립을 보이기 때문이다. 이러한 그의 공간인식은 '잠수함의 토끼'77)에 관한 이야기에 빗대어 보면 보다 쉽게 이해할 수 있을 것 같다. 김종삼의 공간에 대한 민감함, 예민함은 '산소의 희박'을 알아내는 토끼와 닮아 있다. 그의 문명에 대한 반감과 혐오, 환멸 등은 산

---

77) 강석경, 앞의 글, 278쪽. "시인에 관한 말 중에 인상적인 것이 하나 있는데 시인을 토끼에 비유한 말이다. 잠수함에는 늘 토끼가 승선해 있다 한다. 산소량을 측정하기 위해서이다. 산소 희박을 인간이 알아챌 정도면 더 이상 손쓸 수 없는 악화된 상태여서 토끼의 호흡으로 그 경계선이 측정된다. 산소가 모자랄 때 토끼가 먼저 질식하기 때문이다. 시인을 잠수함의 토끼에 비유한 것은 두 가지 측면에서일 것이다. 하나는 문명이나 그 어느 것에도 물들지 않은 본질의 생명을 시의 몫으로 돌려왔던 고전적 해석에 다름 아니고 또 하나는 속죄양의 측면에서이다." 강석경은 김종삼을 두고 '어쩌면 이 시대의 마지막 사람일지도 모르는…' 잠수함의 토끼 같은 존재라고 말하고 있다. 김종삼의 시작태도나 현실에 대한 부정적 인식은 바로 이러한 기질적 특성에 크게 영향을 받고 있을 것이다.

소 부족을 느끼는 토끼와 다를 바 없기 때문이다. 따라서 김종삼의 도피의식은 단순한 도피행위가 아니라 생존을 위한 절박한 위기의식의 한 표현이라고 할 수 있다. '햇볕', '푸름', '샘터', '영원'과 같은 공간은 바로 그의 생존을 유지시켜 줄 생명 공간에 해당한다.

꺼먼 부락이다

몇 겹의 유리가 하나씩 벗겨지고 있었다

살 곳을 찾아가는 중이다

하얀 바람결이 차다

집들은 샤갈이 그린 폐가들이고

골목들은 프로이트가 다니던

진수렁투성이다

안고 가던 쉔베르크의 악기가

깽깽거린다

—「투병기(수록 2)」 전문

이상공간에 대한 꿈이 투명하면 투명할수록 현실공간은 더욱 어둡고 황폐하게 느껴질 수밖에 없는 모순을 지닌다. 이는 이상공간에 대한 열망이 지속적으로 현실과의 괴리를 만들어 내기 때문이다. 위 시에 나타난 현실공간은 제목 「투병기」에서 이미 암시되듯 암울하고 절망적인 정조를 띠고 있다. '꺼먼 부락', '폐가', '진수렁투성이'가 바로 이러한 공간 이미지를 대변한다. '몇 겹의 유리가 하나씩 벗겨'짐은 화자의 현실적 고통의 반복을 암시한다. 이러한 고통을 벗어나기 위해 화자는 새로운 공간 즉, 편히 '살 곳을 찾아' 길을 나선다. 그러나 그가 만나는 공간은 '폐가'와 '진수렁투성이'가 전부이다. 그가 아끼던 악기마저 제대로 된 음향을 켜기는커녕 '깽깽거'림으로 일관한다. 이러한 불협화음은 화자의 '투병'과 연계되어 있는 것으로 정신적·육체적 고통의 극단을 상징한다.

　　김종삼의 시편들에서 발견되는 그림과 음악, 문학, 철학에 대한 사유는 그의 시정신의 일단을 구성하는 중요한 기제가 된다. 위 시에 등장하는 샤갈, 프로이트, 쉔베르크 등도 이러한 그의 정신세계를 뒷받침하는 인물유형들이다. 이들은 대체로 그의 현실적·정신적 결핍을 충족시켜주는 이른바 지향공간의 의미를 담고 있다. 그러나 위 시에서 보여 지듯 그를 구축해주던 긍정적인 세계마저 해체되고 있음을 알 수 있다. '샤갈의 폐가', '프로이트의 진수렁투성이', '쉔베르크의 깽깽거'림이 이러한 정황을 대변한다. 김종삼이 이들을 순례하는 것은 '살 곳을 찾아 가는' 이른바 '투병'의 시간을 의미한다. 그러나 '꺼먼 부락'의 절망과 '몇 겹의 유리가 하나씩 벗겨지'는 고통만이 전부이다.

　　　　나도 낡고 신발도 낡았다
　　　　누가 버리고 간 오두막 한 채
　　　　지붕도 바람에 낡았다
　　　　물 한 방울 없다
　　　　아지 못할 봉우리 하나가
　　　　햇볕에 반사될 뿐

鳥類도 없다
아무 것도 아무도 물기도 없는
소금 바다
주검의 갈림길도 없다

-「소금 바다」 전문

　물은 외부공간에 놓인 자연물 중에서 가장 자연스러운 존재로서 특히 시인들의 의식을 자극한다.[78] 물은 그만큼 친숙하게 우리 가까이에서 다양한 경험적 시간과 공간을 을 유도해 낸다. 김종삼의 시편에 드러나는 '물'은 긍정적인 면과 부정적인 면을 동시에 담고 있다. 그 중 위 시의 '물'은 부정적인 물 이미지를 드러낸다. 이는 물을 생성시키는 현실 공간 자체가 '소금바다'로 상징되고 있기 때문이다. '소금바다'는 '물 한 방울도 없다'에서 드러나듯 황야/광야 이미지를 함유한다. 황야/광야는 불모의 땅으로 '아무 것도 아무도 물기도 없는' 공간이다. 따라서 생명이 존재할 수 없는 사막 이미지를 담고 있다. 이러한 공간 이미지는 위 시에서 '주검'으로 의미화 된다. '주검의 갈림길도 없다'라는 표현은 삶과 죽음의 경계를 나눌 수 없을 만큼 절박하고 황막한 정황을 보여준다.

　현실공간으로 추적되는 '소금바다'는 '물'을 함유하고 있지만 이는 생명의 물이 아니라 끊임없이 목마름을 유도하는 소금물이다. 이 물은 마시면 마실수록 갈증을 유발시키는 악마적 속성을 지니고 있다. 이러한 갈증은 결국 생명 가진 모든 것들을 황폐화시키고 결국 죽음에 이르게 한다. 따라서 이곳에는 하늘을 나는 '조류鳥類'조차 생명의 그늘을 드리우지 못한다. 이는 땅과 하늘이 모두 물기 하나 없는 '소

---

78) 김은자, 앞의 책, 32쪽.

금바다'로 상정되고 있기 때문이다. 시 전체에 흐르는 황막한 정조는 화자의 절망적인 내면풍경을 암시적으로 보여준다. '나도 낡고 신발도 낡았다'는 이러한 공간에서의 화자의 자기 존재인식의 구도를 보여준다. '나', '신발', '지붕'의 '낡음'은 곧 화자의 '늙음' 즉, 시간의 흐름을 상징하는 것이고, '오두막 한 채'는 삶의 빈곤을 드러낸다. 화자의 늙음과 현실적 빈곤은 시·공간의 황폐화로 이어져 결국 이 세계를 물기 하나 없는 '소금바다'로 변하게 한다.

김종삼 시의 공간적 특성은 언제나 절망의 한 귀퉁이에 꿈과 희망의 빛살이 제시되어 있다는 것이다. 위 시의 '아지 못할 봉우리 하나가/햇볕에 반사될 뿐'에서 '봉우리 하나'와 '햇볕'이 그것이다. '아지 못할 봉우리 하나'와 '햇볕'은 시인의 한 줄기 꿈의 표상이라고 할 수 있다. 이러한 꿈은 이상적 세계에 대한 염원인 동시에 시인의 예술적 성취에의 열망이라고 할 수 있다. '햇볕 깊은 높은 산이 보였다'(「가을」), '아름다운 햇볕이/놀고 있었다'(「따뜻한 곳」) 등도 그의 이러한 염원을 반영한다.

그러나 김종삼의 꿈의 세계는 현실과 괴리를 가짐으로써 늘 한계에 부딪치고 만다. 유행가, 팝송, 아열대, 환멸의 습지, 꺼먼 부락, 소금바다 등으로 표상되는 현실공간은 시인으로 하여금 도피할 수밖에 없는 원인을 제공한다. 이는 '불쾌'와 '노여움'과, '굴욕'과 밀접한 연계성을 가진다. 김종삼이 인식하는 현실공간은 부조리가 만연한 인간부재의 공간이면서 위기와 소외의식을 불러일으키는 공간이다. 김종삼의 도피의식과 그로 인한 도피공간의 형성은 바로 이러한 공간인식에서 비롯된다.

(2) 내부공간으로의 침잠과 응축

　김종삼의 시세계는 초기부터 후기에 이르기까지 별다른 시적 변화를 보이지 않는 것이 특징이다. 그러나 내면의식의 흐름을 따라가다 보면 미세하게나마 그 변화가 감지된다. 겉으로 미세하게 보이는 이 변화가 사실상 김종삼의 시의식의 변화과정이라 할 수 있다. 변화 없는 가운데 지극한 변화, 이것이 김종삼 시세계가 내포하고 있는 변별성이면서 의미구조를 분석할 수 있는 단서가 된다. 김종삼 시의 도피공간은 대체로 자기 방어적 성격을 띠면서 그 내적 의미를 구성해 간다. 그의 도피공간은 처음부터 부정적인 현실공간을 단절하기 위한 의도에서 출발하고 있기 때문이다.

　김종삼의 도피공간은 앞서 언급한 바와 같이 내부공간과 외부공간으로 나누어 볼 수 있다. 먼저, 내부공간은 자기 안으로의 도피, 내면세계로의 침잠에 무게를 두고 있다. 이는 모든 시선을 자기 내부로 결집시킴으로써 외부적 조건을 단절시키려는 의도이다. 다시 말해 그에게 도피의식을 불러일으키던 불모적 공간에서 도피함으로써 자신만의 세계 속에 침잠·소요하려는 것이다. 김종삼의 이러한 자기 침잠은 도피의 형식을 취하고 있지만 한편으로 새로운 시적탐구의 계기가 되기도 한다. 김종삼의 경우, 자기 안으로의 여행은 시적 상상력을 내적으로 응결시켜 詩作에만 몰입하려는 의도와 연계되어있기 때문이다. 그의 모더니즘 추구가 바로 이러한 정신과 맞닿아 있다.

　김종삼의 내부공간은 '집', '술', '공백'의 형식으로 형상화된다. '집'은 '바깥 세계'와의 단절을 의도할 수 있는 가장 직접적인 대상물이다. 김종삼의 시에서 보여 지는 '집'은 대체로 '외진', '멀찍이' 등의 거리적 단절을 제시하고 있다. '술'은 김종삼의 현실 도피적 성향을 보다 면밀하게 담아낼 수 있는 공간 형태이다. '술꾼'으로서의 그의 삶은 일상적인 생활범주를 벗어난 독자적인 존재양식을 보여준다. 김종삼의 '술'의 세계를 하나의 공간개념으로 보는 것은 이처럼 '술'이 그만의 단절공간을 구현하고 있기 때문이다. 그의 시적 특징 중의 하나인 '공백'은 다양한 해석의 여지를 남긴다. 이는 내용 뿐 아니라 기법적 측면에서도 많은 의미를 함유하기 때문이다. '공백'은 그의 현실적 결핍을 의도적으로 공백화시킴으로써 도피공간을 확보하려는 의지에서 비롯된다. 이 공백의 공간은 '비어 있음' 혹은 '없음'의 공간이 아니라, 더 많은 의미를 생성하려는 이른바 '의도적 공백'[79]의 형태를 보이고 있다.

> 또 언제 올지 모르는
> 또 언제 올지 모르는
> 새 한 마리가 가까이 와 지저귀고 있다
> 이 세상에선 들을 수 없는
> 고운 소리가
> 천체에 반짝이곤 한다
> 나는 인왕산 한 기슭
> 납작집에 사는 산사람이다
>
> ─「새」 전문

---

79) 황동규, 앞의 글, 254쪽. 황동규는 김종삼의 공백에 대해 다음과 같이 말하고 있다. "시에 있어서 공백이란 무엇인가? 무엇이 그 공백으로 하여금 긴장을 일으키게 하고 비록 순간적이긴 하지만 절묘한 아름다움을 느끼게 해주는가? 그리고 그 것은 왜 느끼기는 쉽지만 딱히 집어 말하기가 힘든가? 그것은 그가 노리는 것이 잔상효과殘像效果이기 때문이다. 언어습관이나 일상생활면으로 보면 꼭 있어야 할 것을 꼭 있을 자리에서 빼버리고 그 빈자리에 앞서 나오는 시행들의 울림을 있게 하는 것이기 때문이다. 그것은 감각의 관성을 이용한 것이다. 그 누구보다도 그는 이 관성의 특징을 이용하고 있다" 황동규의 이 글은 김종삼의 '공백'의 특성을 잘 보여주고 있다.

집은 인간에게 안정의 근거나 또는 그 환상을 주는 이미지들의 집적체이다.[80] 위 시에서 화자가 지향하는 공간은 '집'의 형태로 드러난다. '나는 인왕산 한 기슭/납작집에 사는 산사람이다'에서 화자는 '집'을 통해 자기존재를 드러낸다. '집'은 외부 사물들과의 경계를 지어줌과 동시에 안정적 주거와 휴식의 공간이 된다. 다시 말해 모든 외부적 위험으로부터의 보호막이 되기도 하고, 한편으로 세계와의 단절을 유도하는 방어공간의 의미를 담고 있다. '집'은 세계를 구성하는 한 요소이지만, 개별적으로는 독립공간으로서의 개별성이 존중된다. '인왕산 한 기슭/납작집'은 이러한 '집'의 특성을 담고 있다고 할 수 있다.

그러나 위 시의 '납작집'은 '인왕산 한 기슭'이라는 지리적 조건으로 볼 때, 사람들의 왕래가 많지 않은 소외된 공간에 위치하고 있음을 알 수 있다. '산사람'이라는 표현 또한 소외인의 존재양식을 드러낸다. 이는 '세계'에서 '집'으로 스스로 몸을 감춰버린 형식을 취하고 있다. 이는 전체적 문맥으로 볼 때, '가난'이 직접적인 동기가 되고 있음을 알 수 있다. 또한 화자가 의도적으로 거리를 만들고 있는 이른바 '은둔'의 일면도 배제할 수 없을 것 같다. 어느 것이든 소외와 단절의 성격을 띠고 있다. 인왕산 한 기슭에 위치한 '납작집'은 문명의 손길과는 무관한 주변적 존재양식을 담고 있다. 그러나 화자는 '이 세상에선 들을 수 없는/고운 소리'를 듣는 사람이고, 그 소리는 지상적 잡음을 벗어나 '천체에 반짝'이고 있다. '반짝이는 새 소리'와 '산사람'은 자연친화적 '은둔'의 속성을 안고 있으면서 주변인적 소외의 정서를 안고 있다.

이러한 주변인적 '은둔 공간'의 특성은 '또 언제 올지 모르는/또 언

---

80) Gaston Bachelard, 곽광수 역, 앞의 책, 95쪽.

제 올지 모르는/새 한 마리가 가까이 와 지저귀고 있다'에서 보다 확연해진다. '산사람(=은둔자)'이 살고 있는 '납작집'에는 아무도 찾아오는 이가 없을 뿐 아니라, 새도 잘 날아오지 않는 고립된 공간이다. '또 언제 올지 모르는' 시간의 불확실성이 이러한 단절공간의 고립을 보다 확고히 해준다. 한편으로 이러한 공간은 고립되어 있기 때문에 더욱 순수한 공간 이미지를 내포할 수 있다. '이 세상에선 들을 수 없는/고운 소리'는 이러한 공간에서만 들을 수 있는 '천체의 반짝임'이다. 따라서 '인왕산 한 기슭 납작집'은 '이 세상(현실공간)'이 아니라 '저 세상(도피공간)'의 의미를 담고 있다. 이것이 김종삼이 지향하는 도피공간의 특징적 성격이라고 할 수 있다.

> 김소월 詞兄
> 생각나는 곳은
> 미개발 往十里
> 蘭草 두어서넛 풍기던 삼간초옥 下宿에다 해질무렵 탁배기 집이
> 외다
> 또는 흥정은 드물었으나 손때가 묻어 정다웠던 대들보가 있던
> 雜貨商집이외다
>
> —「掌篇(수록 1)」 전문

김종삼이 지향하는 공간은 일단 세상의 소음과 시비, 욕망의 틈바구니에서 벗어나 있다. 이러한 공간은 세계와 단절된 공간이면서 내면적으로는 무한히 열린 세계를 담고 있다. 이는 현실공간을 단절시킴으로써 더 지고한 정신세계에 가닿고자 하는 의도를 보여주는 것이다. 위 시에서 김종삼이 김소월을 통해 구현해 내고자 하는 것도 이

러한 정신세계의 울림에 있다. 공간적 특성으로 보면, 김소월과 '집' 즉 시인과 공간을 같은 맥락으로 받아들인다. '집'은 곧 주인을 대변하는 상징물이 된다. 거기에는 주인의 삶의 형식 즉 가난이든 자연 지향이든 소외든 그 사람의 향취가 묻어 있기 때문이다.

김종삼이 '蘭草 두어서넛 풍기던 삼간초옥 下宿'과 '해질무렵 탁배기 집', '홍정은 드물었으나 손때가 묻어 정다웠던 대들보가 있던 雜貨商집' 등에서 김소월을 읽어내는 것은 바로 이 때문이다. 김소월에 대한 단상은 시 「왕십리」에서도 '삼간초옥 한칸 房'으로 묘사되어 있다. '왕십리'와 '삼간초옥'은 김소월과 동일시되면서 그 고유의 특성을 구현해낸다. 다시 말해 '집'과 시인을 분리시키지 않고 상호 긴밀한 관계로 읽어내는 것이다. 김종삼 시에 형상화되는 '오두막', '초가집', '판자집', '납작집', '셋방', '통나무집' 등은 가난한 삶의 풍경과 정신적 지향으로서의 단절된 공간 이미지를 보여준다. 집은 삶과 영혼의 울림을 반영하는 상징적 공간이기 때문이다.

집은 인간의 사상과 추억과 꿈을 한 데 통합하는 가장 큰 힘의 하나라는 것을 우리는 드러내야 한다. 이 통합에 있어서 연결의 원리는 몽상이다. 과거, 현재, 미래는 집에 각각 다른 역동성을, 때로는 대립되기도 하고 때로는 서로를 부추기기도 하며 흔히 서로 겹치는 각각 다른 역동성을 부여한다. 집은 인간의 삶에 있어서 우연적인 것을 제거해 주며, 지속의 조언을 수다히 들려준다. 집이 없다면, 인간의 존재는 산산이 흩어져 버릴 것이다. 집은 하늘의 뇌우와 삶의 뇌우들을 거치면서도 인간을 붙잡아 준다. 그것은 육체이자 영혼이며, 인간 존재의 최초의 세계이다. 인간은 성급한 형이상학들이 가르치듯 세계에 내던져지기에 앞서, 집이라는 요람에 놓여지는 것이다.[81]

김종삼에게 '집'은 내부공간으로의 도피와 침잠을 유도하는 가장 근원적 공간이다. '집은 하늘의 뇌우와 삶의 뇌우들을 거치면서도 인간을 붙잡아 준다'는 점에서 가장 안전한 도피공간의 역할을 한다. 이는 단순히 주거의 측면이 아니라 '육체이자 영혼이며, 인간 존재의 최초의 세계'인 공간으로서의 의미를 지니기 때문이다.

> 人家들을 끼고 흐르지 않는
> 오밤중의 개울은
> 碇泊中인
> 납작한
> 배
>
> －「배」 전문

위 시의 '人家들을 끼고 흐르지 않는/오밤중의 개울'에서 '개울'은 김종삼의 자아인식의 한 측면을 보여준다. 인가에서 멀리 떨어져서 오밤중에 홀로 흐르는 '개울'은 일반적인 개울의 범주에서 벗어나 있다. 이는 현실적 측면에서 보면, 사람과의 교류를 통해 세상을 열어가는 것과는 달리 단절과 소외의 형식을 취하고 있다. 이는 시인 스스로 '인가를 끼고 흐르지' 않으려는 이른바 세계의 소음에서 멀리 떨어져 홀로 있기를 염원하고 있기 때문이다. 혹은 그의 의지와는 상관없이 세계와 단절되어 있는 '개울' 이미지를 보여주기도 한다.

세계로부터의 소외이든 스스로 의도한 단절이든 여기에는 이미 도피의식이 깊이 개입되어 있다. '개울'은 '인가'를 벗어나 홀로 '오밤중'의 어둠 속을 흘러간다. 여기에는 공간적 단절인가를 끼고 흐르지 않는과

---

81) Gaston Bachelard, 앞의 책, 80쪽.

시간적 단절오밤중이 동시에 드러난다. '碇泊中인/납작한/배'에서 '정박중'이라는 표시 또한 흐르지 않음, 정체되어 있음을 통해 단절의 의미를 내포한다. 따라서 '인가들을 끼고 흐르지 않는 개울', '정박중인 배'는 김종삼의 존재인식과 더불어 단절의식을 드러내는 상징물이 된다. 김종삼의 도피의식의 중심에는 자신을 소외시킨 세계를 다시 소외시키려는 의도가 담겨 있다. 이는 스스로 '人家들을 끼고 흐르지 않'으려는 그의 사유를 통해 잘 드러난다. 그의 '집', '술', '공백'의 도피공간은 바로 이러한 특성을 함축하는 공간 이미지다.

> 이 하루도 살아가고 있다. 토큰 열여덟 개를 사서 주머니에 깊숙이 넣었다. 며칠 동안은 넉넉하다.
>
> 나는 덕지덕지한 늙은
> 아마추어 시인이다
> 조그마치라도
> 덕지 덕지함을 탈피해보자
> 그 골짜기로 가 보자
> 앉기 좋은 그 바위에 또 앉아 보자
> 두홉들이 소주 반만 먹자 반은 버리자
>
> ―「오늘(수록 1)」 전문

위 시는 그가 작고하기 얼마 전 투병 중에 쓴 후기시에 속하는 작품이다. 여기에는 그의 현실적 가난이 '토큰 열여덟 개'로 상징화되어 있다. 가난은 그의 삶을 경직시키는 가장 직접적인 장애요소가 된다. 하지만 김종삼 시편들에 나타나는 가난은 비참하고 불행한 모습으로 그려지지는 않는다. 그의 시에 등장하는 소위 주변인으로 언급되는 가난한 인물들도 가난을 비관하거나 슬퍼하지 않는다. 이들은 오히려 밝고 건강하게 삶을 엮어가는 인물유형으로 형상화된다. 이러한 특징은 김종삼의 많은 시편들에서 공통적으로 발견되는 부분이다. 이는 가난의 문제도 하나의 객관적 풍경으로 묘사해내려는 김종삼의 역설적 의도가 반영되어 있다고 할 수 있다. 이러한 역설적 사유 이면에 김종삼의 따뜻하고 맑은 심성이 감추어져 있음 또한 부인할 수 없다.

위 시에서 '토큰 열여덟 개'는 김종삼의 가난을 그리고 있지만 '며칠 동안은 넉넉하다'라는 자기만족적인 충족감을 담고 있다. 이는 가난에 대한 어떤 체념적 수용이라기보다 일종의 해학과 달관의 경지로 받아들여야 할 것이다. 이러한 경지는 김종삼의 만년의 사유의 변화를 보여준다. '이 하루'로 명명되는 그의 일상의 시간은 '토큰 열여덟 개', '아마추어 시인', '두홉들이 소주' 등에서 보여 지듯 만만치 않은 사연을 내포하고 있다. '나는 덕지덕지한 늙은/아마추어 시인'에서 자기존재에 대한 반성과 회한이 느껴진다. 이 무렵 김종삼의 詩作은 일생 시의 길에 몸 바쳐 온 만큼 그에 상응하는 큰 성과를 거두고 있다. 그럼에도 그는 스스로 '늙은 아마추어 시인'이라고 표현한다. 이러한 자기부정 혹은 자기비판이야말로 그의 詩作을 이끌어온 가장 큰 원동력이면서 도피의식의 근원이 될 것이다.

'토큰 열여덟 개', '덕지덕지 늙은 아마추어 시인', '골짜기', '바위', '두홉들이 소주'로 이어지는 위 시의 이미지들은 시인의 현실적 삶을 반영한다. '토큰 열여덟개', '덕지덕지 늙은 아마추어 시인'은 자기 존재인식의 측면에서, '골짜기'와 '바위'는 공간인식의 측면에서 생각해 볼 수 있다. 이러한 존재인식과 공간 이미지는 그의 일상적 '가난'과 그의 소요 공간으로서의 도피공간을 함축한다. 시인이 '두홉들이 소주'를 들고 찾아 간 곳은 인적이 드문 '골짜기'의 '바위'이다. '골짜기'와 '바위'는 사람과의 단절을 보이는 소외공간이다. 이 소외공간이 곧

'덕지덕지함을 탈피'할 수 있는 휴식공간이면서 도피공간이 된다. 이 무렵 김종삼은 술을 가까이하면 안 될 정도로 건강이 악화되어 있었다. '두홉들이 소주 반만 먹자 반은 버리자'라는 다짐은 이러한 자신의 상태에 대한 최소한의 배려인 셈이다.

김종삼의 경우, '술'은 자기 세계 속에 침잠한다는 의미에서 집과 마찬가지로 하나의 공간개념으로 볼 수 있다. '술'은 김종삼이 현실을 견디고 살아내는 일종의 도피처로서의 의미를 가진다. 그는 "현실에 부대끼면 안정을 하려고" 혹은 "화가 나서"[82] 술을 마셨다. 그의 삶과 시적 여정은 곧 술과의 동행이라고 해도 과언이 아니다. 대부분의 논자들이 그의 술에 관한 일화들을 언급하는 것은 바로 이 때문이다.[83]

> 나는 술꾼이다 낡은 城郭 寶座에 앉아 있다 正常이다 快晴하다
> WANDA LANDOWSKA
> J . S BACH도 앉아 있었다
>
> 사자 몇 놈이 올라왔다 또 엉금 엉금 올라왔다 제일 큰 놈의 하품,
> 모두 따분한 가운데 헤어졌다

---

82) 강석경, 앞의 책, 288쪽.
83) 김종삼의 술에 대한 일화들을 소개하면 다음과 같다. "중요한 일상생활의 국면이란, 그의 「샹빵」이란 시에도 표출되어 있는 바와 같이 술과의 관련이다. 그에게 있어서 술은 어느 정도의 忘却의 세계이며, 현실의 치사스러움을 美化시키는 淨化의 기능을 부여해 준다"(김영태, 「音樂의 背景」, 『시문학』, 1972.8, 35쪽). "김종삼이 시 쓰는 일과 달리 온몸으로 빠져들었던 것, 그것은 술과 음악이었다. 그의 술과 음악(서양고전음악듣기)의 탐닉에는 어떤 종교적 신앙에서나 할 수 있는 것 같은 엑스터시가 있다. … 그의 술 관행은 面壁禪을 무색케 하는 獨酌이 원칙이었으며, 술이 있는 한 일체 곡기를 끊은 채 열흘이고 보름이고 깨고 마시기를 거듭하곤 했다. 가게에서 소주 한 병이라도 챙길 수 있는 날이면 도망치듯 혼자 산에 오르곤 했다(그는 술병이 도져 결국 죽음을 맞았다)"(권명옥, 「적막과 환영-끼인 시간대의 노래」, 『김종삼 전집』, 청하 2005, 329쪽).

나는 다시 死體이다 첼로의 PABLO CASALS

-「첼로의 PABLO CASALS」 전문

위 시에서의 '술꾼'도 이러한 맥락에서 살펴볼 수 있다. '술꾼'으로서의 그의 일상은 '따분함' 그 자체이다. 현실을 벗어나 있는 그의 일상은 딱히 해야 할 일도, 바쁠 것도 그리고 긴장할 것도 없다. 사람들과의 만남도 일상의 이런저런 일들도 지루하고 따분하다. 술은 김종삼의 일상의 따분함을 벗어나게 하는 돌파구가 되면서 한편으로 일상의 무료를 불러들이는 단초가 되기도 한다. 그는 오늘도 '술꾼'이되어 '낡은 城郭 寶座'에 앉아 자기만의 세계에 젖어 있다. '정상이다 쾌청하다'라는 말은 '술'을 통해 감지되는 도도한 정취의 한 표현일 것이다. '정상', '쾌청'은 현실공간에서는 만날 수 없는, '술'의 공간에서만 만날 수 있는 자유와 평화와 안식이다. 김종삼이 술의 세계로 도피하는 것은 현실을 잊기 위한 하나의 방편이다.

'술'은 그가 손쉽게 드나들 수 있는 도피공간이면서 자기만족적 공간이다. 이는 단순히 도피 그 자체로 끝나는 것이 아니라 자기와의 대면은 물론 자아성찰의 시간까지 불러들인다. 그만큼 '술'은 자기반성과 회의, 죄의식을 동반하는 도피공간이다. '술'의 공간으로 도피하는 것은 세계와의 단절을 의미하는 것이고, 이는 철저하게 자기 도피의 형식을 취하고 있다. 김종삼이 후에 스스로에 대한 후회와 가족들에 대한 죄의식을 느끼게 되는 것도 술과 연계지어 생각해 봐야 할 문제이다. '술'과 맥락지어 생각할 수 있는 김종삼 시세계의 또 하나의 도피공간은 '음악적 세계'이다. '술'이 하나의 공간 이미지로 그의 삶을 구성하듯 음악 또한 시세계의 중심 요소를 담당한다. 위 시의 '술꾼' 으로서의 그의 하루는 음악과 연결됨으로써 정신적 지향세계에 도달한다. 술과 음악과의 조우, 이것이 단순한 '술꾼'과의 차이를 드러내는 김종삼만의 개성이라고 할 수 있다.

> 새 한 마린 날마다 그맘때
> 한 나무에서만 지저귀고 있었다
>
> 어제처럼
> 세 개의 가시덤불이 찬연하다
> 하나는
> 어머니의 무덤
> 하나는
> 아우의 무덤
>
> 새 한 마린 날마다 그맘때
> 한 나무에서만 지저귀고 있었다.
>
> ―「한 마리의 새」 전문

김종삼이 시쓰기를 통해 소외와 상실을 극복하려 했다면, 시쓰기의 방법 또한 그가 선택한 것이다. '공백'은 바로 이러한 맥락에서 찾아야 할 특징이라고 할 수 있다. 김종삼의 시의 '공백'은 단순한 비어있음이 아니라 다양한 의미를 생산하는 시적 장치가 된다. 이러한 '공백'은 없음 즉, 부재를 나타내는 대상이면서 한편으로는 자기 극복기제가 되기도 한다. 작품 속에 '공백'을 둠으로써 의미의 파장을 의도하는 것은 물론 현실적 결핍을 회복하려는 의도가 숨어있기 때문이다. 김종삼의 시에 나타나는 '공백'은 존재의 감춤을 통해 존재의 생성을 감지하려는 내적 염원에 다름 아니다. 여기서 '존재의 감춤'은 단절과 도피를 의미하고, '존재의 생성'은 긍정적 공간의 확보와 회복에 의미를 두고 있다.

위 시에 드러난 '세 개의 가시덤불'은 문맥상 세 개의 무덤을 상징한다. '가시덤불'은 시련이나 황폐화된 공간 이미지를 내포하지만, 여기서는 오히려 '찬연하다'는 말로 강조되고 있다. 이는 아마도 무덤 즉, 어머니와 아우의 무덤을 부각시키기 위한 하나의 장치로 보인다. 문제는 '세 개의 가시덤불'이 암시하는 '세 개의 무덤' 중 하나가 공백으로 처리되고 있다는 것이다. 이 공백의 무덤이 곧 화자 자신의 무덤 (죽음)을 암시하고 있음을 어렵지 않게 감지할 수 있다. 이러한 공백이 바로 이 시의 요체 즉, 도피공간으로서의 '공백'의 의미를 함유한다. 화자는 자신의 무덤을 공백화시킴으로써 스스로의 '죽음'을 성찰할 수 있는 계기를 마련한다.

공백의 '무덤'은 화자의 삶과 죽음 즉, 현재와 미래의 시간과 공간까지 포섭한다. '새 한 마린 날마다 그맘때/한 나무에서만 지저귀고 있었다'에서 '새의 지저귐'은 곧 존재에 대한 자각이며 생명에 대한 깨달음이다. 공백은 존재의 무가 아니라, 일시 감춤이며 더 강렬한 존재성을 부여한다. 다시 말해, 외형상 공백으로 남아 있지만 내적으로는 이미 화자의 숨은 의도가 채워져 있다. "그의 시세계가 그 자체로 완결된 세계가 아니라, 여백을 둔 세계가 될 수밖에 없는 필연성"[84] 이 바로 여기에 있다. 이러한 기법은 불완전한 구조와 의도의 감춤으로 인해 보다 많은 의미생산을 유도한다. 이것이 김종삼 시의 공백이 갖는 특성이면서 새로운 해석을 유도하는 장치가 된다. 또한 공백부

---

84) 이경수, 앞의 책, 266~287쪽.

재을 통해 공백을 극복하려는 김종삼의 역설적 시작행위를 엿볼 수 있는 부분이기도 하다.

> ─한 모퉁이는 달빛 드는 낡은 構造의 大理石. 그 마당[寺院]한 구석─
>
> 잎사귀가 한 잎 두 잎 내려 앉았다
>
> ─「주름간 대리석」 전문

　김종삼의 시에는 사원寺院이나 교회 등 성스러운 공간이 많이 묘사된다. 김현은 김종삼과 인터뷰를 끝내고 돌아가며 '그의 시에 왜 사원, 교회당이라는 어휘가 그토록 많이 나오는가를 물어보지 못했다'[85]라고 아쉬워했다. 김현의 말대로 기도하는 마음이 그로 하여금 이런 시적 공간을 선택하게 했는지 모른다. 그의 詩作과 삶 자체가 부재의 논리에 놓여있고, 부재의식은 곧 스스로 죄인이라는 죄의식으로 연결되고 있기 때문이다. 김종삼의 경우, 이러한 죄의식이 곧 일생 현실을 등지고 방황의 길로 접어들게 하는 계기가 되기도 한다. 그의 방황의 여정은 곧 '죄씻음'과 '자기구원'의 길이라고 할 수 있다. 따라서 성스러운 공간에 대한 묘사가 많이 등장할 수밖에 없고, 기원의 심연이 깃들 수밖에 없다. 성스러운 공간이 주는 순수성, 신성성은 자기구원의 길을 열어줄 뿐 아니라, 그가 염원하는 평화와 순수세계를 닮아 있기 때문이다.
　위 시의 기본 정조는 '적막'과 '아름다움'이다. 시적 배경은 오래된 사원의 뜰과 달빛 내리는 밤으로 설정되어 있다. 사원의 한 구석에는

---

85) 김현, 앞의 책, 243쪽.

'낡은 構造의 大理石' 건물이 있고, 그 건물위로 달빛이 신비롭게 비치고 있다. 움직이는 것이라곤 정적 속에 한 잎 두 잎 소리없이 내려앉는 나뭇잎뿐이다. '달빛 드는 낡은 構造의 大理石'의 '한 모퉁이'와 '마당 한 구석'의 정적은 '비어있음'의 '충만'이라는 화두를 던져준다. '한 모퉁이'와 '한 구석'이라는 공간 이미지는 그 자체로 이미 공백의 의미를 내포한다.

'낡은 構造의 大理石'은 사원이 오래되었음을 암시하는 것으로 이는 제목 「주름간 대리석」에서도 제시되고 있다. 오랜 대리석돌은 영원성을 암시함과 동시에 무생명성으로서의 죽음을 암시하기도 한다. 이 시에서 유일하게 생명을 담고 있는 것은 '나뭇잎'이다. 그런 점에서 '나뭇잎'은 '낡은 構造의 大理石'과 대립개념을 보이지만, 생명가진 존재로서의 유한성을 드러내기도 한다. 유한성과 영원성 즉, 생명과 무생명성의 대비에서 오는 긴장과 충돌이 이 시의 정적과 아름다움을 창출하는 기본 요체가 된다. 김종삼의 절제와 긴장미를 유도하는 미학적 토대는 바로 이러한 대립적 사유로부터 생성된다. 그의 공백이 공허한 울림으로 끝나지 않고, 그 안에 깊은 사유를 남기는 것은 바로 이러한 긴장감 때문이다. 공백의 미학, 미학을 유도하는 공백의 발현, 이것이 위 시가 내장하고 있는 의미구조이다.

바닷가에서 낚시줄을 던지고 있었다
잘 잡히지 않았다

날개죽지가 두껍고 윤기 때문에 반짝이는 물새 두 마리가 날아
와 앉았다
대기하고 있었다
살금살금 포복하였다

....

......

...

살아갈 앞날을 탓하면서
한잔 해야겠다

겨냥하는 동안 자식들은 앉았던 자릴 急速度로 여러 번 뜨곤 했다
접근하노라고 시간이 많이 흘렀다
미친놈과 같이 중얼거렸다.

자식들도 평소의 나만큼 빠르고 바쁘다
숨죽인 하늘이 동그랗다
한 놈은 뼁소니 치고

한 놈은 여름 속에 잡아먹히고 있었다
사람의 손발과 같이 모가지와 같이 너펄거리는 나무가 있는 바
닷가에서

　　　　　　　　　　　　　　　　　　　　　　　-「休暇」 전문

　위 시는 제목 「휴가」에서 이미 '공백'의 의미가 암시되고 있다. 일
반적으로 '휴가'는 현실적 책임과 의무, 소속감 등에서 벗어나 자기만
의 시간과 공간을 확보하는 것에 의미가 있다. 따라서 크게 도피공간
의 한 범주에 포섭되고 있다고 할 수 있다. 2연 마지막 3행이 공백으
로 (<........./....../...>)처리되고 있음도 중요한 메시지가 될 것이다. 이
는 '물새 두 마리가 날아와 앉았다/대기하고 있었다/살금살금 포복하
였다'의 다음 장면을 의도적으로 생략하고 있기 때문이다. '날아와 앉
음', '대기함', '포복함' 등에서 물새의 부동不動의 순간이 포착된다. 이

부동不動의 순간은 생략되어 있는 행간 속에 더 많은 동적動的인 사유를 불어넣는다. 바다를 배경으로 '반짝이는 물새 두 마리'가 머문 그 짧은 순간은 또 다른 세계와의 소통이다.

물새가 '대기/포복'하는 것은 먹이를 잡기 위한 행위일 것이다. 따라서 이 긴장의 순간은 삶과 죽음이 교차되는 순간이다. 강자와 약자, 먹는 자와 먹히는 자의 냉엄한 현실이 고요한 바닷가 풍경 속에 스케치된다. 그런 점에서 생략된 공백속의 풍경은 어떤 문맥보다도 더 큰 의미와 울림을 내장한다. 공백의 사유는 화자의 극한 감정의 절제 혹은 독자의 상상력을 유도하는 장치이다. 어쨌든 그 풍경은 화자에게 문득, '살아갈 앞날을 탓하게'하고 또 '한 잔 해야겠다'는 자기반성과 자기위로의 시간을 제공한다.

'休暇'라는 느긋하고 평화로운 순간과, 바다의 평화로운 배경 속에 문득 펼쳐지는 '물새 두 마리'의 먹이 사냥은 화자에게 충격적 장면을 제시한다. 먹고 먹히는 삶과 죽음의 불꽃 튀는 현장이다. 이는 일상 속의 휴가, 휴가속의 또 다른 일상의 만남이다. 모처럼의 휴가에서 화자는 현실 속의 팽팽한 줄다리기를 다시 맞닥뜨린다. '휴가'는 화자에게 휴식공간인 동시에 또 다른 현실과의 조우이다. 따라서 '살아갈 날을 탓하면서/한잔 해야겠다'라고 생각한다. 이는 '바닷가'라는 휴식공간에서 '술'의 공간으로 흡수되어 가는 과정을 공백의 기법으로 풀어내고 있는 것이다.

> 醫人이 없는 병원 뜰이 넓다
> 사람들의 영혼과 같이 介在된 푸름이 한가하다
> 비인 乳母車 한臺가 놓여졌다.
> 말을 잘 할 줄 모르는 하느님의 것일까.

버리고 간 것일까.
어디메도 없는 戀人이 그립다.
窓門이 열리어진 파아란 커튼들이
바람 한 점 없다.
오늘은 무슨 曜日일까.

-「무슨 요일일까」 전문

김종삼의 시에는 사랑을 소재로 한 작품이 거의 없는 편이다. 이는
사적 생활을 드러내기를 싫어하는 시인의 태도에서 비롯될 것이다.
김종삼은 詩作 외에 그의 사적 생활을 드러내는 글쓰기를 별로 좋아
하지 않았다. 그래서 시 외에 시론이나 다른 산문형식의 글들을 잘 만
날 수가 없다. 그동안 김종삼이 발표한 산문들은 잡지 등에 실린 몇
편의 짧은 글과 신문 인터뷰 기사 등이 전부이다.86) 이 몇 편의 산문
을 통해 그나마 그의 독특한 시쓰기의 행적과 삶의 편린을 엿볼 수 있
다. 우리가 그를 만날 수 있는 가장 확실한 지점은 그의 시적 시·공
간이다. 따라서 그의 사랑 얘기도 시 속에 보일 듯 말듯 묘사되고 있
는 행간에서 찾아야 할 것이다. 우선 그의 시에 '연인'이 자주 등장하
는 것에 주목할 필요가 있다. '연인'은 단순한 시적 이미지일 수도 있
겠지만, 시인의 사랑을 감지할 수 있는 여지 또한 배제할 수 없기 때
문이다.87)

---

86) 「피란 때 연도年度 전봉래」(『현대문학』, 1963.2), 「의미의 백서」(『한국전후문제시
집』, 신구문화사, 1964), 「이 공백을」(『52인 시집』, 1967), 「먼 '시인의 영역'」(『문
학사상』, 1973.3), 「파란길」(『문학사상』, 1975.7) 등 산문 5편.『조선일보』(1971.8.22,
1979.5.15), 『일간 스포츠』(1979.9.27), 『한국일보』(1981.1.23) 등 신문 인터뷰 기
사 4편이 있다(『김종삼 전집』, 나남, 2005, 권명옥 편 참고).

87) 김종삼은 평소에 그의 私的생활을 드러내는 것을 싫어했다. 그래서 참고할만한 그
의 개인생활의 일면을 만나기가 쉽지 않다. 그런 점에서 김영태의 글은 김종삼을
읽는 또 하나의 길을 제시한다고 할 수 있다. 김영태는 '김종삼 추모 특집' <열개

위 시에서 연인은 '어디메도' 없는 부재의 존재로 드러난다. 이는 김종삼의 부재의식과 직결되는 것으로 위 시에서는 '그리움'으로 처리되고 있다. '의원이 없는 넓은 병원 뜰', '비인 유모차 한臺가 놓'인 텅 빈 공백의 공간은 '어디메도 없는 연인'의 '부재'와 연결된다. 이는 '빈 공간'을 통해 부재한 '연인'의 자리를 강조하려는 의도에서 비롯된다. 다시 말해 '사람들의 영혼과 같'은 푸름이 '介在된' 빈 병원 뜰, '말을 잘 할 줄 모르는 하느님의 것어린아이'으로 보이는 '비인 乳母車 한臺'가 의미하는 공백에는 곧 연인의 빈자리를 감지해내려는 화자의 심리가 개입해 있다. 여기에는 두 측면의 의미가 내재해 있다. 즉, 사물의 공백으로 인해 문득 연인의 부재가 부각되는 경우와, 연인의 부재로 인해 사물의 공백이 더욱 확장되는 경우가 그것이다. 어느 것이든 결국 '어디메도 없는 연인'으로 귀결된다. '窓門이 열리어진 파아란 커튼들'은 '연인'과의 추억을 환기시키는 회상의 통로로 생각할 수 있다.

김종삼의 '공백'은 앞서도 말한 바와 같이 '없음'의 세계가 아니라 그 안에 많은 의미가 중첩되어 있다. 따라서 그의 '공백'에는 시인이 의도한 어떤 暗示가 작동하고 있다. 이러한 암시는 곧 그의 부정적 세계인식의 저변이거나, 새로운 시적 탐구로서의 상상력의 근간일 수 있다. 김종삼이 자신의 공백을 투명하게 직시하고 있는 것은, 그의 공백이 외부적인 것이 아니라, 스스로 의도한 '의도적 공백'의 형식을

의 메모>라는 글에서 김종삼에 관한 열 개의 이야기를 쓰고 있다. 그 중 일곱 번째 이야기를 잠깐 옮겨본다. "그에게도 가난한 연인들의 풍경이… 2,3년간 幕間을 지속했던 체험이 있었다. 그는 그의 연인과 바닷가에서 배고픔을 피문어로 대신했었다. 피문어를 물어뜯는 그런 상황은, 바다를 배경으로 딸 하나를 얻었다. 그리고 헤어졌다. 그것은 黑白영상의 찰나였다."(김영태, 「열개의 메모」, 『한국문학』, 1985.2, 77~78쪽) 우리는 이 글을 통해 김종삼의 힘겹고 아름다웠던 '사랑' 한 토막을 읽을 수 있다.

취하고 있기 때문이다. 그러나 이러한 공간 형태는 단절의 형식을 취함으로써 자기 내면으로의 침잠과 응결의 상태에 머물고 만다. 따라서 도피공간으로서는 일정 부분 한계를 지니게 된다. 그의 내부공간으로의 도피가 긍정적인 사유로 나아가지 못하고 결국 허무로 전환되고 마는 것은 바로 이러한 한계 때문이다.

　김종삼의 허무의식은 세계상실/자기상실 등 상실의식을 바탕으로 생성된다. 이는 부재의식과 함께 詩作 초기부터 이미 내면화되어 있는 특징이다. 이러한 인식들은 전쟁과 관련해서 생성되는 불신감, 현실적 삶이 주는 불우함, 불투명한 미래에 대한 불안감 등이 응결되면서 생성되는 것이다. 이런 부조리한 여러 배경들은 김종삼으로 하여금 세계에 대한 무관심과 무가치, 존재에 대한 무의미성 그리고 도피와 방황의 여정을 고수하게 한다. "사실 그의 기법에서 읽을 수 있는 묘사성이나 여백성은 현실의 덧없음을 견디는 한 가지 방법일 것이며, 좀 더 부연하면 그것은 현실의 고통을 견디는 허무주의자의 유일한 삶의 방식일 것이다."88) 이러한 그의 허무의식은 '누구나 한 번 밖에 없다는 刹那'와 '하염없는 물거품'(「追加의 그림자 － 金圭大 兄에게」)으로 수렴된다. 그에게 생은 '찰나'이고 존재의 흔적은 '물거품'에 지나지 않는다. 이러한 그의 사유는 '그런데 앞으론 무엇을 더 써야 할 것인가?'89)라는 물음으로 이어진다.

　김종삼의 내부공간으로서의 도피공간은 대체로 '집', '술', '공백'을 통해 구성되고 있다. 이러한 이미지들은 시인의 현실적 삶의 한 궤적을 보여주는 것이기도 하고, 지향세계의 구도를 반영하기도 한다. 이는 크게 황야로 대변되는 부정적인 현실공간으로부터의 도피라는 의

---

88) 이승훈, 「평화의 시학」, 『김종삼 전집』, 청하, 1988, 320쪽.
89) 김종삼, 「이 공백을」, 『52인 시집』, 1967.

미를 내포한다. 하지만 자기 단절을 내포하고 있는 이러한 도피공간은 내부로의 침잠이라는 한계를 지닌다. 따라서 자기 방어공간으로서는 일정 부분 충족되지만 새로운 세계구현을 의도하기에는 충분하지 못하다. 이러한 한계가 시인으로 하여금 외부공간으로 나아가게 하는 계기를 만든다.

(3) 외부공간으로의 확장과 순환

김종삼의 외부공간은 내부공간과 마찬가지로 자기 방어적인 도피공간의 형태로 드러난다. 이러한 공간은 대체로 '먼 곳'[90] 이미지를 함유한다. 김종삼의 시에서 '먼 곳' 이미지는 대체로 이국공간의 형태로 드러나는데, 이는 그가 현실 그 너머의 세계 즉, 현실 속에 부재한 세계를 동경하는 데서 비롯된다. 그의 시에 형상화되고 있는 이국공간이나 환상세계는 그의 시적 상상력의 근간을 드러내는 공간기제가 된다. 따라서 이러한 공간 이미지는 김종삼의 지향세계의 한 형식을 보여준다고 할 수 있다.

외부공간으로의 시적 확장과 순환은 내부공간의 한계를 극복하기 위한 또 다른 도피공간이라 할 수 있다. 자기 안으로 침잠/응결되어 있던 자아는 외부세계로의 도약과 비상 즉, 또 다른 세계구현의 열망

---

90) 김종삼 시에는 '먼 곳' 이미지를 담고 있는 공간이 많이 등장한다. '무척이나 먼/언제나 먼'(「꿈의 나라」), '먼 고장'(「스와니江이랑 요단江이랑」), '언덕 너머', '능선 저쪽'(「쑥내음 속의 동화」), '머언 언덕가'(「그리운 안니로리」) 등이 여기에 속한다. '먼 곳'으로 지칭되는 이러한 공간은 그의 이국풍물에 대한 동경과 방황의 여정으로 보아 이국공간으로 추정된다. 이국공간은 그의 외부공간지향으로서의 도피공간으로 등장한다. 그러나 이러한 공간은 막연한 공간개념을 내포함으로써 현실대응 공간으로서는 일정 부분 한계를 지니게 된다. 이러한 공간적 한계가 이후 도피공간에서 현실공간으로 접어들 수밖에 없는 단초를 만든다.

을 가지게 된다. 이는 내부공간에서 충족되지 못한 도피공간의 한계와 시인의 시적 상상력의 팽창에 그 원인을 둘 수 있다. 이러한 의도는 자신이 몸담고 있는 세계를 부정/도피함으로써 새로운 세계발견과 자기발전의 계기를 마련하고자 함이다. 이는 김종삼의 도피공간이 부조리한 현실에 대한 일종의 대응방식으로 활용되고 있음을 확인해 준다. 문제는 이러한 그의 대응방식이 세계와의 소통이나 극복을 유도하는 것이 아니라, '방황'의 형태로 진행되고 있다는 것이다. 따라서 그의 외부공간지향 또한 실천적 대응과 자기극복으로 이어지는 데는 일정 부분 한계를 지닌다.

김현은 김종삼의 글쓰기 자체가 바로 방황의 표현91)이라고 말한바 있다. '방황=글쓰기'의 구도는 김종삼 시세계의 특징을 반영하는 하나의 단초가 된다. 그의 방황은 대체로 "세계의 중심에 자기가 서 있지 않다는 자각"92)에서 출발한다. 이러한 소외의식이 바로 단절과 도피를 불러들이는 그의 방황의 통로가 된다. 주변인으로서의 삶과 가난, 병고의 시간들은 그를 보다 견고하게 세계와 등 돌리게 하는 계기를 만든다. 김종삼을 두고 "소시민주의자들과 대시민주의자들 틈에 무시민주의자로서 살아남은 희귀한 보헤미안 생존자"93)라고 평

---

91) 김현, 앞의 책, 241쪽. 김현은 김종삼의 방황에 대해 "그의 비극적 세계인식은 현실도피를 뜻하는 것이 아니다. 그러나 거기에는 세계의 중심에 자기가 서 있지 않다는 자각이 숨어 있다. 자기의 의사대로 세계를 만들어 갈 수가 없다. 아니 세계를 변화시킬 수 없다. 그렇지만 혼란한 세계를 그대로 수락할 수는 없다. 그가 할 수 있는 것은 그래서 방황뿐이다"라고 언급한다.
92) 김현, 위의 책, 240쪽.
93) 황동규, 앞의 책, 255쪽. 황동규는 "보헤미아니즘은 1950년대에 몇몇 예술가들을 매료시킨 풍조였다. 朴寅煥, 李仲燮, 金冠植 들로 이루어진 이 예술가 무리는 1960년대에 들어와 내면의식을 탐구하는 그룹과 참여를 하는 그룹이라는 두 벽에 부딪치게 된다. 김종삼이 그처럼 오랫동안 제대로 받아들여지지 않은 이유도 어쩌면 여기에서 찾아야 할런지 모른다. 소시민주의자들과 대시민주의자들 틈에 무시민

가하는 것과, "그가 생활하고 쓴 것은, 그 나름의 독자적인 변용을 거친, 서양의 보헤미안주의였다. 그는 일체의 세속적 부르주아적 세계의 가치를 버리고 소외된 단독자의 관점을 추구하였다"[94] 등의 견해도 모두 그의 '방황'의 삶을 반영하는 근거가 된다.

> 무척이나 먼
>
> 언제나 먼
>
> 스티븐 포스트의 나라를 찾아가 보았다
>
> 조그마한 통나무집들과
> 초목들도 정답다 애틋하다
> 스티븐을 찾아다니고 있었다
> 같이 한 잔 하려고
>
> ―「꿈의 나라」 전문

위 시의 '무척이나 먼/언제나 먼'에서 '먼'이 내포하는 의미는 다소 포괄적이다. '먼'은 '오랜', '오래 전'을 지시하는 시간의 개념과, '멀다', '가깝다'의 거리개념 즉, 공간의 개념을 동시에 내포한다. 여기서는 시간 개념이 내포하는 의미보다는 공간 개념에 더 무게가 주어져 있다. 이는 '무척이나 먼', '언제나 먼'이 '스티븐 포스트의 나라'와 연결되고 있기 때문이다. '먼'은 김종삼의 이국공간지향으로서의 '먼 곳' 이미지에 기대고 있다.[95] '먼 곳'은 대체로 이상공간지향의 형태

주의자가 설 땅이 없었던 것이다"라고 김종삼의 방황의 정서에 대해 설명하고 있다.
94) 김우창, 앞의 글, 242쪽.
95) 주석 121 참조.

로 나타난다. 따라서 '스티븐 포스트의 나라'는 도피공간으로서의 동경의 공간으로 생각할 수 있다. 이러한 공간은 '현실과 이상, 이곳과 저곳 즉, 현실공간과 이국공간의 대비된 거리를 반영한다.

위 시의 제목 「꿈의 나라」에서 '꿈'은 바로 '먼' 공간적 거리를 내포한다. '꿈'은 현실의 부재를 충족시키거나 혹은 향상시키려는 이른바 이상적이면서 환상적인 공간 이미지를 담고 있다. 이는 김종삼이 "환상으로 현실을 견디어 내려는 의지"[96]를 보이고 있기 때문이다. 그러나 꿈과 환상이 대개 그렇듯 실현 불가능한 공간 이미지를 보여준다. 그의 '꿈의 나라' 또한 현실 그 너머의 세계에 대한 동경으로부터 출발한다. '스티븐 포스트의 나라를 찾아가 보았다', '스티븐을 찾아다니고 있었다'라는 대목은 그의 정신적 방황의 일면을 보여준다.

김종삼의 외부공간은 대부분 이국공간에 대한 동경과 그가 흠모하는 예술가들을 통해 구현된다. 이는 그의 정신적 사유가 이국공간의 새로운 풍물과 예술가들의 빛나는 예술혼에 깊이 심취해 있기 때문이다. 특히 이들 예술가들이 하나같이 불우한 삶을 살다 갔다는 데 깊은 공감을 가지고 스스로 동질감을 느끼기도 한다. 김종삼은 예술가들의 불우한 삶이 결코 이들의 예술혼을 잠식시키지 않았으며, 오히려 더 빛나는 예술을 할 수 있는 열정을 주었으리라 생각한다. 김종삼은 훌륭한 예술가들은 근원적으로 현실과 멀어질 수밖에 없고, 그런 가운데 보다 빛나는 예술을 창조할 수 있다는 생각을 가지고 있다. 이는 '시와 생활은 병행할 수 없다'[97]라고 한 그의 평소 생각과도 일치

---

96) 황동규, 앞의 책, 255쪽.

97) 김종삼은 '시'와 '생활'을 엄격하게 구분하면서 이 둘을 양립할 수 없는 독자적 세계로 인식한다. 그는 '생활도 윤택해야한다', '시도 좋아야한다'는 두 가지 문제를 함께 해결해 가지려는 시인들을 '어리석은 무리'라고 생각한다. '생활의 윤택'과 '시의 광채光彩는 서로 양립될 수 없는 상극相剋의 존재이기 때문에, 두 가지 중에

한다. 즉, 훌륭한 예술을 하려면 현실과는 일정 거리를 두어야 하고, 현실과 예술을 둘 다 성공적으로 할 수 없다는 견해가 그것이다. 김종삼은 이러한 자신의 생각을 끝까지 고집하면서 문학적 길을 걸어간 시인이다.

위 시에서 '스티븐 포스트의 나라'를 찾아가는 과정은 곧 그의 이국공간 순례의 한 과정으로 볼 수 있다. 포스트는 김종삼이 유년부터 특별한 추억을 지니게 되는 음악가이다.98) 위 시에서 '같이 한 잔 하려고'라는 표현은 포스트에 대한 그의 오랜 관심과 친근함을 반영한다. 그가 무척이나 먼 스티븐 포스트의 나라를 찾아다니는 것은 결국 그와 한 잔 하기 위해서라고 한다. 이는 술을 즐기는 김종삼의 모습이 진솔하게 표현되어 있다고 할 수 있다. 아래 글들에는 이국정서에 경도되어 있는 김종삼의 사유가 고스란히 드러나 있다.

　　① 어쨌든 노동 뒤에 오는 휴식을 찾아 나는 인적없는 오솔길을 더듬어 걸어가며 유럽에서 건너온 고딕식 건물들이 보이는 수풀 그 속을 재재거리며 넘나드는 이름 모를 산새들의 지저귀는 시간을 거닐면서 나의 마음의 행복과 이미지의 방직(紡織)을 짜보는 것을 나의 정신의 정리라고 생각하고 그러한 나의 소위(所爲)를 몹시 사랑하고 있다(「의미의 백서」, 『한국전후문제시집』, 신구문화사, 1964).

서 한 가지만 취해야 한다고 믿고 있다. 이상의 내용은 신문사 기자와 인터뷰한 내용의 일부분이다. 그는 둘 중에서 시를 택했고, 이러한 존재방식은 그의 말대로 '어리석음'을 저지르지는 않았지만 현실적 삶에 있어서는 '가난'을 면하기 어려웠다(『한국일보』, 1981.1.23).
98) 다음 내용도 인터뷰 기사의 한 토막이다. "어린날의 추억에 차 있는 시가 많다고 평론가들이 말하는데, 사실 그래요. 선교사가 살던 지붕이 뾰족한 벽돌집이나 내가 너무 좋아한 스티븐 포스트의 가락들이 그대로 드러나죠. 포스트의 노래는 가사는 조금 유치하지만 곡은 참으로 좋지 않아요? 나는 지금도 우주선(宇宙船) 제조 본부인 휴스턴보다도 위대해 보입니다." 이 글은 김종삼의 이국풍물에 대한 동경과 작곡가 포스트에 대한 인상을 잘 보여준다(『일간 스포츠』, 1979.9.27).

② 미선계의 만남으로 이국정서가 자연스럽게 스며든 것일까. 우연일 수도 있다. <어쩐지 한국적인 것이 싫다.> 국악이 싫고 무용도 고전 발레가 좋다. "자기 나라 걸 먼저 알고 남의 걸 알아야 하는데 돼먹지 못했지." …… 金洙暎이 살았을 때다. 자주 만나 술을 마셨지만 시 얘기같은 건 서로가 하는 법이 없었다. 그런 건 모른다는 듯이. 김수영이 딱 한 번 이런 말을 한 적이 있다. 너한테선 왜 버터 냄새가 나느냐고. 시가 아니라 사람이. "정직하라는 얘기지. 후라이 까지 말라는 얘기지." 그도 스스로 빈정대고 있지만 그에게 국적의 틀을 끼우려는 것은 무의미하다.[99]

①은 김종삼의 詩作에 대한 독특한 사유가 드러나는 내용들이다. '새로운 시의 언어'에 대해 고심하고 이를 찾아내고자 각별한 노력을 기울이는 모습을 엿볼 수 있다. 그는 '유럽에서 건너온 고딕식 건물들' 사이를 거닐면서 '마음의 행복과 이미지의 방직을 짜'보는 것으로 시작한다. 이러한 것이 곧 스스로의 '정신의 정리'로 받아들이고 있고, '그러한 소위所爲를 몹시 사랑하고 있다'고 고백한다. 이는 그의 詩作과 마음의 행복이 바로 이국정서를 통해서 구현되고 있음을 암시하는 것이다. 그의 시에 자주 등장하는 이국 풍물들은 단순히 이국 공간에의 동경을 넘어 새로운 시의 언어와 그러한 '정신'을 가다듬는 원천이 되고 있다.

②의 강석경이 쓴 글에서는 김종삼의 이국정서에 대한 색채와 그 배경이 더욱 구체적으로 드러난다. '어쩐지 한국적인 것이 싫다'는 말 속에는 김종삼의 현실에 대한 환멸이 함축적으로 담겨 있다. 여기에는 전쟁과 분단과 실향이라는 시대적 배경과 연계한 김종삼 자신의 불우하고 어두운 삶이 개입해 있을 것이다. 시적으로 보면 보다 자유

---

99) 강석경, 앞의 글, 285~286쪽.

로운 사유와 상상력의 진폭 그리고 새로운 시작에의 열망과 연계되
어 있을 것이다.

한 귀퉁이

꿈 나라의 나라
한 귀퉁이

나도향
한하운씨가
꿈 속의 나라에서

뜬구름 위에선
꽃들이 만발한 한 귀퉁이에선

지그문트 프로이트가
구스타프 말러가
말을 주고받다가
부서지다가
영롱한 달빛으로 바뀌어지다가

－「꿈속의 나라」 전문

　위의 시도 앞의 시와 마찬가지로 '먼 곳' 이미지를 내포하고 있다.
앞의 시「꿈의 나라」와 위 시의「꿈속의 나라」는 둘 다 '꿈'이 개입함
으로써 비현실적 공간개념이 부여된다. '꿈의 나라', '꿈속의 나라' 등
'꿈의 공간'을 통해 현실적 결핍을 해소하려는 의지가 내포되어 있다.
이는 꿈을 통해 자신이 원하는 공간으로 이동하려는 이른바 "소망충
족"[100]의 열망을 표출하고 있는 것이다. 이러한 공간에 대한 열망을

자신이 좋아하는 예술가들을 통해 해소하고자 하는 점이 특징이라면 특징이다. '나도향', '한하운', '지그문트 프로이트', '구스타프 말러'가 그 예이다.

여기서 '한 귀퉁이'라는 공간 이미지는 소외의 정서를 드러낸다. 김종삼의 시에서 '귀퉁이', '모퉁이', '한 구석', 등의 공간 이미지는 그의 소외의식을 반영하는 이미지들이다. '꿈나라의 한 귀퉁이', '꽃들이 만발한 한 귀퉁이'는 김종삼의 지향세계에 대한 그리움과 소외의식을 동시에 담고 있다고 할 수 있다. 김종삼이 '나도향', '한하운', '지그문트 프로이트', '구스타프 말러'가 거처하는 공간을 '한 귀퉁이'에서 찾는 것은 다분히 그의 현실적 삶과 연계성을 가진다. 앞서도 말한 바와 같이 여기에는 이들 예술가들의 현실적 불우함과 김종삼 자신의 불우함이 담겨 있다. 그러나 한편으로 '한 귀퉁이'로 표상되는 이러한 소외공간은 지고한 미적 세계를 상징하기도 한다. 이러한 외떨어진 공간이야말로 여러 예술가들을 만날 수 있는 유일한 장소가 되기 때문이다.

김종삼의 시에 등장하는 문학, 미술, 음악 등 다양한 예술적 대상들은 그의 정신적 지향을 보여주는 한 예가 된다. '영롱한 달빛'은 이들 예술가들이 자아내는 예술적 광채라고 할 수 있다. 김종삼은 이들의 예술세계를 도피공간으로 포섭해 그의 현실적 결핍과 문학적 성취를 구현해내고자 한다. 이는 자기 성취와 극복기제로서의 예술에 대한 경외와 갈증의 표현에 다름 아니다. 작고, 소외되고 보잘것없지만 아름다운 것, 부재 속의 충만함, 이것이 김종삼 미의식의 본질이다. 그의 '내용없는 아름다움'의 세계도 이러한 인식에서 비롯된다. 김종삼

---

100) S. 프로이트, 김기태 역, 『꿈의 해석』, 선영사, 2005, 143쪽.

의 공간이동이 이처럼 구체적 대상을 통해 이루어진다는 점에서 위 시의 공간은 보다 적극적인 도피공간이 된다고 할 수 있다.

> 그해엔 눈이 많이 나리었다. 나이 어린
> 소년은 초가집에서 살고 있었다.
> 스와니江이랑 요단江이랑 어디메 있다는
> 이야길 들은 적이 있었다.
> 눈이 많이 나려 쌓이었다.
> 바람이 일면 심심하여지면 먼 고장만을
> 생각하게 되었던 눈더미 눈더미 앞으로
> 한 사람이 그림처럼 앞질러 갔다.
> ─「스와니江이랑 요단江이랑」 전문

 "과거는 흔히 하나의 풍경으로 우리의 의식 속에 뛰어들게 된다. 뜻밖의 추억이 문득 지평을 여는 것은 공간이 우리 기억의 가장 오래된 자취들을 은닉하고 있기 때문이다."[101] 위 시의 화자가 동경하는 공간은 '어디메 있다는' '먼 고장'이다. 이 공간은 '스와니江이랑 요단江이랑 어디메 있다는/이야기를 들'으면서 구성되는 공간이다. 따라서 한 번도 가보지 못한 미지의 세계임을 알 수 있다. 이러한 공간은 현실 그 너머의 세계를 그리고 있다는 점에서 이미 부재의 요소를 함유한다. 위 시는 화자의 유년부재의 일면을 엿볼 수 있는 배경을 안고 있다. '나이 어린 소년'은 시인의 유년의 모습으로 유추해 볼 수 있기 때문이다. 그런 점에서 「북치는 소년」에서의 '가난한 아희'와도 연계성을 가진다. '먼 고장'의 이야기에 귀 기울이는 '나이 어린 소년'과 '서양나라에서 온/아름다운 크리스마스카드'에 매료되는 '가난한 아

---

101) 미셸 콜로, 정선아 역, 『현대시와 지평구조』, 문학과지성사, 2003, 79쪽.

희'는 김종삼의 유년의 모습을 그대로 담고 있다. 미지의 세계에 대한 동경과 그 세계가 이국공간으로 드러나는 것도 하나의 공통점으로 수렴할 수 있다.

'먼 고장'은 화자에게 꿈과 환상을 심어주는 공간이다. 눈이 많이 내리는 산골 마을의 '초가집'은 외부와 소통이 단절된 소외공간이다. '나이 어린 소년'이 '먼 고장만'을 동경하는 것은 이러한 소외공간을 벗어나고 싶기 때문이다. '스와니江이랑 요단江이랑 어디메 있다는' 이야기는 미지의 세계에 대한 동경을 확장시키는 역할을 한다. 그러나 이러한 공간은 대체로 불완전하고 불확실한 공간구조를 지니고 있다. '어디메 있다는', '먼 고장' 등의 막연한 공간개념이 바로 이를 뒷받침한다. 이러한 사실은 시인이 어떤 특정 지역을 떠올리기보다 이국공간이라는 막연한 이상공간에 시선을 두고 있기 때문이다. 평화부재, 인간부재, 자아부재의 현실공간이 아닌 미지의 세계에 대한 그리움이 바로 이러한 공간을 생성시키고 있다.

> 나의 無知는 어제 속에 잠든 亡骸 쎄자르 프랑크가 살던 寺院 주
> 변에 머물렀다
>
> 나의 無知는 스테판 말라르메가 살던 本家에 머물렀다
>
> 그가 태던 곰방댈 훔쳐 내었다
> 훔쳐낸 곰방댈 물고서
> 나의 하잘것이 없는 無知는
> 방 고호가 다니던 가을의 近郊 길바닥에 머물렀다
> 그의 발바닥만한 낙엽이 흩어졌다
> 어느 곳은 쌓이었다

나의 하잘것이 없는 無知는
장 뿔 싸르트르가 經營하는 煙炭工場의 職工이 되었다
罷免되었다

—「앙포르멜」 전문

　시인은 시대를 읽되 거기에 머무르지 않고 시대를 초월해 늘 새로
운 세계를 창조한다. 일상의 평화 속에서도 비극을 감지해 내고, 비극
의 현장에서도 평화를 찾아내는 것이 이들의 상상력의 영역이다. 이
것이 새로운 시·공간에 대한 창조적 열망을 갖게 하는 근원이 된다.
김종삼의 방황은 일종의 현실 대응방식으로서의 도피의식을 내포한
다. 여기에는 자기반성과 자기성찰, 자기발견의 열망들이 은폐되어
있다. 김종삼의 외부 공간지향은 대체로 '방황'의 형식으로 진행되고
있고, 이는 그가 선호하는 예술가들을 순례하는 형식으로 드러난다.
김종삼의 예술가 순례는 그의 이국공간에 대한 동경과 흠모의 정서
를 담고 있다.
　위 시에서 화자의 방황은 '쎄자르 프랑크', '스테판 말라르메', '방
고호', '장 뿔 싸르트르'를 순례하는 것으로 시작된다. 화자의 이러한
순례는 바로 '나의 하잘것이 없는 無知'로부터 출발한다. 화자의 '무
지'에 대한 자각은 김종삼의 예술적 자각과 갈증을 담고 있다. '쎄자
르 프랑크가 살던 寺院 주변', '스테판 말라르메가 살던 本家', '방 고
호가 다니던 가을의 近郊 길바닥', '장 뿔 싸르트르가 경영하는 연탄
공장' 등을 두루 순례하고 배회하는 것은 바로 이러한 갈증을 반영한
다. 자신의 '무지함'에 대한 자각은 부끄러움과 반성을 불러일으키면
서 더 넓은 세계에 대한 열망을 갖게 한다. 위 시에 보여 지는 순례의
과정은 바로 이러한 자각을 바탕으로 한 '방황'으로 볼 수 있다. 이는

예술적 성취와 정신적 충족을 얻기 위한 공간이동을 의미한다.

위 시의 '파면되었다'는 이러한 공간이동과 연계해서 생각해 볼 수 있다. 여기서의 '파면'은 두 가지 의미로 풀이할 수 있다. 먼저, 반성과 자각을 바탕으로 한 자기 '파면'의 형식과, 세계가 나를 '거부'한다는 인식에서 오는 외부적 '파면'이 있다. 이 둘은 분리되는 것이 아니라, 언제나 상호 연계되면서 긴밀한 영향관계를 주고받는다. 어느 것이든 '머무름'이 허용되지 않는 이른바 방황의 정서와 연결되고 있다. '파면'이란 정신적·현실적 공간이동을 종용하는 속성을 안고 있기 때문이다. '파면거부'을 통한 '떠돎'의 정서가 곧 위 시의 공간이동의 본질이 된다. 이것이 김종삼 시세계의 방황이 내장하는 근원적 배경이 될 것이다.

술을 먹지 않았다
가파른 산을 올라가고 있었다
산과 하늘이 쉬입게
뒤집히었다

다른 산등성이로 바뀌어졌다
뒤집힌 산덩어린 구름을 뿜은 채 하늘 중턱에
있었다

뉴스인 듯한 라디오가 들리다 말았다
드물게 심어진 잡초가 깔리어진 보리밭은
사방이 펼치어져 하늬 바람이 서서히 일었다
한 사람이 앞장서 가고 있었다

좀 가노라니까
낭떠러지 쪽으로

큰 유리로 만든 자그만 스카이 라운지가 비탈지었다
언어에 지장을 일으키는
난쟁이 畫家 로트렉끄氏가
화를 내고 있었다

—「샹뺑(수록 1)」 전문

어느 산록 아래 평지에
널찍한 방갈로 한 채가 있었다
사방으로 펼쳐진
잔디밭으론
가즈런한
나무마다 제각기 이글거리는
색채를 나타내이고 있었다

세잔느인 듯한 노인네가
커피 칸타타를 즐기며
벙어리 아낙네와 손짓으로
대화를 나누고 있었다
가까이 가 말참견을 하려해도
거리가 좁히어지지 않았다.

—「샹펭(수록 2)」 전문

  김종삼의 세계와의 불화는 대체로 소통의 부재에서 비롯된다고 할
수 있다. 소통의 부재는 세계와 자아와의 인식의 척도가 다르다는 데
이유가 있다. 세계는 화려하게 변모해 가지만 그 이면에는 모순적 논
리가 만연해 있다. 김종삼은 이러한 모순적 상황을 적용할 수도 받아
들이지도 못한다. 다시 말해 김종삼은 세계의 부조리한 속성들을 수
용하지 못하고, 세계는 이러한 김종삼의 존재방식을 포섭하지 못한
다. 따라서 세계와 자아 사이에는 상호 소통 불가능한 기류가 흐르게

된다. 이러한 소통의 부재가 바로 불화를 유도하고 비극적 사유를 갖게 하는 요인이 된다.

위 시 「상빼(수록 1, 2)」는 이러한 내용을 형상화하고 있는 시편들이다. '언어에 지장을 일으키는/난쟁이 畫家 로트렉끄氏'는 소통에 서툰 이른바 시인 자신의 상징 인물에 다름 아니다. '언어지장'은 자아와 대상 간의 소통을 지연시키거나 단절시키는 요소가 된다. '가까이가 말참견을 하려해도/거리가 좁히어지지 않'음은 바로 이러한 상황을 확인시켜준다. 소통이 되지 않는 세계는 곧 단절과 소외를 불러온다. 세계와의 소통 부재를 언어장애말에 두고 있음은 언어를 다루고 있는 시인의 고뇌를 그대로 반영한다고 할 수 있다. 이는 시작의 어려움과 탐구과정의 고통을 수반하는 이른바 시인의 시적 조건을 함축하는 대목이기도 하다. 따라서 소통부재를 유도하는 '언어장애'는 김종삼이 극복해야 할 시적/현실적 문제의식이 될 것이다.

김종삼의 도피공간은 소통 불가능한 세계를 단절함으로써 오히려 새로운 공간 확보라는 역설적 사유를 담고 있다. 그의 외부공간지향이 바로 이러한 의도를 반영한다. 이는 김종삼의 부정적인 현실인식과 이를 벗어나려는 일종의 현실 대응방식으로 채택되는 공간이동이다. 그에게 도피의식을 불러일으키는 현실공간은 앞서 언급한 것을 정리하면, 현대문명과 연계해서 생성되는 '황야', '亞熱帶', '소금바다', '환멸의 습지' 등으로 표상된다. 이러한 현실공간은 김종삼으로 하여금 도피할 수밖에 없는 정황으로서의 동기를 부여한다. 내부공간과 외부공간지향의 도피공간이 바로 그것이다.

내부공간지향은 내면세계로의 침잠을 의도하는 이른바 '집', '술', '공백'의 형태로 구성되는 도피공간이다. 그러나 내부공간은 지나친 고립과 단절, 침잠의 상태에 머물게 됨으로써 부재를 해소하기에는 일정 부분 한계를 지니게 된다. 이러한 한계가 시인으로 하여금 외부공간으로 나아가게 하는 계기를 만든다. 외부공간지향은 대체로 '먼 곳' 이미지를 함유하면서 그의 도피공간을 형성한다. '먼 곳' 이미지는 '먼 고장', '언덕 너머', '능선 저쪽', '먼 하늘가' 등의 공간으로 표상되는 공간이다. 이러한 공간 이미지는 대체로 이국공간지향의 형태로 드러나는 특징을 보인다. 이는 김종삼이 현실에 대한 환멸을 이국풍물에 대한 호기심과 동경을 통해 해소하려고 하고 있기 때문이다. 또한 흠모하는 예술가들을 순례하는 형식으로 공간이동을 의도하기도 한다.

그러나 김종삼 시세계의 내부/외부로 구성되는 도피공간은 꿈과 환상 등 방황의 형태로 진행됨으로써 막연한 공간형식을 내포하게 된다. 따라서 진정한 의미에서의 자기방어와 극복을 이끌어 내는 데는 한계를 지니게 된다. 내부공간지향이 단절과 고립, 허무의 형태로 전환되고 말듯, 외부공간지향 또한 또 다른 부재와 갈등, 방황의 여지를 남기고 마는 것은 이 때문이다. 이것이 김종삼 시세계의 도피공간이 결국 현실공간으로 회귀할 수밖에 없는 동기가 된다. 중요한 것은 그의 현실도피와 방황의 여정이 곧 새로운 시적탐구와 맥락을 같이 한다는 것이다. 다시 말해 그의 도피에서 회귀로 이어지는 긴 방황의 여정은 바로 그의 지난한 詩作과정을 함축하고 있다는 것이다.

2) 자기 승화기제로서의 회귀공간

(1) 순수 예술세계에 대한 지향

김종삼은 소위 시단의 생리와는 맞지 않는 시인이었다. 그래서 도피와 방황을 일삼으며 오직 자신만의 시세계를 구축하는 것에만 몰입해왔다. 그는 자신의 이익을 좇아 이리저리 떠도는 시인들을 '상인'이라 지칭하며 가까이 하기를 꺼려했다. 그러나 김종삼은 그 누구보다도 자기 자신에게 더 큰 채찍을 던지고 있었다고 할 수 있다. 그의 자기부정, 시에 대한 부정 등은 스스로에게 던지는 혹독한 채찍에 다름 아니다. 김종삼이 쓴 산문이나 일화들을 살펴보면, 그는 자신의 생활방식은 물론 자신이 쓴 작품들에 대해서도 비판적·냉소적 시각을 보이고 있다. 그는 스스로를 '엉터리 시인'102)이라고 지칭하면서 시인으로서의 지기부정을 지속해 왔다. 작품에 있어서도 작품으로서의 평가 기준인 '한 편' '두 편'이 아니라 한낱 '물건'으로 전락시켜 '한 개' '두 개'로 셈하기를 서슴지 않는다. 그는 "지금까지 쓴 일백여 편 가운데서 「돌각담」, 「앙포르멜」, 「드빗시 산장」 등 서너 개 정도가 고작 내 마음에 찼다고 할 수 있을까?"라고 스스로 반문하고 있다.

김종삼의 시와 시인에 대한 끊임없는 자기반성과 비판은 그만의 개성적 시세계를 열어가는 단단한 초석이 되었을 것이다. 김종삼에게 흔히 따라다니는 예술지상주의 혹은 미학주의, 순수시인 등의 평가는 시에 대한, 언어에 대한 그의 남다른 고집과 완벽성에서 비롯된다. 그의 시에는 사회적 관심이나 참여의식 등 현실적 반응이 거의 드러나지 않는다. 이는 그가 여타의 사회적·현실적 조건에서 벗어나 오로지 시쓰기 자체에 충실해 왔기 때문이다. 황동규는 김종삼의 시를 "순수시의 극단적인 표본"이라고 언급한 바 있다. 또한 그의 시세

---

102) 김종삼, 「먼 '시인의 영역」, 『문학사상』, 1973.3. 김종삼은 '바탕이 없음', '무지함', '무능함', '선량하지 못함', '죄많음' 등 여러 이유를 들면서 인간으로서, 시인으로서 자격이 없음을 말해 왔다. 그는 자신을 시인이라고 자처해 본 일도 없으며, '시인의 영역(領域)'에 도달하기엔 터무니없는 인간이라고 생각한다.

계를 '내용없는 아름다움'의 세계와 연계해 "미학주의의 극치"103)라고 평가하고 있다. 이러한 평가는 김종삼의 시작태도와 아울러 그의 시의 미학과 개성을 잘 언급해 주고 있다고 할 수 있다.

김종삼은 특히 시어에 대해 보다 엄격한 차원에서 고뇌를 해온 시인이다. 그의 언어에 대한 고민은 대체로 "새로운 경지의 새로운 시의 언어" 즉, 기존의 언어를 탈피한 전혀 새로운 언어를 찾아가는 데 있다. 그는 사진사가 자연을 찍듯 이미 주어진 언어, 낡은 언어를 그대로 사용하는 것을 시인이 가장 경계해야 할 일이라고 생각한다. 따라서 언어에 대해 별다른 자각 없이 시를 쓰는 시인들을 "자연을 모사해 버리는 낡은 사진사"라고 비판한다. 아래 글은 그의 언어에 대한 인식이 담겨 있다.

나는 릴케가 말한─새로운 언어개념에 대해서 경건히 머리를 수그리는 기쁨을 오늘에 이르기까지도 잊어버리지는 않고 있다. 그는 말하기를, 새로운 언어란 언어의 도끼가 아직도 들어가 보지 못한 깊은 수림(樹林) 속에서 홀로 숨쉬고 있다고 말했다. 말하자면 함부로 지껄이는 언어들은 대개가 아름다운 정신을 찍어서 불태워 버리는 이른바 언어의 도끼와 같은 수단에 지나지 않으므로 그와 같은 언어 속에는 새로운 말이라는 것이 없다는 게 우리들의 라이너 마리아 릴케의 지론(持論)이다. 여기서 언어의 도끼라고 릴케가 쓰고 있는 릴케의 비유가 도끼와 같은 언어라는 뜻임은 구태여 주석을 붙일 것도 없으리라.

아닌게 아니라 새로운 경지로서의 새로운 시의 언어라는 것이 참새와 같이 지저귀는 언어의 때 묻은 집단의 소란 속에는 없을 것이 분명하다. 만약에 있다고 우기는 사람이 있다면 그것은 이미 낡아버린 언어 속의 시들을 새로운 것이라고 생각하는 개념상의 착

---

103) 황동규, 앞의 책, 254쪽.

오에서 저질러지는 이외에 그 아무것도 아닐 것이다(김종삼, 「의미의 백서」, 『한국전후문제시집』, 신구문화사, 1964).

위의 글을 통해 보더라도 김종삼의 언어에 대한 자각과 마음가짐이 얼마나 견고하고 엄격한지를 알 수 있다. 그는 단순히 시를 쓰는 것이 아니라 '새로운 시'를 써야한다는 고집을 가지고 있다. 김종삼이 자신의 작품에 대해 또 시인으로서의 자기 자신을 끊임없이 부정하고 있는 것도 새로운 詩作에 대한 열망 때문이라고 해야 할 것이다. 그의 이러한 시작태도나 새로운 문학에의 열망은 50년대 모더니즘 시정신과 연계해서 생각해 볼 수 있다. 그의 詩作은 기존의 방식을 부정하고 탈피하면서 새로운 탐구에 목표를 두고 있었다. 그런 만큼 내용과 형식면에서 여느 작품들과는 현격하게 차이가 나는 개성을 터득할 수 있었다. 하지만 시가 난해하다는 세간의 비판도 함께 받아들여야 했다. 그의 새로운 詩作에서 오는 생소함과 난해함은 당시 시단에서는 수용하기 힘든 사안이었기 때문이다. '꽃과 이슬'을 노래하지 않고 시가 '난해하다'는 이유로 등단이 거부[104]된 일련의 사건이 이러한 정황을 잘 설명해 준다. 그의 시편들은 동시적 공존이라는 개념으로서의 "동시대성"[105]과 작품에 있어서의 변별성을 추구하는 "비동시대성"[106]을 동시에 보여주고 있다고 할 수 있다.

---

104) 주석 38 참조.
105) 김윤식, 「6·25 전쟁문학」, 『1950년대 문학 연구』, 문학사와 비평연구회 편, 1991, 예하, 14쪽. 김윤식에 따르면, "동시에 태어난 개인들은 그 최대의 인간 형성기에, 또는 그 뒤에까지 사회적, 정치적 상황에서도 혹은 그들에게 강한 인상을 준 정신적, 문화적 측면에서도 공통된 깊은 영향을 입는다. 이러한 여러 영향이 통일적이라는 점에서 비로소 그들은 한 개의 세대, 한 개의 동시대성을 구성할 수 있다"고 설명한다. 또한 그는 6·25를 중심에 두고 동시대적인 세대개념을 체험세대, 유년기 체험세대, 미체험세대로 분류하고 있다.
106) 김윤식, 위의 책, 15쪽. 이 말은 김윤식이 "동시대성"이란 개념과 함께 지적한 말

한 시인의 시작 과정은 결국 그의 정신적·현실적 극복을 목적으로 한다. 김종삼의 글쓰기의 여정이 그의 방황의 표현이라면, 여기에는 반드시 이를 극복하기 위한 여러 장치들이 동원되게 마련이다. 이 절에서는 김종삼 시세계가 어떤 과정을 통해 자기 극복의 토대를 마련하는지 그리고 현실공간으로의 회귀와 초월을 성취하는지를 살펴볼 것이다. 이는 자기 방어기제로서의 도피공간에서 자기 승화기제로서의 회귀공간으로 이동하는 과정을 보여준다. 순수 예술세계 추구, 휴머니즘을 통한 생명공간의 형성, 현실공간으로의 회귀와 초월이 그 중심과정이 될 것이다. 그의 도피공간이 새로운 언어에 대한 탐색과 고뇌의 시기를 표방한다면, 회귀공간은 자기승화로서의 시작의 완성단계라고 할 수 있을 것이다. 김종삼은 결국 도피공간에서 현실 회귀를 주도함으로써 즉, 현실과의 화해를 시도함으로써 존재회복은 물론 자기극복의 세계로 접어들게 된다.

> 올페는 죽을 때
> 나의 직업은 시라고 하였다
> 後世 사람들이 만든 얘기다
> 나는 죽어서도
> 나의 직업은 시가 못된다
>
> 宇宙服처럼 月谷에 둥둥 떠 있다
> 귀환 時刻 未定
>
> —「올페(수록 2)」전문

로, 비록 동시에 태어난 개인들이 동시대적인 세대개념을 내포하고 있다 하더라도, 문학예술의 전개과정에서는 각자 다른 시각을 드러낼 수 있다는 것이다. "그것은 예술이나 문학이 양식이라는 특수한 장치를 통해 발현되기 때문이다." 문학이 갖고 있는 양식사의 측면에서 보면, 이는 "동시대의 내면에서 측정되는 표상 또는 정신사적 표상과는 별개의 요소가 작용하고 있다는 암시이다."

위 시의 '나는 죽어서도/나의 직업은 시가 못된다'는 자기부정의 세계를 보여준다. 이는 김종삼의 시에 임하는 자세나 자기존재에 대한 인식을 담고 있다. 이것을 시적으로 본다면, 시의 길의 요원함과 예술적 성취의 어려움을 역설적으로 표현하고 있다고 할 수 있다. 김종삼의 자기부정은 단절과 도피를 불러들이지만 이것이 또한 시적성취를 유도하는 원동력이 되고 있음을 간과할 수 없다. 그의 자기부정의 세계는 현실적 삶에 있어서는 결핍을 안겨 주지만, 그의 문학적 탐구에 있어서는 큰 자양분이 되고 있다.

위 시에서 시인은 올페가 죽을 때 '나의 직업은 시'라고 한 것에 비해 자신은 '나는 죽어서도/나의 직업은 시인이 못된다'고 못 박고 있다. 따라서 '귀환 時刻 未定'은 김종삼이 스스로 내린 자신의 시적 미성숙도의 기준이 될 것이다. '宇宙服처럼 月谷에 둥둥 떠 있'음 또한 시인의 이러한 심리를 반영한다. '둥둥 떠 있'음은 김종삼의 방황의 한 속성으로도 볼 수 있다. 이는 어디엔가 안착하지 못하고 '떠돎'을 암시하는 말이기 때문이다. 한편으로 시인의 문학적 이상과 시정신의 지향성과 결부해 볼 수 있다. 높이 '떠 있음'은 그의 문학에 대한 사유가 상승지향에 닿아 있음을 의미한다. 그러나 이것이 하나의 결과물로서의 시적성취로 이어지기에는 아직 묘연하다. '죽어서도 나의 직업은 시가 못됨', '귀환 시각 미정'은 바로 이러한 정황을 함축한다.

김종삼이 자신의 詩作에 대해 끊임없이 회의하고 부정하는 것은 현실에 안주하지 않으려는 자기각성에 바탕하고 있다. 이는 한편으로 시작에 대한 그의 열망과 고통, 목마름의 표현이라고 할 수 있다. 그가 평소 시에 대해 던지는 냉소적 발언이나 부정적 시각 또한 그의 열망에 대한 역설적 표현이라고 이해해야 할 것이다. 김종삼은 "나는 시에 대해 별로 진지하게 생각하지 않고 애착도 느끼지 않는다. 다만

창피 안 당할 정도로 써 갈길 뿐이다"(『조선일보』 1979.5.15)라고 말
하고 있다. 이러한 다소 자학적 태도는 그만큼 시에 대해 큰 고뇌를
하고 있음을 의미한다. 강석경이 지적했듯, "이런 자조는 고통의 회
화 혹은 시와의 싸움에서 나가 떨어져 본, 그만큼 치열했던 시인만이
할 수 있는 역설[107]"이기 때문이다. 그의 자기부정의 몸짓은 진정한
시의 길을 구현하고자 고뇌하는 시인의 자기 채찍의 일환이라고 할
수 있다.

　김종삼의 詩作에 대한 열정과 완벽성의 추구는 김영태의 글[108]을
통해서도 엿볼 수 있다. 이 글 속에는 시에 '콤마' 하나 찍는 것 때문에
고민하고 고뇌하는 시인의 모습이 그려져 있다. 따라서 '시에 대해 별
로 진지하게 생각하지 않음', '창피 안 당할 정도로 써 갈김' 등의 표현
은 오히려 엄격한 시작태도에 대한 역설적 표현이라고 할 수 있다. 이
는 시에 보다 완벽성을 추구하고자 하는 고집에 다름 아니다. 그는 자
신의 글쓰기를 '따분하고 심심해서'라고 표현하고 있지만, 사실은 시
를 통해 현실적 고통을 승화해 내려는 처절한 의도가 함축되어 있다.

　　　누군가 나에게 물었다 시가 뭐냐고
　　　나는 시인이 못됨으로 잘 모른다고 대답하였다
　　　무교동과 종로와 명동과 남산과

---

107) 강석경, 위의 글, 290쪽.
108) 김영태, 「열개의 메모」, 앞의 글, 78~79쪽. 김영태의 글을 옮겨 본다. "금년 여
　　름, 월간문학사에서의 한 스냅. 앉아 있는데 그가 들어왔다. 앉아있던 글쟁이들
　　을 보지 않았다. 곧바로 여직원에게 갔다. <내 시 초고 좀 내봐……> 그가 말했
　　다. 여직원은 캐비넷에서 그의 초고를 한참 만에 집어냈다. 그는 볼펜으로 3行 마
　　지막 자 밑에 콤마 하나를 찍었다. 만족한 표정이 되어 그는 월간문학사를 나갔
　　다. 그의 셔츠가 늘 풀이 먹여있듯, 그는 콤마 하나 때문에 아무것도 다른 일 생
　　각할 겨를이 없는 그런 사람이었다." 이 일화는 김종삼의 천성과 시에 대한 남다
　　른 고집을 동시에 보여준다.

서울역 앞을 걸었다
저녁녘 남대문 시장 안에서
빈대떡을 먹을 때 생각나고 있었다
그런 사람들이
엄청난 고생 되어도
순하고 명랑하고 맘 좋고 인정이
있으므로 슬기롭게 사는 사람들이
그런 사람들이
이 세상에서 알파이고
고귀한 인류이고
영원한 광명이고
다름 아닌 시인이라고

                - 「누군가 나에게 물었다」 전문

    김종삼의 시편들에는 소위 소외계층이라 할 수 있는 주변적 인물들이 자주 등장한다. 이러한 인물들은 현실적으로는 세계의 중심에서 밀려난 주변인적 존재양식을 취하고 있지만 김종삼의 시편에서는 중요한 시적 소재로 채택된다. 그는 이들이야말로 세계를 아름답고 건강하게 꾸며갈 또 생명력을 환기시킬 수 있는 존재들이라고 생각한다. 위 시는 바로 이러한 시인의 인식을 뒷받침하고 있다. 이는 앞서 살펴보았던 「올페」와도 내적 연계성을 가진다. 여기에는 시와 시인에 대한 근원적 물음과 해답이 진솔하게 제시되어 있다. '누군가 나에게 물었다 시가 뭐냐고/나는 시인이 못됨으로 잘 모른다고 대답하였다'가 바로 그것이다. 이러한 물음과 해답은 시와 시인에 대한 진정한 해답을 찾기 위한 하나의 전제라고 할 수 있다.

    김종삼은 시인의 명패를 달고 다니며 시인이라 자처하는 사람들보다 오히려 가난하지만 착하게 살아가는 보통 사람들이 바로 '시인'

이라고 생각한다. 무교동, 종로, 명동, 남산, 서울역, 남대문을 지나면서 그는 문득 깨닫는다. '엄청난 고생 되어도/순하고 명랑하고 맘 좋고 인정이/있으므로 슬기롭게 사는 사람들'이야 말로 이 시대를 빛나게 할 '알파'이고, '고귀한 인류'이고, '영원한 광명'이고, '다름 아닌 시인'이라는 것이다. 이들은 남에게 해를 끼치지 않을 뿐 아니라, 언제나 성실하고 따뜻하게 살아가고자 노력하는 사람들이다. 따라서 이들이야 말로 이 세상의 생명을 열어가는 진정한 의미에서의 '시인'이라는 것이다. 여기에는 김종삼의 시와 시인에 대한 근원적 인식이 개입되어 있다. 요컨대 시인은 일반 사람들과 거리를 둔 먼 곳에 있는 것이 아니라, 작고 소박한 우리 이웃들 속에 있다고 믿고 있다.

> 볼프강 아마데우스 모차르트의
> 아름다운 플루트 협주곡이
> 녹음이 짙어가는
> 초여름 햇볕 속에
> 어느 산간 지방에
> 어느 고원지대에
> 가난하여도 착하게 사는 이들 사이에
> 떠오르고 있다
> 빛나고 있다
> 이런 때면 인간에게 불멸의 광명이라는
> 것이 무엇인가를
> 조그마치라도 알아 낼 수는 없지만
> 그저, 상쾌하기만 하다
>
> ―「음악 (수록 2)」 전문

"음악은 통상적인 논리적 지적 의미의 지식을 표현하지 않고 인간의 가장 깊은 연상과 가장 변함없는 법칙에 대한 감각적 표현을 부여한다. 이런 의미에서 음악은 심혼, 의식이 도달할 수 있는 한계 밖의 알 수 없는 거리로 인간을 인도한다."[109] 김종삼의 시는 무엇보다도 시와 음악과의 결합 내지는 음악적 운율, 어조의 중시를 들 수 있다.[110] 그에게 음악은 詩作 동기가 되기도 하고, 이국공간에 대한 동경, 예술적 갈증, 이상세계 지향, 도피공간, 정신적 승화라는 여러 의미를 담고 있다. 그는 예술에 대한 심취, 그리고 그것을 만든 많은 작가들을 순례[111]하면서 그의 문학적 이상과 열망을 고취시키고자 한다. 이러한 순례는 일차적으로는 취향의 차원에서의 감상의 성격을 띠지만, 내적으로는 예술에 대한 갈증과 동경에 그 중심이 놓인다.

위 시에서 시인은 볼프강 아마데우스 모차르트의 플루트 협주곡에 매료된다. '아름다운 플루트 협주곡'은 '녹음이 짙어가는/초여름 햇볕 속에', '어느 산간 지방에', '어느 고원지대에', '가난하여도 착하게 사는 이들 사이에' '떠오르고, 빛나고' 있다. 음악은, '소리'를 통해 시·공간의 제약없이 어디든 그 신비한 음향을 전파한다. 또 어느 한 곳에 머무는 것이 아니라, 어떤 소외공간이라도 그 파장을 전달한다. 이는

---

109) 이부영, 『아니마와 아니무스』, 한길사, 2004, 129쪽.
110) 조남익, 「장미와 음악의 시적 변용 – 김종삼 편」, 『현대시학』, 1987.2, 155쪽.
111) 김종삼의 문학과 음악, 미술 등 예술에 대한 관심과 동경의 세계는 그의 많은 시편에서 발견된다. 주로 등장하는 예술가들로는 나도향, 한하운, 나운규, 김소월, 전봉래, 김대규, 전봉건, 훼밍웨이, 지그문트 프로이트, 빅톨 위고, 에즈라 파운드, 장 폴 싸르트르, 에즈라 파운드, 스테판 말라르메, 구스타프 말러, 엘리자베스 슈만, 드빗시, 스티븐 포스트, 세자르 프랑크, 바흐, 베토벤, 모차르트, 미켈란젤로, 고호, 피카소 등이다. 김종삼은 이들의 지고한 예술혼과 불우한 생애에 초점을 맞춰 흠모와 공감대를 갖는다. 음악에 대한 그의 관심은 거의 전문가적 수준에 이르고 있다. 시와 음악의 결합은 그의 독특한 시세계의 성격을 구성하는 토대가 된다. 음악은 그에게 시와 마찬가지로 도피적 세계이면서 동시에 자기 승화기제가 된다.

음악의 본질적 속성과 울림의 세계를 상징적으로 보여준다. 위 시에서 이러한 음악적 울림과 파장은 '불멸의 광명'이라는 구원의 메시지로 다가온다. 이는 음악이 가지는 크나큰 생명력과 '정화력'[112]에 있을 것이다. '그저, 상쾌하기만 하다'라는 표현은 이러한 경지에서 문득 깨닫는 정신적 자유이다. 아래 글은 김종삼의 문학과 예술지향의 세계를 보여준다.

> 내가 시작에 임할 때, 내게 뮤즈 구실을 해 주는 네 요소(要素)가 있다. 몹시도 까다로웠던 드빗시에게 「목신(牧神)의 오후(午後)」라는 걸작을 작곡하게 한 영향력의 할아버지 스테판 말라르메의 준엄한 채찍질, 화가 반 고호의 광기(狂氣), 어린 열정(熱情), 프랑스의 건달 장 폴 싸르트르의 풍자와 아이러니칼한 요설(饒舌), 프랑스 악단의 세자르 프랑크의 고전적 체취 – 이들이 곧 나를 도취시키고, 채찍질하고, 시를 사랑하게 하고, 되건 안 되건 쓰게 하는 힘이다.[113]

김종삼은 위 글에서 자신의 詩作과 문학, 예술과의 만남과 상관성을 상세히 적고 있다. 그의 시적 고뇌와 이상과 광적인 힘의 원천이 가감 없이 드러난다. 만족할 수 없는 정신적 목마름, 방황을 동반할 수밖에 없는 그의 열정이 바로 그것이다. 이러한 예술적 교감이 그로 하여금 시를 쓰게 하고, 또 시작에 임할 때의 준엄한 지침이 되고 있

---

112) 김종삼은 음악이 주는 '정화력'에 대해 다음과 같이 말하고 있다. "음악은 사실 화려한 것이 아니에요. 나의 시에서 자주 음악이 나온다면 그것은 음악이 가지고 있는 화려하지 않은 분위기와 종교적이라 할 만한 정화력(淨化力) 때문이겠지요. 다른 인생들도 그렇겠지만, 특히 나처럼 덕지덕지 살아온 인생으로는 음악에서 감정을 정화시킬 수가 있지요. 나같이 어지럽게 사는 사람에겐 음악은 지상(地上)의 양식(糧食) 같은 거지요."(『한국일보』, 1981.1.23) 이는 김종삼이 음악을 통해 현실적 고통과 결핍을 승화시키려 하고 있음이 드러난다.
113) 김종삼, 「먼 '시인의 영역」, 『문학사상』, 1973.3.

다. 그에게 뮤즈 역할을 하는 '네 요소要素'는 자기비판의 척도가 될 뿐 아니라, 끊임없는 탐구정신을 요구한다. 따라서 예술의 심원한 세계를 열어주는 일종의 생명수이면서 한편으로 창작에의 긴장을 고취시킨다.

여기에는 음악적 교감이 가장 큰 매개 역할을 한다. 김종삼 시의 음악적 세계는 그의 시적 구도의 길 즉, 그가 이르고자 하는 문학적 지향세계와 동일한 무게를 지닌다. 이는 곧 그의 순수 예술지향으로서의 상승공간을 의미하기 때문이다. 순수예술을 통해 구현해 내는 공간이야말로 그가 진정으로 가 닿고자 염원하는 공간이다. 김종삼이 음악에 심취하는 것은 음악적 세계를 통해 그의 문학적 가능성을 구현하고자 하기 때문이다.

> 한 老人이 햇볕을 쪼이고 있었다.
> 몇 그루의 나무와 마른 풀잎들이 바람을 쏘이고 있었다. BACH
> 의 오보의 주제가 번지어져 가고 있었다. 살다보면 자비한 것 말고
> 또 무엇이 있으리
> 갑자기 해가 지고 있었다.
> ─「유성기」전문

음악의 정화력이 인간정신의 지고함과 '불멸의 광명'을 일깨워 준다면, 이는 인간세계의 보편적 인간애를 생성시키는 '자비'의 근원으로도 볼 수 있다. '바흐의 오보의 주제'는 그 울림 하나로 세계를 '자비'의 공간으로 인도한다. 음악이 한 인간을 '자비'의 영역으로 유도한다면, 이는 세계의 움직임을 주도하는 것과 같다. 햇볕을 쪼이고 있는 노인, 몇 그루 나무와 풀잎들이 바람을 쏘이고 있는 한가로운 풍경 속에 문득 '바흐의 오보의 주제'가 울려 퍼진다. 고요함 속에 미세한

움직임을 감지하던 자연은 음악이 주어지면서 환희로운 새로운 세계를 구축한다. '살다보면 자비한 것 말고 또 무엇이 있으리'라는 표현은 바로 이러한 세계를 암시하는 상징 메시지이다.

위 시의 '자비'는 '한 老人'과 직접적으로 연결되고 있다. '한 老人'과 '자비'는 '몇 그루의 나무와 마른 풀잎들'처럼 무심한 거리를 유지하고 있었지만, '음악'이 개입되면서 새로운 국면으로 접어든다. '老人'은 바흐를 들으면서 문득 인간에 대한 이해와 연민, '자비'를 깨닫게 된다. 그러나 이렇게 부드럽게 이어지던 분위기는 '갑자기 해가 지고 있었다'에서 급변한다. 평화로움과 자비로움이 충만하던 공간은 '갑자기 해가 짐'으로써 어둡고 절망적인 하향 곡선을 그리게 된다. 여기서 '햇볕'과 '갑자기 해가 짐'은 꿈과 현실의 대비로 볼 수 있다. 음악적 세계에 황홀하게 머물고 있던 화자는 어떤 계기로 인해 갑자기 현실공간으로 돌아오게 된다. 따라서 갑자기 해가 떨어져 버린 것과 같이 막막한 절망감과 맞닥뜨리게 된다.

한편, '노인'과 '해가 짐'을 하나로 연결해 '죽음'의 상징 이미지로 볼 수도 있다. '노인'과 '해가 짐'은 늙음 즉, 연륜을 나타내는 시간 이미지이다. 시적 순서를 보면 '햇볕을 쬐고 있는 한 노인', '바흐의 음악과 자비에의 깨달음', '해가 짐' 등으로 풀이해 볼 수 있다. 이는 '인간생명', '음악을 통한 이상세계 구현', '죽음시간의 유한성'의 순서로 설정할 수 있을 것이다. 이는 인간 삶의 한 단면을 음악과 연계해서 보여준다. '한 노인'과 '자비' 사이에 음악이 개입되어 있듯, '한 노인'과 '죽음' 사이에도 '음악'이 개입되어 있다. 여기서 음악은 시간의 유한성을 공간의 영원성으로 끌어들이는 장치가 된다.

아프리에서 흘러 나오던

루드비히의
奏鳴曲
素描의 寶石길

한가하였던 唱歌의 한낮
옹기 장수가 불던
單調

　　　　　　　　　－「아뜨리에 환상」 전문

　"음악은 청각을 통하여 인간의 환상력幻想力을 자극한다. 시는 시각을 통하여 역시 우리의 상상력을 충동한다. 음악과 시는 그 감각의 매개체만 다를 뿐 예술의 원천에서의 기능은 같은 것이라 할 수 있다. 그것은 환상 창조인 것이다."[114] 김종삼의 시에서도 음악은 환상의 형태로 형상화되는 경우가 많다. 이는 음악을 통해 먼 이국의 어느 나라를 혹은 현실을 도피하기 위한 환상공간을 만들어 가기 때문이다. 음악이 지닌 아름다운 울림의 세계가 바로 김종삼이 지향하는 도피공간이면서 초월공간으로서의 극복세계라고 할 수 있다. 따라서 김종삼에게 음악은 두 가지 범주 즉, 현실의 고통을 벗어나게 하는 자기정화의 세계와, 예술적 생명력을 불러들이는 매개물로서의 역할을 두루 아우른다.
　위 시는 '아뜨리에'라는 공간적 배경과 '루드비히의/奏鳴曲' 그리고 '한가하였던 唱歌의 한낮'이라는 시간적 배경과 '옹기 장수가 불던/單調'가 어우러지면서 묘한 환상적 분위기를 연출한다. 이 시에 제시되는 '소리'의 특징은 바로 옆에서 들리는 음향이 아니라, 아뜨리에서 (담을 넘어) '흘러나오는', 한낮 멀리서 들려오는 옹기장수의 소리 등

---

114) 조남익, 앞의 책, 155쪽.

일정 거리를 두고 들려오는 소리이다. 또한 시간적으로 보면 '흘러나오던', '옹기장수가 불던' 등 과거 어느 한 때의 일을 회상하고 있다. 따라서 이 '소리'는 과거 어느 한 때의 상황이 기억의 통로를 통해 들릴 듯 말듯 전달되고 있는 것이다. 비현실적인 환상의 정조가 시 전체에 깔리는 것은 바로 이 때문이다. 「아뜨리에 환상」이라는 제목에서도 이미 '소리'를 배경으로 한 환상적인 세계를 암시하고 있다.

나는 音域들의 影響을 받았다
구스타프 말러와
드빗시도 포함되어 있다
　　　　　　　　　　　　　　－「음역－宗文兄에게」부분

다만 몇 그루의 나무가 있는
邊方과 시간의 次元이 없는 古稀의
계단과 복도의 엘리자베스 슈만의
높은 천정을 느낀다
　　　　　　　　　　　　　　－「장편·4」부분

그의 鍵盤에 피어오른
수은 빛깔의
작은 音階
　　　　　　　　　　　　　　－「쎄잘·프랑크의 음」부분

그늘이 앉고

묘연한
옛
G. 마이나
　　　　　　　　　　　　　　－「G. 마이나」부분

드빗시 프렐뤼드
씌어지지 않는
散文의 源泉
         -「그라나드의 밤-황동규에게」전문

　위 시에 나타난 구스타프 말러, 드빗시, 엘리자베스 슈만, 쎄잘 프
랑크의 등장은 김종삼의 음악에 대한 깊이 있는 관심과 동경을 보여
준다. '나는 음역들의 영향을 받았다', '엘리자베스 슈만의 높은 천정
을 느낀다', '그의 건반에 피어오른/수은 빛깔의/작은 음계', '묘연한/
옛/G. 마이나', '드빗시 프렐뤼드/씌어지지 않는/산문의 원천' 등 많은
음악적 요소와 음악가들에 대한 묘사는 그의 예술에 대한 경이와 탐
구정신을 엿보게 한다. 앞서도 언급했지만 그의 음악에 대한 남다른
관심은 단지 감상으로 그치는 것이 아니라, 예술성을 심화시켜 그의
문학적 탐구에 생명력을 불러일으키는 것이다.
　이는 음악의 울림과 파장을 시의 배경으로 끌어들여 보다 심원한
세계를 새롭게 창조하고자 하는 것은 김종삼만의 개성이라면 개성일
것이다. "드빗시가 물체를 분해해서 빛과 그늘을 환원시켰듯이, 그리
고 방풍림防風林의 나무색깔, 떨림, 바람의 방향으로 또 다른 사물의
형태를 재구성했듯이 김종삼의 시는 이 회화의 속도를 포착한다."[115]
음악을 통한 세계의 재구성, 순간을 포착해내는 섬세한 묘사능력이
그의 시세계의 성격을 특징짓는 긴장미가 된다. 이것이 김종삼의 음
악의 바탕음악의 쏘間이 불러들이는 신선한 충격이다.

　　뿔과 뿔 사이의 처량한 박치기다 서로 몇 군데

---

115) 김영태, 「音樂의 背景-김종삼론」, 『시문학』, 1972.8, 36쪽.

명중되었다 명중될 때마다 산 속에서 아름드리
나무 밑둥에 박히는 도끼의 소리다

도끼 소리가 날 때마다 구경꾼들이 하나씩
나자빠졌다

연거푸 나무 밑둥에 박히는 도끼 소리
　　　　　　　　　　　　　－「피카소의 낙서」 전문

　「피카소의 낙서」라는 위 시는 화가 피카소를 시적 소재로 삼고 있
다. 시인은 피카소의 숨겨진 예술혼과 작품의 탄생 과정을 '아름드리
나무 밑둥'과 '도끼 소리'에 비유하고 있다. '뿔', '명중', '아름드리 나
무 밑둥', '도끼소리' 등은 시인의 예술에 대한 관심의 강도를 나타낸
다. '뿔과 뿔 사이의 처량한 박치기다'에서 '뿔'은 날카로운 예술적 상
상력을 의미한다. 그런데 그 날카로운 상상력의 중간에 '처량한'이 끼
어들어 있다. 이는 예술적 성취의 요원함과 오랜 수련과정의 고통을
보여주는 것이다. '뿔'의 박치기는 뜨거운 예술적 열망을 드러내는 것
이고, '처량한'은 그에 따른 절망과 갈등, 고뇌를 담고 있다. '몇 군데
명중되었다'는 작품 탄생의 황홀한 순간을 묘사하는 것이다. 굳이 '몇
군데'라는 한정적 표현을 쓰는 것은 모든 예술적 상상력이 곧 모든 작
품으로 승화될 수 없음을 암시한다. 그럼에도 피카소의 '명중'은 '아
름드리 나무 밑둥에 박히는 도끼소리'만큼 크고 웅장하다. '구경꾼들
이 하나씩 나자빠졌다'라는 과장된 표현은 피카소의 예술에 대한 화
자의 감동의 심리적 반응일 것이다.
　여기서 '도끼소리'는 김종삼의 언어적 토대가 되고 있는 릴케의 '새
로운 언어개념'에 빗대어 생각해 볼 수 있을 것 같다. 즉, '언어의 도끼

가 아직도 들어가 보지 못한 깊은 수림樹林 속에서 홀로 숨쉬고.'116) 있는 바로서의 새로운 언어개념을 의미한다. 새로운 예술창조의 충격, 이러한 경지만이 '아름드리 밑둥에 박히는 도끼소리', '구경꾼들이 하나씩 나자빠졌다'라는 표현을 감당할 수 있을 것이다. 김종삼의 예술세계에 대한 관심과 접근은 「다리밑 − 방 고호의 경지境地」, 「불개미」 등의 시에서도 확인된다. 그러나 피카소의 예술을 '낙서'라고 표기함으로써 김종삼만의 역설의 세계가 펼쳐지기도 한다.

> 모든 창조적 인간은 하나의 이중성, 또는 모순된 성질의 합성이
> 다. 한편으로는 그는 인간적 개인적이며, 다른 한편으로는 비개인
> 적인 창조적 과정이다. 인간으로서 그는 건강하든가 병든 사람일
> 수 있다. 그의 개인적 심리학은 그러니까 개인적으로 설명될 수 있
> 고 또한 될 수 있어야 한다. 그러나 예술가로서는 오직 그의 창조행
> 위로서만 이해될 수 있다.117)

"시의 공간은 시인의 세계관을 시로써 형성하고, 시로써 실천하며 실현하고자 하는 시세계로 귀결된다."118) 김종삼의 詩作은 단순한 개념으로는 설명할 수 없는 다양한 의미를 내포한다. 이는 위의 글에서 제시하듯, '하나의 이중성, 또는 모순된 성질의 합성'으로서만 설명이 가능하다. 그의 '창조행위'는 그의 다양한 형태의 경험을 담아내는 물레방아이다. '물레방아'는 그의 시의식이 함유하고 있는 여러 갈래의 경험들을 내밀하게 다듬고 정화시켜 하나의 알곡으로 생산한다. 그의 시의 미학은 이처럼 오랜 시간과 고뇌의 과정을 거쳐 확보된 보석

---

116) 김종삼, 「의미의 백서」, 『한국전후문제시집』, 신구문화사, 1964.
117) 이부영, 『분석심리학−C. G. Jung의 인간심성론』, 일조각, 2007, 305쪽(C. G. Jung, *Psychologieund Dichtung*,1930, 116쪽 재인용).
118) 박진환, 『한국시의 공간구조 연구』, 조선문학사, 2005, 22쪽.

들이다.

그는 일찌기 '생활의 윤택'과 '시의 광채光彩'는 서로 양립할 수 없음을 언급한 바 있다.[119] 생활과 시의 모순적 관계는 그의 시작 초기부터 지속적인 문제의식으로 대두된다. 요컨대 그는 시의 길로 들어서려면 '생활'을 버려야 한다고 생각한다. 좋은 시와 윤택한 생활은 함께 할 수 없는 대립적 관계라는 것이다. 이러한 사유가 바로 그의 현실도피와 방황을 유도하는 한 요인이 될 것이다. 또한 괄목할 만한 그의 시세계를 구축하는 한 방편이 되고 있다. 김종삼의 시적 행보는 끊임없는 실험과 자기발견의 단계이면서 자기극복의 과정이라고 할 수 있다. 따라서 순수 예술지향을 통해 자기정화를 마련하려는 그의 의도는 어쩌면 당연한 일인지 모른다.

> 그렇다
> 非詩일지라도 나의 職場은 시이다
>
> 나는
> 진눈깨비 날리는 질짝한 周邊이고
> 가동中인
> 夜間鐵造工廠
>
> 깊어가리마치 깊어가는 欠谷
>
> —「제작」 전문

김종삼은 "내가 지금까지 소위 '詩作'이란 것을 해 오면서 지니고 있는 한 가지 변함없는 소신은 시란 것은 보는 편에서 쉽게 씌어진 듯

---

119) 주석 97 참조.

이 쉽게 읽힐 수 있는 것이라야 한다."라고 말하고 있다. 또 시는 "소
박하고, 더부룩해야 하고, 또 무엇보다 거짓말이 끼어들지 않아야겠
다."120)는 게 그의 생각이다. 이는 얼핏 보면 평범한 것 같지만 여기
에는 그의 詩作을 구성하는 방법론적인 사유가 집약되어 있다. 쉽고,
소박하고, 더부룩하고, 거짓말이 끼어들지 않은 시가 바로 그가 꿈꾸
는 시의 본질이다. 이는 시가 자기 과시의 수단이 되어서도, 과장된
표현이나 포장으로 화려하게 치장을 해서도, 특히 거짓으로 씌어져
서는 안 된다는 것이다. 김종삼이 언제나 자신의 시에 대해 불만족스
러운 태도를 보이는 것은 바로 이러한 측면을 경계하는 자기반성이
라고 할 수 있다.121) 그러나 이러한 그의 태도는 그러한 시의 영역에
닿고 싶다는 강렬한 열망의 표현이라고 할 수 있다. 김종삼의 경우 세
계에 대한, 자신의 시에 대한 부정과 침잠의 세계가 오래 지속된 셈이다.

따라서 '그렇다/非詩일지라도 나의 職場은 시이다'라는 인식으로
접어들기까지는 오랜 시간이 소요된다. '시인 못됨' 즉, '나는 죽어서
도/나의 직업은 시가 못된다'(「올페(수록 2)」)에서 '非詩일지라도 나
의 직장은 시이다'까지의 시간적 거리는 그의 방황의 시간과 맞물린
다고 할 수 있다. 위 시는 그의 후기시에 속하는 작품으로 그의 이러
한 인식의 변화를 잘 보여준다. '非詩일지라도'라는 전제는 아직도 스
스로의 시에 회의적이라는 암시가 깔려있다. 여기에는 만족할만한
시의 일생이 아닐지라도 결국 내가 정처定處할 곳은 곧 '시'가 아니겠

---

120) 김종삼, 「먼 '시인의 영역'」, 앞의 글.
121) 김종삼의 시에 대한 반성은 詩作에 대한 부정으로부터 출발한다. "나의 시에 대
해선 항상 회의를 느껴요. 이제까지 작품다운 작품을 한 번도 써 본 적이 없기 때
문이에요. 내가 쓴 시에 대해서 단 한 번도 자신을 가져 본 일이 없어요. 자기가
쓴 시를 아끼고 사랑해야 하는 것인데, 난 나의 시를 한 번도 아끼거나 사랑하질
못했지요."(『한국일보』, 1981.1.29).

는가, 라는 인식이 암시되어 있다. '나는/진눈깨비 날리는 질짝한 周邊이고/가동中인/夜間鐵造工廠'은 바로 이러한 토대에서 설명된다. 그는 스스로 '나의 직장은 시'라고 했지만 자신의 詩作은 '진눈깨비 날리는 질짝한 주변'일 뿐이고, '야간 철조공창'의 한 단계일 뿐이다. '진눈깨비 날리는 질짝한 周邊'은 시인의 현실인식의 한 측면이고, '가동中인/夜間鐵造工廠'은 황량한 내면풍경을 드러낸다.

김종삼만큼 그가 머물러야 할 자리, 그가 가야할 길을 명확히 인식한 사람도 드물 것이다.[122] 이러한 그의 고집이 '凍昏'을 걷는 시련을 안겨 주었고, 한편으로는 50년대 대표 시인으로서의 발자취를 남기게 한다. '그렇다/非詩일지라도 나의 직장은 시이다'라는 표현 속에는 이제야 그의 자리를 어느 정도나마 허용한다는 내용이 함축되어 있다. 김종삼이 그의 詩作을 '직장·직업' 즉, 하나의 공간개념으로 받아들이고 있다는 것 또한 의미 있는 변화라고 할 수 있다.

김종삼에게 시는 도피와 방황의 근원이면서 정신적·현실적 쉼터이다. 그는 다른 어떤 것과도 동행하지 못하고 오로지 시 하나를 붙들고 살아왔다. 끊임없이 부정하고 끊임없이 열망해온 시의 세계는 그래서 상처가 되기도 하고 자기극복의 길이 되기도 한다. 이러한 그의 시적공간은 대체로 음악과의 교감을 통해 지고한 문학적 개성과 깊이를 구현해 간다. 그의 음악에 대한 심취는 음악 그 자체에만 국한되는 것이 아니라, 음악가의 예술혼을 만나기 위한 하나의 통로가 되기도 한다. 이러한 과정이 곧 그의 시적탐구의 원동력이 되고 새로운 세계발견의 자양분이 된다.

---

122) 김영태는 김종삼의 고집스러운 시의 길을 '定處'라는 말로 매듭짓는다. "나는 김 선생에게서 「定處」라는 말을 배웠다. 그 단어는 그에게는 물론, 내게도 지금까지 길잡이었다"(김영태, 『한국문학』, 「열개의 메모」, 1985.2).

요컨대 김종삼은 음악이 인간정신을 정화시키고 '자비'와 사랑을 구현하는 매개가 된다고 생각한다. 이는 그의 시선이 종국에는 '인간'과 '사랑'이라는 가장 근원적인 문제의식에 닿고 있기 때문이다. 시와 음악은 비록 표현 방법은 다르지만 결국 하나의 울림으로 인간내면의 감동을 끌어내고 있다. 결국, 이러한 자기치유의 과정이 곧 김종삼으로 하여금 그 동안 단절하고 있던 '인간'에게로 시선을 돌리게 하는 계기가 된다. 아래 글은 휴머니즘을 통해 생명공간을 확보하고 다시 초월공간으로 나아가고자 하는 김종삼의 치열한 시적 여정을 담고 있다.

(2) 휴머니즘 인식과 생명공간

세계는 공동체를 위해 존재한다는 가치를 지닌 영구한 지평으로서, 실존하는 사물들의 지평으로서, 다수가 동시에 경험할 수 있는 무엇인가의 존재론적 가치를 항상 그리고 사전事前에 가지고 있다.[123] 김종삼의 시세계는 대체로 자신의 경험을 바탕으로 다양한 시의 진폭과 의미를 구성해 간다. 이러한 경험세계가 바로 그의 사유세계와 존재방식을 결정짓는 이른바 시세계의 색채를 열어가는 시정신의 일단이 된다. 그의 휴머니즘 인식 또한 시적·현실적 경험을 통해 수렴되는 인식의 변화라고 할 수 있다.

김종삼 시편에 나타나는 휴머니즘은 세계와의 관계개선 혹은 인간에 대한 관심의 척도를 담고 있다. 이는 인간부정, 세계부정의 태도를 일관하고 있던 김종삼이 새로운 변화의 단계로 접어들고 있음을 의미한다. 이는 순수 예술세계를 통해 자기정화를 시도하던 김종삼이 인

---

123) Husserl. E, 『유럽 학문의 위기와 초월현상학 Husserl E, *La Crise des Sciences Europeennes et La Phenomenologie Transcendantale, trans. by* Gallimard G, 1976, 515쪽.

간에 대한 새로운 관심을 보이는 단계이다. 공간적 측면에서 보면 부정적이던 황야공간에서 생명공간으로의 전환을 보여준다. 이는"反휴머니즘의 세계에서 휴머니즘의 세계를 새롭게 깨닫게 된 것이며, 무의미의 세계에서 의미의 세계로 넘어간 것이다."[124] 이러한 과정이 곧 긍정적인 공간인식을 유도해 가는 인식의 변화과정이 될 것이다.

후기로 접어들면서 보이는 이러한 인식의 변화는 다소 소극적이기는 하지만 김종삼 시세계의 새로운 변화를 유도한다는 점에서 의미가 있다. 이는 부정적·비화해적이던 단절의 세계에서 소통의 세계로 들어섬을 의미한다. 김종삼의 시는 대부분 부정적 세계인식과 더불어 인간부재의 형태로 나타난다. 그가 유독 관심을 가지는 인물유형은 가난하게 살아가는 소외계층들이다. 도피공간에서 김종삼이 형상화하고 있는 인물들은 대체로 이러한 주변인적 인물유형에 속한다. 그러나 휴머니즘 인식으로 접어들면서 보다 넓은 의미에서의 인간 존재에 초점을 두게 된다.

희미한
風琴 소리가
툭 툭 끊어지고
있었다

그동안 무엇을 하였느냐는 물음에 대해

다름 아닌 人間을 찾아다니며 물 몇 桶 길어다 준 일밖에 없다고

머나먼 廣野의 한복판 얕은

---

124) 이승훈, 「평화의 시학」, 『김종삼 전집』, 청하, 1988, 321쪽.

하늘 밑으로
영롱한 날빛으로
하여금 따우에선

-「물통」 전문

　김종삼의 시에서 '물'은 대체로 평화 이미지로 부각되고 있다. 이는 그의 지향공간이 평화 공간 혹은 생명공간에 토대를 두고 있기 때문이다. '물'은 황량한 현실공간에 청량함을 불어넣는 생명수 역할을 한다. 그의 시에 흔히 등장하는 '샘물', '샘터'(「쎄잘 프랑크의 음」) 등의 시적 이미지는 바로 이러한 '물'의 특성을 반영한다. 이승훈은 김종삼의 평화 이미지로서의 물의 세계를 "성스러움의 세계"125)로 보고 있다. 김종삼의 지향공간인 평화 공간 자체가 이상 공간 이미지를 함유하기 때문이다. 그러나 휴머니즘 공간에서 형상화되는 물 이미지는 신적인, 천상적인 이미지가 아니라, 인간적인 물의 형태를 띠고 있다. 이는 김종삼이 환상적인, 천상적인 공간 이미지를 지나와 인간에 대한 깊은 사유와 성찰을 꾀하고 있기 때문이다. 따라서 '물' 또한 가장 인간적/지상적인 '물' 이미지를 담고 있다. 이는 곧 인간을 위한, 인간

---

125) 이승훈, 앞의 책, 304쪽. 이승훈은 김종삼의 상상력을 지배하는 두 개의 이미지로 '물'과 '돌'을 들고 있다. 그에 의하면, 물 이미지는 "삶의 평화로움을 표상"하고 있으며, 이러한 "물에서 읽는 평화로운 삶의 세계는 성스러움을 내포하는 그런 세계"라고 말한다. 또한 "그가 노래하는 물의 세계는 구체적인 현실성을 벗어나 있"는데, 이는 그가 지향하는 물의 세계가 "우리의 내면에 서려있는 아름다운 영혼을 표상"하는 것으로 성스러움을 내포하기 때문이라고 언급한다. 돌 이미지는 물 이미지가 표상하는 성스러운 평화와는 달리 죽음, 고통의 세계를 상징하고 있다. 따라서 김종삼 시의 반복적 주제는 평화와 죽음이라고 말한다. 이승훈의 이러한 견해 즉, '성스러운 물' 이미지는 현실공간으로 회귀하기 이전의 '물' 이미지에 중심이 놓여 있다. 그러나 휴머니즘을 통해 구성된 김종삼의 물 이미지는 새로운 범주로 접어든다. 이는 현실성을 벗어난 '성스러운 물'의 세계가 아니라, 바로 '인간'에게 필요한 생명수로서의 물의 영역을 확보하는 것이다.

생명을 담보하는 인간적 용도의 물을 의미한다.

지상은 천상과는 달리 인간적 고통, 갈등, 슬픔이 만연해 있는 공간이다. 위 시에 제시된 '풍금소리'는 어떤 구원의 메시지를 담고 있다. '풍금소리'는 '소리'를 통해 상승을 지향하고 경계를 두지 않고 어디든 그 울림을 전달한다. 하지만 여기서의 '풍금소리'는 건강한 음색이 아니라 현실공간의 어둡고 절망적인 기운으로 인해 '희미한' 소리로 변질되어 있다. 따라서 상승의 길을 열지 못하고 '툭 툭 끊어'지는 단절을 보여준다.

2연의 '그동안 무엇을 하였느냐는 물음'과 3연의 '다름 아닌 人間을 찾아다니며 물 몇 桶 길어다 준 일밖에 없다'라는 대답은 바로 이러한 공간인식에서 생성된다. '人間'은 물이 전제되어야 생명을 유지할 수 있다. 따라서 '人間을 찾아다니며 물 몇 桶 길어다 준 일'은 대단히 큰 의미를 부여한다. 이 '물'은 인간생명은 물론 사랑과 관심, 배려, 질서 등 포괄적인 의미를 내포한다. 화자는 '人間을 찾아다니며 물 몇 桶 길어다 준 일밖에 없'음을 실토한다. '물'은 '인간'의 고통을 해소시켜 줄 수 있는 근원적 상징물이다. '그동안 무엇을 하였느냐는 물음'이 우리 모두에게 큰 화두로 다가오는 것은 바로 이 때문이다. '물'은 화자의 휴머니즘 인식을 반영하는 구체적 매개물이다. 따라서 '人間을 찾아다니며 물 몇 桶 길어다 준 일' 혹은 '주는 일'은 휴머니즘의 실천적 행위라고 할 수 있다.

4연의 '영롱한 날빛'은 '인간'에게 '물'이 주어지고 난 후의 세계이다. '영롱한 날빛'은 '풍금소리'와 같이 상승 이미지를 내포하고 있다. 하지만 이 또한 '하늘'을 지향하는 것이 아니라, '머나먼 광야의 한복판'인 지상공간과 연결된다. '영롱한 날빛'은 정신적 극복세계 혹은 지고한 예술세계와도 연결 지을 수 있다. 인간에게 '물'이 필요하듯이 정신적 충족으로서의 상승의 세계도 필수조건이 되기 때문이다. 1연의 고통과 갈등의 현실 공간, 2~3연의 '물'의 등장, 4연의 '영롱한 날빛'은 바로 이러한 과정을 암시하는 하나의 과정이 된다. 김종삼의 휴머니즘 인식은 '인간을 찾아다니며 물 몇 통' 길어다 주는 것으로부터 시작된다. 그의 시편에서 '인간'이 등장하는 것은 중요한 관전 포인트가 될 것이다. 이는 단절된 세계와의 화해와 소통을 모색하는 단계로서의 전환점이 되기 때문이다.

> 나의 本籍은 늦가을 햇볕 쪼이는 마른 잎이다 밟으면 깨어지는
> 소리가 난다
> 나의 本籍은 巨大한 溪谷이다
> 나무 잎새다
> 나의 本籍은 푸른 눈을 가진 한 여인의 영원히 맑은 거울이다
> 나의 本籍은 次元을 넘어다니지 못하는 독수리다
> 나의 本籍은
> 몇 사람밖에 안 되는 고장
> 겨울이 온 敎會堂 한 모퉁이다
> 나의 本籍은 人類의 짚신이고 맨발이다
>
> — 「나의 본적」 전문

위 시의 '늦가을 햇볕 쪼이는 마른 잎', '거대한 계곡과 잎새', '푸른 눈을 가진 한 여인의 영원히 맑은 거울', '次元을 넘어 다니지 못하는 독수리', '몇 사람밖에 안 되는 고장', '겨울이 온 敎會堂 한 모퉁이' 등은 화자인 '나'를 구성하는 요소들이다. 제목 '나의 본적'은 바로 이러한 요소들을 담아 내는 상징 메시지이다. '나'는 이상과 현실을 끊임없이 넘나드는 존재이다. '늦가을 햇볕 쪼이는 마른 잎', '몇 사람밖에 안 되는 고장', '겨울이 온 敎會堂 한 모퉁이'는 화자의 내면의식을 표

상한다. 이는 소외와 부재의식을 표상하면서 시의 전체적 정조를 구성해 간다. '마른 잎', '모퉁이'는 '밟으면 깨어지는 소리'와 함께 화자의 자기 존재인식의 한 측면을 보여준다. 이는 현실공간 속에서의 화자의 위치를 확인시켜주는 것으로 외로움과 쓸쓸함, 위기의식 등을 나타낸다.

한편, '巨大한 溪谷', '푸른 눈을 가진 한 여인의 영원히 맑은 거울', '次元을 넘어 다니지 못하는 독수리' 등은 화자의 이상 세계에의 열망을 보여준다. '거대한 계곡'은 내면에 잠재해 있는 꿈의 세계를, '푸른 눈을 가진 한 여인의 영원히 맑은 거울'은 자기성찰의 세계가 그려진다. '次元을 넘어 다니지 못하는 독수리'는 화자의 내적 갈등을 표상한다. '독수리'는 솟구치는 힘이 강하지만 '次元을 넘어 다니지 못'하는 것으로 표현됨으로써 꿈에 대한 좌절을 보여준다. 이러한 공간이동의 좌절이 곧 화자의 현실초극에 대한 한계상황이라고 할 수 있다.

위 시는 현실과 이상 즉, 소외된 존재자로서의 '나'와 이를 넘어서려는 '나'로 대별된다. 두 자아는 끊임없이 갈등하고 충돌하는 관계에 있다. 그러나 표면적으로는 '~이다'로 일관되는 자기 수용의 자세로 흘러간다. 이러한 태도는 보다 명징한 자기성찰의 시간을 담보한다. 이를 통해 갈등의 시간은 순화되고 자신을 돌아볼 수 있는 진정한 반성의 시간이 주어진다. 김종삼의 휴머니즘 인식은 이처럼 결핍과 쓸쓸함, 고독 등 인간적 성찰 위에서 생성된다. 다시 말해 '나'의 갈등의 시기는 '~이다'로 대변되는 긴 자기성찰의 과정을 거치면서 '나의 本籍은 人類의 짚신이고 맨발이다'라는 단계로 접어들고 있다. 이는 김종삼의 시선이 개인적 차원을 넘어 보다 확장된 차원에서의 인간존재에 닿아 있음을 보여준다.

장님들은 언제나 착하게 보이었다
　　가파른 계단을 올라가면서도
　　지팡이와 함께 하늘을 향해 웃음을 짓는다

　　가파른 계단을 조심스럽게
　　내려오면서도 지팡이와 함께
　　하늘을 향해 웃음 짓는다

-「장님」 전문

　　김종삼의 시에는 농아나 장님 등 장애를 가진 인물들이 자주 등장한다. 김종삼의 시에서 이러한 인물들은 대체로 주변적 존재양식을 드러낸다. 이들은 중심세계와의 단절된 인물유형으로 드러나기도 하고, 평화의 상징적 존재이기도 하다. 김종삼에게 세계는, 특히 '중심'에 있다는 인간 유형들은 언제나 주변인들에게 상처를 입히는 존재들로 인식된다. 그가 주변인들에게 특히 관심을 가지는 이유가 여기에 있다. 가난하지만 착하게 살아가는 이들은 타인에게 상처를 입히거나 질서를 무너뜨리는 일을 하지 않는다. 따라서 김종삼에게 이들은 연민의식을 불러일으키는 소외의 인물이기도 하고, 한편으로 진정한 의미에서의 세계를 이끄는 '중심'으로 인식되기도 한다.

　　위 시의 '장님들은 언제나 착하게 보이었다'에서 시인의 이러한 사유를 엿볼 수 있다. '장님들'은 '가파른 계단을 올라가면서도', '가파른 계단을 내려가면서도' '하늘을 향해 웃음을 짓는다'. '가파른 계단'의 '오름과 내림'은 이들에게는 참고 견뎌야 하는 현실적 장벽과 시련임에 틀림없다. 그럼에도 이들은 세계에 대해서, 스스로에 대해서 불만도 분노도 표출하지 않는다. 장애를 가지고 있지만 이들의 마음은 기울어진 데가 없이 맑고 순수하다. 이들의 '웃음'은 자신 뿐 아니라 주변을 따뜻하고 평화롭게 물들인다. 또 하나 중요하게 돌아봐야 할 부분은 '장님들'을 지탱해주고 있는 '지팡이'에 있다.

여기서 '지팡이'는 인간애를 불러일으키고 또 실천할 수 있게 하는 상징물이다. '장님들'은 '지팡이'를 통해 세상으로 나아가고 세상과의 소통을 시도할 수 있다. 위 시에서 '지팡이와 함께'라는 두 번의 반복적 표현은 이런 점에서 중요한 암시를 담고 있다고 할 수 있다. '지팡이'는 사랑과 평화를 실천하는 이른바 휴머니즘 정신을 담고 있다. 따라서 작게는 장님을 인도하는 개인적 '지팡이'에서 크게는 인류를 구원하는 표본으로 설정된다. 이는 앞서 살펴보았던 시 「물통」에서의 '물 몇 통'과, 「나의 본적」에서의 '짚신과 맨발'의 의미를 두루 함축한다. '지팡이', '물 몇 통', '짚신과 맨발'은 개인적 삶의 범주보다는 인류 보편적 범주에서 그 실천적 의미를 구현한다.

①
내 호주머니 속엔 밤 몇 톨이 들어
있는 줄 알면서
그 오랜 동안 전해 내려온 전설의
돌층계를 올라가서
낯모를 아이들이 모여있는 안쪽으로
들어섰다 무거운 거울 속에 든 꽃잎새처럼
이름이 적혀지는 아이들에게
밤 한 톨 씩을 나누어 주었다.

－「부활절」 부분

②
내가 많은 돈이 되어서
선량하고 가난한 사람들을 위해 맘 놓고 살아갈 수 있는

터전을 마련해 주리니

내가 처음 일으키는 微風이 되어서
내가 不滅의 平和가 되어서
내가 天使가 되어서 아름다운 音樂만을 싣고 가리니
내가 자비스런 神父가 되어서
그들을 한번씩 訪問하리니

－「미사에 참석한 이중섭씨」 전문

①의 시에서 '호주머니 속에 든 밤 몇 톨'은 '아이들'에게 나눠 줄 양식이다. 이 아이들은 '낯모를 아이들', '무거운 거울 속에 든 꽃잎새처럼/이름이 적혀지는 아이들'에서 살펴보면 부모가 없는 아이들로 보여진다. 여기서 '무거운 거울 속'이란 나쁜 기억을 상기시키는 이른바 역사의 현장과 그로 인한 상처의 흔적을 의미한다. '거울'은 역사적 비극을 비춰주는 일종의 반성적 구조물이다. 따라서 위 시에 등장하는 '낯모를 아이들', '이름이 적혀지는 아이들'은 이러한 반성의 범주에서 생각해야 할 희생자들이다. 따라서 가장 깊은 인간애로써 보호하고 감싸줘야 할 대상들이 된다. 이런 점에서 화자가 아이들에게 '밤 한 톨씩' 나눠주는 행위는 그 자체로 '부활절'이 내포하는 성스러운 사랑의 실천이라고 할 수 있다.

시 ②에서 화자는 '내가 많은 돈이 되어서', '미풍이 되어서', '불멸의 평화가 되어서', '천사가 되어서', '자비스런 신부가 되어서' '선량하고 가난한 사람들'을 찾아가고자 염원한다. '선량하고 가난한 사람들'은 화자에게 연민과 인간애를 불러일으키는 대상들이다. 따라서 화자는 '많은 돈이 되어서' 이들이 '맘 놓고 살아갈 수 있는' '터전'을 마련해 주고 싶어 한다. '微風이 되어서', '不滅의 平和가 되어서', '天使가 되어서', '자비스런 神父가 되어서' 방문하고자 한다. 김종삼의 휴머니즘 인식은 '선량하고 가난한 사람들'에게 '사랑'과 '자비'를 실천하는 것에서부터 시작된다. 이는 김종삼의 휴머니즘 인식이 내장하고 있는 특징이면서 그의 인간에 대한 접근 방식이라고 할 수 있다.

> 한 여인이 병들어가고 있었다
> 그녀의 남자도 병들어가고 있었다
> 일 년 후 다시 만나기로 하고 헤어졌다
> 그 일 년은 너무 기일었다
>
> 그녀는 다시 술집에 전락되었다가 죽었다
>
> 한 여인의 죽음의 門은
> 西部 한복판
> 돌막 몇 개 뚜렷한
> 어느 平野로 열리고
>
> 주인 없는
> 馬는 엉금엉금 가고 있었다
>
> 그 남잔 샤이안 族이
> 그녀는 牧師가 묻어 주었다
> ─「서부의 여인」 전문

위 시의 '한 여인'과 '그녀의 남자'는 비극적 삶을 살다가 비극적인 죽음을 맞이한 인물들이다. '서부의 여인'으로 명명되는 '한 여인'은 술집을 전전하던 존재이고 그녀의 남자 또한 그러한 삶의 범주에 속해 있다. '병', '이별', '죽음'으로 이어지는 일련의 과정은 이들의 비극적 삶과 그러한 삶을 살아갈 수밖에 없는 주변인적인 한계를 보여준다. 이들은 '일 년 후 다시 만나기로 하고 헤어졌'지만 그 약속은 처음부터 지켜질 수 없는 한계를 지니고 있다. 이들의 삶은 미래가 보장되지 않는 불완전한 형식을 보이고 있기 때문이다. 따라서 '약속'은 결국 '西部 한복판/돌막 몇 개 뚜렷한' '죽음의 門'으로 귀결되고 만다. 또한 '그 남잔 샤이안 族이/그녀는 牧師가 묻어 주었다'에서 이들의 영원한 이별이 감지된다.

위 시는 '서부의 여인'과 '그녀의 남자'와의 사랑과 이별 그리고 죽음을 통해 밑바닥 인생을 살아가는 사람들의 참담한 존재양식을 보여준다. 이는 '병들어가고 있었다', '헤어졌다', '죽었다'에 모두 함축되어 있다. '서부의 여인이 '다시 술집에 전락되'고 결국 죽음을 맞이할 수밖에 없는 이유는 현실적 빈곤 때문이다. 김종삼 시에서 빈곤의 문제는 시인 스스로가 그러한 삶을 살아온 만큼 가장 실질적인 문제의식으로 다가온다. 위 시에 나타난 비극적 죽음의 색채는 결국 김종삼 자신의 삶의 무게를 담아내는 단서가 될 것이다. 그의 인간에 대한 연민과 사랑의 실천 또한 소외된 인물들을 중심으로 펼쳐지고 있다. 이는 어느 한정된 대상을 염두에 두기보다 가장 어둡고 낮은 곳에 있는 사람들에게 먼저 관심을 두고자 함이다. 이것이 김종삼 시세계에 나타나는 휴머니즘의 본질이라고 할 수 있다. 그의 휴머니즘은 겉으로 보기에 연민의식과 별반 차이가 없어 보이지만 내용적으로는 분명한 차이를 두고 있다. 그의 연민의식은 주로 주변인들에게 한정되어 나타나고 있었지만, 휴머니즘은 '물', '짚신', '지팡이' 등으로 상징되는 보편적 인간애를 지향하고 있기 때문이다.

버스로 오십분쯤 나가면
비탈진 주택단지 축대들의 층층대
언덕 너머 야산 밑으론 마음
고운 여자 친구가 살고 있었다
부근엔 오두막 구멍가게 하나
있어 그 친구랑 코카콜라랑 소주를
즐길 때도 있었다

한동안 일에 쫓기다가 즐거운 마음으로 달려가 본즉
그 친군 어떤 사람과 동거 중이었다

야산과 축대들의 언저릴 경유하고 있었다
세자르 프랑크의 봐레이슌처럼

-「掌篇(수록 2)」전문

위 시에서도 시인의 외부세계로 향하는 시선과 관심, 사람과의 따뜻한 유대를 엿볼 수 있다. 이는 세계와의 단절과 그로 인한 부재의식을 보이던 김종삼 시세계의 특징에서 또 다른 구도로 변화해가는 과정을 보여준다. 김종삼의 대부분의 시에는 인간에 대한 직접적인 관심이나 애정이 드러나지 않는다. 그런 점에서 '코카콜라랑 소주'를 나누어 마시는 '마음 고운 여자 친구'의 이야기는 색다른 풍경으로 다가온다. 닫혀있던 세계에 문득 '인간'이 들어와 그의 시의 중심을 열고 있기 때문이다. 가끔 만나 '코카콜라랑 소주를 즐'기는 '마음 고운 여자 친구'는 세계와의 소통을 열어주는 일종의 매개물로서의 대상이 된다.

'비탈진 주택단지 축대들의 층층대'와 '오두막 구멍가게'는 소외의 정서를 내포하지만, 인간적 생활이 오밀조밀 펼쳐지는 공간이다. 따라서 사람과 사람과의 관계가 면밀하게 형성될 수 있는 조건을 갖추고 있다. '한동안 일에 쫓기다가 즐거운 마음으로 달려가 본즉/그 친군 어떤 사람과 동거 중이었다'라는 표현 또한 인간적 냄새가 풍기는 일면을 보여준다. 여기에는 여자 친구에 대한 서운함과 함께 따뜻한 관심의 시선이 행간 속에 숨겨져 있다. 이러한 일상의 한 토막 이야기를 통해 김종삼은 인간에 대한 혹은 인간관계에 대한 따뜻한 마음을 전달한다. 이러한 변화는 부정적으로 바라보던 세계를 따뜻하게 수용하려는 의지와 세계에 대한 새로운 깨달음의 세계를 나타낸다.

> 물먹는 소 목덜미에
> 할머니 손이 얹혀졌다.
> 이 하루도
> 함께 지났다고.
> 서로 발잔등이 부었다고.
> 서로 적막하다고.
>
> —「묵화」 전문

위 시에는 '할머니'와 '소'의 따뜻한 유대가 한 폭의 그림처럼 형상화되고 있다. '묵화'의 깊고 그윽한 향기가 시 전면에 하나의 배경으로 제시된다. '소 목덜미에 얹'히는 할머니의 손은 어떤 종교의식보다도 숭고하고 성스럽다. 서로 부은 '발잔등'을 위로하듯 함께 저녁을 맞는 할머니와 소의 모습은 비록 인간과 동물의 관계이지만 더할 나위없는 감동을 안겨준다. 여기에는 오랜 시간 함께 해온 관계에서만 볼 수 있는 믿음과 연민과 교감이 담겨 있다. '이 하루도'라는 시간은 바로 이들이 함께 해온 많은 날들을 함축한다. 고된 노동과 가난 그리고 소외의 정서 속에서 생성된 이들의 교감은 동일한 시·공간적 공감대를 형성한다.

시의 전체적 정조는 쓸쓸함과 적막함으로 채색되어 있다. 이러한 정조는 위 시의 시간과 공간적 배경 즉, 어스름이 밀려오는 저물녘이라는 시간대와, 사람과의 유대가 없는 소외의 공간이라는 점에서 찾을 수 있다. '할머니'와 '소'는 하루해가 저무는 시간과 주변의 관심권에서 외떨어진 소외의 공간을 함께 공유하고 있다. 시 제목 「묵화」또한 이러한 조건을 부각시키는 하나의 기제가 된다. '묵화'가 보여주는 어두운 채색과 동양화의 여백의 특징이 침묵의 절제된 미학을 담아낸다. 비어 있음의 충만감, 담담하고 절제된 심연, 공백의 미학, 이것이 위 시가 내포하고 있는 공간 이미지이다.

이러한 공간 이미지 속에 김종삼의 생명에 대한, 존재에 대한 진정한 사유가 내포되어 있다. 이는 '할머니'와 '소'를 하나의 공감대 속에 포섭함으로써 인간과 동물의 경계를 해체하는 이른바 생명 가진 모든 존재에 대한 관심을 표현한다. 김종삼은 '경계'에 대해 특히 반감을 가지는 편이다. 남북의 장벽인 피난길의 '경계선'도, 주변인과 '중심'으로 구분되는 소외의 정서도 모두 경계에서 비롯된다. 이는 인간의 모순적 사고, 이기적 발상이 만들어낸 장벽이다. 요컨대 김종삼은 이러한 경계를 허물어 새로운 형식의 존재조건을 제시하고자 한다. 위 시 「묵화」가 바로 이러한 김종삼의 시적 의도를 잘 담아내고 있다. '부운 발잔등과 적막함'을 서로 위로하고 따뜻한 교감을 이끌어내는 '할머니'와 '소'의 관계야말로 이러한 세계를 구현할 수 있는 최적의 조건이다. 빛과 그늘이 조화롭게 어우러지고 평등하게 공존하는 세계가 바로 김종삼이 지향하는 휴머니즘의 근간이 된다.

아작아작 크고 작은 두 마리의 염소가 캬베스를 먹고 있다

똑똑 걸음과 울음소리가 더 재미있다
인파 속으로 열심히 따라가고 있다
나 같으면 어떤 일이 있어서도 녀석들을 죽이지 않겠다
-「장편·1」 전문

　위 시의 '크고 작은 두 마리의 염소'는 시 전체적 맥락으로 보아 방금 '죽임'을 당할 위기에 놓여있다. 그러나 이들은 그러한 위기 상황은 전혀 모른 채 '캬베스를 먹'으며 '똑똑 걸음과 울음소리'도 재미있게 인파 속으로 걸어가고 있다. 김종삼 시에서 인간애를 유도하는 가장 근원적 존재들은 대체로 선량함, 착함, 진실함 등을 표상하는 존재들이다. 이러한 인물들은 남을 해치지 않는 반면 늘 희생을 당할 수밖에 없는 유약한 존재라는 공통점을 지닌다. 위 '두 마리의 염소'도 이러한 존재유형에 속해 있다. 이들은 자신의 죽음을 의심하거나 경계할 줄도 모르는 선량하고 착한 이미지로 그려진다. 따라서 화자로 하여금 '나 같으면 어떤 일이 있어서도 녀석들을 죽이지 않겠다'라는 강한 의지를 발동시킨다.

　여기에는 김종삼의 경계를 허문 생명에 대한 연민이 내면화되어 있다. '아작아작 크고 작은 두 마리의 염소', '재미있다', '따라가고 있다', '죽이지 않겠다'로 이어지는 과정이 이를 증명한다. 시인의 시선은 생명과, 그 생명이 보이는 순수한 몸짓과, 아무것도 모르는 무지함과 그리고 죽음까지의 시간을 읽어내고 있다. 김종삼이 그려내는 동물들은 '두꺼비의 역사'에서의 '두꺼비'도 그렇지만 위 시의 '염소'도 천진난만 웃음을 주고 재미를 주는 순수 이미지를 담고 있다. 이는 단순히 동물 그 자체가 아니라 이들의 모습을 통해 인간의 삶의 현장을 형상화해 내고 있는 것이다. 위 시에 휴머니즘적 사유가 개입하는 것은 바로 이 때문이다. 작고 보잘것없지만 아름다운 것, 부재 속의 한 없는 충만, 순수세계에 대한 열망, 생명에 대한 한없는 연민과 사랑 이것이 김종삼의 휴머니즘을 구성하는 토대이고 생명공간의 근간이 다. 아래 글은 김종삼을 이해하는 또 하나의 단서가 될 것이다.

> 누구나 한 時代를 살다 가지만, 아름다움을 남기고 가기는 쉽지 않다. 김종삼은 드러내기보다 발자취를 남기고 간 시인이다. 레바 논 골짜기든, 星河이든, 안니로리의 그 먹먹한 음악의 샘이든, 그는 달라지는 풍경의 조율사였다. 별명이 도깨비지만 그는 착한 인간 이었다. 그의 시는 가공하지 않은 寶石이다.126)

김영태의 말대로 김종삼은 자기존재를 드러내기보다 순백의 발자 취를 남기고 간 시인임에 틀림없다. 그는 끊임없이 자기존재를 부정 하고 감추려고 했지만 그것이 오히려 발자취를 빛나게 하는 결과를 가져왔다. 그의 '발자취'는 우리에게 맨 먼저 그의 시의 공간을 떠올 리게 한다. 그의 시세계는 그가 남기고 간 가장 확실한 '발자취'의 지 점이고, '가공하지 않은 寶石' 창고가 된다. 그의 단절과 도피와 방황 의 여정은 '죄씻음'의 여정이면서 자기정화와 극복세계를 담고 있다. 따라서 그의 휴머니즘 세계는 상실한 인간회복에 중심을 두고 있는 이른바 생명에 대한 사랑과 자비의 정신에 다름 아니다.

이러한 김종삼의 생명공간은 이제까지 해왔던 '먼 곳' 혹은 '미지의 어느 곳'이 아닌 바로 현실공간에서 구현된다는 점에서 중요한 의미 를 지닌다. '인간을 찾아다니며 물'을 길어다 주고자 하는 것과 '짚신', '지팡이' 등이 상징하는 의미가 이를 반영한다. 김종삼에게 '세계'는

---

126) 김영태, 「열개의 메모」, 앞의 글.

이제 단절해야 할 대상이 아니라 '물'을 길어다 주어야 할 생명공간으로 인식된다. 이러한 인식의 변화는 순수예술을 통한 자기정화의 세계와 휴머니즘을 바탕으로 한 생명공간의 형성에 있다. 이는 여타의 '생활'을 버리고 오직 '시'에 몰입해온 치열한 詩作과정이 있었기에 가능한 일이다. 결국 그의 詩作은 방황의 여정이면서 한편으로 자기극복과정으로 수렴됨을 알 수 있다. 김종삼 시세계의 마지막 단계로서의 현실공간과 초월적 단계는 이러한 변화과정을 통해 당도하게 되는 공간이다.

(3) 현실공간으로의 회귀와 초월

김종삼의 시에서 '돌아옴'의 의미를 지니는 회귀공간의 단계는 공간의 회복과 초월을 담고 있다. 이는 본래 있던 자리로 돌아옴 즉, 그동안 단절하고 도피했던 현실공간으로 회귀함을 의미한다. 다시 말해 외부로 떠돌던 시선을 안으로 집중시켜 상실했던 시간과 공간, 인간과 사물과의 화해와 수용을 의도하는 단계이다. 따라서 세계와 자아에 대한 새로운 관계형성이 시도되고 부정적인 공간인식이 긍정적으로 변화하게 된다.

김종삼의 경우, 이러한 화해와 수용의 공간인식이 현실과의 타협 혹은 체념의 측면이 아니라, 진정한 자기반성과 이해를 바탕으로 진행된다는 점에서 의의가 있다. 또한 이상세계가 아닌 현실회귀"127)

---

127) 남진우, 앞의 책, 112쪽. 남진우는 김종삼의 과거지향을 "귀향적 도정"으로 규정하고 "과거의 한 순간에 시선을 고정시키고 그곳으로 회귀하고자 하는 무의식적 기도"라고 해석하고 있다. 이는 김종삼의 시편들이 대체로 과거 체험에 뿌리를 두고 시세계를 펼쳐나가고 있기 때문이다. 그러나 김종삼의 시세계는 과거체험을 형상화하고 있지만 과거로의 회귀를 의도하는 것이 아니라, 현재로 돌아오기 위한 일종의 자기 극복과정의 한 단계라고 할 수 있다. 김종삼의 시간과 공간인

를 통해 자기승화의 길을 연다는 점에서 보다 주목된다. 이는 자기방어의 측면에서 시도되었던 내부/외부공간의 단계와 앞서 살펴본 순수 예술세계와 휴머니즘 세계를 지나 비로소 당도하게 된 단계이다. 김종삼이 일생 도피와 방황을 일삼았던 것을 감안한다면 그의 현실공간으로의 회귀는 대단히 큰 의미를 가진다고 할 수 있다. 결국 현실을 수용함으로써 진정한 의미에서의 자기극복을 성취해 내기 때문이다. 이러한 과정은 먼저 상처로 얼룩진 공간을 회복하려는 공간회복의 단계와 그 이후에 이루어지는 존재회복의 단계 등 두 범주로 나누어진다.

> 피어오르는 아지랑이의 체온은 성자처럼 인간을 어차피 동심으로 흘러가게 한다. 그리고 나서는 참혹 속에서 바뀌어지었던 역사 위에 다시 시초의 여러 꽃을 피운다고.

> 메말라 버리기 쉬운 인간 '성자'들의
> 시초한 사랑의 새움이 트인다고.
> ─「오월의 토끼똥·꽃」부분

김종삼의 시의 회귀공간은 얼마간 자기적응의 시간을 가지게 된다. 이는 현실공간에 대한 적응 즉, 자신이 안착할 공간에 대한 확인 작업이 필요하기 때문이다. 부정적인 현실공간에 대한 새로운 이해와 이미지 쇄신 등 인식의 전환과정이 바로 그것이다. 김종삼의 시의식을 자극하는 가장 큰 경험구도는 한국전쟁과 분단, 실향의 상처이다. 그의 부정적인 시간인식과 공간인식 또한 대체로 이러한 경험을

식은 언제나 현재 시점이 중심이 되고 있다. 따라서 그의 과거지향은 부정적인 과거를 재인식함으로써 극복 토대를 마련하는 일종의 '돌아옴'의 과정이다.

바탕으로 생성된다. 따라서 부정적인 역사와 그 역사가 잠들어 있는 현실공간에 대한 공간회복이 우선되어야 한다. 그런 후에야 비로소 현실의 수용과 공간초월 및 자기극복의 토대가 마련된다.

위 시는 김종삼의 공간회복에 대한 열망이 고스란히 드러나 있다. 상처의 공간에 희망적·긍정적 '불씨'를 일깨우고자 하는 것이 바로 그것이다. '아지랑이의 체온', '동심', '꽃', '사랑의 새움' 등은 상처를 치유하는 새로운 '불씨'에 해당한다. '참혹 속에서 바뀌어지었던 역사'에서 '참혹한 역사'는 곧 전쟁과 연계해서 떠올리게 한다. 시인은 상처로 얼룩진 '참혹한 역사 위'에 '시초의 여러 꽃'을 새롭게 피우고자 한다. 이는 상처를 딛고 일어서려는 눈물겨운 의지에 다름 아니다. 이러한 공간회복에의 열망이 스스로의 자각에서 출발하고 있다는 점이 중요한 의미를 부여한다. 현실도피를 일관하던 김종삼에게는 크나큰 변화의 단초가 되기 때문이다.

역사는 끊임없이 새로운 시대정신을 요구하고 시인은 새로운 상상력을 창출해내려고 노력한다. 아무리 참혹한 전쟁의 현장이라 해도 인간이 사는 곳에는 언제나 새로운 희망과 삶이 펼쳐진다. 그리고 여기에는 사랑이라는 큰 틀 속에서 생성되는 용서와 극복 의 메시지가 담겨 있다. 그런 후에야 비극적 역사의 현장엔 '다시 시초의 여러 꽃을 피'울 수 있는 정신이 놓이게 된다. 김종삼은 '인간'의 마음은 아무리 혹독한 시대를 거쳐 와도 어차피 '성자'처럼 '동심'으로 흐를 수밖에 없다고 말하고 있다. 그러나 이러한 긍정적인 면에서의 인간 '성자'들의 마음은 '메말라 버리기 쉬운' 특성을 지니고 있음 또한 배제하지 않는다. 이러한 변화무쌍한 성자인간들의 속성이 곧 '인간'에게 상처를 입히고 참상을 불러일으키는 부정적인 측면이 되기 때문이다.

여기에 '동심'이 등장하는 것은 김종삼의 공간회복의 성격을 반영하는 하나의 단서가 될 것이다. '동심'은 상처의 땅에 '꽃'을 피우게 하고 '사랑의 새움'이 트게 하는 순수 사랑의 결정체이다. 따라서 '동심'은 꿈과 희망을 심어주는 이른바 상처의 공간을 치유해주는 가장 근원적인 매개물이 될 것이다. 위 시는 현실공간으로 회귀하기 위한 전초 단계로서의 김종삼의 공간회복에 대한 의지가 반영되어 있다는 점에서 중요한 의미를 지닌다.

> 헬리콥터가 지나자
> 밭 이랑이랑
> 들꽃들이랑
> 하늬바람을 일으킨다
> 상쾌하다
> 이곳도 전쟁이 스치어 갔으리라
>
> ─「서시」전문

위 시도 앞의 시 「오월의 토끼똥·꽃」과 마찬가지로 화자의 부정적인 경험공간에 대한 새로운 인식의 세계를 보여준다. '이곳'은 바로 과거 부정적인 경험공간 즉, '전쟁이 스치어'간 공간이다. 이 공간은 화자에게 부정적인 기억을 유도하는 상처의 공간임에 틀림없다. 그러나 이 상처의 공간에 '밭이랑', '들꽃들'이 등장하고 그 위로 '하늬바람'이 '상쾌'하게 지나간다. 참혹했던 죽음의 공간이 쾌적하고 평화로운 생명공간으로 탈바꿈하고 있다. 포성이 들리던 들판은 역사의 기록 따위 안중에도 없다는 듯 자연 본래의 모습을 연출하고 있다. 가끔 그 때를 상기시키듯 '헬리콥터'가 지나가기도 하지만, 그것이 일으키는 바람은 이제 민족상잔의 피바람이 아닌 '밭이랑'과 '들꽃들'을 흔들고 가는 상쾌한 하늬바람이다.

후기시에 속하는 이 시 또한 시인의 공간회복의 열망을 담고 있다. 참혹한 전쟁이 지나간 자리에 이제 희망의 새살을 돋게 하려는 것이다. 이러한 변화의 저변에는 시인의 현실공간에 대한 반성과 수용, 초월 의지가 깊이 작동하고 있다고 할 수 있다. 과거의 상처를 치유하지 않고서는 어떤 극복논리도 불가능하기 때문이다. 이러한 변화는 오랜 방황의 여정을 마치고 詩作의 마지막 단계에서 깨닫게 된 인간과 세계 그리고 자기 자신에 대한 연민과 사랑이다. 이러한 사유가 곧 공간회복은 물론 자기승화의 단계로 들어서게 하는 원동력이 된다. 세계와 자아, 자아와 세계와의 소통과 긍정적 공간인식을 유도하는 과정이 바로 그것이다.

> 바닷가에 매어 둔
> 작은 고깃배
> 날마다 출렁거린다
> 풍랑에 뒤집힐 때도 있다
> 화사한 날을 기다리고 있다
> 머얼리 노를 저어 나가서
> 훼밍웨이의 바다와 노인이 되어서
> 중얼거리려고
>
> 살아온 기적이 살아갈 기적이 된다고
> 사노라면
> 많은 기쁨이 있다고
>
> —「어부」전문

'바닷가에 매어 둔/작은 고깃배/날마다 출렁거린다'는 화자가 직면하고 있는 현실공간의 상황을 암시한다. 또한 그 속에 노출되어 있는 화자의 존재의 위기를 표상하는 것이기도 하다. 바닷가에 매어둔 배의 출렁거림은 불안정하고 위태로운 현실 공간 혹은 화자의 내면풍경을 드러내는 메시지이다. '바닷가에 매어 둔'에서 '매임'은 공간의 속박/단절을 의미한다. 공간에의 속박/단절은 소통의 단절을 의미하는 것으로 불안, 좌절, 위기의식을 불러들인다. '날마다 출렁거린다/풍랑에 뒤집힐 때도 있다'에서 '출렁거림'과 '뒤집힘' 또한 화자의 현실적 고통과 시련을 상징한다. 따라서 '화사한 날을 기다리'는 마음이 더욱 간절할 수밖에 없다. 현실적 고통이 깊으면 깊을수록 이를 벗어나고자하는 열망 또한 강렬해진다. 김종삼의 공간회복에 대한 열망은 바로 이러한 위기의식에서 시작된다.

'화사한 날'을 안겨줄 새로운 공간은 '머얼리 노를 저어 나가서' 만날 수 있는 '바다'로 드러난다. 여기서 '바닷가'와 '바다'는 대립적인 공간 이미지를 보여준다. '바닷가'는 화자에게 '매임' 즉 속박을 안겨주는 공간이지만 '바다'는 새로운 희망을 찾아갈 수 있는 꿈의 공간으로 나타난다. 따라서 '바닷가'에 매어있는 '작은 고깃배'는 먼 '바다'로 나아가고 싶어서 '날마다 출렁거'리고 때로는 '풍랑에 뒤집'히는 시련을 감수한다. '바닷가'와 '바다'는 현실과 이상공간으로 설정할 수 있다. 따라서 이상공간에 대한 열망은 김종삼의 여느 작품들과 별반 다르지 않다. 하지만 여기서 눈여겨 봐야할 부분은 마지막 연 '살아온 기적이 살아갈 기적'이라는 대목에서 찾을 수 있다. 화자는 온갖 출렁거림과 풍랑을 지나 이제 '사노라면'으로 대변되는 현실공간에 닻을 내리고 있다.

훼밍웨이의 「노인과 바다」라는 작품 속에서는 노인과 물고기와의 한 판 사투가 벌어진다. 이는 화자의 현실 공간수용의 어려움을 반영하는 하나의 상징이 될 것이다. '중얼거림'으로 대변되는 화자의 망설

임의 시간도 '화사한 날'에의 접근을 지연시키는 원인이 된다. 그럼에도 화자는 '살아온 기적이 살아갈 기적이 된다'고 믿어 의심치 않는다. 또한 '사노라면/많은 기쁨이 있다'는 깨달음도 확보한다. 이러한 깨달음은 김종삼의 현실수용의 두 번째 단계 즉, 공간회복을 통해 만나게 되는 자기 존재회복의 단계가 된다. '바닷가시런 → 화사한 날공간회복 → 기쁨존재회복'으로 구성되어 있는 위 시의 공간이동이 바로 이러한 과정을 함축한다.

> 連山 上空에 뜬
> 구름 속에서 무슨 소리가 난다
> 무슨 소리가 난다
> 아지 못할 單一樂器이기도 하고
> 평화스런 和音이기도 하다
> 어떤 때엔 天上으로
> 어떤 때엔 地上으로 바보가 된 나에게도
> 무슨 신호처럼 보내져 오곤 했다
>
> > ―「소리」 전문

위 시의 '소리'는 화자가 자기존재를 확인하기 위해 개입시키는 일종의 매개물이다. '連山 上空에 뜬/구름 속에서' 들려오는 '소리'는 소리의 속성이 그렇듯 상승지향을 의도한다. 상승 이미지인 '소리'는 지상의 '나'에게 어떤 '신호'를 보내온다. 이는 '아지 못할 單一樂器' 혹은 '평화스런 和音'의 형태로 전달된다. 이 '소리'는 고정되어 있는 것이 아니라 '天上'으로 '地上'으로 넘나들며 어떤 메시지를 보내고 있다. 경계에 구속되지 않는 '소리'의 특성이 바로 이러한 공간이동을 가능하게 하는 것이다. 이러한 '소리'는 이상적 공간개념을 수렴하는 평화 이미지와 연계성을 가진다. 평화의 화음은 '천상'과 '지상', 바보가 된 '나'에게 골고루 보내져 온다. 이는 경계에 구속되지 않는 '소리'의 특성을 통해 "무한의 세계"[128]를 구성하려는 장치이다. '소리'로 대변되는 평화의 메시지는 '천상'과 '지상', '나'를 아우르며 공간의 통합 혹은 초월을 유도한다. 이는 상처의 공간에 새살을 틔움으로써 공간회복을 유도하고, 또 '살아온 기적을 살아갈 기적'으로 전환한 후에야 가능해진 일이다.

　김종삼 시세계의 도피공간이 대체로 지상에서 천상으로 즉, 현실공간에서 먼 곳이국공간 혹은 천상공간\으로의 지향을 보여주었다면, 위 시의 공간적 특징은 천상 → 지상 → 현실나의 구도로 펼쳐진다. 이는 이상공간지향에서 현실공간수용의 단계를 보여주는 것으로 회귀공간의 특징을 담고 있다. 이는 단절에서 소통으로 가는 이른바 진정한 의미에서의 자기승화를 표방하는 시적 초월공간이 된다. 따라서 '單一樂器', '평화스런 和音' 같기도 한 이 '소리' 즉, '신호'는 곧 '세계와 나'의 화해를 주도하고 새로운 공간 확보에의 가능성을 열어준다. '무슨 소리가 난다'라는 반복적 서술은 바로 이러한 가능성에 대한 열망의 표현이라고 할 수 있다.

　　　비가 쏟아지고 우뢰가 칠 때에도 평화를 느낀다
　　　아침이 되었다
　　　안개 덩어리가 풀리고 있다

---

128) Gaston Bachelard, 곽광수 역, 『공간의 시학』, 동문선, 2003, 319쪽. "무한은 우리들의 내부에 있는 것이다. 그것은, 삶이 억제하고 조심성이 멈추게 하나 고독 가운데서는 다시 계속되는 일종의 존재의 팽창에 결부되어 있다. 우리들은 움직임 없이 있게 되자마자, 다른 곳에 가 있게 된다. 우리들은 무한한 세계 속에서 꿈꾼다. 무한은 움직임 없는 인간의 움직임이다. 무한은 조용한 몽상의 역동적인 성격의 하나이다."

돋아난 새싹들은 온통 초록이다
어떤 나무에선, 높은 나뭇가지에선 새 소리가 반짝이고 있다
이 하루도 아득한 생각이 든다
루드비히 반 베토벤처럼

-「원정(수록 2)」전문

김종삼의 '평화 공간지향'은 현실적 단절을 해소하려는 의도와 정신적 응결을 치유하려는 의도를 동시에 담고 있다. 위 시의 '비가 쏟아지고 우뢰가 칠 때에도 평화를 느낀다'라는 다소 과장된 표현은 그의 평화 공간지향의 강도를 보여준다. '비'와 '우뢰'는 현실적 고통과 시련을 상징한다. 그러나 이러한 '비'와 '우뢰'가 내포하는 시련과 좌절의 시간은 '아침'이 되면 새로운 국면을 맞이한다. '안개 덩어리가 풀리고', '돋아난 새싹들은 온통 초록', '새소리가 반짝이'는 공간으로 변화한다. '아침'이라는 시간이 가져오는 지상의 생동감과 아름다움은 김종삼의 평화의 세계구현과 맥락을 같이 한다. '아침'이라는 희망적 시간의 설정과 현실공간의 평화는 김종삼의 인식의 변화를 보여주는 단서가 된다.

김현은 "김종삼의 비극적 세계인식은 세계에서의 도피를 뜻하는 것이 아니라, 오히려 긍정적인 세계를 열망하기 때문에 얻어지는 아픈 소리"[129]라고 말한 바 있다. '아침', '안개 덩어리가 풀림', '돋아난 새싹들', '반짝이는 새소리' 등은 현실공간에 대한 김종삼의 새로운 희망의 메시지라고 할 수 있다. 밝고 긍정적인 색채 구성은 그동안 김종삼의 시세계를 물들이고 있던 어둡고 부정적이던 구도와는 상반된 공간 이미지를 보여준다. '이 하루도 아득한 생각이 든다'에서의 '아

---

129) 김현, 「김종삼을 찾아서」, 앞의 책, 239쪽.

득함' 또한 부정적인 색채가 아닌 긴 여정의 끝자락에서 보일 수 있는 안도감의 표현이다. 김종삼 시세계에 나타나는 음악과 음악적 교감은 긍정적인 세계를 열어가는 하나의 교량 역할을 한다. '루드비히 반 베토벤처럼'이라는 표현 또한 이러한 심연과 맞닿아 있다. 앞서 <순수 예술세계에 대한 지향>에서 살펴보았듯이 김종삼에게 음악은 예술혼과 자기정화를 유도하는 공간 이미지이다. 위 시에 형상화되고 있는 밝은 공간 이미지 또한 음악적 교감베토벤을 통해 그 수용이 용이해진다.

> 나는 무척 늙었다 그러므로
> 나는 죽음과 친근하다 유일한 벗이다
> 함께 다닐 때도 있었다
> 오늘처럼 서늘한 바람이 선들거리는
> 가을철에도
> 겨울철에도 함께 다니었다
> 포근한 눈송이 내리는 날이면
> 죽음과 더욱 친근하였다 인자하였던
> 어머니의 모습처럼 그리고는 찬연한
> 바티칸 시스틴의, 한 壁畵처럼.
>
> —「전정(수록 2)」 전문

김종삼의 시간과 공간인식은 부정적인 현실인식과 그 대응양상으로 구성되어 있다. 시간인식이 비극적인 경험세계와 연계해 생성되는 기억의 연속성을 형상화하고 있다면, 공간인식은 이러한 현실을 도피하려는 도피공간과 극복공간으로 설정된다. 김종삼의 부정적인 시·공간인식은 죽음미래까지도 부정적인 형태 즉, '죽어서도 영혼이 없을 것'이라는 자기부정의 세계와, '교황청 문 닫히는 소리', '관리인에게 얻어터짐'(「내가 죽던 날」), '몇 개째를 집어보아도 놓였던 자리가/썩어있지 않으면 벌레가 먹고 있었다/그렇지 않은 것도 집기만 하면 썩어갔다'(「원정」) 등에서 보여 지는 '거부'로부터 시작된다. 이러한 자기부정과 세계가 자신을 거부한다는 인식이 곧 불화와 비화해적인 구도로 접어들게 하는 요인이 된다.

그러나 회귀공간으로 들어서면서 이러한 시·공간인식은 긍정적·수용적 구도로 전환된다. 위 시의 '죽음과 친근하다'라는 표현은 이러한 수용의 자세와 긍정적인 미래인식을 담고 있다. 한편으로 '나는 죽음과 친근하다 유일한 벗이다/함께 다닐 때도 있었다'라는 표현은 시인이 실제적으로 병고를 앓고 있고 또 그 상태가 많이 악화되어 있음을 암시하는 것이기도 하다. 여기서 주목해야 할 부분은 죽음조차도 수용하지 못하던 김종삼의 인식이 보다 따뜻하고 넉넉하게 변화하고 있다는 것이다.

따라서 자신의 '늙음'을 선선히 받아들이고 죽음의 세계미래와도 화해하고자 한다. 그에게 '늙음'과 '죽음' 즉, 시간과 공간은 이제 멀리 있는 추상적 세계가 아니라, 구체적 세계로 다가온다. 그리고 이러한 구체적 대상으로서의 죽음을 긍정적인 측면에서 자연스럽게 받아들이고 있다. 이는 존재에 대한 체념이나 비극적 사유가 아니라, 시간의 흐름과 더불어 받아들여야 할 예정된 공간이동죽음을 암시한다.

죽음은 소멸과 하강 이미지를 함유하지만, 여기서는 '인자하였던 어머니의 모습처럼', '찬연한/바티칸 시스틴의, 한 壁畵처럼' 등 인자함'과, '성스러움'의 상승지향을 보이고 있다. 그에게 죽음은 이제 죄의식의 대상도 '영혼 없음'의 세계도 아니다. 성스러운 어머니의 손길로 위로받고 구원받아야 하는 대상으로 떠오를 뿐이다. 여기에는 시간의 유한성을 공간의 영원성으로 환치하려는 의지가 담겨있다. 이는 삶과 죽음, 지상과 천상의 경계해체라는 초월적 사유를 통해서만 이 가능하다. 그의 죽음과의 화해는 곧 현실공간과의 화해이고 나아가 정신적 해방이라는 의미를 담고 있다.

> 1984라는 번호는
> 꿈 속에 드리워졌던
> 온 누리에 드리워졌던
> 방대한 번호이기도 하고
> 예수의 번호이기도 하고
> 태어나는 아기들의 번호이기도 하고
> 평화 평화 불멸의 평화가
> 확립될 대망의 번호이기도 하고
> 또한 새 빛의 번호이기도 하다
> 1984.
>
> ─「1984」 전문

앞의 시에서도 살펴보았듯이, 김종삼의 인식의 변화의 근저에는 '죽음'이 많이 등장한다. 다시 말해 그의 현실공간으로의 회귀를 추동하는 중심에는 죽음에 대한 성찰이 큰 역할을 하고 있다는 것이다. '죽음'을 깊이 성찰함으로써 삶을 보다 명료하게 인식할 수 있는 계기가 된다. 이는 세계에 대한 새로운 관심은 물론 자기존재의 위치를 확인하는 단초가 된다. 회귀공간에서 생성되는 그의 죽음의식은 관념적이거나 자기 응징적 죽음이 아니라, 자기 수용적 죽음을 표방한다. 이는 실제 자신의 죽음을 앞두고 사유하게 되는 죽음의식이라는 점에서 보다 깊은 성찰을 제공한다.

위 시에 제시된 '1984'라는 숫자는 김종삼이 작고한 해[130]라는 점에서 특별한 의미를 지닌다. 이 시는 시인이 작고하던 해에 쓰여 진

작품으로 그의 죽음에 대한 예견이 함축되어 있다. 하지만 시 「1984」
에는 '죽음'이라는 언어가 하나도 드러나지 않는다. 오히려 '불멸의
평화'를 갈구하는 시인의 간절한 기원이 깃들어 있다. 김종삼은
'1984'라는 숫자를 그의 꿈속과 또 온 누리에 드리워졌진 '방대한 번
호'이기도 하고, '예수의 번호', '태어나는 아기들의 번호', '불멸의 평
화가 확립 될 대망의 번호', '새 빛의 번호'로 형상화한다. 이는 시인의
삶의 여정과 죽음을 동시에 그리고 있는 것으로 그의 죽음을 예견하
는 숫자이다. 그러나 위 시에 암시되고 있는 그의 '죽음'에는 슬픔이
나 비애, 공포, 불안 등 부정적인 요소는 보이지 않는다. 오히려
'1984'년이라는 숫자 속에 '불멸의 평화'를 심어 놓는다.

　"죽음은 삶의 소멸을 의미하지만 동시에 고통으로부터 해방을
뜻"[131]한다. 위 시편에 내장되어 있는 그의 '죽음'은 소멸로서의 죽음
이 아니라 현실적 고통을 해소할 수 있는 이른바 해방으로서의 초월
적 죽음을 내포한다. 간경화로 시한부 인생을 살고 있던 김종삼에게
'불멸의 평화'는 그래서 더욱 간절한 염원이 되었을 것이다. 따라서
죽음을 단순한 소멸로 치부하지 않고 의미 있고 아름다운 미래공간
으로 승화시키고자 한다. 이것이 김종삼 시세계가 함유하고 있는 초
월의식과 미학주의aestheticism적 특징이라고 할 수 있다.

　　　싱그러운 巨木들 언덕은 언제나 천천히 가고 있었다

---

130) 김종삼은 1984년 12월 8일 지병인 간경화로 서울시 도봉구 미아리 소재 성수병
　　원에서 63세를 일기로 세상을 떠났다. 그의 유해는 경기도 송추 울대리 길음 성
　　당 묘지에 안장되었다. 묘지에는 <安山金氏金宗三 베드로之墓>라고 새겨진 묘비
　　와 시 <북치는 소년>이 새겨진 시비(詩碑)가 세워졌지만, 1996년 홍수로 유실
　　되어 지금은 같은 성당 묘역에 무덤만 이장되어 있다.
131) 김주연, 「비세속적 시」, 앞의 책, 301쪽.

나는 누구나 한번 가는 길을
어슬렁어슬렁 가고 있었다

세상에 나오지 않은
악기를 가진 아이와
손쥐고 가고 있었다

너무 조용하다

-「풍경」 전문

　위 시에서 '누구나 한 번 가는 길'은 죽음과 연계해서 생각해 볼 수
있다. 앞서 살펴 본 바와 같이 그의 죽음에 대한 인식은 수용과 초월
의 경계를 넘나들고 있다. 따라서 죽음은 절망과 종결의 세계가 아니
라, '친근함', '불멸의 평화' 그리고 '누구나 한 번 가는 길'로 묘사된다.
'어슬렁어슬렁 가고 있었다'에서 '어슬렁어슬렁'이라는 행동양식은
급할 것도, 딱히 목적의식도 없는 즉, 어떤 감정의 소용돌이를 배제한
일상의 소요를 담고 있다. 화자는 일상의 걸음걸이로 '싱그러운 巨木
들'이 자라고 있는 '언덕'을 걸으며 '풍경'을 감상하고 있다. '천천히',
'어슬렁어슬렁', '손 쥐고' '걸어가고 있'는 모습은 담담한 초월의 경지
를 보여준다. 따라서 여기서 '누구나 한번 가는 길'로서의 죽음은 일
상의 걸음걸이로 천천히 걸어가는 소요개념을 내포한다.
　위 시의 '풍경'이 다소 특별한 이유는 '세상에 나오지 않은/악기를
가진 아이와 손쥐고 가'는 것에 있다. '세상에 나오지 않은 아이'는 '아
직 태어나지 않음' 즉, 원초적 無의 세계를 의미한다. 여기서 無의 세
계는 없음의 세계가 아니라 다만 감지되지 않는 세계일뿐이다. 이러
한 세계는 우리의 영혼에 은밀하게 존재하고 있다. 여기서 김종삼이

표방하는 죽음의 세계를 엿볼 수 있는데, 이는 바로 내밀한 정신적 공
간에 자리하고 있는 지고한 순수세계이다. '악기를 가진 아이'가 바로
이러한 순수세계를 상징하는 상징물이 된다. '악기'는 '소리'를 통해
'풍경'을 만들어 가고, '아이'는 그 '풍경' 속에 '손 쥐고' 갈 수 있는 온
기를 나눠준다. '악기'와 '아이'는 둘 다 영혼을 정화시켜주는 순수 대
상물임에 틀림없다.

    ①
    아름다운 여인
    롯테 레만의 노래가 자리잡힌 곳
    아희들과
    즐거운 강아지와
    어여쁜 집들과
    만발한 꽃들과
    얕은 푸른 산
    초록빛 산이
    항상 보이도다
                                   -「동산」전문

    ②
    하루를 살아도
    온 세상이 평화롭게
    이틀을 살더라도
    사흘을 살더라도 평화롭게

    그런 날들이
    그날들이
    영원토록 평화롭게
                                 -「평화롭게」전문

위 시들은 김종삼의 현실공간에 대한 새로운 인식의 척도를 보여준다. 시 「동산」(①)에서의 '아희들', '즐거운 강아지', '어여쁜 집', '만발한 꽃들', '얕은 푸른 산', '초록빛' 등의 이미지들이 이러한 변화단계를 반영한다. 이 이미지들은 전체적으로 밝고 건강하고 희망적인 색채를 담고 있다. 여기에는 '롯테 레만의 노래'가 하나의 매개물로 자리 잡는다. '노래'의 청각 이미지는 '아희들', '즐거운 강아지', '어여쁜 집', '만발한 꽃들', '얕은 푸른 산', '초록빛' 등의 시각 이미지로 전환되면서 활기찬 생동감을 불어넣는다. 이러한 이미지의 전환은 곧 화자의 시선의 변화와 이동을 보여준다. '소리'의 청각 이미지는 시각 이미지의 울림을 따라 비로소 가공되지 않은 아름다움의 세계에 당도하게 된다. 이는 아름답지만 부재를 동반하는 '내용없는 아름다움'의 세계가 아니라, 현실공간의 구체적 대상들을 통해 생성되는 충족된 아름다움의 세계이다. 이러한 세계가 바로 김종삼이 현실공간을 통해 확보하고자 하는 생명성이다. '항상 보이도다'에서 '항상'은 결핍이 없는 충만하고 긍정적인 시간을 암시하고, 이는 공간의 충만함으로 연결된다.

후기시로 들어서면서 보이게 되는 이러한 이미지들의 색채는 김종삼의 시의식의 흐름을 반영하는 단초가 된다. 그동안 김종삼 시세계가 표방해왔던 시적 구도는 대체로 쓸쓸함, 정적, 저물녘, 어스름, 먼 곳, 희미함 등 어두움과 소외의 정서에 놓여 있었다. 공간 이미지 또한 황야, 광야, 변두리, 모퉁이, 귀퉁이, 오두막, 초가집, 셋방 등으로 표상되는 것이 대부분이었다. 그러나 도피공간에서 회귀공간으로 접어들면서 그의 시적 이미지들은 밝고 따뜻하고 긍정적인 색채로 묘사된다. 이러한 이미지들은 제목 「평화롭게」가 함축하는 이른바 평화 이미지로 연결되면서 시인의 지향공간의 구도를 드러낸다. 이는 곧 위 시 「동산」(①)이 내포하는 공간 이미지에 닿아있다.

'하루를 살아도', '이틀을 살더라도/사흘을 살더라도 평화롭게'(②)에서 감지할 수 있는 것은 화자의 평화에 대한 간절한 염원이다. 그리고 이러한 평화는 먼 곳에 있는 것이 아니라, 평범한 일상 속에 있음을 깨닫는다. 일상의 평화가 공간의 평화이고 공간의 평화가 곧 일상의 평화를 불러온다는 평범한 진리가 화자의 목소리를 통해 전달된다. 그리고 평화가 충만한 '그런 날들', '그날들'이 '영원'하기를 '평화롭게'라는 반복적 다짐을 통해 강조되고 있다.

스스로 공간의 아름다움을 찾아내고 그 공간 속에서 새로운 평화를 감지하는 일이야말로 김종삼의 긍정적 공간인식의 근간이 될 것이다. 그리고 이러한 공간인식은 자연친화적인 사유를 통해 표출되고 있다는 것도 알 수 있다. 김종삼이 유독 문명에 대해 반감을 가지고 도피적 행위를 감행했던 것에 비춰보면 자연물에 대한 긍정적 사유는 당연한 일인지 모른다. 김종삼에게 자연은 음악과 마찬가지로 영혼을 정화시키는 치유의 손길이면서 인간이 인간답게 살아갈 수 있는 최상의 공간 이미지를 안고 있기 때문이다.

> 오늘은 용돈이 든든하다
> 낡은 신발이나마 닦아 신자
> 헌 옷이나마 다려 입자 털어 입자
> 산책을 하자
> 북한산성행 버스를 타 보자
> 안양행도 타 보자
> 나는 행복하다
> 혼자가 더 행복하다
> 이 세상이 고맙다 예쁘다

긴 능선 너머
중첩된 저 산너머 산너머 너머
끝없이 펼쳐지는
멘델스존의 로렐라이 아베마리아의
아름다운 선율처럼

- 「행복」 전문

김종삼의 현실공간으로의 회귀와 초월의식은 먼저, 부정적인 공간 회복과 존재회복 그리고 죽음수용과 초월, 아름다움의 세계와 평화 공간의 확보, '행복'의 순서로 정리해 볼 수 있다. 위 시는 그의 현실공간에 대한 인식이 보다 구체적이고 실제적으로 드러난다. 그의 소박한 일상과 현실공간에 대한 수용과 겸허한 충족감이 시 전면에 나타난다. '낡은 신발'과 '헌 옷'에서 그의 '가난'을 짐작할 수 있다. 그러나 가난으로 인해 좌절하거나 부끄러워하는 기색은 나타나지 않는다. 오히려 따뜻하고 밝은 기운으로 긍정적인 생동감을 불러일으키고 있다. '오늘은 용돈이 든든하다'로 시작되는 화자의 하루는 '산책을 하자', '북한산성행 버스를 타 보자', '안양행도 타 보자'라는 즐거운 상상으로 한껏 고조되어 있다.

화자의 '든든한 용돈'은 사실은 넉넉함에 미치지 못하는 초라한 것임에 틀림없다. 이는 '오늘은'이라는 한정적 시간을 통해 충분히 감지할 수 있는 부분이다. '오늘은'이라는 한정적 표현은 그의 '든든함'이 일상적으로 주어지는 것이 아니라, '모처럼' 얻을 수 있는 행운임을 알 수 있게 한다. 이는 화자의 가난한 삶을 함축적으로 보여주는 것으로 그의 '행복'을 극대화시키는 장치가 된다.

위 시에서 눈여겨봐야 할 대목은 '행복'이라는 단어에 있다. 김종삼의 시에서 '행복'이라는 어휘는 좀처럼 만나기 어려운 그래서 생경하기까지 한 단어이다. 그에게 '행복'은 늘 손닿지 않는 세계 속의 어떤 상징물처럼 여겨져 왔기 때문이다. 따라서 그의 현실적 삶에 있어서도 시적 여정에 있어서도 '행복'이라는 단어는 거의 끼어들지 못했다. 여기에 시 제목마저 「행복」으로 표기되어 등장하는 것은 대단한 변화가 아닐 수 없다. 이러한 '행복'의 조건이 현실적 부富와 연결된다면 그는 아마도 부정적인 반응을 보였을 것이다. 위 시에 나타난 행복은 현실적 충족에 무게가 놓인 것이 아니라, 마음을 비운 상태의 넉넉한 정신적 충족에 의미가 주어져 있다. 따라서 소박하지만 모처럼의 용돈과 외출은 '행복'과 '이 세상이 고맙다 예쁘다'라는 긍정적 인식을 갖게 한다. 그리고 이러한 행복이 '멘델스존의 로렐라이 아베마리아의/아름다운 선율처럼' 멀리멀리 퍼져가기를 염원한다. '산너머 산너머 너머'라는 표현은 현실 그 너머의 이상공간추구가 아니라 현실공간에 대한 신뢰와 행복을 나타낸다.

후기시로 들어서면서 김종삼은 일상의 자잘한 이야기들을 작품 속에 담담하게 담아낸다. 이는 꿈과 이상 혹은 동경의 세계가 아니라 인간적 삶의 풍경을 시 속에 수용하고 있음을 말해준다. 다시 말해 자기 안으로의 침잠 혹은 외부공간으로 떠돌던 도피와 방황의 여정을 접고 평범하고 소박한 이웃으로 돌아온 것을 의미한다. '이 하루도 살아가고 있다 토큰 열여덟 개를 사서 주머니에 깊숙이 넣었다 며칠 동안은 넉넉하다'(「오늘(수록 1)」)에서도 이러한 시인의 삶의 풍경과 변화된 인식이 드러난다. 여기에는 '가난'이 무슨 훈장처럼 매달려 있지만, 시인은 이제 이러한 삶을 도피하지도 단절하지도 않는다. 오히려 현실공간 속에서 긍정적인 세계를 발견하고 진정한 자아를 만나게 된다. 세계를, 현실을 온전히 자기 것으로 받아들여 그 속에 인간을 풀어내고 있다.

김종삼의 현실공간으로의 회귀는 순수 예술세계와 휴머니즘 인식을 통한 자아회복과 인간회복의 과정을 통해 가능해 진다. 詩作을 통한 자기 성취, 음악과 예술가들을 순례하면서 얻게 되는 자기정화와 예술혼의 고취, 인간애를 바탕으로 한 생명 공간 형성이 바로 그것이다. 휴머니즘 세계는 '물', '짚신', '지팡이' 등의 이미지를 통해 보편적 인간애와 소통, 화해를 구현해낸다. 생명공간은 그 동안 단절과 도피로 일관했던 김종삼이 자아와 세계에 대한 진정한 사랑과 관심을 보이는 이른바 세계와의 관계개선의 길을 열어준다. 이러한 과정을 통해 김종삼은 상실한 자기 존재회복은 물론 새로운 공간인식의 구도로 접어들 수 있게 된다.

김종삼의 현실공간으로의 회귀와 초월의식은 먼저, 부정적인 체험 공간을 긍정적인 공간으로 회복하는 것으로부터 시작된다. 전쟁이 지나간 비극적인 상흔의 자리에 새로운 '불씨'를 놓고 '하늬바람'을 불러일으키려는 노력이 바로 여기에 해당한다. 이는 '떠돎'의 세계에서 현실공간으로의 회귀, 수용 그리고 초월이라는 긴 시·공간적 거리를 담보한다. 김종삼이 지속적인 '떠돎'에 머무르지 않고 회귀를 주도한 것은 그의 시적성취의 측면에서나, 정신적 초월에 있어서나 크나큰 의미를 부여한다. 그의 회귀공간은 엄밀히 그의 시적 완성의 시기와 그 맥을 같이 하기 때문이다. 또한 그의 자기 극복공간이 '먼 곳 외부 공간' 혹은 천상적·이상적 공간이 아니라, 현실공간에서 이루어진다는 점이 주목할 만한 공간적 특징이 될 것이다.

제Ⅲ장
시간과 공간인식의 통합적 의미

1. 부정적 현실과 시·공간의 단절과 지속

김종삼 시세계의 특성은 관점에 따라 다양한 의미를 추출할 수 있다. 특히 그의 시에 드러나는 생략과 공백, 묘사와 상징 등의 형식은 물론이거니와 의미의 차원에서도 다양한 해석의 여지를 내포하고 있다. 이러한 특징들이 김종삼의 시를 난해하게 만들고 또 해석의 어려움을 주는 한 요인이 될 것이다. 이런 점에서 등단 절차를 밟던 중 시「園丁」이 심사위원들에게 거절당한 일련의 사건1)은 시사하는 바가 크다고 할 수 있다. 외부로부터 거부당하는, 혹은 거부당한다는 인식은 그의 詩作과정과 또 그의 시세계의 심층을 이해하는 데 하나의 단

---

1) 주석 38 참조.

초가 될 수 있다. '거부拒否/거부당함'은 김종삼으로 하여금 중심에서 벗어나 있다는, 혹은 소외되고 있다는 현실적 박탈감과 단절감을 안겨준다. 이러한 요소들이 곧 세계를 부정적으로 바라보게 하고, 일생 도피와 방황의 여정을 걷게 하는 근원이 된다. 그의 부재의식, 원죄의식, 죽음의식 또한 이러한 맥락에서 생성되는 시세계의 특징이라고 할 수 있다.

김종삼 시의 시간과 공간인식의 특성은 대체로 부정적인 외부 조건들로부터 일탈하고자 하는 단절의식과 이를 극복하고자 하는 극복의지로부터 시작된다. 김종삼은 여타의 현실적 타협이나 참여를 거부하고 술과 음악과 방황을 일삼으며 일생을 살다간 시인이다. 그의 세계와의 불화는 표면적으로는 그의 도피적 행각으로부터 시작되는 것 같지만 심층적으로는 부조리한 사회적 편견과 소외로부터 시작된다고 할 수 있다. 그의 시작태도와 관련지어 보면, 이는 시와 생활은 일치할 수 없다는 인식을 반영하는 것이기도 하다. 바꾸어 말하면, 그에게 도피와 방황을 유도하는 '불쾌'와 '노여움'과 '굴욕'을 안겨주는 시·공간이 곧 그에게 시를 쓰게 하는 동기가 되고 있다는 것이다.

김종삼이 현실적 시간과 공간을 '불쾌'와 '노여움'과 '굴욕'의 현장으로 받아들이는 것은 자신을 둘러싼 세계를 부정적으로 인식하고 있음을 나타낸다. 그의 시에서 이러한 시·공간적 특성은 대체로 '도시문명'에 대한 반감과 연계되어 나타난다. 도시문명은 그 눈부신 발전과 표면적 화려함으로 인해 삶을 풍요롭게 할 것 같지만, 사실은 인간 삶을 억압하는 모순적 요소로 그에게 다가온다. 그는 도시문명이 사람과 사람 사이의 거리를 더욱 멀게 하는, 이른바 중심과 주변을 더욱 확고하게 격리시키는 기능을 한다고 생각한다. 이러한 문명에 대한 비판적 인식이 시인과 세계를 불화의 관계로 놓이게 하는 핵심 요인이 된다. 여기서 도시문명에 동화될 수 없는 시인의 소외의식이 촉발하고, 이것은 다시 스스로 세계를 단절하고 자기 내부로 침잠하게 만든다. 이와 같은 비극적 자아인식은 결국 그로 하여금 이 세계를 부정하는 부재의식으로 빠져 들게 한다.

김종삼의 부재의식은 과거와 현재, 미래의 시·공간에 두루 분포되어 있다. 현실적 차원에서의 부재의식은 대체로 '가난'의 형식으로 표출된다. 그의 시에서 가난은 유년부재, 현실부재, 미래부재로 확장된다. '가난한 아희'(「북치는 소년」), '오십 평생 단칸 셋방 뿐'(「드빗시 산장」) 등이 이러한 정서를 대변한다. 그의 궁핍의식은 그의 시에서 '내용없는 아름다움'의 세계로 미화되기도 한다. 이는 현실적 결핍을 정신적으로 초월하거나 승화시키고자하기 때문이다. 다시 말하면 현실에 대한 단절의식은 궁극적으로 그에게 아름다움의 세계에 이르게 하는 일종의 자기 시련으로 작용한다. 이것이 김종삼 시의 '내용없는 아름다움'의 미학을 이끌어내는 역설적 사유의 일면일 것이다.

김종삼은 일생 가난과 병고 등으로 인하여 불우한 삶을 살아왔다. 따라서 그의 부재의식은 지속적으로 그의 현실적·정신적 삶을 경직시키는 요인이 된다. 이러한 그의 부재의식은 스스로를 부정하는 자아부정의 세계로 확장되어 간다. 비극적 자아인식을 갖게 하는 원천이라 할 수 있는 자아에 대한 부정의식은 바로 그러한 고통스런 삶의 정황을 반영한 것이다. 부재의식에서 파생된 자아부정은 스스로 죄인이라는 낙인을 찍기에 이른다. 물론 그의 죄의식은 자아 성찰과 반성 등의 과정을 거쳐서 도달한 자의식이다. 그리고 그 자의식이 확장될 때 세계와 자아를 아우르는 즉, 모든 죄의 원천이 자신에 있다고 자책함으로써 그에 대해 고뇌하고 갈등하고 비판하는 것으로 드러난다.

김종삼의 죄의식은 자신으로부터 생성되기 때문에 스스로를 벌하고자 하는 응징의 형태로 나타난다. 김종삼의 시에서 죄의 대가는 죽음이라는 형벌로 형상화된다. 그의 죽음의식은 두 범주로 나누어 볼 수 있는데, 하나는 위에서 언급한 바와 같이 죄의식을 속죄하는 의미에서 받아들이는 죽음의식이고, 다른 하나는 현실공간으로 회귀한 후에 수용하게 되는 자신의 죽음에 대한 깊은 사유와 초월적 죽음의식이다. 전자가 본 논문에서 분류하고 있는 시간인식의 측면이라면, 후자는 공간인식의 측면이라고 할 수 있다. '죽어서도 영혼이 없을 것'이라는 인식과 '죽음이 유일한 벗'이라는 인식으로 전환되는 대목이 바로 그것이다.

김종삼의 부정적 시·공간인식은 이처럼 도시문명에서 파생되는 역기능적이고 부조리한 속성들과 이를 바탕으로 생성되는 단절의식과 지속의 속성을 배경으로 구성된다. 부재의식, 죄의식, 죽음의식 등은 그 결과물로서의 배경이 된다. 또한 황야/광야의식, 도피와 방황 등도 부정적 사유를 생성시키는 원인으로 작용한다. 이러한 요소들이 시인으로 하여금 스스로 현실적 시·공간에서 단절될 수밖에 없는 혹은 단절할 수밖에 없는 한계를 안겨준다. 하지만 김종삼의 현실적 시·공간은 단절하려고 하지만 단절할 수 없는 내/외적 연속성을 함유하고 있다. 내적으로는 경험적 시·공간에 대한 기억의 매개가 외적으로는 현실적 삶이 이를 지배하고 있다. 그의 경험세계는 의식·무의식적으로 지속성을 보이고 있기 때문이다. 아래 그림은 이러한 과정을 설명한다.

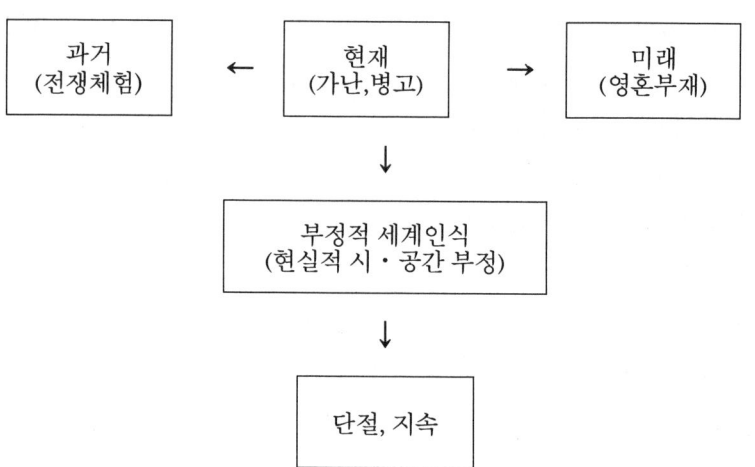

　위 도식화된 구조를 살펴보면, 과거・현재・미래가 모두 부정적
인 내용을 담고 있음을 알 수 있다. 이는 과거의 부정적인 경험에 대
한 인식이 지속적으로 현재와 미래에 영향을 미치면서 연속되고 있
음을 의미한다. 김종삼에게 가장 부정적인 과거의 경험은 민족상잔
의 비극을 던져준 한국전쟁일 것이다. 김종삼에게 전쟁체험은 역사
적 사건이면서 동시에 개인적 비극의 시초가 된다. 전쟁과 분단, 고향
상실의 상처가 곧 이 둘을 아우르는 비극의 중심이 된다. 김종삼의 몇
편 되지 않는 전쟁체험 시에는 전쟁의 부조리성과 개인적 비극의 심
연이 비판적 시각으로 형상화되고 있다. 그는 전쟁의 참상과 비극성
을 한국전쟁에 한정하지 않고 인류의 비극으로 인식하면서 비판하고
있다. 아우슈비츠 수용소에 대한 시적 묘사가 바로 그 대표적 예이다.
　전쟁과 관련된 그의 비극적 인식의 저변에는 실향민으로서의 고통
스러운 삶이 내밀하게 개입해 있다. 즉, 그의 부정적이고 비극적인 시・
공간현실 인식의 바탕에는 실향의 상처가 크게 작동하고 있다는 것이

다. 그의 현실적 빈곤과 병고, 도피와 방황의 정서 또한 이러한 경험적 시·공간으로부터 시작된다. 이산가족의 상봉장면, 고향 처녀에 대한 그리움, 죽으면 반드시 고향에 가서 묻히고 싶다는 소망을 담은 시편들은 바로 이러한 김종삼의 상처를 함축한다. 전쟁고아, 결손가정의 가난한 삶의 현장, 주변적 삶을 살아가는 사람들의 존재양식 등에 대한 시편들도 이와 연결되어 있다. 이러한 부정적인 체험의 시·공간은 끊임없이 세계와의 단절을 의도하게 하는 요인으로 작용하지만, 상처는 쉽게 아물지 않고 지속적인 도피의식을 불러들인다.

이상에서 살펴보았듯이, 김종삼 시의 시간과 공간인식은 그의 과거·현재·미래를 두루 포괄한다. 이러한 시·공간적 특성은 서로 분리되어 있는 것이 아니라, 상호 영향을 미치면서 시세계의 색채를 구성해가는 특징으로 작용한다. 다시 말해 부정적인 과거는 부정적인 현재를 만드는 근원이 되고, 부정적인 현재는 부정적인 미래를 구성하는 자료가 된다. 이렇게 구성된 그의 부정적 시·공간인식은 쉽게 개선될 수 없을 만큼 견고한 사유의 틀을 만들고 있다. 그가 현실과 과거의 부정적 경험시간을 단절극복하려고 각고의 노력을 다하지만 결국 그 시간에시간의 지속성 종속되고 마는 것은 바로 이 때문이다. 아래 도피의식의 발현, 도피공간의 형성, 현실공간으로의 회귀 등은 바로 이러한 배경에서 생성되는 현실 대응방식이다.

2. 자기 극복의지로서의 도피와 순결

자신이 처한 세계가 부정적으로 인식될 때, 인간은 대체로 그 현실로부터 도피하고 싶어하는 경향이 있다. 도피의 성격과 방향은 각기 다르겠지만 그 현실을 벗어나려는 욕망만큼은 다를 바가 없다. 그것이 일시적 도피이든, 새로운 세계로의 이동이든, 또한 결국 성취하지 못하고 한 순간의 꿈에 그치는 도피이든 현실적 결핍을 해소하려는 욕구는 지속된다. 김종삼의 도피의식도 부정적 현실을 벗어나 새로운 시·공간으로 이동하려는 강렬한 욕망과 연계되어 있다. 김종삼의 도피의식은 크게는 과거·현재·미래 등 모든 시·공간으로부터의 도피이고, 작게는 그가 몸담고 있는 현실적 시·공간으로부터 도피이다. 김종삼의 경우, 앞서 살펴 본 바와 같이 과거와 현재, 미래의 시·공간이 모두 부정적인 색채로 그려지고 있다. 따라서 도피할 수밖에 없는 필연적 이유를 내포하게 된다.

　김종삼 시에 드러나는 도피의 형식은 어느 한 곳에 정착하는 것이 아니라, 지속적인 '떠돎'의 형태로 표현된다. 그의 도피는 대부분 부정적 현실로 인한 위기의식에서 촉발된다. 그의 도피공간이 대체로 자기 방어적 구도로 이루어지는 것은 바로 이 때문이다. 현실적 시공간에 대한 부정적인 인식, 도피의식, 도피와 방황, 현실공간으로의 회귀 등이 그의 공간인식과 현실대응 과정을 함축한다. 이러한 그의 인식의 변모과정을 도식화하면 아래와 같다.

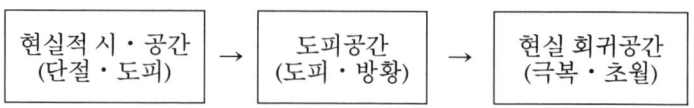

　김종삼의 도피의식은 현실적 시간과 공간이 내포하고 있는 부조리한 속성으로부터 출발한다. 구체적으로는 전쟁의 폐해, 도시문명이 가져오는 모순성, 공간의 불모성이 중심이 된다. 그가 바라보는 세계

는 황야/광야 이미지를 내포한 이른바 인간부재, 평화부재의 형식을 담고 있다. '凍昏', '廣漠한 地帶'(「돌각담」)로 표상되는 시·공간이 바로 하나의 예가 될 것이다. 그의 시간인식이 대체로 죽음과 절망, 암울함, 쓸쓸함, 허무감, 유한성, 적막 등의 정조를 띠고 있다면, 공간인식은 '아열대', '소금바다', '환멸의 습지' 등으로 표상된다. 이러한 그의 부정적 시의식은 현실인식과 자아인식의 측면에서 수렴되는 시간과 공간인식이다. 다시 말하면 현실적 시·공간에 내포된 이기적·부정적 속성들이 시인으로 하여금 자기방어와 현실도피를 하게 하는 원인이 된다는 것이다. 그의 도피공간으로서의 내부공간지향과 외부공간지향이 바로 여기에 해당한다.

그의 내부공간과 외부공간으로의 도피는 현실의 부정적인 조건을 떠나 자기만의 세계를 구축하고자 하는 의지에 다름 아니다. 이런 측면에서 본다면 그의 내부공간지향은 다소 소극적 대응방식이라 할 수 있다. 이는 자기침잠과 응결이라는 보다 큰 단절을 유도하는 단계에 머물고 있기 때문이다. 이러한 한계가 시인으로 하여금 다시 외부공간으로 시선을 돌리게 하는 계기가 된다. 내부공간에서 외부공간으로의 공간이동은 그의 시적 상상력의 또 다른 형식을 보여준다. 이는 유년의 소년이 먼 세계를 동경하듯 미지의 세계에 대한 발견과 동경이라는 의미를 내포한다. 이러한 외부공간지향은 현실 그 너머의 세계를 동경하는 이른바 꿈과 환상 이미지를 담고 있다. 김종삼 시에서 이러한 이미지는 대체로 이국적 풍물들을 통해 드러난다.

그러나 외부공간지향 역시 그의 부정적 세계인식을 완전히 떨쳐버릴 수 있는 대안으로서의 도피공간이 되지 못한다. 이는 부정적 세계를 외면하거나 도피할 수는 있지만 자기극복을 유도하는 데는 일정 부분 한계를 지니기 때문이다. 따라서 현실 대응방식으로서의 외부공간지향은 결국 허무의 심연으로 빠져들고 만다. 김종삼이 새롭게 자기 승화 공간 즉, 단지 도피공간이 아니라 정신적 극복을 유도할 수 있는 공간을 찾게 되는 것은 바로 이 때문이다. 예술적 공간에 대한 지향의식은 바로 여기에서 출발한다. 김종삼의 순수 예술에 대한 지향은 부정적 세계에서 벗어나 긍정적·희망적 세계를 찾아가려는 열망을 담고 있다. 음악, 미술, 문학, 철학 등 다양한 예술과 그 예술을 창조한 작가들을 순례하게 되는 것은 바로 이러한 세계에 대한 강렬한 열망의 표현이다. 그리고 이러한 열망은 그의 문학적 열망과 탐구에 깊이 닿아있다.

순수예술을 통한 자기정화와 정신적 충족은 그동안 김종삼을 지배하고 있던 부정적인 인식들을 긍정적 사유로 변화시키는 계기가 된다. 이는 자기 안에 갇혀 있거나 혹은 도피하려고 했던 부정적인 현실과 자아를 보다 폭넓게 인식할 수 있는 길을 열어준다. 인간에 대한 깊은 이해와 사랑을 불러들이는 휴머니즘 인식이 바로 이것이다. 인간에게 '물'(「물통」)을 길어다 주고자 하는 마음의 발현이 곧 김종삼 시세계의 휴머니즘의 근원이 된다. 여기에는 '인간'에 대한 깊은 성찰과, 단절과 도피로 일관했던 스스로에 대한 반성과 비판도 포함되어 있다.

김종삼의 인간에 대한 이해와 사랑은 곧 인간 삶의 공간(현실)에 대한 이해와 사랑으로 확장된다. 여기서 김종삼의 현실공간으로의 회귀 즉, '떠돎'의 세계에서 '돌아옴'의 세계로의 단계적 변화를 감지할 수 있게 된다. 이는 단절과 도피로 일관되던 그의 시적·현실적 방황이 일단락됨은 물론 현실수용과 자기승화의 세계를 보여준다. 이러한 과정이 어떤 타협 혹은 체념의 차원이 아니라 긴 도피의 시간 끝에 얻어지는 결과라는 점에서 보다 큰 의미가 주어진다. 이는 곧 자기 자신으로의 회귀 즉, 존재회복과 자아해방의 의미를 담고 있기 때문이다. 그의 현실회귀는 세계와의 화해일 뿐 아니라, 자기와의 화해라는 의미를 담고 있다.

김종삼의 이러한 긴 시·공간의 여행은 곧 그의 詩作과 맥락을 같이 한다. 김종삼의 시쓰기는 방황인 동시에 자기극복의 수단이 된다. 그의 방황은 겉으로는 현실도피의 구도를 보이고 있지만, 내적으로는 현실에 안주하지 않으려는 자기각성과 비판이 깔려 있다. 다시 말해 새로운 시적탐구에 대한 고뇌와 고통의 여정으로 수렴되기도 한다. 시인은 어떤 상처의 시·공간이든 결국 시로써 표출하고 시로써 극복할 수밖에 없다. 김종삼의 도피와 방황, 초월로 이어지는 시작과정 또한 이러한 의미에서의 극복과정을 내포한다.

김종삼은 모든 외부적 조건들을 떠나 오직 시 그 자체에 충실하고자 했고, 또 정석으로서의 시 쓰기를 고집해 온 시인이다. 시 쓰기를 통한 자기승화야말로 진정한 의미에서의 인간에 대한 관심이면서 소통의 매개가 된다. 김종삼이 후기에 이르러 일상의 자잘한 소요들을 '행복'의 차원으로 읽어내는 것은 그의 시·공간인식의 큰 변화라고 할 수 있다. 이는 부재의식, 죄의식, 죽음의식, 허무의식 등 그의 시의식을 지배하던 부정적인 사유에서 벗어남을 의미한다. 또한 꿈과 환상으로 일관하던 도피의 세계에서 구체적 인간세계로 접어들었음을 말해준다. 그의 방황이 더 먼 세계 지향이나 인간 세계 밖의 시·공간으로 이어지지 않고 종국에는 현실회귀의 형식을 취하고 있는 것은 대단히 큰 상징적 의미를 지닌다. 이는 김종삼의 자기극복과 초월이 천상적·관념적 세계가 아니라, 현실공간에서 이루어지고 있다는 것을 말해주고 있기 때문이다. 이것이 김종삼 시세계가 함유하고 있는 공간인식의 배경이면서 특징이다.

제Ⅳ장
결론

    지금까지 김종삼의 시를 대상으로 그의 시에 나타난 시간과 공간인식의 시적 의미구조와 그 변화양상을 살펴보았다. 김종삼은 해방과 전쟁 등 역사적·개인적 혼란과 위기를 온몸으로 체험해온 시인이다. 따라서 그의 문학적 특질은 긍정적이든 부정적이든 이러한 체험적 시·공간의 영향 속에서 생성되었다고 할 수 있다. 김종삼의 경우, 대체로 이러한 시대성과 사회성을 거부하고 단절하면서 자신만의 독특한 시세계를 구축해 왔다. 그러나 그의 작품 속에 나타난 시간과 공간인식의 근원을 살펴보면, 그러한 시대적 상흔에서 완전히 자유로울 수 없음을 알 수 있다.

    시간과 공간은 시인의 의식세계와 시정신을 담아내는 일종의 그릇과 같다. 따라서 작품을 분석함에 있어 그 시인이 함유한 시대적·개인적 역사성을 배제할 수 없음은 자명한 일이다. 본고는 이 점에 주목하면서 그의 시간과 공간인식의 시적 의미구조를 분석하고자 했다. 그의 시에 함축된 역사적 맥락과 개인적 체험 토대를 따라가다 보면, 그의 시에 내포된 시간과 공간 인식의 특성과 시적 의미망을 내밀하게 분석할 수 있다고 보았기 때문이다.

김종삼 시의 시간과 공간은 크게 현실인식의 측면과, 그 현실인식에서 오는 부정적인 인식세계를 벗어나려는 일종의 현실대응의 구도로 대별해 볼 수 있다. 시간인식은 '단절과 지속'이라는 시간의 형태로, 공간인식은 '도피와 회귀'라는 공간의 형태로 그 의미와 지향점이 제시된다. 그의 현실인식은 곧 세계와 자아의 시적 반응을 구성하는 토대이고, 현실대응은 이러한 반응을 토대로 단절도피, 회귀, 초월이라는 시적여정을 담아낸다. 김종삼 시의 시간과 공간은 어느 한 시점에 편중되어 있는 것이 아니라, 과거·현재·미래의 시간과 공간을 두루 아우르고 있다. 이는 그의 시간과 공간인식의 토대가 현재 시점으로부터 과거의 시·공간에 대한 회상, 미래의 시·공간에 대한 예측이라는 구도로 진행되고 있기 때문이다. 따라서 그의 시간과 공간은 과거·현재·미래라는 세 개의 시·공간적 범주가 상호 연속되고 영향을 미치면서 그 의미구조를 형성해 간다.

김종삼의 현실인식과 대응은 대체로 '불쾌'와 '노여움'과 '굴욕'을 안겨주는 시·공간 인식으로부터 시작된다. 먼저, 시간인식에 대해 살펴본다. 그의 단절과 지속의 시간은 대체로 도시문명의 부조리하고 이기적인 속성과, 전쟁과 실향이라는 역사적 사건과의 맥락 속에서 생성된다. 도시문명은 현실인식의 척도로 지목되는 상징물로서 '고장난 기체', '인공의 영혼' 등으로 상징화된다. 이는 다시 수많은 차량, 금속의 소리, 팝송이나 유행가, 속물, 공해, 장사치들의 소란 등으로 변용되어 나타난다. 요컨대 이러한 황막한 도시문명 속에서는 인간이 인간답게 살아갈 수 없다는 게 그의 인식이다. 도시문명은 전쟁 때보다 더 많은 보이지 않는 살상을 유도한다고 보고 있는데, 여기에는 도시문명에 포섭되지 못한 시인의 소외의식이 내포되어 있다. 이는 도시와 두꺼비와의 관계(「두꺼비의 역사」)에서 선명하게 드러난다. 도시의 아스팔트길을 기어가다 결국 대형 연탄차에 깔려 죽음을 맞는 두꺼비의 모습은 그의 현실인식의 원천과 비극적 자아인식의 근원을 살펴볼 수 있다.

김종삼의 도시문명에 대한 부정적 인식과 비극적 자아인식은 곧 그에게 주어진 모든 시간을 부재로 이끄는 계기를 만든다. 김종삼의 부재의식은 유년부재, 과거부재, 현실부재, 미래부재 등 모든 시·공간적 배경을 지배한다. 그의 부재의식은 대체로 '가난'과 '병고' 등 그의 현실적 불우함과 맥락지어 드러나는데, 이는 대체로 '세계의 중심'에 자신이 서있지 않다는 소외의식에서 비롯된다. 이러한 부재의식은 시인으로 하여금 스스로 '죄가 많다'는 '죄의식'의 세계로 접어들게 한다. 요컨대 자신에게 부여된 모든 부정적인 시간적 요소들이 자신의 '죄' 때문이라는 인식을 갖게 되는 것이다. 그의 '죄의식'은 곧 자기 응징적 죽음의식을 유도하는 계기가 된다. 이러한 부정적 사유들 즉, 도시문명과 부재의식, 죄의식과 죽음의식 등이 김종삼의 시간의 단절을 유도하는 현실인식의 근원이 된다.

김종삼 시의 '지속의 시간'은 대체로 한국전쟁과 분단, 실향의식을 중심으로 그 내적 의미가 구성된다. 이러한 시간은 그의 부정적 현실인식을 유도하는 근원으로 단절하려하지만 단절되지 않는 기억의 지속성을 보여준다. 여기에는 지울 수 없는 정신적·현실적 '상처trauma'

가 매개되어 있기 때문이다. 따라서 과거인식을 통해 드러나는 과거 체험적 시간은 '상처의 지속'이라는 형태로 현실적 시간을 지배한다. 김종삼의 전쟁 체험을 바탕으로 한 시편들에는 주로 피난길의 절박하고 비극적인 상황과 피난민들의 모습이 구체적/사실적으로 묘사되어 있다. 김종삼은 전쟁의 비극성을 '학살'과 '파괴'와 '인간부재'에 두고 있다. 전쟁의 폭력성·부조리성·무의미성은 한 개인의 역사성을 넘어 인간 보편적 비극성을 함유한다. 김종삼이 6·25전쟁을 아우슈비츠의 비극과 동일한 범주로 해석하는 것은 바로 이 때문이다.

실향의식과 소외계층에 대한 관심과 연민의식 또한 6·25전쟁과 관련해서 생성되는 시적요소들이다. 김종삼의 가난과 병고, 죄의식, 방황으로 이어지는 불우한 현실적 삶은 엄밀히 전쟁의 토대에서 생성된다. 이산가족의 상봉 장면, 어릴 때의 고향 소녀에 대한 그리움, 어머니에 대한 죄의식, 그의 '술꾼'으로서의 삶 등은 모두 실향의 토대에서 그 설명이 가능하다. 김종삼의 연민의식을 자극하는 주변인들 또한 대체로 전쟁과 관련해서 구성되는 인물 유형들이다. 결손 가정의 형태로 삶을 엮어가는 할아버지와 나이 어린 손자, 장사를 할 줄 모르는 어머니와 아이들 그리고 구두닦이와 껌팔이를 하는 고아남매, 거지장님 어버이를 부양하는 거지소녀, 쇼 윈도우 안의 화려한 세계를 엿보는 두 소녀 등이 바로 이들을 대변한다. 김종삼의 지속의 시간은 전쟁의 비극성과 거기에서 파생되는 상처와 고통의 연속을 보여주는 것으로, 현재와 미래의 시·공간에 지속적인 영향을 미친다.

김종삼의 공간인식은 앞서 살펴보았던 부정적 현실인식의 연장선상에서 구성되는 인식체계로 대응의식의 한 표본을 보여준다. 자기방어와 승화의 차원에서 구성되는 '도피와 회귀'의 공간적 범주가 바로 그것이다. 도피공간은 부정적인 현실공간을 떠나 새로운 공간을 확보하려는 의지에 다름 아니다. 이러한 도피공간은 내부공간과 외부공간이라는 구조로 그 의미적 특성을 드러낸다. 김종삼에게 도피의식을 유도하는 현실공간은 단절의 시간에서와 마찬가지로 도시문명의 차원에서 구성되는 황야/광야 이미지를 내포한다. 이는 대체로 환멸의 습지, 아열대, 꺼면 부락, 소금바다 등으로 묘사된다. 김종삼의 도피의식은 바로 이러한 공간적 특성에서 벗어나려는 위기의식의 한 표상이다.

김종삼의 도피공간으로서의 내부공간은 모든 외부적 조건들을 단절하고 자기 내면으로 침잠하려는 의도를 내포한다. 이는 대체로 '집', '술', '공백'의 형태로 구성되고 있다. '집'은 소외의 공간이면서 일종의 자기 방어적 공간으로 작용한다. 그의 시에 나타난 '오두막', '초가집', '판자집', '납작집', '셋방', '통나무집' 등의 형태는 가난과 맥락지어 구성되는 공간이기도 하지만, 예술가들과 접목되면서 정신적 향유 공간으로도 드러난다. '술'은 공간적 의미로 보기에는 다소 비약적 측면이 없지 않지만, 시인이 가장 안주했던 세계라는 의미에서 하나의 공간적 의미로 해석할 수 있다. 이는 부정적 현실을 벗어날 수 있는 가장 내밀한 은신처가 되기 때문이다. '공백'은 시의 어느 한 부분을 '공백'으로 처리함으로써 현실적 결핍을 해소하려는 의도에서 시도된다. '공백'은 김종삼 시세계의 생략과 절제, 상징, 묘사 등과 함께 중요한 기법적 특징 중의 하나이다.

그러나 내부공간지향은 자기 내면으로의 침잠과 응결의 단계에 머물게 됨으로써 도피공간으로서는 일정 부분 한계를 지니게 된다. 이러한 한계가 시인으로 하여금 외부공간이라는 또 다른 공간의 형태 즉, 이국공간지향으로 나아가는 계기를 만든다. 외부공간은 대체로 '먼 고장', '언덕 너머', '능선 저쪽', '하늘가' 등 '먼 곳' 이미지를 함유한다. 김종삼 시에서 '먼 곳'은 대체로 이국공간으로 유추해 볼 수 있다. 이는 시인이 대체로 한국적 공간이 아닌 이국공간에 대한 동경과 지향을 보이기 때문이다. 외부공간지향은 대체로 방황의 형태로 드러나는데, 이는 음악과 미술 등 다양한 장르의 예술과 그 예술을 창조한 예술가들을 순례하는 과정으로 구성된다. 이는 그의 예술에 대한 목마름과 정신적 지향세계를 엿볼 수 있는 부분이다.

김종삼 시의 자기 승화기제로서의 회귀공간은 새로운 인식의 전환을 보여주는 단계이다. 이는 침잠과 방황 등 막연한 공간개념에 머물러 있던 도피공간의 한계를 불식시키고 자기 구원의 길로 돌아서려는 전환점이 된다. 순수 예술지향, 휴머니즘적 인식, 현실공간으로의 회귀 등 승화공간을 형성하는 탐구과정이 바로 그의 극복과 초월공간을 형성하는 토대가 된다. 김종삼에게 詩作은 가장 근원적인 자기 승화의 배경이 된다. 이는 '방황(=글쓰기)'은 곧 '극복(=글쓰기)'이라는 등식을 낳기 때문이다. 이러한 과정은 시와 생활은 병행할 수 없다는 그의 철저한 시작태도에서 연유한다.

글쓰기를 통해 정신적 극복토대를 마련한 시인은 인간에 대한 새로운 인식의 세계로 접어든다. 휴머니즘 세계가 바로 그것인데, 이는 '인간부재'를 보이던 그의 시세계에 또 다른 변화를 보여준다. 인간을 위해 '물'을 길어다 주고, '짚신'과 '지팡이'가 되고자 하는 마음은 곧 그의 인간애의 본질을 보여준다. 이는 인간회복/공간회복의 의미를 부여하는 것으로, 단절과 도피 등 폐쇄적 이미지에 머물러 있던 현실공간을 생명공간으로 전환하는 계기가 된다.

휴머니즘을 통한 생명공간의 확보는 시인의 인간에 대한 새로운 관심과 이해의 척도를 보여준다. 전쟁의 상처가 얼룩진 공간에 꽃을 피우고 사랑의 온정을 뿌리는 것은 공간회복에 대한 간절한 열망이다. 후기로 들어서면서 '죽음'까지도 친근하고 유일한 친구로 받아들이게 되는데, 이는 미래부정의 인식에서 미래지향으로 돌아섬을 의미한다. 이는 과거·현재·미래의 시·공간을 동시에 수용하고 초월한다는 의미를 지닌다. 현실공간으로 회귀하면서 시인은 비로소 일상적 '행복'의 세계를 발견하게 되고, '이 세상이 고맙다 예쁘다'라는 화해적 인식으로 돌아선다.

김종삼의 이러한 인식의 변화는 긍정적인 공간인식을 유도해 가려는 시적노력의 일환으로 볼 수 있다. 그의 회귀공간은 대체로 나와 세계와의 새로운 관계형성을 유도하는 것으로, '자기 방어적 떠돎'에서 '자기 승화적 돌아옴'의 세계를 보여준다. 이러한 과정은 존재회복과 자기극복에 이르는 과정으로 그의 정신적·현실적 초월을 함축한다. 김종삼에게 있어 자기극복의 토대가 '먼 곳'으로 표상되는 이상공간이 아니라, 현실공간에서 이루어진다는 점에서 그의 초월적 사유가 주목된다. 이는 삶과 죽음의 경계 해체 또는 진정한 의미에서의 자기 초월을 의미한다.

이상에서 살펴보았듯이 김종삼의 시를 구성하고 있는 시간과 공간 인식은 그에게 주어진 모든 시·공간을 포괄하는 특성을 지닌다. 그리고 이 시간과 공간은 어느 한 시기에 편중되는 것이 아니라 지속적인 교류와 연속과 영향권 속에 놓여 있음을 알 수 있다. 따라서 과거·현재·미래의 시·공간은 하나의 인식적 토대로 시세계의 성격을 구성해 간다. 이는 김종삼의 시적 상상력과 시세계의 의미적 진폭이 그만큼 포괄적임을 의미한다. 한 시인의 작품 속에는 그의 존재론적 사유가 의식·무의식적으로 투영되고 있다. 김종삼의 경우, 부정적인 구도가 주류가 되어 그의 시의식의 여러 측면들을 자극하고 지배한다. 한편, 극복과 승화의 배경 또한 이러한 시·공간적 특성 속에서 현실회귀를 시도하고 초월적 사유를 형성한다. 따라서 그의 시간과 공간 인식은 완전한 부정적 사유에서 완전한 초월적 사유라는 완결된 시·공간적 특성을 함유하고 있음을 알 수 있다.

김종삼은 세계와 현실에 직접적으로 개입하거나 적극적 극복의지를 보이기보다 오히려 도피하면서 자신만의 시·공간을 확보해 왔다. 이러한 도피적 사유는 겉으로 보기에는 단순한 현실도피 같지만 내적으로는 치열한 시적탐구의 몸짓이 담겨있다. 따라서 그의 시의 미학은 바로 이러한 도피정신에서 출발하고 있다고 해도 과언이 아니다. 현실을 배제한 그의 시정신의 일단이야말로 진정한 예술을 창조/경험하게 하는 원천이 되고 있기 때문이다. 언어에 대한 끊임없는 자각과 반성, 시인으로서의 자기비판, 절제와 탐구라는 시작태도가 곧 그의 시학을 이끌어가는 원동력이 될 것이다. 김종삼의 시학은 전언보다는 시의 미학에 더 깊은 관심을 두고 있다. 이는 시에 무엇을 담았느냐가 중요한 것이 아니라, 어떤 새로운 형식과 의미를 창출하고 있느냐의 문제로 귀결된다. 이러한 그의 시학의 특징이 진정한 예술지향의 문학을 경험하게 하고, 우리 현대시의 한 장을 열게 하는 계기가 된다.

이 글은 김종삼의 시가 함유하고 있는 문학적 의미구조를 시에 나타난 시간과 공간인식을 통해 규명해 보자고 했다. 그의 시가 내장하고 있는 과거·현재·미래의 시·공간은 그의 시적 의미구조를 구성하는 근간이 되고 있음을 알 수 있었다. 그러나 주로 시인의 시·공간인식에 중심을 두다 보니, 시의 미학을 폭넓게 조명하는 데는 다소 미흡했다는 아쉬움을 지울 수가 없다. 김종삼의 시를 구성하고 있는 미학적 특성은 그 의미망이 대단히 깊고 넓어서 이를 체계적으로 짚어내는 일은 단순하지 않다. 부족한 가운데 최선의 노력을 다했지만 김종삼 시학이 내장하고 있는 섬세한 파장을 확연히 밝혀내는 데는 역부족임을 자인하지 않을 수 없다.

처음부터 이 한 편의 글에 두 범주의 의미구조를 모두 체계화한다는 것은 벅찬 과제임이 분명하다. 김종삼의 시가 미학적 특성을 강점으로 함유하고 있는 만큼 이에 대한 연구는 앞으로 더 심도 깊게 이루어져야 하리라 본다. 필자 역시 여기에 머물지 않고 앞으로 이에 대한 연구에 일조할 것임을 다짐한다. 김종삼의 시세계를 다양한 각도에서 조명하는 것은 우리 현대시사는 물론 현대시 연구에 새로운 발전을 꾀하는 작업이 될 것이다. 그의 빛나는 업적에 비해 그에 대한 연구가 다소 소략한 만큼 앞으로 더 큰 관심과 사랑으로 여러 방향의 연구가 이루어지기를 기대한다.

2부

시적 상상력과 자기극복의 화두

김종삼 시의 소리 이미지와 의미적 표상

1. 서론

시에 있어서 이미지image는 시인의 상상력의 산물로서 한 시인의 시세계를 구성하는 중요한 원천이 된다. 이는 시인의 경험세계와 사물의 형상을 구체적/감각적으로 재현하는 것으로 한 시인의 의식·무의식의 세계를 두루 아우른다. 시인은 관념의 차원에 놓여있는 사물이나 내면의식의 흐름을 하나의 이미지를 통해 해석 가능한 영역으로 구체화시킨다. 시가 난해함의 속성을 지니면서도 보다 구체적이고 명징하게 우리에게 전달되는 것은 바로 이 때문이다.

이러한 "이미지가 나타내는 대상은 그 자체로서 중요한 게 아니라, 그것이 무엇을 하고 있는가 않는가에 따라서 의미를 얻게 된다."[1] 이는 이른바 시적 기능을 반영하는 것으로 시인의 시적 상상력과 시세계의 색채를 엿볼 수 있게 한다. 따라서 "詩的 이미지는 본질적으로 變容的인 것"[2]이라는 특징적 의미가 주어진다. 시인은 자신이 형상화하고자 하는 세계를 위해 끊임없이 새로운 이미지를 생성시킨다. 이러한 이미지는 시인의 상상력을 통해 구현되고 이는 곧 언어와 직접적인 연계성을 가진다. 이미지는 결국 시인이 선택한 언어를 통해 그 고유한 색채를 구성해 내기 때문이다.

김종삼의 시에는 그의 시세계의 특징을 대변할 수 있는 다양한 이미지들이 등장한다. 그 중 가장 중점적으로 그의 시적 흐름을 주도하고 있는 것은 '소리' 이미지이다. 소리 이미지는 김종삼이 소리(음악)에 대한 관심과 집착을 가지고 있는 만큼 그 의미적 표상이 크다고 할 수 있다. 이는 그의 세계와 자아인식 그리고 극복세계를 함축하는 하나의 기제가 되고 있기 때문이다.

김종삼의 소리 이미지는 대체로 두 개의 구도 속에서 그 의미적 영역을 구축한다. 하나는 그가 경도되어 있던 클래식의 세계 즉 음악적 요소와 더불어 표출되는 심상이고, 또 하나는 도피적 차원에서 생성되는 '먼 곳'[3] 이미지에서 오는 소리 이미지이다. 전자는 예술적 교감으로서의 정신적 세계와 관련을 가지고, 후자는 그의 일생을 통한 방황의 여정과 맥락을 같이 한다.

김종삼 시에 나타난 음악적 요소는 음악 그 자체라기보다 외부 세계에 대한 탐색 혹은 소통의 매개물로서 이미지화되는 경우가 많다.

---

1) 곽광수, 「바슐라르와 想像力의 美學」, 『바슐라르 硏究』, 민음사, 1891, 83쪽.
2) 곽광수, 위의 책, 76쪽.
3) 김종삼의 소리 이미지는 대체로 이곳(현실)이 아닌, 저곳(초현실, 미지의 세계)을 지향하는 형태로 나타난다. '무척이나 먼/언제나 먼', '언덕 너머', '능선 저쪽', '머언 언덕가' 등의 이미지가 바로 그것이다. 이러한 소리에 대한 지향은 외부공간에 대한 탐색을 시도하는 과정에서 나타난다. 이는 김종삼의 도피와 방황의 여정을 함축하는 기제가 된다.

이는 음악 또한 그의 시적 상상력을 통해 구성된 하나의 이미지로써 그의 지향세계를 반영하기 때문이다. 그의 음악적 사유는 예술적 교감으로서의 정신적 세계와 관련을 가지지만 대체로 어디선가 들려오는 소리 즉, 신호의 형태로 접촉되고 있다. 이는 외부공간으로 나아가려는 시인의 내면의식의 한 표상이라 할 수 있다. 다시 말해 '소리'를 통한 세계(자아)의 탐색은 음악을 통해 그 소통의 길을 마련하고 정신적 해방의 길을 찾게 된다는 것이다. 이 논문에서 그의 음악적 사유를 크게 '소리' 이미지의 범주로 설정하는 것은 바로 이 때문이다.

김종삼은 잘 알려져 있듯이 해방을 거쳐 한국전쟁을 체험한 전후세대 시인이다. 그에게 한국전쟁과 분단은 역사적 비극을 상기시키는 사건인 동시에 실향失鄕의 상처를 안겨준 사건이기도 하다. 김종삼에게 실향의 상처는 그의 정신적 콤플렉스를 유도하는 가장 큰 원인으로 그를 일생 이방인으로 몰고 간다. 김종삼의 비극적 세계인식, 부재의식 그리고 방황의 정서4)는 엄밀히 이러한 시대성을 바탕으로 생성된다. 그의 시에 꿈이나 환상 등 초현실적 세계가 빈번히 드러나는 것은 부정적 현실에 대한 일종의 대응방식이라 할 수 있다.

김종삼의 현실대응은 대체로 도피와 방황의 형태로 드러난다.

한 시인의 전 시세계를 돌아보면 이러한 도피 과정들은 결국 정신적·현실적 자기극복의 형태로 수렴된다. 김종삼의 시세계 또한 도피적 형태로 흐르고 있지만 내적으로는 많은 극복기제들이 내장되어 있다. 소리 이미지는 바로 이러한 과정을 함축하는 상상력의 근간이라 할 수 있다.

본 연구는 김종삼 시에 나타난 '소리' 이미지를 통해 그의 시세계가

---

4) 김현, 「김종삼을 찾아서」, 『김종삼 전집』, 장석주 편, 청하, 1988; 황동규, 「잔상의 미학」, 『김종삼 전집』, 청하, 1988.

함유하고 있는 의미적 특성을 규명해 보고자 한다. 소리에 대한 시인의 각별한 인식은 초기시부터 후기시에 이르기까지 지속적인 시적화두가 되고 있다. 소리는 그가 세계와 소통하고 자아를 찾아가는 일종의 탐색 대상이면서 시적 극복 기제라고 할 수 있다. 따라서 소리이미지에 대한 면밀한 분석은 그의 시의식의 흐름과 그 의미적 표상을 찾아가는 중요한 과정이 될 것이다.

2. 도피적 시어와 자기해방으로서의 '소리'

  1) '소리'에의 탐색과 자아인식

  김종삼1921~1984은 시력 30여 년 동안 단 3권의 시집5)을 상재한 보기 드문 과작의 시인이다. 황동규는 그를 "우리 현대시가 낳은 가장 완전도가 높은 순수시인"6)이라고 말 한 바 있다. 순수시인이란 그의 시의 업적을 짚어주는 하나의 표상이면서 그의 시적 여정을 함축하는 말이기도 하다. 우리가 김종삼의 시를 주목하고 그를 1950년대 대표 시인으로 평가하는 것은 그가 남긴 시집의 양에 있는 것이 아니라 그의 시적 성취에 놓여있다. 그는 어떠한 정치, 사회적 현실과도 타협하지 않은 채 오로지 시의 길만 고집해온 시인이다. 그의 이러한 시적 여정이 곧 그의 문학을 보다 단단하게 결집하는 단초가 되었을 것이다.
  김종삼의 시는 흔히 난해한 시로 잘 알려져 있다. 이는 그의 시적 특징인 생략/공백 혹은 상징과 암시의 세계가 불러들이는 모호함 때

---

5) 『십이음계』(삼애사, 1969), 『시인학교』(신현실사, 1977), 『누군가 나에게 물었다』
  (민음사, 1982).
6) 황동규, 앞의 책, 254쪽.

문일 것이다.7) 김현이 "그의 시야말로 단일적인 해석을 부인하게 하는 암시력을 그 구체성 뒤에 숨겨가고 있"8)다라고 한 것도 이러한 맥락에서 이해할 수 있다. 소리 이미지는 이러한 그의 시적 난해함을 풀어갈 수 있는 하나의 방법이 될 것이다. '소리'는 그의 시세계를 구성하는 근원으로 시의식의 중심을 관류하기 때문이다.

김종삼의 '소리' 이미지는 서론에서 이미 말한 바와 같이 대략 두 개의 측면에서 그 특성을 드러낸다. 하나는 '먼 곳'에서 들려오는 소리 즉, 청각적으로 인식되는 소리 그 자체이고, 다른 하나는 예술적 영감을 유도하는 음악적 요소가 그것이다. 이는 둘 다 자신이 몸담고 있는 세계를 끊임없이 부정하면서 외부세계로 나아가고자 하는 열망의 표현에서 비롯된다. 더 크게는 자기해방으로서의 예술적 추구, 평화와 자유에 대한 열망과 탐색 그리고 자기극복의 과정을 담고 있다.

> 連山 上空에 뜬
> 구름 속에서 무슨 소리가 난다
> 무슨 소리가 난다
> 아지 못할 單─樂器이기도 하고
> 평화스런 和音이기도 하다
> 어떤 때엔 天上으로
> 어떤 때엔 地上으로 바보가 된 나에게도
> 무슨 신호처럼 보내져 오곤 했다
>
> ─「소리(수록 2)」 전문

---

7) 이숭원, 「김종삼 시의 환상과 현실」, 『20세기 한국 시인론』, 국학자료원, 1997; 하현식, 「미완성의 수사학」, 『현대 시인론』, 백산출판사, 1990; 신규호, 「무의미의 의미」, 『시문학』, 1989.3; 김주연, 「비세속적 시」, 『김종삼 전집』, 청하, 1988; 이경수, 「부정의 시학」, 『김종삼 전집』, 청하, 1988.
8) 김현, 앞의 책, 243쪽.

시적 이미지의 재현 양상이 육체적 지각을 통해 얻어지는 경우와, 육체적 지각을 통하지 않는 경우로 나누어지는 것을 감안할 때, 김종삼의 시는 대체로 후자의 경우에 속해 있다고 할 수 있다. 이는 '상상력이나 환상과 관련되는 것'[9]으로 현실 속에서는 충족되지 않는 결핍을 외부세계를 통해 찾으려는 의도에서 비롯된다.

김종삼의 '소리'는 대체로 어딘가에서 들려오는 즉, 소리의 출처가 분명치 않다는 특징이 있다. 이는 그의 소리가 아직 구체적 형태를 확보되지 못한 채 하나의 탐색 대상으로 제시되고 있음을 말해준다. 이러한 소리는 시인의 의식·무의식 속에 잠재된 결핍과 부재 그로 인한 도피에의 열망을 함축하고 있다고 할 수 있다.

위 시에는 시인의 소리에 대한 탐색이 섬세하게 포착되어 있다. 화자는 지금 어디선가 들려오는 소리에 귀를 기울이고 있다. '무슨 소리가 난다/무슨 소리가 난다'라는 반복적 구절에서 화자의 소리에 대한 간절한 기대를 엿볼 수 있다. '무슨 소리'라는 표현은 아직 그 소리의 실체가 분명치 않음을 시사한다. 다시 말해 '소리'에 대한 탐색 단계임을 보여주는 것이다.

위 시에서 '소리'의 출처는 '連山 上空에 뜬/구름 속'이다. '連山 上空에 뜬/구름 속'은 공간적으로 보면 天上 이미지 즉, 상승지향 공간의 의미를 담고 있다. 이 공간은 음악적 요소(소리의 상승)가 가미되면서 보다 확고한 상승 이미지를 구성한다. 화자가 귀 기울이고 있는 '무슨 소리'에 대한 감지는 곧 '單一樂器', '평화스런 和音'을 통해 가능해지기 때문이다. '무슨 소리=음악(악기, 화음)'은 화자의 소리에 대한 관심의 척도를 짐작케 하는 부분이다. 이는 곧 화자가 소리(음악)를 매

---

9) 이승훈, 『詩論』, 태학사, 2005, 192쪽.

개로 세계를 감지하고 소통하려는 자세를 보이고 있다는 것이다. '무슨 소리'는 곧 '天上'과 '地上' 그리고 '나'에게로 전달되어 온다. 이는 화자의 소리에의 탐색이 어느 한정된 공간을 대상으로 하는 것이 아니라, 다양하게 시도되고 있음을 보여주는 것이다. 그러나 공간의 한계는 두지 않지만 소리에의 지향은 분명 천상(초현실/이상적 공간) 이미지로 나타나고 있다. 이러한 공간은 막연한 공간 이미지를 드러냄으로써 상상적/환상적 구도를 형성하게 된다.

주목할 것은, 이러한 '소리'가 '무슨 신호'처럼 보내져 온다는 것이다. '신호'는 어떤 일의 내용이나 상황을 알리는 일종의 출발의 의미를 담고 있다. 이는 시인의 소리에 대한 탐색과 맞물리는 것으로 어떤 세계에 대한 강한 호기심과 동경의 세계를 담고 있다. 다시 말해 어떤 일이 일어날 것 같은 예감을 소리를 통해 감지해 내고자 기대하고 있는 것이다.

> 연인의 信號처럼
> 동틀 때마다
> 동트는 곳에서 들려오는
> 가늘고 鮮明한
> 樂器의 소리
> 그 사나이는 遊牧民처럼
> 그런 세월을 오래오래 살았다
> 날마다 바뀌어지는 地平線에서
>
> ―「동트는 地平線」 전문

위 시에서도 앞의 시와 마찬가지로 소리는 '신호'의 형태로 다가온다. 다른 것이 있다면 '연인의 信號처럼'이라는 단서가 붙어있다. '연인의 信號처럼'은 일차적으로 이 '신호'가 누구에게나 전달되는 개방적 의미가 아니라, '연인' 당사자끼리만 주고받는 비밀스런 메시지라는 데 있다. 이는 화자의 '소리'에 대한 자각이나 출발로서의 탐색이 은밀하고 폐쇄적인 형태로 진행되고 있음을 보여주는 것이다.

'동트는 곳'은 '連山 上空에 뜬/구름 속'(「소리(수록 2)」)과 같은 공간 이미지로 다가온다. 이는 화자가 소리를 통해 감지하려는 세계가 초현실로서의 상승지향과 맥이 닿아있기 때문이다. 여기서도 김종삼 시세계의 특징적 요소인 '가늘고 鮮明한/樂器의 소리' 즉, 음악적 요소가 대두된다. 요컨대 시인은 아직 분명하지 않은 어떤 세계를 소리를 통해 감지하고자 한다. 그리고 그 세계는 현실 그 너머에서 신호처럼 다가온다. 이 '소리'는 '악기'라는 구체적 대상을 통해 제시되고 있지만 공간적으로는 '동트는 곳'이라는 막연한 공간 이미지에 그치고 있다. 따라서 '그 사나이는 遊牧民처럼' 오래 떠도는 생활을 할 수밖에 없다. 김종삼의 방황은 대체로 이러한 토대에서 발현되고 소리에 대한 탐색 또한 여기서 출발한다.

풍식이란 놈의 하모니카는 귀에 못이 배기도록 매일같이 싫어지
도록 들리어 오곤 했다.
자라나서 알고 본즉 〈스와니江의 노래〉였다.

선율은 하늘 아래 저 편에 만들어지는 능선 쪽으로 날아갔고
내 할머니가 앉아 계시던 밭이랑과 나와 다른 사람들과의 먼 거
리를 만들어 주기도 하였다.
모기쑥 태우던 내음이 흩어지는 무렵
이면 용당패라고 하였던 해변가에서
들리어 오는 오래 묵었다는 돌미륵이 울면 더욱 그러하였다.
자라나서 알고 본즉 바닷가에서 가끔 들리어 오곤 하였던 고동

소리를 착각하였던 것이다.

ㅡ「쑥내음 속의 동화」 부분

김종삼의 소리에 대한 인식은 위 시에서도 드러나듯 어릴 때부터 시작되고 있음을 알 수 있다. 또한 그 소리에 대한 추억이 '자라나서 알고 본즉'처럼 부정적인 형태로 기억되고 있음도 알 수 있다. '풍식이란 놈의 하모니카' 소리와 '오래 묵었던 돌미륵'의 울음은 김종삼이 소리에 대한 환상을 가지게 되는 근원이 된다.

음악의 對位法처럼 彫代의 彫刻이 서서히 하늘에서 아무 기척이 없는 어느 古家 뜨락에 내리고 있다. 푸드득 소리에 놀라 깼다
새가
난다

ㅡ「산」 부분

김종삼의 소리에 대한 지향이 상상적 세계에서 크게 벗어나지 않고 또 그것이 탐색의 형태로 지속되고 있는 것은 그 소리에의 접속이 쉽지 않다는 증거이다. 이는 그의 '소리'가 문학이든, 그가 꿈꾸는 평화와 순수세계에의 열망이든 손쉽게 얻어지는 대상이 아니기 때문이다.

위 시에서 '푸드득 소리에 놀라' 잠을 깨는 것은 화자의 명징한 현실인식의 순간을 의미한다. 화자는 꿈의 세계로 도약하고자 하나 현실 속의 그는 무기력하기만 하다. 이러한 자각이 화자로 하여금 놀라 잠을 깨게 하고 '새의 날아오름'을 꿈꾸게 한다. 이는 화자의 소리에 대한 내적 열망을 암시하는 것으로 그 이면에 반성적 성찰이 깔려 있다. 여기서 '푸드득 소리'와 '새의 날아오름'은 시 제목 '산'에서도 이미 암시되어 있듯이 자아실현 즉, 상승에 뿌리를 두고 있다. 이는 김

종삼의 끊임없는 자아에 대한 자각, 반성, 비상의 열망을 담고 있다.

> 나의 本籍은 늦가을 햇볕 쪼이는 마른 잎이다. 밟으면 깨어지는
> 소리가 난다.
>
> -「나의 본적」 부분

> 나의 本은 선바위, 山의 얼굴이다.
> 그 사이
> 한 그루의 나무이다.
> 희미한 소릴 가끔 내었던
> 뻐꾹새다.
> 稀代의 거미줄이다.
>
> 해질 무렵 나타내이는 石家이다.
>
> -「나의 本」 전문

> 나의 理想은 어느 寒村 驛같다
>
> -「나(수록 1)」 부분

> 망가져 가는 저질 플라스틱 臨時 人間
>
> -「나(수록 2)」 전문

> 이름이 있다면
> 나이가 있다면
>
> 나이는 넘어야 하는 山脈들이었고
> 이름(筆名)은
> 아직 없다
>
> -「나(수록 3)」 전문

김종삼의 자아인식의 세계는 대체로 그의 현실적 자각으로부터 시
작된다. 김종삼에게 현실은 쉽게 적응하기도 또 타협하기도 어려운
부재의 공간으로 제시된다.[10] 이러한 공간 속에 놓인 자아는 위축되

고 왜소해지며 소외의 정서를 함유할 수밖에 없다. 그에게 소리에의 탐색이 현실 도피적 성격을 띠면서 한편으로 이상실현이라는 명제가 주어지는 것은 바로 이 때문이다. 시인은 소리를 매개로 외부공간으로 도피를 유도하고 거기서 꿈의 세계를 확보하려고 한다.

위 시의 '밟으면 깨어지는 소리', '해질 무렵 나타내이는 石家', '어느 寒村 驛', '저질 플라스틱 臨時 人間', '이름(筆名)은/아직 없다' 등은 부정적 자아의 표상들이다. 이러한 이미지들은 하나같이 쓸쓸하고 소외된 일종의 주변인으로서의 정서를 드러낸다. 자아는 현실을 부정하고 새로운 세계를 구성하고자 하지만 현실은 늘 시인으로 하여금 삶의 질곡에서 벗어나지 못하게 한다. 요컨대 '소리'를 통해 상승을 시도하지만 공간이동에 이르지 못하고 존재의 미미함과 좌절, 부정적 자아를 유도하는 데 그치고 만다. 김종삼의 '나'에 대한 인식은 바로 이러한 현실적 한계 속에서 생성되고 확장되어 간다.

이것이 김종삼의 소리에의 탐색이 지속될 수밖에 없는 요건이고 갈증이다. 이러한 김종삼의 소리에의 탐색은 일종의 자기 안으로의 여행 혹은 침잠의 과정이라고도 할 수 있다. 그의 세계와의 소통의지는 세계(현실)와의 단절이라는 또 다른 구도를 형성하기 때문이다. 따라서 그의 소리에의 탐색은 반복될 수밖에 없고 지속적인 단절의 고배를 마실 수밖에 없다. 이러한 갈등양상이 곧 소리의 연속과 불연속이라는 형태로 나타난다.

---

10) 김종삼의 현실적 부재는 대체로 가난과 병고로부터 시작된다. '오십평생 단칸 셋방뿐이다'(「산」)나 '나는 이 세상엔 맞지 아니하므로/병들어 있으므로'(「그날이 오며는」) 등의 시는 바로 이러한 그의 현실적 부재를 반영한다.

2) 연속과 불연속의 조우

김종삼의 '소리'에 대한 염원은 완성된 소리를 구축하는 데 있다. 김종삼의 소리 자체가 미지의 세계에 대한 동경 혹은 꿈의 실현에 있기 때문이다. 이는 현실적 결핍을 충족시키려는 시인의 내적 욕망 즉, 문학적 열망과 연계되어 나타난다. 그러나 김종삼의 소리 이미지는 대체로 연속連續과 불연속不連續이라는 단절의 형태로 드러나고 있다. 소리의 '연속'은 시인의 지향세계에 대한 끊임없는 열망의 한 표현이고 '불연속'은 현실적 한계에서 빚어지는 단절과 절망의 표현이라 할 수 있다.

이는 시인의 현실인식의 구도와 내면의식의 흐름을 반영하는 것으로 시적 긴장을 유도하는 장치가 되기도 한다. 꿈과 현실과의 괴리로 인한 이러한 불협화음은 김종삼 시세계의 갈등체계와 대립 구도를 구성한다. 그의 시의 삶과 죽음, 생명과 무생명, 지상과 천상, 평화와 평화부재에 대한 인식들은 대체로 이러한 구도에서 생성된다. 이는 현실적 존재와 이상적 존재 사이의 거리를 암시하는 것으로 그의 세계와 자아인식의 근원이 된다.

> 아침나절부터 누가
> 배우느라고 부는
> 트럼펫
>
> 루부시안느의 골목길
> 조금도 進行됨이 없는
> 어느 畵室의 한구석처럼
> 어제 밤엔 팔리지 않은 아름다운 한
> 娼女의 다문 입처럼

오늘도 아침나절부터 누가
배우느라고 부는
트럼펫

—「트럼펫」 전문

김종삼의 소리의 연속과 불연속은 탐색의 연장선상에서 체득되는
이른바 세계와 자아인식의 한 과정이라 할 수 있다. 이는 보다 심화된
단계로써 구체적 대상이 명시되고 있다. 먼 곳 이미지로 막연하게 제
시되던 소리의 출처 혹은 대상은 이제 하나의 구체적 이미지로 떠오
른다. 위 시의 '트럼펫'이 바로 그것이다.

그러나 '누가 배우느라고 부는/트럼펫'은 어쩔 수 없이 불완전한 소
리의 형태로 드러날 수밖에 없다. '배우느라고 부는 트럼펫'은 그 숙
련도에 있어 아직 미숙한 단계이므로 완성된 소리를 낼 수 없기 때문
이다. 따라서 많은 연습과정과 단절/연속이라는 시간적 소요가 병행
되어야 한다. 이는 소리의 주체가 구체적으로 주어졌다 해도 그 소리
는 여전히 '들려오는' 소리에 머물러 있기 때문이다.

위 시에서 소리의 단절은 '조금도 進行됨이 없는'에서 그 구체적 특
성을 드러낸다. '어느 畵室의 한구석처럼', '어제 밤엔 팔리지 않은 아
름다운 한/娼女의 다문 입처럼'에서도 단절된 소리의 단상이 암시되
어 있다. '進行됨이 없는', '畵室의 한구석', '팔리지 않은 아름다운 한
창녀' 등에는 소통 불가능한 세계가 숨어 있다. '進行됨이 없는' 소리
는 아무도 봐주지 않는 '화실 한구석'처럼 단절의 의미를 담고 있다.
이는 아름답지만 팔리지 않은 한 娼女의 서글픈 심사와 크게 다를 바
가 없다.

온 終日 비는 내리고

가까이 사랑스러운 멜로디,
트럼펫이 울린다

二十八년 전
선죽교가 있는
비 내리던
開城,

호수돈 여고생에게
첫사랑이 번지어졌을 때
버림받았을 때

비옷을 빌어입고 다닐 때
기숙사에 있을 때

기와 담장 덩굴이 우거져
온 종일 비는 내리고
사랑스런 멜로디 트럼펫이
울릴 때

― 「비옷을 빌어 입고」 전문

　위 시에서도 어디선가 들려오는 '소리' 즉, 고향 회상을 통해 '들려오는' 소리에 초점이 맞춰져 있다. 이 '들려오는' 소리는 보다 구체적인 소리의 대상 즉, '二十八년 전' '개성'이라는 공간을 통해 확보된다. 여기에는 '비'라는 매개물이 회상의 통로로서 등장한다. 화자는 비오는 날 문득 소년기에 경험했던 첫사랑을 떠올린다. 거기에는 '사랑스런 멜로디 트럼펫'이 개입한다. '온 終日 내리는 비'는 그때 들었던 '트럼펫' 소리를 떠올리게 하고, 화자로 하여금 첫사랑의 설렘과 버림받은 상처를 되새기게 한다. 상처와 그리움이라는 두 구도는 비와 트럼펫의 멜로디를 배경으로 화자의 과거와 현재를 이어준다.

　그러나 위 시의 소리에 대한 단상은 '개성'이라는 공간이 제시됨으로써 결국 단절의 의미를 내포할 수밖에 없다. '개성'은 이미 갈 수 없는 공간으로 전제되어 있기 때문이다. 이러한 현실적 장벽은 그의 '소리(고향 그리움)'에 대한 절실함이 현실적으로는 실현 불가능함을 암시한다. 따라서 소리(트럼펫)는 회상이라는 간접적 통로서만 그 접속이 가능하다. 이러한 단절의 정서는 첫사랑에게 버림받은 상처와 함께 김종삼 시세계의 부재의식의 근원으로 작용한다.

소년기에 노닐던
그 동뚝 아래
호숫가에서
고요의
피아노 소리가
지금도 들리다가 그친다

사이를 두었다가
먼 사이를 두었다가
뜸북이던
뜸부기 소리도
지금도 들리다가 그친다

나는 나에게 말한다
죽으면 그곳으로 가라고.

－「글짓기」 전문

　앞의 시가 트럼펫의 멜로디를 매개로 첫사랑의 추억을 회상하고 있었다면, 위 시는 '피아노 소리', '뜸부기 소리'를 통해 고향에 대한 심회를 드러낸다. 김종삼에게 전쟁과 분단 그로 인한 고향상실은 곧 자아상실을 의미하는 하나의 기제가 된다. 따라서 김종삼의 정신적 자기해방의 구도는 일차적으로 실향의식을 극복하는 데서부터 출발한다고 할 수 있다. 실향의식이 곧 그의 현실인식의 한 요소가 되고 이는 그의 실존적 삶을 억압하는 가장 큰 요건으로 작용하기 때문이다.

위 시의 '소리' 또한 연속과 불연속의 반복적 패턴에 놓여있다. '지금도 들리다가 그친다'는 소리의 단절을 구체적으로 보여준다. 이는 분단과 고향상실의 측면에서 보면 현실에 대한 자각과 그로 인한 절망의 심연이라고 할 수 있다. 따라서 소리의 연속과 불연속의 조우는 피할 수 없는 조건으로 시인의 내면의식을 지배한다.

화자는 지금 소년기에 들었던 '피아노 소리와 뜸부기 소리'를 마치 환청처럼 듣고 있다. 이 소리들은 공간의 한계를 넘어 화자에게로 전달되면서 과거를 회상하게 하고 명징한 현실인식의 계기를 만들어준다. '소년기(과거)'와 '지금도(현재)'는 시간의 경과를 암시하는 하나의 메시지이다. 여기서 '지금도'는 현실적 시간을 지시하지만 내적으로는 '과거'로부터 현재, 미래의 시간을 함축한다. 이는 불연속이라는 부정적 의미에서의 과거, 현재, 미래의 시간을 암시하는 것으로 시인의 삶의 여정을 반영한다.

> 희미한
> 風琴 소리가
> 툭 툭 끊어지고
> 있었다
>
> 그동안 무엇을 하였느냐는 물음에 대해

다름 아닌 人間을 찾아다니며 물 몇 桶 길어다 준 일밖에 없다고

머나먼 廣野의 한복판 얕은
하늘 밑으로
영롱한 날빛으로
하여금 따우에선

―「물통」전문

위 시는 김종삼의 연속과 불연속 되는 소리의 세계가 또 다른 차원
으로 접어들고 있음을 보여준다. '툭 툭 끊어지는' '풍금소리' 그리고
'인간'과 '물 몇 통'에 대한 단상은 새로운 대비를 그려낸다. 툭툭 끊어
지는 풍금소리는 김종삼 시세계의 단절의 의미를 보다 확고히 부각
시키는 이미지이다. 이는 시인의 현실인식의 근간으로 단절되고 부
조리한 공간인식의 일면을 보여준다. 따라서 '그동안 무엇을 하였느
냐는 물음'은 많은 의미를 내포한다. 이는 다름 아닌 자아와 세계에
대한 비판이면서 자기 반성의 계기를 유도하기 때문이다.

따라서 '물 몇 통' 특히 '人間을 위해 길어다 준' '물 몇 통'의 의미는
각별하다. 이는 나를 위해서가 아니라 '인간'을 위한 행위라는 데 의
미가 있다. 인간을 위해 물 몇 통 길어다 주는 일은 김종삼의 부정적
세계인식의 측면에서 보면 대단히 큰 변화가 아닐 수 없다. 그는 세계
의 부정 뿐 아니라 줄곧 자기부정의 세계를 구성해 왔다. 따라서 비록
'風琴 소리가/툭 툭 끊어지'는 부정적 의미에서의 현실적 단절이 전제
되고 있지만 내면의식의 변화는 선명히 감지된다. 이러한 변화가 그
의 연민의식과 휴머니즘 세계를 구성하는 계기를 만들고, 자기 극복
으로서의 정화의 세계로 접어드는 매개가 된다.

3) 예술적 영감과 정화의 세계

김종삼의 소리에 대한 탐구는 결국 자기극복에 이르기 위한 긴 여정이라 할 수 있다. 그의 소리 이미지의 세계가 단순히 이상세계로의 이행을 보여주는 추상적 세계구현이 아니라, 자아실현의 일환으로써 문학과 자기 정화에 토대를 두고 있기 때문이다. 연속되고 단절되는 소리의 여정은 그의 삶과 문학의 도피(방황)=극복(정화)의 구도를 함유한다. 이는 그의 시에 내재해있는 부정의 구도가 단순히 도피적 차원만이 아니라, 부정함으로써 또 다른 세계 모색이라는 탐구과정으로 귀결됨을 의미한다. 김종삼은 평소 '시와 생활은 양립할 수 없다'[11]는 詩作 태도를 고집해 왔다. 이는 그의 시작에 임하는 엄격한 자기반성의 척도를 보여주는 것이다. 따라서 현실 속에서는 보편적 삶의 구도를 벗어날 수밖에 없었고 그로인한 가난과 병고 등 부재의 요소를 지닐 수밖에 없었다. 그러나 詩作에 있어서는 삶의 방식과는 달리 보다 고집스러운 모습을 보여준다. 이는 작품에 대한 강도 높은 비판과 부정의 태도이다. 시작 과정이나 작품에 대한 비판과 부정의 태도는 그의 시적 탐구과정의 하나로 집약된다.

김종삼의 이러한 탐구과정은 대체로 음악적 사유를 통해 접속되고 성취된다. 클래식 음악에 대한 김종삼의 특별한 관심은 그의 전 시세

---

11) 김종삼은 평소에 '시'와 '생활'은 서로 병행할 수 없다는 생각을 가지고 있었다. 이는 그의 시인으로서의 존재방식을 보여주는 일례로서 그의 문학적 여정을 함축한다. 그는 우리나라의 많은 시인들이 도저히 양립할 수 없는 두 가지 일을 양립시키려는 '어리석음'을 저지르고 있다고 생각한다. '생활도 윤택해야 한다', '시도 좋아야 한다'는 두 가지 문제를 함께 해결해 가지려는 시인들을 그는 '어리석은 무리'라고 생각한다. 그는 '생활의 윤택'과 '시의 광채光彩'는 서로 양립할 수 없는 상극相剋의 존재이기 때문에 두 가지 중 한 가지만 취해야 한다고 믿고 있다(『한국일보』, 1981.1.23).

계에 걸쳐 폭넓게 드러나고 있고 따라서 그의 문학에 큰 영향을 미치고 있음을 알 수 있다. 음악은 그의 詩作에 있어서 반성을 유도하는 끊임없는 채찍이 될 뿐 아니라, 예술적 영감과 종국에는 자기정화의 세계로 들어서게 한다. 다시 말해 '소리'를 통한 세계(자아)의 탐색은 음악을 통해 그 소통의 길을 마련하고 정신적 해방의 길을 찾게 된다는 것이다. 음악이 주는 심원한 세계는 그에게 진정한 시의 길을 모색하게 하고 극복으로 가는 원동력이 되고 있다.

무척이나 먼

언제나 먼

스티븐 포스트의 나라를 찾아가 보았다.

조그마한 통나무집들과
초목들도 정답다 애틋하다
스티븐을 찾아다니고 있었다.
같이 한 잔 하려고

　　　　　　　　　　　　　－「꿈의 나라」 전문

　조남익은 김종삼의 시는 무엇보다도 시와 음악과의 결합 내지는 음악적 운율, 어조의 중시를 들 수 있다[12]고 말한다. 그에게 음악은 시작 동기가 되기도 하고, 이국공간에 대한 동경, 예술적 갈증, 이상세계 지향, 도피공간, 정신적 승화라는 여러 가지 시적 의미를 함유한다. 그는 많은 음악가들을 순례[13]하면서 예술적 영감과 자기 성찰적

---

12) 조남익, 「장미와 음악의 시적 변용－김종삼 편」, 『현대시학』, 1987.2, 155쪽.
13) 김종삼의 음악가에 대한 순례는 그의 많은 시편에서 발견된다. 엘리자베스 슈만,

세계를 구축한다.

위 시에서 시인이 '스티븐 포스트의 나라를 찾아가'는 과정은 방황의 형식으로 볼 수 있지만, 내적으로는 음악과 음악가에 대한 흠모의 정서가 내포되어 있다. 따라서 포스트가 살던 '조그마한 통나무집들'과 '초목들'이 애틋하게 다가올 수밖에 없다. 이 '애틋함'은 포스트의 음악과 더불어 그의 불우한 삶에 연유한다.14) 대부분의 음악가들은 그의 숭고한 예술적 성취에도 불구하고 현실적 삶은 불우하고 고독했다. 김종삼이 유독 이러한 음악가들에게 관심을 가지는 것은 그들의 불우함을 시인 자신의 불우함과 동일시하기 때문이다.

　　담배 붙이고 난 성냥개비불이 꺼지지 않는다 불어도 흔들어도 꺼지지 않는다 손가락에서 떨어지지 않는다.
　　새벽이 되어서 꺼졌다.
　　이 시각까지 무엇을 하며 살아왔느냐다 무엇 하나 변변히 한 것도 없다.
　　오늘도 찾아가보리라
　　死海를 향한
　　아담橋를 지나

　　거기서 몇 줄의 글을 감지하리라

드빗시, 스티븐 포스트, 세자르 프랑크, 바흐, 베토벤, 모차르트 등이 그 대표적 예이다. 김종삼은 이들의 지고한 예술혼과 불우한 생애에 초점을 맞춰 흠모와 공감대를 형성한다. 음악에 대한 그의 관심이 거의 전문가적 수준에 이르고 있는 만큼 음악적 사유는 그의 시세계에 많은 영향을 미친다.
14) 김종삼은 시 「꿈의 나라」를 쓰면서 "그분도 볼프강 아마데우스 모짜르트처럼 프란츠 슈베르트처럼 애석하게도 젊은 나이에 죽었다. 알콜 중독으로 폐인이 되어서 방황하다가 죽었다. 그가 남긴 가곡들은 애련하기도 하고 우아하기도 하고"라는 주석을 달고 있다.

遼然한 유카리나무 하나.

-「시작노우트」 전문

위 시에는 김종삼의 문학에 대한 인식이 '불' 이미지를 통해 드러나고 있다. '담배 붙이고 난 성냥개비불이 꺼지지 않는다'에서 '꺼지지 않는 성냥개비불'은 곧 시인의 시적 고뇌와 문학적 열정을 함축한다. 이 고뇌의 불은 '새벽이 되어서'야 겨우 꺼지게 되지만 시인에게 만족을 주기는커녕 '이 시각까지 무엇을 하며 살아왔느냐'라는 자조와 질책을 안겨준다. 위 시에서 '글'은 '死海를 향한/아담橋를 지나' 겨우 감지할 수 있는 것으로 인식된다. 이러한 시적 고뇌의 순간들이 김종삼으로 하여금 훌륭한 음악에 대한 흠모의 정서를 갖게 하고, 릴케의 새로운 언어개념15)에 경건히 고개 숙이게 하는 계기를 만들었을 것이다.

볼프강 아마데우스 모차르트의
아름다운 플루트 협주곡이
녹음이 짙어가는
초여름 햇볕 속에
어느 산간 지방에
어느 고원 지대에
가난하여도 착하게 사는 이들 사이에
떠오르고 있다
빛나고 있다
이런 때면 인간에게 불멸의 광명이라는
것이 무엇인가를
조그마치라도 알아낼 수는 없지만
그저, 상쾌하기만 하다.

-「음악(수록 2)」 전문

---

15) 김종삼, 「의미의 백서」, 『한국전후문제시집』, 신구문화사, 1964.

위 시에서 모짜르트의 음악은 '녹음이 짙어가는/초여름 햇볕 속에/
어느 산간 지방에/어느 고원 지대에/가난하여도 착하게 사는 이들 사
이에/떠오르'는 '불멸의 광명'이다. 인간들에게는 이러한 '불멸의 광
명'이 존재하지 않지만 음악은 그 숭고한 얼굴로 사랑이 부재한 세상
을 밝고 빛나게 해준다. 이러한 인식이 바로 김종삼의 음악에 대한 지
극한 관심과 흠모와 사랑의 척도라고 할 수 있다. '그저, 상쾌하기만
하다'에서 음악이 주는 생명력과 정화력16)을 짐작해 볼 수 있다.

①
한 老人이 햇볕을 쪼이고 있었다
몇 그루의 나무와 마른 풀잎들이 바람을 쏘이고 있었다 BACH
의 오보의 주제가 번지어 가고 있었다 살다보면 자비한 것 말고 또
무엇이 있으리 갑자기 해가 지고 있었다

－「유성기留聲機」 전문

②
비가 쏟아지고 우뢰가 칠 때에도 평화를 느낀다.
아침이 되었다.
안개 덩어리가 풀리고 있었다.
돋아난 새싹들은 온통 초록이다.
어떤 나무에선, 높은 나뭇가지에선 새 소리가 반짝이고 있다.
이 하루도 아득한 생각이 든다.
루드비히 반 베토벤처럼.

－「원정園丁(수록 2)」 전문

---

16) 김종삼은 음악이 주는 '정화력'에 대해 다음과 같이 말하고 있다. "음악은 사실 화
려한 것이 아니에요. 나의 시에서 자주 음악이 나온다면 그것은 음악이 가지고 있
는 화려하지 않은 분위기와 종교적이라 할 만한 정화력(淨化力) 때문이겠지요. 다
른 인생들도 그렇겠지만, 특히 나처럼 덕지덕지 살아온 인생으로는 음악에서 감
정을 정화시킬 수가 있지요. 나같이 어지럽게 사는 사람에겐 음악은 지상(地上)의
양식(糧食) 같은 거지요."(『한국일보』, 1981.1.23).

"음악은 통상적인 논리적 지적 의미의 지식을 표현하지 않고 인간의 가장 깊은 연상과 가장 변함없는 법칙에 대한 감각적 표현을 부여한다. 이런 의미에서 음악은 심혼, 의식이 도달할 수 있는 한계 밖의 알 수 없는 거리로 인간을 인도한다."[17) 음악은 부정적 인식에 사로잡혀있던 김종삼의 경직된 사유에 '자비'와 '평화'의 심연을 심어준다. '살다보면 자비한 것 말고 또 무엇이 있으리'(①)와 '비가 쏟아지고 우뢰가 칠 때에도 평화를 느낀다'(②)라는 인식에서 그의 시의식의 큰 변화를 감지할 수 있다. 이는 시「물 통」에서 보여주었던 '인간'을 위한 '물 몇 통'의 의미와 같은 맥락을 지닌다. '자비'와 '평화'의 세계는 바로 김종삼의 인간애적인 사유로 확장되고 있기 때문이다.

'안개 덩어리가 풀리고' '새싹들이 온통 초록으로 돋아나고' '어떤 나무에선, 높은 나뭇가지에선 새 소리가 반짝이'는 광경은 실로 아름답고 눈부시다. 이 아름답고 눈부신 세계가 김종삼이 음악적 사유를 통해 이루어낸 정신적 극복세계라고 할 수 있다. 오랜 도피와 방황의 여정은 아름다운 '소리'를 통해 정화되고 승화된다. 이는 막연히 먼 곳에서 들려오는 소리가 아니라 음악이라는 구체적 대상으로서의 소리 이미지를 표상한다. 이를 통해 그의 부정적인 세계인식, 자아인식의 척도가 보다 긍정적인 사유로 돌아오게 된다. 이것이 이른바 자비와 평화로 대변되는 지향세계로의 이행이다. 이러한 정화의 세계가 바로 진정한 의미에서의 소통이면서 정신적 극복세계라고 할 수 있다.

---

17) 이부영, 『아니마와 아니무스』, 한길사, 2004, 129쪽.

3. 결론

　　김종삼은 전후세대 시인들 중에서도 그 시적 여정이나 삶의 방식에 있어서 대단히 독특한 발자취를 남긴 시인이다. 우선 그는 시와 생활은 병행할 수 없다는 생각을 기본적으로 가지고 있었다. 따라서 그의 시적 여정과 삶의 여정은 많은 부분 괴리를 가질 수밖에 없었다. 그의 부정적 세계인식과 자아인식의 근간은 대체로 이러한 토대에서 생성되고 이는 다시 도피와 방황의 형태로 드러난다.

　　김종삼의 도피와 방황은 그의 기질적 특성에서도 연유하겠지만 더 크게 6·25전쟁과 분단이라는 시대적 비극성이 개입하고 있음을 간과할 수 없다. 그의 무정부주의, 비현실적 사유는 엄밀히 이러한 시대성으로부터 출발하고 있다고 해야 할 것이다. 그가 아무리 순수시에만 몰입해왔다 해도 그의 의식·무의식 속에는 이미 그러한 비극성이 잠재해 있기 때문이다. 따라서 어떤 식으로든 극복의 토대를 마련할 수밖에 없었다. 김종삼의 경우 도피와 극복이 같은 맥락에서 그 특징적 구도를 구성한다. 다시 말해 도피가 곧 극복의 형태로 드러난다는 것이다. 이는 그의 도피적 여정이 소모적 형태가 아니라 자기 탐구과정 즉, 시적 성취로 결집되기 때문이다.

　　김종삼의 소리 이미지의 단계적 변모는 바로 이러한 그의 시적 탐구과정으로서의 도피와 극복과정을 함축한다. 그의 '소리'는 먼저 세계와 자아에 대한 탐색으로부터 출발한다. 그리고 이러한 소리 이미지는 멀리서 들려오는 이른바 '먼 곳' 이미지를 함유하고 있는데, 이는 시인이 현실적 결핍을 외부공간을 통해 확보/극복하려고 하기 때문이다. 이러한 김종삼의 소리는 대체로 환상적·초현실적 색채를 띤 일종의 '신호'의 형태로 다가온다.

김종삼의 소리의 연속과 불연속은 주로 '배우느라고 부는 트럼펫'이나 과거회상을 통해 감지된다. 과거회상은 28년 전의 개성이라는 공간에서 들려오는 '사랑스런 멜로디 트럼펫' 소리, 소년기에 들었던 '피아노 소리와 뜸부기소리'를 매개로 이루어진다. 배우느라고 부는 트럼펫은 불완전한 소리로서의 단절을 내포하고, 소년기의 공간은 갈 수 없는 공간으로서의 단절을 내포한다. '지금도 들리다가 그친다'는 곧 그의 현실적 한계를 드러낸다. 이는 소리를 연속시키려는 자아와 불연속을 야기시키는 현실을 반영하는 것으로 김종삼 시의 갈등 양상을 보여준다.

김종삼이 소리의 탐색과 단절의 시기를 거쳐 자기정화의 세계로 들어서게 되는 것은 심원한 음악적 세계를 통해서이다. 그에게 음악적 이미지는 도피적 기제이기도 하고 한편으로 세계와 자아와의 소통을 유도하는 일종의 극복기제이기도 하다. 그의 음악적 사유와 음악가에 대한 관심과 흠모는 그의 오랜 예술적 탐구로 이어진다. 이러한 과정은 부정적인 인식을 순화시키고 연민의식과 인간애의 사유로 돌아서게 한다. 소리를 통한 '자비'와 '평화'에의 염원이 곧 그의 지향 세계로서의 자기 해방과 극복세계를 함축한다.

김종삼의 소리에의 탐색, 연속과 불연속 그리고 자기정화의 세계는 곧 그의 지난한 문학적 탐구과정의 하나라고 할 수 있다. 그의 시적 성취는 도피와 방황, 연속과 불연속의 팽팽한 긴장 속에서 건져낸 하나의 광채이다. 그의 고독한 시적 여정은 우리 현대시사에 큰 족적을 남기는 것으로 그 버거운 짐의 무게를 값하고 있다. 이 논문은 소략하게나마 그의 이러한 문학적 구도에 집중하면서 그의 시가 내포하고 있는 의미적 특성을 규명하고자 했다.

▶ 참고문헌

1. 기본자료

김종삼,『십이음계』, 삼애사, 1969.

_____,『시인학교』, 신현실사, 1977.

_____,『누군가 나에게 물었다』, 민음사, 1982.

김종삼 詩選,『북 치는 소년』, 민음사, 1979.

_____,『평화롭게』, 고려원, 1984.

_____,『그리운 안니·로·리』, 문학과비평사, 1989.

_____,『스와니강이랑 요단강이랑』, 미래사, 1992.

백철 외,『한국전후문제시집』, 신구문화사, 1961.

김종삼·전봉건·김광림,『전쟁과 음악과 희망과』, 1957.

김종삼·김광림·문덕수,『본적지』, 성문각, 1968.

권명옥,『김종삼 전집』, 나남, 2005.

장석주,『김종삼 전집』, 청하, 1988.

2. 국내논저

(1) 단행본

강희안,『석정시의 시간과 공간』, 국학자료원, 2004.

곽봉재,『기억의 시학』, 한국학술정보, 2005.

곽광수,「바슐라르와 想像力의 美學」,『바슐라르 硏究』, 민음사, 1891.

김성민,『융의 심리학과 종교』, 동명사, 2003.

김시태,『현대시와 전통』, 성문각, 1981.

김은자,『현대시의 공간과 구조』, 문학과비평사, 1988.

김준오,『詩論』, 삼지원, 2006.

김춘수, 『의미와 무의미』, 문학과 지성사, 1976.

김형효, 『베르그송의 철학』, 민음사, 1995.

김현자, 『시와 상상력의 구조』, 문학과지성사, 1983.

남진우, 『미적 근대성과 순간의 시학 - 김수영·김종삼 시의 시간의식』, 소명출판, 2001.

박이문, 『현상학과 분석철학』, 일조각, 1977.

박진환, 『한국시의 공간구조 연구』, 조선문학사, 2005.

송기한, 『한국 전후시와 시간의식 연구』, 태학사, 1996.

송   욱, 『시학 평전』, 일조각, 1963.

윤여탁 외, 『한국 전후 문학의 형성과 전개』, 태학사, 1993.

이부영, 『분석심리학 - C. G. Jung의 인간심성론』, 일조각, 2007.

_____, 『아니마와 아니무스』, 한길사, 2004.

이상호, 『한국현대시에 나타난 자아의식에 관한 연구』, 한국학술정보(주), 2006.

이승훈, 『詩論』, 태학사, 2005.

_____, 『정신분석시론』, 문예출판사, 2007.

_____, 『文學과 時間』, 이우출판사, 1983.

이정우, 『담론의 공간』, 산해, 2002.

이지엽, 『한국 전후시 연구』, 태학사, 1997.

이형기, 「문학적 시간의 의미」, 『시와 언어』, 문학과지성사, 1987.

조동일, 『문학연구방법』, 지식산업사, 1982.

최동호, 「1950년대 시적 흐름과 정신사적 의의」, 감태준 외, 『한국현대문학사』, 현대문학사, 1989.

_____, 「韓龍雲의 詩와 空間」, 『現代詩의 精神史』, 열음사, 1985.

한광구, 『木月詩의 時間과 空間』, 시와시학사, 1993.

홍기삼, 「전쟁, 그리고 문화의 수면」, 『상황문학론』, 동아출판공사, 1974.

황수영, 『베르그손: 지속과 생명의 형이상학』, 이룸, 2003.

(2) 논문 및 평문

강석경, 「문명의 배에서 침몰하는 토끼」, 『김종삼 전집』, 청하, 1988.

권명옥, 「적막의 미학」, 『한국문예비평연구』 제15집, 2004.

_____, 「은폐성의 정서와 시학」, 『한국시학연구』, 11호, 한국시학회, 2004.

_____, 「적막과 환영 － 끼인 시간대의 노래」, 『김종삼 전집』, 나남출판, 2005.

_____, 「추상성 시학」, 『한양어문』, vol, 17, 1999.

김시태, 「언어의 고독한 축제」, 『한국 현대시 연구』, 민음사, 1989.

김영태, 「음악의 배경 － 김종삼론」, 『시문학』, 1972, 8.

김영태, 「열개의 메모」, 『한국문학』, 1985.

김옥성, 「김종삼 시의 기독교적 세계관과 미의식」, 『한국언어문화』 제29집, 2006.

김우창, 「오늘의 한국시」, 『시인의 보석』, 민음사, 1993.

김윤식, 「6・25 전쟁문학 － 세대론의 시각」, 『1950년대 문학 연구』, 문학사
　　　와 비평 연구회, 예하, 1991.

김종삼, 「이 공백을」, 『52인 시집』, 신구문화사, 1967.

김종삼, 「먼 시인의 領域」, 『문학사상』, 1973.

김종삼, 「피란길」, 『문학사상』, 1975.7.

김종삼, 「피란 때 연도年度 전봉래」, 『현대문학』, 1963.

김종삼, 「의미의 백서」, 『한국전후문제시집』, 신구문화사, 1964.

김주연, 「비세속적 시」, 『김종삼 전집』, 청하, 1988.

김준오, 「완전주의 그 절제의 미학」, 『김종삼 시선』, 미래사, 1991.

김춘수, 「김종삼과 시의 비애」, 『의미와 무의미』, 문학과 지성사, 1976.

김　현, 「김종삼을 찾아서」, 『김종삼 전집』, 청하, 1988.

김형효, 「고통에 대한 형이상학적 성찰」, 『악이란 무엇인가』, 한국정신문화
　　　연구원 철학・종교연구실, 창, 1992.

남진우, 「미적 근대성과 순간의 시학 연구 － 김수영・김종삼 시의 시간의식」,
　　　중앙대학교 박사학위논문, 2000.

류명심, 「김종삼 시 연구 － 담화체계 및 은유를 중심으로」, 동아대학교 박사

학위논문.

민　영, 「안으로 닫힌 시정신」, 『김종삼 전집』, 청하, 1988.

박은희, 「김종삼·김춘수 시의 모더니티 연구 : 시간의식을 중심으로」, 성신여자대학교 박사학위논문, 2003.

송경호, 「김종삼 시 연구 - 죄의식과 죽음의식을 중심으로」, 서울 시립대학교 박사학위논문. 2007.

신규호, 「무의미의 의미」, 『시문학』, 1989.3.

오규원, 「타프니스 시인론」, 『현실과 극기』, 문학과 지성사, 1986.

오세영, 「후반기동인의 시사적 위치」, 『20세기 한국시 연구』, 1991.

_____, 「6·25와 한국전쟁시」, 『한국근대문학론과 근대시』, 민음사, 1996.

오형엽, 「풍경의 배음과 존재의 감춤」, 『1950년대의 시인들』, 나남, 1994.

이경수, 「부정의 시학」, 『김종삼 전집』, 청하, 1988.

이광수, 「1950년대 모더니즘 시연구」, 고려대 박사학위논문, 1995.

이남호, 「1950년대와 戰後世代 詩人들의 性格」, 『1950년대의 시인들』, 나남, 1994.

이민호, 「현대시의 담화론적 연구 - 김수영·김춘수·김종삼 시를 대상으로」, 서강대학교 박사학위논문, 2000.

이숭원, 「김종삼 시의 환상과 현실」, 『20세기 한국 시인론』, 국학자료원, 1997.

이승훈, 「평화의 시학」, 장석주 편, 『김종삼 전집』, 청하, 1988.

_____, 「삶의 돌각담 쌓기」, 『한국문학』, 1985.2.

_____, 「분단의식의 한 양상」, 『월간문학』, 1979.6.

장석주, 「한 미학주의자의 상상세계」, 『김종삼 전집』, 청하, 1988.

정한용, 「한국 현대시의 초월지향성 연구 - 김종삼·박용래·천상병을 중심으로」, 경희대학교 박사학위논문, 1996.

조남익, 「장미와 음악의 시적 변용」, 『현대시학』, 1987.

최종환, 「현대시에 나타난 기독교 죄의식의 심리학적 연구 - 윤동주·김종삼·마종기의 시를 중심으로」, 경희대학교 박사학위논문, 2003.

하현식, 「미완성의 수사학」, 『현대 시인론』, 백산출판사, 1990.

_____, 「두 가지 줄기의 시학」, 『현대시학』, 1983.

한이각, 「김종삼 시 연구」, 서울여자 대학교 박사학위논문, 1995.

허금주, 「김종삼 시 연구」, 한양대학교 박사학위논문, 2001.

황동규, 「잔상의 미학」, 『김종삼 전집』, 청하, 1988.

3. 국외논저

Gaston Bachelard, 곽광수 역, 『공간의 시학』, 동문사, 2003.

_____, 이가림 역, 『순간의 미학』, 영언, 2002.

_____, 이가림 역, 『촛불의 미학』, 문예출판사, 2001.

_____, 민희식 역, 『불의 精神分析; 초의 불꽃; 大地와 意志의 夢想』,
    삼성출판사, 1982.

고트홀트 에프라임 레싱, 윤도중 역, 『라오콘 - 미술과 문학의 경계에 관하여』,
    나남, 2008.

Edmund Husserl, 이종훈 역, 『시간의식』, 한길사, 2007.

H. Meyerhoff, 김준오 역, 『문학과 시간현상학』, 심상사, 1979.

_____, 이종철 역, 『문학과 시간의 만남』, 자유사상사, 1994.

_____, 이종철 역, 『문학 속의 시간』, 문예출판사, 2003.

J. P. Wever, 김현 역, 「주제 비평의 원리」, 『현대비평의 원리』, 기린원, 1989.

Michel Collot, 정선아 역, 『현대시와 지평구조』, 문학과지성사, 2003.

Milan Kundera, 김병욱 역, 『불멸』, 청년사, 1992.

S. 프로이트, 김기태 역, 『꿈의 해석』, 선영사, 2005.

아브라함 H. 매슬로우, 정태연·노현정 역, 『존재의 심리학』, 문예출판사, 2005.

엠마누엘 레비나스, 강영안 옮김, 『시간과 타자』, 문예출판사, 2001.

욜란디아코비, 이태동 역, 『칼 융의 심리학』, 성문각, 1992.

조르주 바따이유, 조한경 역, 『에로티시즘』, 민음사, 1996.

조르쥬 폴레, 김기봉 외 역, 『인간의 시간』, 서강대 출판부, 1998.

G. Zukav, *The Dancing Wu Li Master*, 김영덕 역, 범양사, 1981.

I. Kant, 최재희 역, 『순수이성비판』, 박영사, 1972.

Banham, K. M, The development of affectionate behavior in infancy, *J. General Psychol*, 1950.

E. Neumann, *The Great Mother*, Princeton University Press, 1974.

Husserl E, *La Crise des Sciences Europeennes et La Phenomenologie Transcendantale, trans. by* Gallimard G, 1976.

Monroe K. Spears, *Dionysus and the City*, Oxford University Press, 1970.

▶ 찾아보기

김종삼의 시간과 공간

부재와 존재의 시학

| 초판 1쇄 인쇄일 | | 2013년 8월 5일 |
| 초판 1쇄 발행일 | | 2013년 8월 6일 |

지은이		김성조
펴낸이		정구형
편집이사		박지연
편집/디자인		정유진 이하나 신수빈 윤지영 이가람
마케팅		정찬용 권준기
영업관리		심소영 김소연 차용원
인쇄처		월드문화사
펴낸곳		국학자료원

등록일 2006 11 02 제2007 - 12호
서울시 강동구 성내동 447 - 11 현영빌딩 2층
Tel 442 - 4623 Fax 442 - 4625
www.kookhak.co.kr
kookhak2001@hanmail.net

| ISBN | | 978 - 89 - 279 - 0262 - 1 *93800 |
| 가격 | | 22,000원 |

* 저자와의 협의하에 인지는 생략합니다.
  잘못된 책은 구입하신 곳에서 교환하여 드립니다.